PAS
UNE
PREUVE

OUVRAGES ÉCRITS PAR D.K. HOOD

En français

Les enquêtes de Jenna Alton & David Kane

Pas un mot

Pas une larme

Pas un cri

Pas un bruit

Pas un doute

Pas une ombre

Pas un souffle

Pas une preuve

Les enquêtes de l'agent spécial Beth Katz

Filles fleurs

Anges d'ombres

Sombres Cœurs

En anglais

Detective Beth Katz

Wildflower Girls

Shadow Angels

Dark Hearts

Detectives Kane and Alton

Don't Tell A Soul

Bring Me Flowers

Follow Me Home

The Crying Season

Where Angels Fear

Whisper in the Night

Break the Silence

Her Broken Wings

Her Shallow Grave

Promises in the Dark

Be Mine Forever

Cross My Heart

Fallen Angel

Lose Your Breath

Pray for Mercy

Kiss Her Goodnight

Her Bleeding Heart

Chase Her Shadow

Now You See Me

Their Wicked Games

Where Hidden Souls Lie

A Song for the Dead

Eyes Tight Shut

Their Frozen Bones

Tears on Her Grave

Fear for Her Life

Good Girls Don't Cry

D.K. HOOD

PAS UNE PREUVE

Traduit par Marion McGuinness

Bookouture

L'édition originale de cet ouvrage a été publié en 2019 sous le titre *Her Broken Wings*
par Storyfire Ltd. (Bookouture).

Publié par Storyfire Ltd.
Carmelite House
50 Victoria Embankment
London EC4Y 0DZ

www.bookouture.com

Le représentant légal dans l'EEE est Hachette Ireland
8 Castlecourt Centre
Dublin 15 D15 XTP3
Ireland
(email: info@hbgi.ie)

ISBN : 978-1-80550-202-9
eBook ISBN : 978-1-80550-201-2

PROLOGUE
VINGT ANS PLUS TÔT

Des nuages noirs s'amoncelaient dans le ciel, affamant cette nuit interminable et balayant tout espoir d'apercevoir un peu du clair de lune décroissante. Le vent gémissait entre les arbres et fouettait la maison en rafales impétueuses. Elle resta immobile, sans faire le moindre bruit dans l'air chargé d'alcool. La porte de la chambre était ouverte et dans le couloir, le tic-tac de l'horloge centenaire du grand-père égrenait les minutes et les heures jusqu'à l'aube. Sa tête tambourinait, l'entaille sur sa lèvre lui laissait un goût de métal en bouche, mais elle avait prévu de s'enfuir et c'était maintenant ou jamais. Le cœur battant la chamade, elle se glissa silencieusement hors du lit et avança vers la porte avec mille précautions pour éviter les lattes de parquet qui grinçaient. Elle avait caché des vêtements dans le panier à linge de la salle de bains et s'habilla rapidement avant de traverser le couloir tel un fantôme pour gagner la chambre de ses fils.

Débraillés, mais impatients que leur aventure secrète commence, ils enfilèrent leurs manteaux, chaussèrent leurs bottes et se faufilèrent dans le couloir jusqu'à l'escalier.

Étourdie par la peur, elle passa furtivement devant la porte de sa chambre et, un doigt sur les lèvres, les poussa à continuer.

On entendait le crissement familier des rouages de la vieille horloge, quand soudain sonna l'heure. Elle se figea, un pied levé. *Gong, gong, gong, gong, gong, gong.*

Le son résonna dans la maison comme une alarme anti-intrusion, mais lorsque la vibration du dernier carillon se dispersa, aucun bruit ne monta de sa chambre. Elle suivit les garçons au rez-de-chaussée et ils sortirent en silence. Elle leur prit la main et courut jusqu'à la vieille berline cabossée garée devant la maison. Une fois les garçons en sécurité à l'intérieur, elle grimpa derrière le volant. Elle s'était garée dans l'allée en pente, afin de pouvoir éloigner le véhicule de la maison avant de démarrer le moteur et de prendre la route vers la réserve. Elle pourrait s'y cacher et il ne la trouverait jamais.

Elle enfonça la clé dans le contact et jeta un dernier coup d'œil rapide vers la maison. La chambre était baignée de lumière et elle sursauta de terreur en voyant le visage déformé par la rage à la fenêtre. *Il sait. Il ne nous laissera jamais partir.* Elle tourna la clé. La vieille voiture trembla et cahota, mais refusa de démarrer. Elle tapa du poing sur le volant.

— Allez, allez.

Après avoir appuyé sur l'accélérateur, elle essaya encore et le moteur se mit à crachoter. Sans perdre de temps, elle s'engagea sur le chemin de terre isolé, rebondissant sur les racines des arbres et les ornières creusées dans la boue par la fonte des neiges de l'hiver dernier. De grands arbres sinistres bordaient l'allée comme autant de sentinelles protégeant le sombre tunnel menant à sa prison. Lorsqu'elle franchit le portail à l'autre bout, le soleil se limitait à une brume légère à l'horizon. Il ne restait plus beaucoup de distance à parcourir, et dès qu'elle atteindrait l'autoroute, elle serait libre.

L'ancienne route minière s'étendait devant elle, ainsi que les prairies semblables à un océan agité sous la rosée matinale tourbillonnante. La peur lui tordait le ventre à chaque coup d'œil dans le rétroviseur. Elle avait déjà tenté de s'enfuir, mais à chaque fois, il l'avait retrouvée et ramenée. Sa consommation d'alcool était devenue telle qu'il ne tarderait pas à la tuer, et elle refusait de laisser un monstre élever ses fils. Quand le rideau de pins bordant Stanton Road apparut, elle contempla le long ruban noir et sinueux qui la conduirait en lieu sûr et appuya sur l'accélérateur.

— Papa arrive, dit l'un de ses fils qui s'était retourné sur son siège et fixait le pare-brise arrière. Il va encore se mettre en colère.

La panique lui saisit la gorge et sa peau se couvrit de sueur à la vue des phares, mais elle se força à rester calme.

— On sera bientôt sur l'autoroute et il ne pourra plus nous rattraper.

Elle prit le virage de Stanton Road assez serré, projetant de la terre et des graviers dans un nuage gris. Les vieux pneus accrochèrent le bitume et elle écrasa la pédale d'accélérateur. Plus que huit kilomètres jusqu'à la bretelle d'accès et elle serait sur l'autoroute, puis quelques bornes de plus jusqu'à la route privée au cœur de la forêt qui la ramènerait chez elle. Elle était amérindienne, alors une fois arrivés dans la réserve, ses fils et elle s'évanouiraient comme une volute de fumée. Elle jeta un coup d'œil dans le rétroviseur et déglutit difficilement. Les phares du fourgon éclairaient la chaussée et il approchait à vive allure. La route vide devant elle la terrorisa. Elle avait espéré, en partant tôt, qu'un camion de livraison ou un autre véhicule se rendrait à Black Rock Falls à cette heure-ci. S'il la rattrapait à nouveau, elle serait complètement impuissante.

Elle poussa un cri d'angoisse lorsque le moteur de la voiture cracha et que de la vapeur s'échappa de sous le capot, mais elle continua à avancer. Les arbres défilaient dans une mer de vert et de noir, mais son regard restait braqué sur la ligne jaune au milieu des voies.

Une lumière vive frappa son rétroviseur, l'aveuglant, puis elle entendit le rugissement d'un puissant engin. Terrifiée, elle supplia sa voiture d'accélérer et se déporta, enjambant la ligne jaune – s'il ne pouvait pas la dépasser, il ne pourrait pas non plus la faire sortir de la route. Un instant plus tard, le moteur de la voiture crissa dans un hurlement de métal contre métal et se mit à trembler. Des panaches de fumée s'échappèrent du capot, obstruant son champ de vision. Des vapeurs envahirent l'habitacle et, asphyxiée, elle baissa la vitre. Un souffle d'air glacial la frappa au visage, alors que les lumières derrière elle s'étaient rapprochées. Elle haleta, désespérée, et appuya sur l'accélérateur, mais le moteur lâcha un dernier gémissement avant de s'éteindre. L'élan lui permit de parcourir une certaine distance, mais il était juste derrière, les phares emplissant l'intérieur de la voiture et lui brûlant les yeux.

Il ne lui restait plus que quelques secondes – elle s'arrêta et bondit dehors avant d'ouvrir la portière arrière.

— Prenez vos sacs à dos et courez par-là ! leur ordonna-t-elle, en pointant du doigt la forêt. Ne vous retournez pas.

Pour les éloigner du fou furieux qui sortait lentement de son véhicule, une pelle à la main, elle prit la direction opposée afin de l'attirer.

— Maman, ne nous laisse pas ici, gémit une voix larmoyante dans son dos.

Elle s'arrêta et scruta les alentours tandis que son bourreau s'enfonçait dans la forêt. Elle resta bouche bée d'horreur alors qu'il empoignait son fils et le jetait au sol comme un vulgaire déchet. Du sang coulait du nez du jeune garçon qui gisait là, inerte. Elle se précipita sur son mari et lui frappa le torse de ses poings.

— Qu'est-ce que tu as fait ?

Son rire hérissa ses poils, et il la jeta de côté avant de brandir la pelle comme une batte de base-ball. Le fracas à l'intérieur de son crâne vibra jusqu'à ses yeux. Elle chuta lourdement et des aiguilles de pin lui piquèrent la joue. Elle espérait que son autre fils s'était enfui, mais elle ne le saurait jamais. Alors qu'elle cherchait à saisir la main tendue de son petit garçon, le parfum des bois lui parvint, comme pour l'apaiser. L'air de la montagne, embaumé par les pins, lui avait manqué. Sa vue se brouilla puis s'éclaircit quelques secondes, et elle put voir le ciel. Les nuages d'orage se dissipaient et les rayons du soleil levant perçaient les branches, formant un halo doré tout autour d'elles. Au-dessus d'elle, un meurtre de corbeaux tournoyait, envahissant les arbres, comme pour lui souhaiter la bienvenue.

1

LUNDI APRÈS-MIDI

Le cœur battant, le shérif Jenna Alton se faufila dans la pharmacie, tout en gardant un rayonnage entre elle et le jeune au masque de ski qui tenait le pharmacien en joue. Le doigt de l'homme était sur la gâchette et ses mains tremblaient tellement qu'elle allait devoir user de tout son talent de négociatrice pour l'empêcher de tirer à bout portant sur sa cible. La voix de son second et grand ami, l'adjoint David Kane, résonna dans son oreillette.

– *Cible verrouillée.*

Jenna tapota deux fois sur son micro pour indiquer qu'elle avait reçu le message. Dans ce genre de situation, la présence d'un tireur d'élite d'un mètre quatre-vingt-quinze, ancien militaire, lui facilitait la tâche, et si elle lui en donnait l'ordre, la cervelle de ce jeune homme éclabousserait toute l'officine. Les pulsations de son cœur résonnant jusqu'à ses oreilles, elle passa furtivement devant les cosmétiques. Elle fut assaillie par une myriade de parfums se dégageant des produits entassés sur les étagères. À sa droite, une machine à café se mit soudain en marche, et elle sursauta. Après avoir repris son souffle, elle jeta un coup d'œil au coin du rayon et croisa le regard affolé du pharmacien. Elle leva son arme pour viser, se rapprocha, puis porta un doigt à ses lèvres pour lui intimer de se taire, tout en lui faisant signe du bout de son Glock de s'éloigner de l'homme armé devant elle.

— Reste pas là à me regarder comme ça, lâcha le jeune homme en levant son pistolet et en le pointant entre les yeux du pharmacien. Combien de fois je dois répéter ? Les médicaments contre la douleur, plus ils sont forts, mieux c'est. Remplis-moi ce sac.

Il poussa un sac à dos sur le comptoir.

— Et plus vite que ça, à moins que t'aies envie de mourir.

Jenna fit un signe de tête sec au pharmacien. Le type venait de lui donner une excuse pour s'éloigner du danger immédiat.

— Pas de problème, enlève juste ton doigt de la gâchette, fiston, répondit l'homme derrière le comptoir avec un petit mouvement du menton. Je préfère te donner ce que tu veux, plutôt que de risquer de ne jamais revoir ma femme et mes enfants.

Il prit le sac et passa dans la réserve à l'arrière.

Jenna étudia sa position – le pharmacien n'étant plus dans la ligne de mire, elle devait agir maintenant. Les rayonnages rudimentaires remplis de boîtes de lait en poudre pour bébé n'arrêteraient pas une balle, mais ils pourraient la ralentir un peu. Elle ne voulait pas faire peur à l'homme et provoquer un échange de tirs, alors elle braqua son Glock entre les boîtes et garda un ton posé :

— Département du shérif. Baissez votre arme et on pourra discuter avant que quelqu'un ne soit blessé.

— Écoutez, shérif, moi je veux blesser personne. Laissez-moi partir avec les médicaments.

Les yeux de l'homme s'arrêtèrent sur les siens et il braqua son arme sur elle.

— *Jenna, j'attends ton ordre*, insista Kane dans son oreillette.

Elle survola du regard le corps tremblant du jeune homme et estima qu'il était possible de le raisonner.

— Si vous ne lâchez pas votre arme immédiatement, vous ne sortirez pas d'ici vivant, expliqua-t-elle, les deux mains serrant la crosse de son pistolet rivé sur le torse du braqueur. Vous êtes encerclé et j'ai un sniper à l'extérieur qui vise votre tête, et il ne rate jamais sa cible. Alors, baissez votre arme et on va parler. Si vous avez besoin d'aide, ce n'est pas une solution.

— Vous ne comprenez pas, répondit le tireur en laissant tomber son arme sur le côté, sa voix se muant en un sanglot angoissé. J'ai été licencié et je n'ai plus d'argent pour payer les antalgiques de ma mère. Elle est mourante et je reste à la maison quelques jours pour m'occuper d'elle. Elle ne pourra pas passer une nuit de plus sans médicaments.

Il releva son arme et la pointa sur elle.

— Je sors avec les médicaments ou je vous tue, vous et le pharmacien.

Mauvaise réponse. Jenna entendit un sifflement lorsqu'une balle s'enfonça dans l'épaule de l'homme. Kane avait tiré, non pour tuer, mais pour désarmer. Le jeune homme cria, et son arme claqua sur le carrelage. Il se laissa glisser contre le comptoir et s'assit sur le sol. Tout en gémissant, il se balançait d'avant en arrière, agrippant son bras. Jenna s'élança dans l'allée et écarta le pistolet d'un coup de pied, puis, son Glock pointé vers sa tête, elle le fixa.

— Enlevez votre cagoule. Comment vous vous appelez ?

— Dirk Grainger.

Il retira sa cagoule d'une main ensanglantée, puis leva vers elle des yeux remplis de souffrance.

— Si je vais en prison, ma mère mourra seule dans l'agonie. S'il vous plaît, shérif, faites ce que vous voulez de moi, mais aidez-la.

— Vous avez menacé de me tuer, répliqua Jenna, avec un

regard noir. Vous avez de la chance d'habiter à Black Rock Falls, sinon vous seriez déjà mort.

Elle se pencha pour examiner sa blessure.

— C'est une plaie traversante. Vous allez vous en sortir.

— Les secours sont en route, annonça Kane, en entrant dans la pharmacie, suivi de près par l'adjoint Jake Rowley.

Son regard se posa sur Jenna, puis il enfila un gant en latex et se pencha pour ramasser l'arme.

— Elle n'est pas chargée.

— Je connais ce garçon.

Le pharmacien sortit de derrière le comptoir, déchirant une boule de coton. Il se pencha et l'appliqua contre la plaie.

— Appuie dessus, fiston, dit-il, avant de se relever et de se tourner vers Jenna. Il vous dit la vérité. La maison de retraite a renvoyé sa mère il y a quelques semaines, et Dirk est rentré à la maison pour s'occuper d'elle. Il avait des congés à prendre, mais l'usine l'a renvoyé.

Il fronça les sourcils.

— Il se fait tard, et si vous arrêtez Dirk, qui va prendre soin de sa mère ce soir ?

Jenna grimaça – elle avait entendu des rumeurs sur les conditions de vie dans une des maisons de retraite du coin.

— Elle était à Glen Park, en soins palliatifs ?

— Oui, souffla Dirk, blanc comme un linge. Quand ils ont pris notre argent, ils ont dit qu'elle recevrait les meilleurs soins jusqu'à sa mort. Elle y est restée trois mois, après quoi ils m'ont appelé pour que j'aille la chercher, parce qu'apparemment elle n'était pas en fin de vie.

Il leva les yeux vers Jenna.

— Le docteur Brown et deux autres personnes m'ont pourtant affirmé qu'elle était en phase terminale.

Jenna échangea un regard avec Kane qui haussa les épaules. Elle regarda Dirk.

— Je vais voir ce que je peux faire.

— Merci, madame, répondit Dirk, visiblement paniqué. Je ne peux pas laisser ma mère seule longtemps. Il va bientôt faire nuit et il faut quelqu'un auprès d'elle.

Jenna acquiesça.

— D'accord. Donnez-moi votre adresse et j'aurai besoin de la clé de la maison.

Elle prit ses coordonnées et ils attendirent que les ambulanciers l'emmènent au dispensaire.

— Allez avec lui, Rowley. Je vous appelle.

Alors que les ambulanciers sortaient Dirk sur un brancard, elle se tourna vers Kane.

— Il faut trouver de l'aide pour sa mère et ensuite essayer de régler ce problème.

— Je ne porterai pas plainte contre lui, intervint le pharmacien en rechaussant ses lunettes. Je le connais depuis qu'il est bébé. Il a dû être poussé à bout pour commettre un tel acte.

Jenna se redressa.

— Manifestement, répondit-elle, avant de s'adresser à Kane. Sortons.

Elle sortit, humant les effluves de pin frais qui montaient de la forêt de Stanton, et regarda l'ambulance se fondre dans la circulation. C'était de sa responsabilité de shérif de traduire les criminels en justice, mais elle avait aussi toute latitude pour inculper ou non quelqu'un. Elle fixait le vide depuis quelques secondes lorsque la voix de Kane la tira de ses pensées.

— Alors, qu'est-ce que tu comptes faire, Jenna ?

Il se dirigea vers son véhicule et s'adossa à la portière.

— Il a joué avec le feu en pointant une arme sur toi. Comment j'aurais pu savoir qu'elle n'était pas chargée ?

Jenna contempla les sommets enneigés et haussa les épaules.

— J'avais confiance en ton jugement. Tu as l'habitude de mettre hors d'état de nuire plutôt que de tuer, répondit-elle, avant de reporter son attention sur lui.

— Je me suis dit qu'il tremblait tellement qu'il n'aurait jamais réussi à viser une cible géante à deux mètres, et que tu t'étais mise à l'abri, mais si tu m'en avais donné l'ordre, je l'aurais tué.

Kane secoua la tête.

— Mais tu ne l'as pas fait. Tu as fait preuve de discernement et tu l'as désarmé, souligna-t-elle, réfléchissant à la situation afin de prendre une décision. Si ses analyses de sang ne révèlent aucun usage de stupéfiants, je ne l'inculperai pas. Il avait des circonstances atténuantes et son arme n'était pas chargée. Je ne crois pas qu'il ait eu l'intention de blesser qui que ce soit et il était de toute évidence très inquiet. Je lui filerai un avertissement et je le renverrai chez lui. La blessure par balle à l'épaule est une punition suffisante.

Elle soupira.

— Si l'affaire va jusqu'au tribunal, sans que le pharmacien ne porte plainte, il n'écopera de toute façon que d'une amende. Il n'a pas d'argent ni de travail et finira par sombrer dans la délinquance.

— Je vais me renseigner sur lui, lança Kane, en sortant son téléphone pour taper le nom de Grainger dans leurs fichiers. Rien, pas même une contravention.

— Très bien, appelle Rowley. Dis-lui qu'une fois que les médecins en auront fini avec Grainger, il devra lui donner un avertissement et le raccompagner chez lui. Affaire classée.

Jenna réfléchit quelques secondes et brandit un doigt vers Kane.

— Laisse-moi une minute.

Elle sortit son portable et appela le cabinet du docteur Brown. Au bout de quelques minutes d'attente, la voix du vieux docteur retentit dans le haut-parleur.

— *Que puis-je faire pour vous, shérif ?*

— J'ai un problème, commença-t-elle en jetant un coup d'œil à Kane. Je ne vous demande pas de divulguer des informations personnelles sur un patient, mais j'ai besoin de soins immédiats pour Mme Grainger. La maison de retraite l'a renvoyée il y a quelques semaines et son fils a essayé de braquer la pharmacie pour avoir ses médicaments. Il faut qu'elle soit accueillie quelque part cet après-midi, elle est seule.

— *Je vais passer quelques coups de fil. Je suis prêt à la soigner et le dispensaire s'occupera de ses médicaments. Je vais voir si Sunnybrook a une place, ils en gardent quelques-unes pour les personnes sans assurance. Je vais tirer quelques ficelles et je vous rappelle sans tarder.*

Jenna poussa un soupir de soulagement.

— Merci. C'est urgent. On se rend là-bas maintenant, mais on ne peut pas s'occuper d'elle toute la nuit.

— *Dirk aurait dû venir me demander de l'aide*, soupira le docteur Brown. *Je vais lui trouver une place.*

— Je vous remercie. J'espère avoir très vite de vos nouvelles, conclut-elle, avant de raccrocher. Je crois qu'on devrait aller chez cette dame et attendre avec elle que son chauffeur arrive. Le problème, c'est qu'on n'a aucun antalgique à lui donner.

— Peut-être que Wolfe pourra nous aider.

Kane ouvrit la portière de son SUV et se glissa derrière le volant. Jenna s'installa sur le siège passager et le regarda, incrédule. Elle n'aurait jamais pensé à contacter Shane Wolfe, un ancien marine devenu médecin légiste.

— Tu ne trouves pas un poil prématuré d'appeler le légiste avant que la pauvre femme ne soit morte ?

— Pas du tout, répondit Kane, en démarrant et en prenant la rue principale. Il est habilité à prescrire des médicaments. Il est devenu médecin bien avant d'étudier la médecine légale. Avant ça, il était infirmier des forces. Comme on n'a personne sous le coude et que c'est une urgence, c'est notre meilleur candidat.

Il entra l'adresse des Grainger dans le GPS.

Depuis son arrivée à Black Rock Falls dans le cadre du programme de protection des témoins, avec un nouveau nom et un nouveau visage, Jenna ne s'était pas occupée de personnes âgées ou handicapées. Dans sa vie d'avant, quand elle était Avril Parker, agent de la DEA[1], elle n'avait pas non plus eu l'occasion d'apprendre grand-chose sur le fonctionnement des maisons de retraite.

Elle haussa les épaules.

— D'accord, je vais l'appeler. J'espère qu'il n'est pas trop occupé.

— C'est peu probable, personne n'est mort dans le coin ces derniers temps.

Il jeta un coup d'œil à la carte sur l'écran, puis se dirigea vers la ville.

Plusieurs meurtres avaient été commis depuis qu'elle était devenue shérif, et elle profitait enfin un peu d'une vie normale. Jenna lui jeta un coup d'œil.

— Fallait vraiment que tu tentes le sort ?

— Eh bien, sans compter la montée d'adrénaline d'aujourd'-hui, ma dernière affaire portait sur la traque d'une caisse de nourriture pour chiens volée à l'arrière de la supérette, lui confia-t-il, avec un large sourire. Ne t'inquiète pas, je pense que les tueurs en série se sont terrés pour l'hiver.

Jenna s'esclaffa.

— N'en sois pas si sûr. Avec la chance qu'on a, ils seront tous de sortie pour Halloween.

---

1. *Drug Enforcement Administration*, équivalent américain de la brigade des stupéfiants

2

Les ténèbres envahissaient la pièce, une noirceur si impitoyable que Carol ne distinguait plus les grandes baies vitrées à l'autre bout de la chambre. Aucun éclat de lune ne parvenait à percer la nuit à travers les carreaux. Elle était restée éveillée pendant des heures, écoutant la vieille maison grincer sous le vent. Les arbres, autrefois si beaux dans leur robe verte estivale, ressemblaient désormais à des squelettes brunis décidés à griffer les murs de leurs branches, comme des ongles sur un tableau noir. La neige tardait à arriver cette année, mais le mauvais temps se profilait et la vieille bâtisse geignait comme si ses os souffraient. Son cœur tambourinait dans sa poitrine. Le vacarme des bourrasques lui rappelait le bruit de pas montant l'escalier, et même l'odeur et la chaleur rassurantes de son mari endormi à ses côtés ne suffisaient pas à atténuer l'intense pressentiment qui la tenaillait.

Elle finit par se blottir sous les couvertures. Les paupières lourdes, elle s'était presque endormie lorsque les lames du parquet devant sa porte craquèrent dans un gémissement familier. La poignée de la porte se mit à tourner. La panique lui saisit la gorge et elle secoua son mari.

— Lucas, réveille-toi. Il y a quelqu'un dans la maison.

Elle se força à ouvrir les yeux. Le frottement du bas de la porte contre la moquette lui parut très fort au milieu du silence.

— Lucas...

À cet instant, une lumière aveuglante inonda la pièce. Elle loucha sur la silhouette sombre remplissant l'embrasure de la porte.

Poum, poum, poum.

La lumière s'évanouit, et elle se retrouva plongée dans un noir d'encre. Elle tendit une main vers Lucas, et ses doigts effleurèrent la courbe caractéristique d'une plume flottant dans une flaque de liquide chaud et poisseux. Le liquide coulait sur les draps jusque dans sa chemise de nuit.

Sidérée, elle roula hors du lit et se laissa tomber sur le tapis, tremblant de peur. Des taches rouges dansaient devant ses yeux, et elle ne voyait plus rien. Elle devait fuir.

Ses doigts frôlèrent le bord du lit et elle se faufila dans l'espace étroit en dessous, où elle se fit aussi petite que possible. Ses halètements semblaient résonner dans la chambre et elle s'enfonça un poing dans la bouche, trop effrayée pour respirer. Prise de nausées, elle entendit le bruissement des chaussures sur la moquette alors que l'intrus quittait la pièce. Des secondes interminables parurent durer des heures, et elle se tenait là en boule, les genoux repliés contre la poitrine, trop apeurée pour oser reprendre son souffle. La maison frémit et gémit comme si elle pleurait de désespoir, puis le vent tomba, et elle n'entendit plus que ce *ploc, ploc, ploc* – le goutte-à-goutte du sang qui coulait, emportant la vie de son mari.

3

MARDI MATIN

L'adjoint Jake Rowley avait passé toute sa carrière d'adjoint au service du shérif Alton, qui l'avait bien formé et dont il aimait assumer les responsabilités secondaires. Lorsqu'il avait reçu l'appel confus d'une femme convaincue qu'un homme se trouvait à son domicile, il avait réagi immédiatement. Toutefois, depuis que le vent s'était levé, le nombre d'appels de personnes ayant entendu des bruits nocturnes avait considérablement augmenté. Ces derniers temps, si quoi que ce soit se passait au beau milieu de la nuit et qu'il était d'astreinte, il finissait par se retrouver dans une maison sombre et sinistre, sous un ciel sans lune. Il dut admettre qu'en remontant la longue allée lugubre et sinueuse menant à la résidence isolée des Robinson, sachant qu'un rôdeur risquait de se trouver à proximité, il avait senti une poussée d'adrénaline. Il orienta sa voiture de patrouille vers la porte d'entrée et laissa les phares allumés. Entourée de pins et d'arbres décharnés et noircis qui étendaient de longues ombres et gémissaient à chaque bourrasque, cette maison moderne se dressait devant lui, béante. Les rafales hurlantes avaient épar-pillé des feuilles sur le porche et, par la porte grande ouverte, jusqu'au parquet vernis. Jake balaya les environs du regard, enfila des gants en latex et, arme au poing, s'approcha du vestibule noir et silencieux.

— Département du shérif. Vous êtes là, madame Robinson ?

Son ventre se noua quand sa lampe torche révéla des gouttes de sang sur les marches de l'escalier et le ruban rouge qui serpentait sur le mur, comme si quelqu'un s'y était appuyé. Il s'arrêta un instant – s'il suivait le protocole, il fallait qu'il se dépêche de retourner à son véhicule pour appeler des renforts par radio. Il redressa les épaules. La femme affolée qui l'avait appelé à l'aide avait peut-être des ennuis. Il appela à nouveau, mais seule la maison gémit en réponse. Il fallait être fou pour entrer seul dans une maison plongée dans l'obscurité et, grâce au faisceau de sa lampe, il trouva une série d'interrupteurs qu'il enclencha. Le rez-de-chaussée s'éclaira alors, et seules quelques pièces donnant sur le couloir restèrent dans le noir. Alerte, le cœur battant, il se dirigea vers la pièce à sa droite et trouva l'interrupteur. Après avoir fouillé la pièce du regard, il ferma la porte et passa à la suivante, jusqu'à ce qu'il arrive dans la cuisine. Elle était vide et menait à un cellier à l'arrière, et de là, une porte menait à l'extérieur. Il vérifia la porte : elle était fermée à clé.

Les gémissements de la maison le tenaient particulièrement sur le qui-vive. Les arbres poussaient si près que les branches frappaient les fenêtres et raclaient les murs à chaque coup de vent. Il sortit de la cuisine.

— Madame Robinson, vous êtes là ?

Pas de réponse.

Il déglutit en pensant à ce que signifiait ce silence et regagna le couloir. Une fois le rez-de-chaussée sécurisé, il observa les traces de sang partant du haut de l'escalier. Tout en veillant à ne pas abîmer de preuves, il suivit une traînée de gouttelettes cramoisies jusqu'à l'une des deux portes situées sous l'escalier. L'une d'entre elles était munie d'une serrure à pêne coulissant ouvert, qui devait mener à la cave, et la poignée de la seconde était maculée de sang. Comme il n'était pas question de s'aventurer dans une cave sans renfort, il fit glisser le verrou. Le cœur battant, il s'avança vers la première porte. Dos au mur et arme au poing, il l'ouvrit d'un coup sec.

Un sanglot angoissé s'échappa de l'intérieur, et en jetant un coup d'œil par l'embrasure, il tomba nez à nez avec une femme couverte de sang, cachée dans un placard à balais et vêtue seulement d'une chemise de nuit.

— Carol Robinson ?

Au lieu de répondre, elle se déchaîna contre lui, déblatérant des propos insensés. Il garda ses distances et tenta de la calmer.

— Carol, je suis l'adjoint Rowley. Vous êtes en sécurité maintenant.

La femme totalement désorientée poussa un cri féroce et avança vers lui, son regard fou braqué sur lui. Il n'eut d'autre choix que de la faire pivoter, de la menotter et de la traîner dans la cuisine malgré ses hurlements. Elle était peut-être une meurtrière et il ne voulait prendre aucun risque. Il scruta les lieux à la recherche d'un endroit approprié et utilisa des menottes flexibles en plastique pour l'attacher à un solide porte-torchons fixé à l'îlot central. Il força la femme tremblante, mais désormais silencieuse à s'asseoir sur une chaise.

— Restez là, moi je vais aller jeter un œil au reste de la maison et vous trouver une couverture.

Il déglutit péniblement et se dirigea vers l'escalier. Tout l'étage était plongé dans le noir, et les raclements et crissements incessants des arbres au-dehors le perturbaient. Il monta les marches et suivit la traînée écarlate, allumant les lumières sur son passage, avant de s'arrêter devant une porte ouverte. L'odeur chaude du sang lui monta aux narines ; quoi qui se trouve à l'intérieur, la situation était vraiment grave. Il se mit sur le côté. Aucun bruit ne sortit de la pièce et il reprit son sang-froid pour balayer l'espace de sa lampe torche. Le faisceau survola une tache rouge sur la moquette crème et se posa sur le lit. Son estomac se serra lorsque la lumière éclaira un corps ensanglanté, vêtu d'un pyjama. C'était son pire cauchemar. À côté du corps, une mare de cramoisi figé imprégnait les draps blancs autrefois immaculés. Il appuya sur l'interrupteur et se détourna aussitôt pour s'adosser à la porte, haletant.

Il réprima sa nausée, inspecta les trois pièces suivantes et attrapa un duvet dans le placard. Il redescendit, mais même avec les lumières allumées dans chaque pièce, il ne pouvait s'empêcher de fouiller constamment les alentours du regard. Si le tueur avait réussi à se cacher, il était peut-être en danger. Il retourna dans la cuisine et enroula la couverture autour de Mme Robinson.

— Vous êtes en sécurité. Il n'y a plus personne ici. Vous voulez bien me dire ce qui s'est passé ?

Outre son appel initial au 911 et ses cris effrayés lorsqu'il l'avait maîtrisée, elle restait silencieuse, fixant nerveusement le vide. Il se racla la gorge.

— Je suis désolé de vous avoir menottée, mais tant que je ne sais pas ce qui s'est passé ici, vous êtes la principale suspecte. Je vais faire venir les secours.

Il se dirigea vers la porte d'entrée et sortit son téléphone pour appeler le shérif. Il alluma le porche et retourna à sa voiture pour discuter avec elle en privé. Il s'étonna de la rapidité avec laquelle elle décrocha – il était plus de 2 heures du matin.

— Je vous écoute, Rowley, qu'est-ce qui s'est passé ?

Rowley ouvrit son carnet pour faire son rapport.

— Possible infraction dans un domicile de Riverside Drive, Majestic Rapids. Je suis sur place. Une personne décédée répondant au nom de Lucas Robinson. Victime d'un coup de feu. Carol Robinson, sa femme, a donné l'alerte. J'ai une femme que je suppose être l'appelante, mais elle est paniquée. Elle attend dans la cuisine.

— Vous avez vérifié les signes vitaux de la victime ?

— Ah, pas très utile. D'après les dégâts, il semble que le

tireur ait utilisé une balle creuse et visé la tête, détailla Rowley, avant de s'éclaircir la voix. Je suis monté à l'étage et je l'ai vu depuis le seuil de la pièce. C'est pas beau à voir.

— La femme pourrait être le tireur, s'alarma le shérif. Ne la laissez pas sans surveillance.

— Bien reçu, soupira Rowley.

Il n'allait pas commettre une telle erreur de débutant...

— Comme il n'y a aucun signe d'effraction et que rien ne semble avoir été déplacé dans la maison, j'en suis arrivé à la même conclusion et j'ai immobilisé Mme Robinson. Elle n'est pas enchantée, mais elle est aussi à l'aise que possible. J'ai fait le tour de la maison et toutes les lumières sont allumées, mais je n'ai pas vérifié la cave. J'ai fermé le verrou sur la porte, je préfère attendre des renforts plutôt que d'y descendre seul.

— Vous avez suivi la procédure. Autre chose que je devrais savoir ?

Il lui fit un résumé du contexte.

— C'est un endroit isolé. Les arbres frôlent les murs et c'est comme s'ils avaient voulu cacher la maison ici. Il n'y a ni pelouse ni jardin, juste une allée sinueuse. Avec le vent qui rabat les arbres contre la maison, j'entends des bruits qui viennent de partout.

— La cuisine a une seule porte ou une autre donnant sur l'arrière ?

Rowley regarda tout autour de lui. Les ombres mouvantes sous le porche cachaient peut-être un meurtrier.

— La cuisine se trouve à l'arrière de la maison. Il y a bien une porte qui mène à un cellier, qui lui, mène à l'extérieur. J'ai vérifié la serrure de la porte arrière et je fixe la porte d'entrée, là. L'autre porte de la cuisine ouvre sur un couloir.

— D'accord, appelez Wolfe. Restez dans la cuisine avec Mme Robinson. Allumez votre radio et je vous recontacte quand j'arrive. Je me mets en route.

— Compris.

Rowley raccrocha et appela le médecin légiste, Shane Wolfe. Il serait bientôt là, suivi de près par le shérif.

Il poussa un soupir de soulagement et retourna vers la maison. Une fois dans la cuisine, il entreprit de préparer du café avec ce qui se trouvait sur le comptoir. Carol Robinson tremblait tellement qu'il craignait qu'elle ne soit en état de choc. Il essaya de lui arracher quelques mots – elle avait l'air de se calmer un peu. Une fois le café prêt, il libéra un de ses poignets et lui tendit une tasse, restant à bonne distance au cas où elle déciderait de la lui balancer à la figure.

Le temps semblait s'écouler si lentement et chaque craquement de la bâtisse le mettait en alerte. Il gardait une main sur son arme et sirotait une tasse de café fort. Dix minutes avaient passé et, au moins, elle buvait le sien et avait cessé de trembler.

Il prit une grande inspiration.

— Le shérif est en route. Y a-t-il un proche que je pourrais appeler pour vous, ou votre avocat ?

La femme leva lentement vers lui ses yeux injectés de sang et le dévisagea longuement, comme si elle réfléchissait à sa réponse. Le regard qu'elle lui lança le décontenança. Sans se détourner, elle secoua presque imperceptiblement la tête. À son grand soulagement, il entendit un véhicule au loin. Il posa sa tasse sur le comptoir et se précipita vers la porte d'entrée pour jeter un coup d'œil par la fenêtre, tout en restant à couvert derrière l'encadrement. Il ne savait pas si le tueur était la femme à l'intérieur ou un détraqué en liberté dans les environs. Lorsque la camionnette blanche de Wolfe se gara à côté de son véhicule, il scruta les bois derrière lui, guettant le moindre mouvement. Le vent soufflant entre les arbres donnait l'impression que la propriété était vivante. Il ouvrit la porte tandis que Wolfe grimpait en courant les marches du porche.

— Vous avez aperçu quelqu'un en chemin ?

— Non. Qu'est-ce qu'on a ? dit Wolfe en avançant vers lui, son kit médico légal à la main, tout en lui lançant une housse mortuaire. On va faire le tour de la scène de crime, et je viendrai chercher le brancard pour le corps.

Il remarqua les gants de Rowley.

— Vous avez touché à quoi que ce soit sans gants ?

Rowley secoua la tête et suivit Wolfe en haut des marches.

— Non, et je me suis tenu à l'écart du sang. La femme, Carol Robinson, est dans la cuisine. Elle a un comportement un peu bizarre, il faudrait peut-être que vous l'examiniez d'abord.

— Si elle était dans la pièce quand on a tiré sur son mari, je ne suis pas surpris, répondit Wolfe en s'arrêtant dans l'entrée, les yeux levés vers les escaliers, avant de lâcher un sifflement. Elle est blessée ?

Rowley suivit son regard jusqu'au mur maculé de sang à côté de l'escalier et, dans le couloir, jusqu'aux empreintes de mains ensanglantées sur la porte du placard à balais.

— Pas à ma connaissance. Elle ne dit pas grand-chose.

— Mettez le sac mortuaire quelque part et je vais vous filer des surchaussures. Il ne faudrait pas contaminer la scène plus que nécessaire.

Wolfe posa son sac sur une table de l'entrée, en sortit des surchaussures et en donna une paire à Rowley avant d'enfiler les siennes.

— Je vais aller voir Mme Robinson, puis on montera à l'étage.

— Je l'ai maîtrisée, précisa Rowley en ouvrant la voie vers la cuisine. Je crois qu'elle va bien.

— Carol ? Je m'appelle Shane Wolfe, je suis le médecin légiste. Je veux juste vérifier que vous n'avez pas de blessures et faire quelques prélèvements.

Devant l'absence totale de réaction de la femme, Wolfe échangea un regard avec Rowley.

— Un état catatonique après un choc est possible.

Rowley attendit que Wolfe fasse son examen. Comme elle refusait toujours de parler, Wolfe soupira.

— J'appelle les secours, il faut qu'elle soit évaluée dans un établissement psychiatrique.

— Il est mort ? Lucas, mon mari, il est mort ?

La voix de Mme Robinson sortit en un doux frémissement.

— J'en ai bien peur, confirma Wolfe en lui tapotant le dos. Je suis désolé. Vous pouvez me dire ce qui s'est passé ?

— Un homme... avec une arme, raconta-t-elle, les mains toujours tremblantes, balayant la pièce des yeux, manifestement affolée. Il est toujours là. Je sens qu'il me regarde.

Rowley jeta un œil par-dessus son épaule pour inspecter à nouveau le couloir. L'instant d'après, un claquement retentit dans la cave, suivi d'un cri perçant.

4

Il avait oublié à quel point il faisait froid dans le Montana en octobre. Non pas que ça le dérangeait. Le froid glacial qui pénétrait à travers ses vêtements ne faisait qu'affiner sa perception de la situation. Il adorait l'obscurité. Les longues ombres et les arbres noirs qui l'entouraient renforçaient encore son exaltation. Les rafales sifflaient à travers les pins et soulevaient les feuilles d'automne dans d'immenses panaches de poussière. Le bruit couvrait sa progression dans les bois tandis qu'il se rapprochait de la maison. Il voulait être à l'intérieur pour assister au dénouement de cette affaire. Les cris éplorés de la femme résonnaient encore à ses oreilles et il aurait voulu que cette musique exquise ne s'arrête pas. C'était la plus douce de toutes, et elle avait compensé le vide éprouvé lors de ce dernier meurtre. Les supplications et les prières qu'il entendait habituellement au moment où les gens savaient qu'ils allaient mourir lui avaient manqué. Abattre un homme endormi ne l'avait guère rassasié, mais c'était Black Rock Falls, et il devait aux habitants de ce beau comté ce qu'il y avait de mieux en matière de meurtre et de chaos.

Accroupi derrière un bosquet mort, il avait l'impression que le bâtiment s'était transformé en maison de poupée, tout illuminée à l'intérieur. L'adjoint qui était arrivé en premier avait allumé toutes les lumières, lui offrant une vue imprenable sur les pièces donnant sur la forêt. Il pouvait même voir jusqu'au bout du couloir et dans la cuisine.

Le grand escalier et le mur maculé de sang l'intriguaient. Que s'était-il passé après son départ ? La femme s'était-elle roulée contre la dépouille de son mari avant de s'enfuir en hurlant dans la nuit ? Il fixa la porte grande ouverte et se demanda pourquoi le jeune adjoint n'avait pas tiré les rideaux. S'il l'avait voulu, il aurait pu facilement lui tirer dessus de près à travers n'importe quelle fenêtre. Quiconque à l'intérieur de la maison ne verrait par les fenêtres que l'obscurité totale environnante, ce qui lui offrirait une couverture idéale, jusqu'à ce qu'il soit trop tard.

Il étouffa un petit rire. Le shérif ne tarderait pas à arriver et il verrait de ses propres yeux ses talents d'experte en résolution de crimes. Il avait tellement entendu parler d'elle. En fait, elle était presque devenue culte parmi les hommes comme lui. Oui, il avait des amis – sans nom, bien sûr. Dans les salons de discussion enfouis si profondément en ligne que personne ne pouvait les trouver, le shérif Jenna Alton était un sujet de conversation fréquent, et se montrer plus malin qu'elle était désormais un fantasme pour certains. Elle était devenue un défi, et de nombreuses créatures de la nuit, comme lui, ne tarderaient pas à mordre à l'hameçon.

5

Jenna se redressa brusquement dans son lit en entendant la sonnerie de son téléphone portable. Elle pensa aussitôt à la mère de Dirk Grainger. Elle avait laissé cette femme gravement malade en sécurité à la maison de retraite Sunnybrook, aux bons soins du docteur Brown. Mais la mélodie lui indiquait que c'était l'adjoint Rowley – le jeune homme qu'elle avait formé pour qu'il devienne un agent de premier ordre – qui l'appelait au beau milieu de la nuit. Il était chargé de répondre aux appels du 911, et ne l'aurait jamais dérangée à moins qu'il ne se soit passé un événement dramatique. Le vent fit claquer les volets contre la fenêtre tandis qu'elle allumait la lampe de chevet et jetait un coup d'œil à l'horloge. Ah oui, à cette heure-ci, il devait y avoir un mort. Elle attrapa son stylo et son bloc-notes et répondit.

Après avoir raccroché, Jenna écarta les cheveux de ses yeux et appela Kane. Comme d'habitude, il se réveilla en un clin d'œil et se mit en route.

Jenna se précipita vers la porte d'entrée. Le temps de boucler la ceinture de son holster et d'enfiler son manteau, elle aperçut les phares de la voiture de Kane rouler dans sa direction. Avoir un adjoint qui habitait un petit pavillon indépendant sur son propre ranch avait des avantages. Elle réactiva le système d'alarme et s'engouffra dans une nuit sombre et orageuse. Un vent glacial la fouetta et traversa son épaisse veste, lui donnant la chair de poule. Le temps de grimper dans le SUV de Kane, affectueusement surnommé « la bête », le froid avait engourdi ses joues.

— Fonce. Rowley est tout seul là-bas.

— Compris. Le moteur tourne depuis ton appel et il n'y a pas de verglas sur les routes. On y sera en un rien de temps.

Le puissant engin rugit et les pneus projetèrent des graviers contre la clôture tandis que Kane s'éloignait de la maison.

Jenna remarqua que Duke, le chien de Kane, n'était pas à sa place habituelle sur la banquette arrière.

— Je pensais qu'il pleuvrait aujourd'hui, mais les nuages d'orage pourraient charrier les premières neiges. Il fait déjà trop froid pour Duke ?

— Oui. Il dormait dans son panier quand je suis parti. Aucune chance qu'il sorte à cette heure de la nuit, confirma Kane en accélérant dans l'allée. Qu'est-ce que Rowley a dit ?

Jenna lui détailla l'affaire, entra l'adresse dans le GPS, puis pivota sur son siège pour le regarder.

— On n'a jamais eu d'effraction jusqu'à présent. Un cambriolage, tu crois ?

— Je ne vois pas pourquoi un intrus utiliserait des balles creuses pour un cambriolage, rétorqua Kane, en s'engageant sur l'autoroute menant à la ville. Ils préfèrent généralement s'emparer de tout ce qui a de la valeur et s'enfuir rapidement. Ce sera intéressant d'examiner la scène.

— J'espère que ce n'est pas un contrat. J'ai vu quelques exécutions de ce genre avec le cartel.

Jenna se cala au fond de son siège, s'efforçant de faire taire les mauvais souvenirs qui voulaient défiler en boucle dans sa tête.

— Ils n'hésiteraient pas à s'introduire dans une maison et à tuer un homme dans son sommeil.

— Hum... Cette ville s'étend tellement qu'on peut tout imaginer dans les secteurs reculés.

Kane accéléra et la bête ronronna tandis qu'ils dépassaient en trombe les prairies entourant le ranch de Jenna. La nuit était si noire qu'aucune étoile ne perçait la couverture nuageuse.

— Qu'est-ce qu'on sait sur la victime ?

— Je vais voir ce que je peux trouver, répondit Jenna, en sortant son portable pour accéder aux fichiers. Pas d'antécédents. D'après ce que je vois, il était conseiller financier auprès d'une banque locale.

— Peut-être qu'il a donné un mauvais conseil, proposa Kane, concentré sur la route. On a tué pour moins que ça.

Jenna tourna la tête vers la fenêtre.

— Je ne me souviens pas avoir déjà visité Majestic Rapids. Ça doit être le lotissement près du nouveau White Water Rapids Park.

— Je crois que c'est entre le parc et la station de ski, dit Kane, en lui jetant un coup d'œil. J'ai hâte de voir la neige cette année. Ça fait longtemps que je n'ai pas eu l'occasion de descendre des pistes. N'oublie pas que dès que la neige est là et qu'on a un peu de temps libre, tu m'as promis de venir passer un week-end là-bas pour me tenir compagnie. Ce n'est pas drôle de skier tout seul.

Jenna gloussa.

— Je ne raterais ça pour rien au monde. Ça sera comme des vacances, répondit-elle en sortant un bonnet en laine de la poche de sa veste avant de l'enfiler. Peut-être que Rowley viendra avec nous et amènera Sandy. Je pense que leur couple devient sérieux.

— On pourrait lui proposer, s'esclaffa Kane. On devrait peut-être demander à Wolfe et à ses filles de venir aussi.

Je suis sûr que cette ville peut se passer de nous pendant quelques jours.

— Et on peut toujours compter sur Walters, ajouta-t-elle, en pensant à son adjoint le plus âgé. Je veux dire, on ne serait qu'à un coup de fil de distance si les Quatre Cavaliers de l'Apocalypse débarquaient.

Jenna rit tandis que Kane tournait dans Main Street, ses phares éclairant les premières décorations d'Halloween. Les habitants de Black Rock Falls ne lésinaient pas sur les moyens pour les fêtes, et Halloween ne dérogeait pas à la règle. Alors qu'ils descendaient la rue principale et rejoignaient la banlieue, la plupart des maisons se fondaient parfaitement dans un décor de film d'horreur.

— Quand je regarde notre jolie petite ville, je me dis que les Quatre Cavaliers sont peut-être déjà arrivés.

— Oh, j'espère pas.

L'obscurité semblait se refermer autour du SUV tandis que Jenna fixait la route devant elle pour repérer l'entrée du ranch des Robinson.

— Je pensais qu'il y aurait plus de maisons dans ce coin. Je n'ai vu que deux autres allées sur le dernier kilomètre.

— Peut-être qu'ils sont comme toi et qu'ils veulent de l'espace pour élever des chevaux.

Kane ralentit lorsque le GPS lui demanda d'emprunter le virage suivant.

— On dirait que c'est là.

Les phares illuminèrent le nom sur la boîte aux lettres, et Jenna hocha la tête.

— Oui, c'est ici, et heureusement, le portail est grand ouvert.

Jenna jeta un coup d'œil par la vitre alors qu'ils remontaient avec précaution l'allée sinueuse, et un malaise s'empara d'elle. Les arbres formaient un mur dense de chaque côté de la route, et semblaient vouloir s'agripper au véhicule sur leur passage. Les longues branches surgissaient de la nuit comme autant de griffes démoniaques dans le noir ambiant, avant de redevenir de simples arbres dans les phares. Avec le seul faisceau lumineux éclairant les virages, elle avait l'impression de rouler dans un tunnel.

— Je ne pourrais pas vivre ici. Tu imagines l'attente du chasse-neige en hiver ? Je ne suis pas sûre qu'il parviendrait à franchir ces virages serrés.

— La plupart des gens n'ont pas la chance d'avoir un chauffeur de chasse-neige de la municipalité à proximité comme toi, et ils utilisent le leur, expliqua-t-il, en lui jetant un coup d'œil. J'en aurai un cette année aussi.

Kane ne cessait de l'étonner. Jenna le dévisagea.

— Tu veux un chasse-neige maintenant ?

— Oui, ce sera parfait. Il se fixe à l'avant de mon SUV. Rowley en a un nouveau et me l'a montré quand je suis passé le voir. Après les blizzards de l'année dernière, je ne pense pas que la météo va s'améliorer et on en aura bien besoin.

— D'accord, mais ça te fait du boulot en plus, répliqua Jenna, en fouillant la zone devant elle. Je ne vois aucun éclairage, et cette allée me donne l'impression de tourner en rond.

— C'est beaucoup trop étroit. On serait mal si un autre véhicule voulait nous croiser.

Kane balaya du regard les environs et se tourna vers elle en haussant un sourcil.

— Je ne vois aucun système de sécurité, et avec les arbres si rapprochés et le fait que ce soit particulièrement isolé, ils cherchent un peu les problèmes. Compte tenu de la réputation de cette ville, on aurait pu penser qu'ils sécuriseraient leur ranch.

Après quelques instants de plus sur le sentier sinueux, les lumières de la maison filtrèrent enfin à travers les arbres. Jenna poussa un soupir de soulagement lorsqu'ils passèrent le virage suivant et que la voiture de Rowley et la camionnette du médecin légiste apparurent.

— On dirait que tout le monde est là.

Elle fixa son oreillette et alluma sa radio à la ceinture.

— Rowley, on est devant la maison. Je vois que la porte d'entrée est ouverte. Où en êtes-vous ?

— *On vient juste d'entendre quelque chose, peut-être en provenance de la cave.*

Jenna se raidit.

— D'accord, attendez les renforts.

— *Bien reçu. Il y a du sang partout. Vous aurez besoin de gants et de surchaussures.*

Jenna se tourna vers Kane.

— Il faut rester vigilants. Rowley n'a pas encore inspecté la cave et c'est un bain de sang, alors il faut s'équiper.

— Je vais prendre ce qu'il faut dans mon kit.

Kane descendit et ouvrit la portière arrière.

— Tiens, dit-il, en lui tendant plusieurs accessoires.

Ils gravirent les marches du perron et Jenna aperçut Wolfe et Rowley, armes dégainées, qui fixaient un couloir. Elle enfila ses surchaussures, puis ses gants, et referma la porte derrière eux.

— Qu'est-ce qu'il y a ?

— Écoutez.

Rowley leva le menton vers une porte au bout du couloir.

— On dirait que quelqu'un ou quelque chose se trouve dans la cave.

Un cri sinistre suivi d'un bruit sourd glaça le sang de Jenna.

Pourquoi est-ce que j'ai toujours droit aux maisons flippantes et aux caves sombres ?

6

Ce que Jenna craignait le plus, au beau milieu de la nuit et après un meurtre brutal, c'était bien de descendre un escalier dans le noir et plonger dans l'inconnu. Elle échangea un regard avec Kane qui haussa les épaules. L'isolement de la propriété des Robinson et les bruits inhabituels l'avaient mise sur les nerfs dès son arrivée. L'idée d'ouvrir la porte d'une cave où résonnaient des sons tout droit sortis de l'enfer mettait son imagination en ébullition. Elle jeta un coup d'œil à Rowley, blanc comme un linge, sortit son arme et passa devant lui.

— Restez ici et surveillez nos arrières. On va aller voir en bas, décida-t-elle avant de déglutir difficilement. Wolfe, vous pourriez surveiller Mme Robinson jusqu'à ce qu'on remonte ?

— Bien sûr.

Wolfe rangea son arme et fit demi-tour vers la cuisine.

Un gémissement puissant suivi d'un bruit sourd retentit derrière la porte de la cave. Jenna se tourna vers Kane en essayant de faire abstraction de la crainte qui lui tenaillait les tripes.

— Ce n'est pas les Quatre Cavaliers, en tout cas.

— Non, peut-être juste un ou deux chiens de l'enfer, lança

Kane, un rictus au coin des lèvres. Ou un ours blessé… quoi que ce soit, aucun humain ne fait ce genre de raffut.

Je peux compter sur Kane pour détendre l'atmosphère.

— Heureusement que tu ne crois pas aux fantômes, sinon on y passerait la nuit. La porte s'ouvre vers l'intérieur. Choisis ton côté.

Elle ignora la réaction de stress qui faisait battre très fort son cœur, hésitant un instant entre la fuite ou le combat, et prit une profonde inspiration.

— Prêt ?

— Toujours.

Kane sortit son arme, repoussa la sécurité de la porte et jeta un coup d'œil dans l'obscurité totale. Sa voix résonna dans l'espace sombre.

— Département du shérif, il y a quelqu'un en bas ?

Le gémissement et le claquement se firent entendre à nouveau. Jenna répéta sa question et, faute de réponse, elle s'approcha de l'embrasure. L'air glacial sentait le ciment mouillé, comme si le propriétaire n'avait que récemment achevé des travaux, mais sans l'odeur de moisi qu'elle associait habituellement aux caves. Réconfortée par la chaleur de son Glock contre sa paume, elle passa une main le long de l'encadrement, à la recherche de l'interrupteur. Elle l'actionna d'avant en arrière, en vain. Évidemment, la lumière ne fonctionnait pas – elle s'y attendait presque. Un très mauvais pressentiment s'empara d'elle. C'était peut-être un piège, et tous les trois debout en haut des marches ainsi, ils seraient des cibles faciles. Elle se plaqua contre le mur à l'extérieur de la porte et se tourna vers Kane.

— Pourquoi, à chaque fois qu'on entre dans une cave, les lumières sont H.S. ?

Elle saisit sa lampe torche et une lumière blanche et brillante en jaillit. Elle balaya le tour de la porte et l'intérieur de la cave, glissa le faisceau le long d'une volée de marches et sur un sac de ciment ouvert, une pelle posée à côté contre le mur.

De longues ombres semblaient remplir chaque recoin et elle resta immobile jusqu'à les avoir tous inspectés. Bien sûr, la pièce était en forme de L et elle ne pouvait pas voir dans l'angle ainsi formé. *N'entre jamais dans une cave obscure.* L'avertissement résonna dans son subconscient.

— C'est comme si cet endroit nous mettait au défi de pénétrer dans l'inconnu.

— Au moins, les marches sont larges, répondit Kane, en allumant sa lampe près d'elle.

Ils se mirent côte à côte pour balayer la zone du regard.

— Ça a l'air vide, mais je pense qu'on devrait jeter un coup d'œil à ce qu'il y a dans le renfoncement.

Le gémissement et le claquement retentirent à nouveau, et les poils de la nuque de Jenna se hérissèrent.

— Ça recommence. D'où ça vient ?

— La chaudière, peut-être ?

Kane descendit les marches, puis avança dans la cave, le dos collé au mur, sa lampe de poche braquée dans la même direction que son arme.

Le bruit se répéta alors qu'il disparaissait au coin de la pièce.

— Merde ! aboya Kane avec un rire étranglé. Ça m'a foutu la trouille.

Le cœur battant à tout rompre, Jenna se précipita à ses côtés. L'obscurité la talonnait et une brise glaciale s'infiltra dans son jean. Alors qu'elle s'avançait vers le recoin, les larges épaules de Kane lui bloquèrent la vue.

— Qu'est-ce qu'il y a ?

— On dirait qu'ils sont branchés taxidermie.

La lampe de Kane éclaira un grizzli adulte. Ses yeux de verre reflétèrent la lumière.

— Drôle d'endroit pour le stocker, vu l'humidité.

Si elle savait que l'ours était mort depuis longtemps, une bouffée de terreur s'empara malgré tout de Jenna lorsque la lumière de sa lampe torche survola la gueule béante et les pattes tendues. Elle recula d'un pas et réprima l'envie de prendre ses jambes à son cou. Après avoir balayé le reste de la zone de sa lumière, elle soupira.

— Il n'y a rien ici.

— C'est vrai, à part l'ours et la chaudière, mais ce n'est pas ce qui fait du bruit, analysa-t-il, en remontant le faisceau de sa lampe vers une fenêtre au niveau du sol. C'est ça.

Jenna fixa la fenêtre maintenue entrouverte à l'aide d'un bâton. Les volets n'étaient pas attachés et gémissaient dès qu'une rafale les plaquait à la façade. Elle promena sa lampe de poche sur le sol. Des feuilles mortes avaient formé un petit tas à l'intérieur et elle distingua des empreintes de pas indistinctes qui s'en éloignaient.

— Je crois que nous avons trouvé par où est entré le tueur.

Elle se rapprocha pour examiner la vitre.

— On va laisser ça pour l'instant et revenir quand il fera jour pour chercher des empreintes digitales et des traces de pas à l'extérieur.

— Bien sûr, dit Kane, en rangeant son arme dans son étui. Je vais prendre quelques photos de la scène.

Il sortit son portable et se mit à la tâche. Jenna cligna des yeux à cause du flash, et elle se retourna tout en fouillant le sol du regard. Dans un coin, une plaque de ciment séchait.

— Prends une photo de ça aussi. J'espère qu'ils n'enterrent pas de corps là-dedans.

Aussitôt les photos prises, elle remonta les marches, suivie de près par Kane. Après avoir verrouillé la porte derrière eux, elle scruta le visage anxieux de Rowley.

— C'est juste une fenêtre ouverte. Des volets qui claquent. On dirait que c'est notre point d'entrée. On reviendra vérifier à la lumière du jour. Oh, et il y a un ours empaillé en bas, ajouta-t-elle en souriant. Allez prendre le relais de Wolfe. Je vais voir la scène de crime puis j'interrogerai Mme Robinson, si elle est en état de parler. Est-ce qu'elle a quelqu'un chez qui aller cette nuit ?

— Non, madame, répondit Rowley, visiblement inquiet. Je lui ai déjà demandé.

— Elle ne peut pas rester ici, insista Jenna. Appelez l'hôpital et faites le nécessaire pour qu'elle soit installée dans notre aile sécurisée. Je veux qu'elle soit examinée par un médecin et qu'ils fassent une évaluation psychologique. Elle sera en sécurité là-bas, mais assurez-vous que les vigiles gardent un œil sur elle jusqu'à ce qu'on trouve quelqu'un pour s'occuper d'elle. Je lui préparerai un sac dès que Wolfe aura donné son feu vert pour entrer sur la scène de crime.

— Bien reçu.

Rowley se retourna et se dirigea vers la cuisine.

Jenna attendit le retour de Wolfe et ils le suivirent en file indienne dans l'escalier, contournant les éclaboussures de sang sur la moquette. La chambre se trouvait sur le palier du haut et la porte était grande ouverte. Du sang en maculait les finitions d'un blanc brillant et le cadre, comme si quelqu'un l'avait percuté. La vue de l'intérieur de la pièce donna la nausée à Jenna. Elle avait été témoin de nombreux crimes, des corps mutilés aux grands brûlés, mais l'odeur du sang frais semblait l'envelopper et lui monter au nez. Elle prit le masque que Kane lui tendait et le positionna sur son nez. Ce qu'elle découvrirait pourrait être crucial à l'identification du tueur, et même si tout ici la perturbait, il était de sa responsabilité de rendre justice à la victime.

Le médecin légiste prit les rênes sur la scène de crime, et Jenna écouta ses commentaires continus. Autour d'elle, la maison geignait et gémissait. Elle n'avait jamais connu une météo aussi capricieuse depuis son arrivée à Black Rock Falls, et comme si une victime ensanglantée ne suffisait pas, les fenêtres qui s'entrechoquaient l'obligèrent plus d'une fois à jeter un coup d'œil par-dessus son épaule. Elle observa Kane qui arborait son masque de professionnalisme habituel. Il avait ce don exceptionnel, comme Wolfe, de mettre ses émotions de côté et de se concentrer sur la scène de crime dans son ensemble. Elle y parvenait dans une certaine mesure, grâce à son propre entraînement, mais voir Wolfe et Kane en action était toujours aussi impressionnant.

— Qu'est-ce qu'on a, Shane ?

— La victime est un homme, mais c'est tout ce que j'ai pour l'instant, et j'ai trouvé une plume noire dans le lit. Elle ne veut peut-être rien dire, mais je l'ai emballée.

Wolfe photographia la scène sous tous les angles possibles en parcourant la pièce, avant de retirer les draps imbibés de sang.

— D'après les fragments de métal incrustés dans le mur et le matelas, je dirais deux ou trois tirs à la tête, et Rowley avait raison, ces dégâts sont dus à des balles creuses, expliqua-t-il avant de soupirer. Un seul aurait suffi, et deux ou trois, c'est beaucoup trop. C'est un peu comme pour un coup de couteau : les gens peuvent tuer d'un seul coup, mais sous l'effet de la colère, ils poignardent une personne plusieurs fois. À partir de là, et compte tenu du fait que personne n'a dérangé quoi que ce soit dans la maison, je dirais qu'il s'agit d'un crime passionnel.

— Ou une exécution ciblée, suggéra Jenna en se tournant vers Kane. C'est ton domaine d'expertise, qu'en penses-tu ?

— Possible, répondit Kane en se penchant au-dessus du lit pour examiner les fragments de munitions. L'utilisation de balles creuses me pousse à croire que l'intention de tuer était présente dès le départ. C'est une certitude, et celui qui a fait ça a atteint sa cible sans blesser l'épouse.

— Ou le tireur est l'épouse, rétorqua Jenna en réprimant une vague de nausée, et en se plaçant à ses côtés pour observer le corps. Ça m'a l'air bien planifié. Je n'ai vu aucun signe d'cf fraction, mais on en saura plus demain matin. On suppose donc qu'il est entré par la cave et qu'il a pu accéder au reste de la maison par une porte commodément laissée déverrouillée, puis qu'il a tiré deux ou trois coups de feu avant de sortir par la porte d'entrée en la laissant ouverte.

— Oui, confirma Kane, en se redressant et en se tournant vers Jenna. S'ils avaient laissé la fenêtre ouverte pour faire sécher la plaque de ciment frais, ils auraient dû bien sécuriser les volets.

Jenna acquiesça.

— Et fermer à clé la porte de la cave, ajouta-t-elle avec un frisson. Je veux dire, un ours aurait pu s'introduire par cette ouverture. Pourquoi ont-ils laissé la porte déverrouillée ? Je crois qu'il faut que je discute avec Mme Robinson.

Jenna leva les yeux vers Wolfe.

— Rowley a dit qu'elle ne parlait pas. Vous avez réussi à en tirer quelque chose ?

— Elle a dit que quelqu'un avait tiré sur son mari. J'ai prélevé des échantillons et pris des photos des éclaboussures de sang sur elle. Ça prouvera à quel endroit elle se trouvait au moment des tirs, et si elle était impliquée, je devrais trouver des résidus de poudre, expliqua Wolfe, tout en poursuivant sa collecte d'éclats de métal autour de la victime. Allez-y doucement avec elle, elle est fragile.

— Fragile ou bonne actrice ? lança Jenna avant de se détourner et de marcher vers la porte. La fenêtre ouverte et la porte non verrouillée semblent être bien plus que des coïncidences. Je me demande si elle a payé quelqu'un pour tuer son mari. Et si c'est le cas, pourquoi ?

7

Jenna entra dans la cuisine et s'assit à la table. Elle sortit son carnet et étudia la femme échevelée en face d'elle. Proche de la cinquantaine, menue, ses cheveux blonds poisseux de sang coagulé collés en dreadlocks rouges. Un téléphone portable couvert d'empreintes cramoisies était posé devant elle.

— Je suis le shérif Alton. Pouvez-vous me dire votre nom ?

— Carol, Carol Robinson, répondit la femme en tournant une tasse vide entre ses doigts. J'aimerais une autre tasse de café, si ça ne vous dérange pas ?

Elle repoussa la tasse et se mit à gratter les taches sur ses mains.

— Prenez-en une, vous aussi.

Soulagée que la femme puisse au moins parler, Jenna jeta un coup d'œil à Rowley et acquiesça. Elle s'accouda à la table et dévisagea Carol.

— Bien sûr. Vous sentez-vous prête à me raconter ce qui s'est passé ici ?

Elle attendit de longues secondes que Mme Robinson se ressaisisse.

— D'accord, commençons par quand vous étiez au lit. Quelque chose vous a réveillée ?

— Non, je ne dormais plus depuis des heures déjà. On n'a jamais vécu d'hiver ici et je ne m'attendais pas à ce que la maison soit si bruyante. Le vent faisait gémir toute la structure. Parfois, c'était comme un hurlement, les volets tremblaient et on aurait dit que quelqu'un essayait de les ouvrir de force. J'ai cru entendre le parquet grincer sur le palier et j'ai essayé de réveiller Lucas pour lui dire qu'il y avait quelqu'un dans la maison.

Mme Robinson leva les yeux vers Jenna et ses mains se mirent à trembler.

Jenna hocha la tête.

— Vous vous débrouillez très bien. Est-ce que Lucas s'est réveillé ?

— Non, il n'a pas bougé, et puis la lumière a jailli. Elle m'a aveuglée et je n'ai pu distinguer qu'une ombre dans l'embrasure de la porte. J'ai entendu trois coups, pas aussi forts qu'un coup de feu, puis tout est redevenu noir. J'ai appelé Lucas, mais il n'a pas répondu, et j'ai senti son sang couler sur moi, se souvint Mme Robinson, le regard dans le vide, frissonnant comme si elle revivait la scène. Je ne l'ai pas aidé. Je sais que j'aurais dû, mais j'avais tellement peur. Je me suis cachée sous le lit et j'ai attendu longtemps.

— Alors, à quel moment nous avez-vous appelés ? demanda Jenna, désarçonnée. Où était votre téléphone portable ?

— Sur la table de nuit. J'ai rampé pour le récupérer et j'ai appelé le 911, poursuivit Mme Robinson, avant de déglutir péniblement et de plisser les yeux. La lumière de l'écran... Je voyais le sang couler sur la moquette. Il y avait tellement de sang... Je devais m'enfuir. Je suis descendue et je me suis cachée dans le placard à balais.

Elle porta le café à ses lèvres, éclaboussant au passage ses mains tremblantes.

— Je ne suis pas retournée aider Lucas. Il est mort à cause de moi, n'est-ce pas ? lança-t-elle, tout en laissant échapper un sanglot déchirant. Je l'ai tué.

Jenna secoua la tête, et répondit à voix basse, sur un ton grave.

— Non, il est mort sur le coup. Vous n'auriez pas pu le sauver, Carol, précisa-t-elle avant d'avaler une gorgée de café, se réjouissant de cette boisson chaude. Vous souvenez-vous d'avoir ouvert la fenêtre de la cave ou d'avoir laissé la porte de la cave déverrouillée ?

— Non, se défendit Mme Robinson, confuse. Lucas était en bas, occupé à finir le sol avant le dîner. C'était des petits travaux. Il a peut-être laissé la fenêtre ouverte. Je ne sais pas exactement ce qu'il en est. J'étais en train de préparer le dîner.

— D'accord. Ça vous dérange si on fouille la maison et si on emporte tout ce qui pourrait nous donner des informations sur le meurtrier de votre mari ?

— Non, bien sûr, je vous en prie, souffla Mme Robinson, les yeux écarquillés. Je veux que vous attrapiez la personne qui a fait ça à Lucas.

Jenna nota ce choix de mot assez inhabituel : « la personne ».

— Votre mari avait-il des ennemis, quelqu'un à qui il devait de l'argent peut-être ?

— Lucas ? Des ennemis ? répéta Mme Robinson en faisant non de la tête. Absolument aucun, il s'entendait bien avec tout le monde.

Jenna fit la moue.

— Est-ce qu'il s'est déjà montré violent envers vous ?

— Non, on était très heureux en ménage. C'était un mari parfait.

Comme Mme Robinson était la dernière à avoir vu la victime en vie, Jenna voulait lui soutirer davantage d'informations, et la femme semblait plus lucide de minute en minute.

Parler devait certainement atténuer le choc.

— Et parmi ses collègues de travail ?

— Je ne pense pas, estima Mme Robinson, en croisant son regard avant de hausser les épaules. Il disait qu'il ne pouvait pas plaire à tout le monde tout le temps, mais qu'il faisait de son mieux.

— D'accord, je discuterai avec son chef demain matin. Où travaille-t-il ?

Jenna prit quelques notes puis reporta son attention sur la veuve.

— Nous n'avons trouvé aucune arme. Vous avez des armes dans la maison ?

— Oui, confirma-t-elle, et son regard glissa vers le couloir. Il y a un coffre-fort dans le salon. Les clés sont accrochées là-bas.

Elle désigna une petite patère à côté de la porte menant au cellier. Jenna leva les yeux vers Rowley.

— Allez regarder, et vérifiez les munitions utilisées.

Alors que Rowley s'éclipsait, elle se retourna vers Mme Robinson.

— Vous vous êtes disputée avec votre mari dernièrement ?

— Non, dit Mme Robinson en tirant sur ses menottes. Vous ne pensez quand même pas que je l'ai tué ?

Jenna garda une expression impassible.

— Je suis désolée de vous avoir contrariée, mais nous devons poser ces questions lorsqu'une personne est assassinée. Je cherche pourquoi on a tiré sur votre mari. Je n'ai relevé aucun signe de cambriolage. Vous avez des objets de valeur dans la maison ?

— Non, aucun.

— D'accord, acquiesça Jenna. Quand vous vous sentirez d'attaque, on fera un tour pour s'assurer qu'il ne manque rien.

— Si la télé est toujours là, c'est la seule chose de valeur ici. Il y a un coffre-fort à l'étage et je suis sûre que le tireur n'est pas entré très loin dans la pièce, raconta Mme Robinson, très pâle et les yeux remplis de tristesse. Je l'aurais entendu. Le coffre-fort est au fond du placard et la porte coulissante fait du bruit.

Jenna leva les yeux lorsque Rowley revint dans la cuisine. Il lui tendit son téléphone portable avec des photos des armes. Elle les fit défiler et découvrit deux fusils de chasse et un Glock, avec des munitions classiques.

— Merci.

Jenna entendit la sirène d'une ambulance toute proche. Elle croisa le regard rougi de la femme.

— Je vous envoie à l'hôpital pour vous débarbouiller et j'aimerais que vous voyiez un médecin pour une évaluation psychiatrique. Si vous êtes d'accord, l'hôpital aura des papiers à vous faire signer. Ça ne vous coûtera rien.

— D'accord, acquiesça lentement Mme Robinson.

Jenna releva la tête de ses notes.

— Vous avez des médicaments à emporter ?

— Non, dit-elle, en baissant les yeux sur sa chemise de nuit ensanglantée, avant de frissonner. J'aurai besoin de vêtements de rechange et de mon nécessaire de toilette si je reste un certain temps.

— Pas de problème. Je vais aller vous préparer un sac. J'aimerais que vous restiez là-bas jusqu'à ce qu'on ait terminé notre enquête et nettoyé la scène, expliqua Jenna.

Puis, elle ajouta en se tournant vers Rowley :

— Demandez aux ambulanciers de rester dehors. Je ne veux pas qu'ils piétinent partout dans la maison. Je reviens dans quelques minutes.

Elle sortit de la cuisine et remonta le couloir.

Plusieurs idées lui vinrent à l'esprit. Si le tireur avait utilisé une balle creuse, le premier coup aurait tué la victime, mais si le tueur avait tiré trois fois à bout portant, il aurait forcément été taché de sang lui aussi. Si Mme Robinson était bel et bien allongée dans son lit, les éclaboussures correspondraient à ce que Jenna avait pu constater sur sa chemise de nuit et son visage. Dans tous les cas, la veuve pouvait être le tireur. Lorsque Rowley avait fouillé la maison, il cherchait un intrus, pas une arme. Elle se demanda si Mme Robinson ne l'avait pas cachée dans le placard à balais. D'après les traces de sang, c'était le seul endroit possible, à moins qu'elle ne soit encore sous le lit conjugal à l'étage. La vitesse à laquelle Mme Robinson semblait se remettre après avoir été témoin d'un meurtre horrible lui semblait dissonante.

Elle avait vu tant de choses étranges dans sa vie qu'elle ne serait pas surprise d'apprendre que Mme Robinson avait tiré sur son mari depuis le seuil, caché l'arme quelque part, appelé le 911, puis était remontée se rouler dans le sang de son mari.

Elle aurait pu mettre tout ce drame en scène.

Elle inspecta le placard avec sa lampe et ne trouva aucune arme, juste une paire de bottes avec des traces de ciment sur les semelles. *Peut-être que c'était Lucas Robinson qui avait ouvert la fenêtre de la cave, après tout.*

Ce n'était pas le meurtre le plus atroce sur lequel Kane avait travaillé pendant son séjour à Black Rock Falls, mais il était sur le podium. Un mètre laser à la main, il se déplaçait dans la chambre, dictant des mesures à Wolfe. Il se posta tout près de la porte.

— Je crois que le tireur se tenait ici.

— Logique, répondit Jenna, en arrivant derrière lui tout en enfilant un masque. Mme Robinson a dit que la lumière s'était allumée, qu'il y avait eu trois coups de feu et que la lumière s'était éteinte.

L'angle ne semblait pas être le bon et laissait Kane dubitatif.

— D'après les éclaboussures de sang, combien mesurait notre tireur ? L'angle semble trop en contre-plongée de mon point de vue.

— Je vais partir de la tête. Enfin, ce qu'il en reste... Et mesurer à partir de là, proposa Wolfe en tendant la main pour saisir l'appareil, avant de le pointer vers la porte. D'après les relevés, je dirais qu'il mesure près d'un mètre quatre-vingt-trois. Bien sûr, ça dépend s'il a pointé l'arme d'une seule main ou des deux. Certaines personnes fléchissent les genoux quand elles tirent à deux mains. Que feriez-vous, Kane ?

— Si ça s'est passé comme Jenna l'a décrit, j'allumerais d'une main, je tirerais de l'autre, puis j'éteindrais et je décamperais.

Kane se tourna pour examiner le mur, puis reporta son attention sur Jenna.

— Ça, c'est intéressant.

— Qu'est-ce qui est intéressant ? lança Jenna, en haussant les sourcils.

Kane mima les gestes du tireur et lui sourit.

— Eh bien, une chose est sûre : le tueur est gaucher.

— Comment ça ? demanda Jenna, perplexe.

— Le timing. Si le tireur était droitier, il y aurait eu une pause entre le moment où il allume la lumière, vise et tire. Les interrupteurs sont toujours à droite, donc si j'allume la lumière, que je tire, puis que je l'éteins, je perdrais du temps à changer mon arme de main ou à pivoter pour appuyer sur l'interrupteur et ensuite viser. Pendant ce temps, la femme aurait eu le temps de le voir.

Kane fit la démonstration avec tir fictif de la main droite, puis répéta son geste avec la main gauche.

— Tu vois, si le tir a été instantané comme l'a dit Mme Robinson, le tireur est forcément gaucher.

— Et pourquoi pas ambidextre ? insista Jenna, les yeux plissés. Je t'ai vu tirer aussi bien des deux mains.

— C'est vrai, concéda Kane avec un haussement d'épaules. Mais la scène présente vraiment tous les signes d'une exécution, donc on partirait sur un professionnel. Une exécution, ça doit être propre et rapide. Il était dans le noir juste avant et a dû s'attendre à ce que la luminosité soudaine l'aveugle pendant une seconde. La main la plus faible est généralement moins précise et il n'aurait pas pris ce risque.

— Eh bien, c'est un début : le tueur mesure environ un mètre quatre-vingts et il est gaucher, résuma Jenna avant de regarder Wolfe. Les ambulanciers sont dehors. Je peux aller chercher des vêtements de rechange pour Mme Robinson ? Elle a parlé d'un coffre-fort au fond du placard. Kane, tu peux vérifier que personne n'a rien touché ? Pas besoin de mandat de perquisition, Mme Robinson m'a donné son autorisation verbale.

— Vous pouvez y aller, confirma Wolfe à Jenna par-dessus son masque. J'ai fini ici, je vais chercher la civière.

Kane se dirigea vers la grande armoire occupant tout un pan de mur et en fit coulisser la porte. Les glissières émirent un grincement typique, comme si elles avaient besoin d'être lubrifiées. Il écarta plusieurs cintres chargés de costumes et de chemises et trouva le coffre-fort. Il appliqua un peu de poudre à empreintes, en scanna plusieurs et trouva une correspondance avec la victime. Le coffre-fort semblait parfaitement intact. Il se tourna vers Jenna.

— Les empreintes sur le coffre n'ont pas été effacées. Je doute que qui que ce soit l'ait touché depuis sa dernière ouverture par la victime.

— Mme Robinson a dit que la porte faisait du bruit, et elle n'a entendu personne entrer dans la pièce ou ouvrir l'armoire.

Jenna remplit une valise de divers articles et se dirigea vers la salle de bains.

— Y a tout ce qu'il me faut ici.

Sa voix semblait résonner dans la petite pièce. Kane sortit la tête de l'armoire.

— Combien de temps tu comptes garder Mme Robinson dans le service sécurisé ?

— Aucune idée, répondit Jenna, en réapparaissant avec une trousse de maquillage et des produits qu'elle lâcha dans la valise. Elle n'a personne, alors peut-être que quelques jours d'évaluation psychiatrique donneront à Wolfe le temps d'y voir un peu plus clair.

Elle referma la valise en un clic, puis leva les yeux vers lui.

— Vous pensez tous les deux que c'est une exécution, mais je veux que vous envisagiez une autre possibilité. Elle tire sur son mari depuis la porte. C'est en effet une femme de grande taille, peut-être un mètre soixante-dix. Puis elle s'approche pour s'assurer qu'il est bien mort et tire encore deux ou trois balles dans ce qui reste de sa tête. Elle descend en titubant, couverte de sang, et se cache dans le placard à balais pour attendre Rowley. La porte d'entrée était ouverte. Elle a pu l'ouvrir avant de monter tuer son mari, puis redescendre et jeter l'arme dans les buissons. La traînée de sang va assez loin.

Kane acquiesça lentement.

— Hmm... c'est possible, et qu'est-ce que tu fais du point d'effraction ?

— Je dirais que la victime a ouvert la fenêtre pour laisser sécher le ciment. Il est monté à l'étage, et a oublié de fermer la porte à clé. Peut-être qu'il avait l'intention d'y retourner plus tard. J'ai trouvé ses bottes dans le placard à balais... Il faut qu'on attende le lever du soleil pour fouiller complètement la zone et vérifier la présence éventuelle de traces de pas à l'extérieur au niveau de la fenêtre de la cave ou d'une arme.

— D'accord, dit Kane, en lui prenant la valise des mains.

L'équipe médicale est là.

— Bien, je préférerais qu'elle ne voie pas Wolfe enlever le corps.

Jenna se dépêcha de descendre les escaliers. Kane la suivit du regard. Pour lui, c'était vraiment une exécution en règle, mais Jenna se rendait rarement à l'évidence et prenait toujours en considération les moindres détails d'une affaire. Des voix s'élevèrent dans le couloir et il se précipita en bas avec la valise. Quelques instants plus tard, Jenna sortit de la cuisine avec Mme Robinson.

— À tout hasard, seriez-vous gauchère ?

Jenna la conduisit jusqu'au brancard de l'ambulancier.

— Oui, comment vous le savez ? répliqua Mme Robinson, perplexe.

— Oh, juste une intuition, balaya Jenna, tout en jetant un regard appuyé à Kane, avant de retourner vers la veuve. Essayez de vous reposer et on passera vous voir demain matin.

Elle fit un signe de tête aux ambulanciers de l'emmener.

Kane la dévisagea et arqua un sourcil.

— Une intuition, hein ?

— Ce n'est pas toi qui m'as dit un jour que la dernière personne qui voit vivante la victime d'un meurtre est celle qui la tue ? sourit Jenna. Parfois, la réponse est juste devant nos yeux.

8

MERCREDI MATIN, JUST AVANT L'AUBE

Le givre matinal avait envahi les recoins du pare-brise du 4 x 4 de Parker Louis alors qu'il attendait que son ami, Tim Addams, sorte enfin le rejoindre. L'heure la plus sombre est celle qui vient juste avant le lever du soleil, et un minuscule trait de lumière s'échappa de la porte d'entrée juste avant que Tim ne prenne place sur le siège passager. Parker le regarda et sourit.

— On devrait pouvoir entrer et sortir avant que la première équipe n'arrive au boulot.

— Oui, mais il ne faut pas qu'on se fasse remarquer en conduisant si tôt, répliqua Tim, en jetant son sac à dos sur la banquette arrière avant de se tourner vers son acolyte. Conduis gentiment et tranquillement.

Il jeta un œil dans l'habitacle.

— Bonne idée d'avoir laissé ton fusil chez toi. Si le patron arrive en avance et nous attrape, je veux pas que les flics disent qu'on était armés.

Une bouffée blanchâtre sortit de sa bouche, l'entourant comme de la fumée de cigarette.

— Ça caille ici. Je peux monter le chauffage ?

— Bien sûr.

Parker dégagea son véhicule du bord du trottoir et s'éloigna discrètement.

L'excitation le gagnait. L'idée de se faufiler sur un chantier et de voler des équipements avant que les ouvriers n'arrivent pour commencer leur journée avait été purement géniale. Le chef de chantier préférait laisser les locaux déverrouillés plutôt que de risquer de filer un jeu de clés à des travailleurs occasionnels. Ce manque de discernement rendrait le cambriolage plus facile, et ils pourraient s'équiper sans rien débourser.

Aux premières heures du jour, l'asphalte noir scintillait de mille éclats de glace qui se reflétaient dans les phares des voitures. À la sortie de la ville, Parker s'engagea sur la route forestière et accéléra. Il se dirigeait vers la bretelle d'accès à l'autoroute. Si les routes restaient dégagées, ils atteindraient les nouveaux chalets de la station de ski en moins de vingt minutes.

Devant lui, un vieux fourgon se traînait, un filet de fumée s'échappant de son pot d'échappement au milieu de l'air pur des montagnes. Il le dépassa en klaxonnant et en faisant un doigt d'honneur au conducteur. Le véhicule ralentit, puis se rangea sur le bas-côté.

— Il a peur de nous. On va s'amuser un peu.

Parker roula quelques mètres avant de lever le pied de l'accélérateur et de redescendre à 50 km/h. Il jeta un coup d'œil dans le rétroviseur, et attendit que l'autre déboîte pour le dépasser. Il gloussa. Il aimait ce jeu et laissa le véhicule arriver à son niveau avant d'accélérer de nouveau. Le vieux camion accéléra et Parker mit le pied au plancher. Il poussa un cri exalté.

— Mec, regarde ce vieux con, il veut faire la course contre nous !

Il éclata de rire à la vue d'un dix-huit roues arrivant en sens inverse et rattrapa le vieux camion, bloquant le véhicule à son niveau au milieu de la chaussée. Les klaxons retentirent et l'autre conducteur freina brusquement. Parker regarda dans son rétroviseur et vit le camion faire une embardée, tandis que des panaches de fumée montaient des pneus et qu'il se rangeait derrière lui, manquant de peu l'énorme véhicule en sens inverse.

— Oh mec, j'ai bien cru que le camion allait l'aplatir sur l'autoroute, s'esclaffa Tim en se tournant sur son siège. Quel clown ! Il voulait absolument te dépasser alors qu'il n'avait qu'à ralentir.

Parker jeta un coup d'œil dans le rétroviseur et ralentit à nouveau.

— Le voilà qui revient. Tu crois qu'il va encore essayer de nous doubler ? lança-t-il avec un petit sourire. Ou c'est une poule mouillée ?

— Ignore-le ou on n'arrivera jamais à la station avant les ouvriers. C'était le plan, non ? demanda Tim, avec un coup d'œil par-dessus son épaule. Je pense pas qu'il essaie encore de nous doubler.

— Je vais le forcer.

Parker ralentit et attendit que le camion tente de le dépasser avant d'accélérer à nouveau. Plutôt que de rentrer dans son jeu, l'autre conducteur se laissa distancer.

— Ha, je t'avais dit que c'était une poule mouillée.

Je crois que j'ai vu de la fumée sortir de ses oreilles.

— Peut-être pas tant que ça... Il se rapproche, là vite. Appuie à fond sur la pédale, lui intima Tim, qui s'accrochait au dossier du siège. Merde ! Il va pas s'arrêter.

Une secousse à l'arrière et le froissement du métal proje-tèrent Parker en avant. Sa ceinture de sécurité le retint et faillit l'étrangler tandis que son 4 x 4 dérapait sur la chaussée.

— Qu'est-ce que c'est que ce bordel ?

Il écrasa l'accélérateur et son véhicule bondit en avant dans un rugissement, mais finit en tête-à-queue sur une plaque de verglas. Il se débattit avec le volant et tenta d'accélérer pour s'extraire de ce tourbillon. Le vieux camion les percuta à nouveau et, tel un bélier, les poussa en contrebas. Alors que son véhicule cahotait dans les sous-bois morts, Parker visa entre deux grands pins. Il soupira, son haleine visible dans l'air froid, lorsque son bien le plus précieux se figea sous la lumière blafarde. Il jeta un coup d'œil dans le rétroviseur et resta bouche bée de terreur.

Les phares du camion éclairaient l'autoroute de leurs doubles faisceaux. Lorsque le conducteur descendit de son camion, une brume étrange s'éleva et flotta sur l'asphalte, tourbillonnant comme autant de fantômes en pleine valse. Tout de noir vêtu, l'inconnu s'avança dans la lumière, mais son chapeau de cow-boy rabattu dissimulait son visage. Un imposant fusil de chasse dans une main, il s'approchait vers eux d'un pas déterminé. Parker poussa un juron.

— Bon sang, j'ai laissé mon fusil à la maison.

Ils étaient sans défense. Parker regarda avec horreur l'homme lever lentement son arme jusqu'à son épaule. Un vent de panique l'envahit.

— Il n'est pas fou, il est carrément cinglé oui, et je refuse de me prendre une balle, souffla-t-il en donnant un coup sec sur l'épaule de Tim. On dégage. Il nous trouvera jamais dans la forêt.

Il éteignit le plafonnier, se laissa glisser par la portière, et, toujours au ras du sol, se lança entre les grands pins, sautant à l'aveuglette par-dessus les broussailles desséchées. Derrière lui, Tim haletait. Il faisait si sombre qu'il heurta un arbre et que Tim le percuta. La douleur lui étreignit le genou lorsqu'il buta contre le tronc d'arbre et s'étala par terre, enchevêtré avec Tim. Au sol, les aiguilles de pin qui tapissaient toute la forêt s'enfonçaient dans son jean comme des éclats de verre. Il tendit la main pour attraper une branche basse et se redressa sur une jambe en se hissant sur son corps endolori. À l'agonie, il s'enfonça dans l'obscurité. Des branches basses lui entaillaient les joues, de l'eau glacée lui éclaboussait le cou, mais il persévérait dans sa course.

— Va moins vite ! Tu fais trop de bruit, souffla Tim en tirant sur sa veste dans son dos. Cache-toi derrière un arbre et attends, il va peut-être arrêter son petit jeu et repartir.

Tremblant de peur, Parker s'adossa au tronc rugueux d'un pin et se pencha en avant, les mains sur les genoux, s'efforçant d'inspirer un peu de cet air glacial. Il distinguait à peine Tim à côté de lui, les yeux rivés sur le sentier qu'ils venaient d'emprunter. Il baissa la voix jusqu'à chuchoter.

— Tu vois un truc ?

— Non. Écoute, murmura Tim, avant de se tourner vers lui, le visage pâle. Il nous a suivis.

Parker frissonna et chaque poil de son corps se mit au garde-à-vous. Les pas réguliers de l'inconnu crissaient dans le sous-bois, puis une silhouette aux yeux verts luisants surgit de l'obscurité.

— Merde, il porte des lunettes de vision nocturne. Cours !

Alors qu'il se retournait, un coup de feu, assourdissant dans le silence de la forêt, se logea dans son épaule gauche, lui arrachant une douleur foudroyante. Parker tomba à genoux tandis qu'un second tir lui explosait la tête, et sa vision s'éteignit comme une bougie dans le vent.

9

Le vent avait soufflé toute la nuit, accompagné au matin de grésil qui trempa les joues de Kane tandis qu'il se précipitait vers sa voiture. Il s'était couché quelques heures plus tôt, mais n'avait pas dormi, trop accaparé par le souvenir de la scène de crime. Il s'était levé et avait vaqué à ses occupations en s'assurant que les chevaux soient soignés. Ils resteraient dans la grange aujourd'hui et seraient confortablement installés à l'abri. Son travail avec les chevaux aidait Kane à se changer les idées. Dans son ancienne vie, il avait été tireur d'élite au sein de l'armée et la scène dont il avait été témoin la veille au soir chez les Robinson ressemblait beaucoup à celles qu'il laissait derrière lui après avoir abattu une cible. Cette affaire lui rappelait les innombrables personnes qu'il avait eues dans sa ligne de mire. Pour lui, il ne faisait aucun doute que Lucas Robinson avait été victime d'une exécution ciblée. Même si Jenna était convaincue que Carol, l'épouse de la victime, était coupable, lui en doutait. Tout portait en effet à croire qu'elle avait commis ce crime : elle était la seule autre personne présente dans la maison la nuit du meurtre, ils n'avaient trouvé aucune autre empreinte digitale, et les traces de pas dans la poussière sous la fenêtre de la cave pouvaient être celles de la victime, qui avait bricolé là avant de mourir. Il fit grimper Duke sur la banquette arrière, attacha son harnais, puis s'installa au volant. Il sortit son portable et appela Wolfe.

— Bonjour, Shane. Vous avez fait un test de présence de résidus de poudre sur Mme Robinson la nuit dernière ?

— *Oui, c'est négatif. Elle n'a pas tué son mari. À l'hôpital, j'ai vérifié sa tête aussi. Elle avait des fragments de son crâne à lui emmêlés dans ses cheveux. Elle était à côté de lui, comme elle l'a dit, lorsque les tirs ont eu lieu.*

Kane se racla la gorge.

— D'accord, merci, je vais en informer Jenna.

— *Je fais l'autopsie de Lucas Robinson ce matin vers* 11 *heures si vous voulez passer. Bien que la cause du décès semble évidente, je dois m'en assurer,* expliqua Wolfe dans un bâillement. *J'ai besoin de dormir. Vous pourriez peut-être réduire le taux de criminalité pour le reste de la semaine ?*

Kane gloussa.

— Je ferai de mon mieux. On file au bureau, à plus tard.

Il raccrocha, sortit du garage en marche arrière et se dirigea vers le perron de Jenna.

Comme d'habitude, dès son arrivée, elle sortait et se dépêchait de monter en voiture.

— 'jour.

— J'ai remarqué que tu avais oublié le « bon », et si j'en crois les cernes sous tes yeux, tu n'as pas dormi non plus, remarqua-t-elle en lui tendant deux tasses de café à emporter sur leur support. Je pense que je vais avoir besoin de café en intraveineuse pour tenir jusqu'à la fin de la journée.

Kane plaça le café dans le compartiment central et attendit qu'elle boucle sa ceinture avant de s'engager sur la route.

— Oui, une scène de crime comme celle-là fait grimper le

stress et il faut un certain temps pour que notre corps se remette de cette montée d'adrénaline.

— Oui, et puis on se sent comme ça, reprit-elle, en mimant une expression épuisée, avant de rire. Hé, tu crois que Duke se sent comme ça tout le temps ?

— Peut-être, tout semble être un effort pour lui récemment.

Kane s'engagea sur l'autoroute, les essuie-glaces balayant le pare-brise de droite à gauche, écartant toutes les particules de givre.

— C'est peut-être le froid.

— Tu l'as emmené chez le véto, qu'est-ce qu'il a dit ? demanda Jenna, en se tournant pour observer le chien.

Il va bien, hein ?

Derrière eux, Duke poussa un glapissement plaintif et enfouit sa truffe dans la couverture.

— C'était pour quoi, ça, Duke ?

Jenna se pencha en arrière pour lui gratter les oreilles.

Kane lui jeta un coup d'œil.

— Il faut épeler le mot « v-é-t-o ». Sinon, il provoque la même réaction de panique que « b-a-i-n », ricana-t-il. Je n'arrive pas à croire que je doive épeler des mots devant lui. Je ne savais pas que les chiens comprenaient le langage, je me disais que la communication était plutôt gestuelle. Bref, il va bien. Il a un peu d'embonpoint, mais pas de quoi s'inquiéter. C'est courant chez cette race de faire des réserves d'énergie pour tenir le coup quand on a besoin d'eux.

Il décocha un sourire à Jenna.

— Tu aurais dû le voir chez le v-é-t-o. Impossible de lui faire franchir la porte. Il s'est assis et a refusé de bouger, et j'ai fini par devoir le porter. Dès qu'il a vu le pauvre gars charger sa seringue pour le vaccin, il a poussé un hurlement à glacer le sang et a essayé de s'enfuir.

— Tout s'était bien passé la première fois qu'on l'a emmené.

Que s'est-il passé depuis ? s'enquit Jenna, inquiète. Le v-é-t-o ne lui a pas fait mal, si ?

Kane s'esclaffa.

— Non, pas du tout. La première fois il était tellement mal, il s'est juste laissé faire. En plus d'avoir la peau sur les os, il avait une infection de l'oreille et l'assistant lui avait coupé les griffes. Il a eu une tonne de perfs ce jour-là, il doit se dire que le v-é-t-o lui a fait mal, je pense, se souvint-il, avant de jeter un coup d'œil à Jenna. Il a une très bonne mémoire.

Kane s'engagea sur l'autoroute et scruta la grisaille matinale.

— J'ai eu Wolfe au téléphone. Le test des résidus de poudre sur Mme Robinson est revenu négatif.

— Bon, retour à la case départ, alors, soupira Jenna. Mon instinct me dit qu'elle est impliquée.

Elle frissonna.

— Ça te dérange si je monte le chauffage ?

Kane lui sourit.

— Je t'en prie, la journée va être longue et froide.

— Sans aucun doute.

Jenna resta silencieuse pendant le reste du trajet jusqu'au bureau du shérif, sirotant son café, le regard perdu par la fenêtre.

Kane se gara à côté de la voiture de Rowley et descendit de sa Dodge. Il ouvrit la portière arrière et souleva un Duke très réticent pour le déposer sur le trottoir. Sans un regard en arrière, le chien grimpa les marches et passa les portes vitrées. Kane récupéra son café et attendit Jenna.

— Tu es bien silencieuse ce matin. Y a quelque chose qui te tracasse ?

— Oui, admit-elle, en montant les marches avant d'entrer dans la chaleur du bâtiment. On va retourner chez les Robinson ce matin et vérifier tous les points d'entrée.

Elle lui tendit son café, retira ses gants et se tourna vers la réceptionniste.

— Maggie, des urgences ce matin ?

— Pas pour l'instant, lui répondit Maggie, en lui décochant un sourire radieux. Peut-être qu'on pourra finir tôt et rentrer à la maison pour profiter d'un petit feu de cheminée.

— Ça me paraît une excellente idée.

Jenna se tourna vers Kane, reprit son café et se dirigea vers son bureau.

— Dis à Rowley de venir et on va faire le point sur l'affaire Robinson.

Kane se racla la gorge.

— D'accord, madame.

— Quoi ? s'exclama Jenna, en se figeant dans l'embrasure de la porte pour le dévisager. Je ne prends pas mon petit déjeuner avec toi juste un jour et tu m'appelles à nouveau « madame » ?

Elle plissa les yeux vers lui.

— Ou tu penses à un truc ?

— Moi ? s'étonna Kane, en haussant les épaules. Non. C'est juste que cette affaire est bizarre, quand même.

— D'accord.

Jenna secoua la tête et disparut dans son bureau.

Kane posa son café sur son bureau, ôta son manteau et se tourna vers Rowley.

— Bonjour, le salua-t-il, en faisant un geste du menton vers la porte du bureau. Elle nous attend pour faire un point.

— Je m'en doutais, lâcha Rowley, avec un petit sourire et une tape dans le dos. Encore un beau jour au poste.

Kane prit son gobelet à emporter, ouvrit la voie vers le bureau de Jenna et s'assit.

— On est passé à côté de quelque chose la nuit dernière ?

— Non, on a mené une enquête approfondie sur la scène de crime, et d'après le rapport verbal préliminaire de Wolfe sur place et le test de résidus de poudre qui s'est révélé négatif, il semble clair maintenant que ce meurtre était une effraction ou une exécution planifiée, récapitula-t-elle, en jetant un coup d'œil à Rowley. J'ai lu votre rapport et je suis surprise que Mme Robinson n'ait pas coopéré lorsque vous êtes arrivé sur les lieux. Quand je lui ai parlé, elle semblait tout à fait lucide. Vous êtes sûr qu'elle n'a rien dit ?

— Je me suis qu'elle était en état de choc ou qu'elle venait d'assassiner son mari, se souvint Rowley, en fronçant les sourcils. Quand elle a appelé, elle n'avait peut-être pas encore vraiment compris ce qui s'était passé. Je ne suis pas médecin, mais je pense qu'un tel choc peut avoir des répercussions grandissantes dans l'esprit de quelqu'un.

— Avez-vous entendu ou vu quelque chose autour de la maison, un autre véhicule, quoi que ce soit ? reprit Jenna, en croisant les mains sur le bureau. Vous n'avez rencontré personne sur l'autoroute ?

— Non, je n'ai vu personne, mais même si quelqu'un avait fait du bruit autour de la maison, je n'aurais rien pu entendre avec le vent qui soufflait, expliqua Rowley, avant de déglutir difficilement, sa pomme d'Adam se soulevant et s'abaissant. Je ne voyais pas à plus de quelques mètres dans l'obscurité, les feuilles tourbillonnaient partout, les branches raclaient les fenêtres. Je m'attendais à ce que quelqu'un me saute dessus à tout moment.

Kane s'esclaffa.

— Oh là là, dès qu'on approche d'Halloween, tout le monde a la trouille.

— Oui, quand j'ai vu la victime, j'ai regretté de ne pas avoir appelé des renforts à mon arrivée, concéda Rowley, avec un regard pour Jenna. Mais j'ai fouillé la maison et j'ai trouvé Mme Robinson.

— D'accord. Si j'en crois notre première inspection, rien n'a été déplacé ou dérangé, donc je vais exclure le vol comme motif, décida Jenna, en jetant un œil à ses notes, avant de relever la tête vers Kane. Je suis d'accord : c'est une exécution.

Kane acquiesça.

— Oui, le travail est trop soigné.

Il sirota une gorgée de son café et croisa son regard par-dessus le rebord.

— Alors, on a un tueur à gages professionnel en ville ? lança Jenna, en se passant les deux mains dans les cheveux. De mieux en mieux, cette journée.

10

Une bourrasque éclaboussa la fenêtre de pluie glacée comme un coup de chevrotine et Jenna frissonna à l'idée de s'aventurer à nouveau dans le froid. Elle observa ses adjoints. Comme il lui serait facile de déléguer certaines responsabilités et de rester au chaud à l'intérieur... mais ce n'était pas dans ses habitudes. Elle retint un sourire à cette idée et se concentra à nouveau sur ce qui les retenait en ce jour.

— D'accord, donc si on a affaire à une exécution, une question me taraude : pourquoi voudrait-on assassiner un conseiller financier ?

— Peut-être qu'il a arnaqué quelqu'un ? proposa Rowley avec un haussement d'épaules. Ou il a donné de mauvais conseils et le type a perdu son argent.

— Peu probable, jugea Kane, en remuant sur sa chaise. Un tueur à gages professionnel est non seulement difficile à trouver, mais en faire venir un ici coûterait cher.

Jenna pianota sur le bureau, pensive.

— Alors il faut qu'on fouille dans la vie du couple. Si Lucas Robinson côtoie des gens riches et célèbres, il a peut-être contrarié la mauvaise personne. Rowley, je veux que vous cherchiez des informations sur cet homme, où il est allé, ce qu'il faisait et avec qui. S'il avait une liaison avec l'épouse d'un homme riche, par exemple, demanda-t-elle, en prenant des notes pour dresser la liste de ce qu'elle devait faire. Ratissez les événements dans les pages mondaines et interrogez ses collègues de travail. Les gens dans les bureaux sont souvent de vraies commères, alors parlez à tous ceux qu'il connaissait.

— D'accord, répondit Rowley, en griffonnant dans son carnet.

Et la femme, même chose avec elle ?

Jenna hocha la tête.

— Oui, trouvez tout ce que vous pouvez sur eux. Ils doivent bien avoir des casseroles. Je veux dire, pourquoi vivre dans un tel isolement quand on n'a rien à cacher ?

— Ça marche, confirma Rowley, en levant les yeux vers elle. Je suppose que vous allez affronter le froid.

Jenna fronça les sourcils.

— Oui, on va aller revoir la scène de crime et rendre visite à Mme Robinson à l'hôpital. Si on a le temps, on passera à la morgue pour assister à l'autopsie de M. Robinson, détailla-t-elle, avant de lui jeter un regard suspicieux. Vous préférez peut-être qu'on échange ?

— Non, madame, lâcha Rowley, en se levant brusquement. Je m'en occupe tout de suite.

Il se dirigea vers la porte et Jenna reporta son attention sur Kane, replia son bloc-notes et se leva.

— Prêt à y aller ? On a un crime à élucider.

— Bien sûr, souffla Kane, avec un petit sourire en coin avant de se mettre debout. Je vais prendre mes affaires.

Il se retourna et quitta le bureau.

À la lumière du jour, la maison des Robinson ne semblait pas moins intimidante que la nuit précédente. Alors qu'ils remontaient le chemin sinueux et que la maison apparaissait enfin au bout, Jenna parcourut les environs du regard et secoua la tête.

— Robinson devait être fou pour construire la maison si près des arbres. En cas d'incendie, ils n'auraient eu aucune chance de fuir.

— Ça devait être un cauchemar de dormir, estima Kane, en se garant devant le perron avant de se retourner pour la regarder. Les arbres ont poussé si près des murs que le bruit à l'intérieur doit être pénible. La nuit dernière, je m'attendais à ce qu'une branche traverse une des fenêtres.

— C'est peut-être pour ça que Robinson n'a pas entendu l'intrus ? proposa Jenna, en refermant la fermeture Éclair de sa veste. Il était probablement habitué à tous les grincements et les gémissements. N'importe qui aurait pu entrer par effraction et il aurait juste continué à ronfler.

Elle tira sa capuche par-dessus son bonnet de laine et se prépara à faire face au froid.

— Eh bien, il a dormi alors que sa cervelle s'étalait partout sur le mur, confirma Kane, en secouant la tête. Je me demande si sa femme a entendu un bruit inhabituel avant les tirs.

Jenna tendit la main vers la poignée.

— Elle a entendu le parquet grincer, c'est tout. On lui demandera si elle se souvient d'autre chose plus tard.

Au moment où Jenna se laissait glisser dehors, une rafale de neige fondue la frappa au visage.

— Argh ! J'aimerais qu'il neige déjà.

Elle baissa la tête et grimpa les marches à toute allure. Après avoir retiré un gant, elle détacha le ruban adhésif de la scène de crime sur la porte et passa la main dans son manteau. Elle fouilla dans une poche, surprise de constater que les clés étaient chaudes au toucher, et les approcha de la serrure.

La porte s'ouvrit sur une odeur de mort flottant à l'intérieur de la maison. Jenna secoua la tête.

— On reste ensemble. Le tueur pourrait rôder dans les parages, et si c'est un professionnel, il nous cueillerait en quelques secondes, dit-elle, en repoussant le battant en grand. Faut peut-être laisser entrer un peu d'air frais pour chasser la puanteur.

Elle jeta un coup d'œil à Kane.

— Rappelle-moi de demander à Mme Robinson si elle est d'accord pour faire venir une équipe de nettoyage. Elle en aura besoin avant de revenir ici... lança-t-elle, en redescendant les marches du perron. Si elle revient. À sa place, je ne suis pas sûre de vouloir vivre seule ici après ce qui s'est passé.

— C'est quand même un bel endroit, intervint Kane, en balayant la zone du regard. C'est une propriété de premier choix, mais après ça, personne ne voudra l'acheter.

Jenna remarqua son expression.

— Tu l'achèterais, toi, hein ?

— Fut un temps, peut-être, admit-il, avec un petit sourire en coin. Savoir que quelqu'un a été assassiné ne m'aurait pas dérangé. Ce qui compte, c'est une bonne sécurité, mais je ne quitterai pas mon logement tant que ma propriétaire n'aura pas décidé de me mettre à la porte.

L'air triste de Kane la fit glousser.

— Ça n'arrivera pas. Viens, on a du pain sur la planche.

Le vent lui jetait de la glace au visage tandis qu'elle longeait la façade de la maison, se faufilant entre les arbres à la recherche de la fenêtre ouverte de la cave. Elle s'arrêta net et fixa devant elle.

— Ça, c'est pas bon signe.

Les volets fermés sur la fenêtre de la cave la poussèrent à se retourner et à scruter les arbres denses. Une pointe d'appréhension lui picota la colonne vertébrale. À côté d'elle, Kane se crispa et tous deux se mirent instinctivement à l'abri derrière un tronc ruisselant.

Se pourrait-il qu'une personne les observe depuis la forêt et guette leur retour pour les assassiner aussi ? Jenna baissa la voix pour demander, à peine plus fort qu'un chuchotement :

— Tu vois quelqu'un ?

— Non, mais ça ne veut rien dire. Avec le vent et la faible visibilité, on ne peut ni entendre ni voir qui que ce soit qui se cacherait dans la forêt, répondit Kane, en pivotant pour inspecter le sol. Quelqu'un est venu ici depuis qu'il a commencé à pleuvoir. Ces traces sont fraîches.

Il s'éloigna, suivant les traces de pas, puis se retourna vers elle.

— Le gars qui relève les compteurs. Il savait probablement qu'il n'y avait personne, a remarqué que la pluie tombait à l'intérieur et a fermé les volets. Ce serait un acte courtois à faire dans le coin.

Jenna souffla un nuage de vapeur en un souffle frustré.

— Oui, et il a effacé tous les signes d'effraction en même temps.

Elle se pencha pour regarder les volets.

— Aucun signe d'effraction, confirma-t-elle, avant de tenter d'ouvrir les volets. Ils semblent verrouillés. Peut-être que quelqu'un d'autre est entré par effraction et les a fermés de l'intérieur ?

— Je suppose qu'on va devoir descendre à la cave et jeter un coup d'œil, lança Kane avant de grimacer. J'ai verrouillé la porte de la cave quand on est partis hier soir, donc si quelqu'un est passé par cette fenêtre, il doit toujours être dans la cave.

Un filet de pluie glacée coula le long du col de la veste de Jenna et elle frissonna.

— Oh, c'est vraiment de mieux en mieux.

Tout en surveillant attentivement les environs, Jenna les guida jusqu'à la porte de la maison. Ils s'immobilisèrent dans l'entrée pour enfiler des gants chirurgicaux, puis elle referma derrière eux.

— On va vérifier toutes les pièces, juste au cas où.

— Bien reçu, répondit Kane, en penchant la tête vers la gauche de la maison. Tu veux qu'on se sépare ?

Jenna se remémora sa dernière visite. Toutes les pièces du niveau inférieur étaient spacieuses et peu meublées. Un intrus aurait eu du mal à s'y cacher.

— Oui, mais d'abord on doit s'assurer que la cave soit fermée.

— D'accord, dit Kane, en ouvrant la voie vers le couloir. Elle est bien fermée. Je vois le verrou sur la porte.

— Bien, alors on se sépare. Toi, tu vérifies le bureau et l'étage, et moi je prends à droite. On se tient au courant au fur et à mesure.

Jenna se dirigea vers le salon familial et, dos au mur, tourna la poignée et poussa la porte. Elle jeta un coup d'œil dans la pièce et, la voyant vide, referma la porte.

— Salon, RAS.

Tandis qu'elle se dirigeait vers la cuisine, elle entendit Kane confirmer que les chambres à l'étage étaient bien vides, et ils se retrouvèrent devant la porte de la cuisine. Elle jeta un coup d'œil par l'embrasure et entra. Après avoir vérifié le cellier et la porte arrière, elle se tourna vers Kane.

— Personne n'est venu ici. Aucune trace de saleté à l'intérieur, et le paillasson devant était sec avant qu'on marche dessus.

— La cave maintenant, alors ?

Kane rebroussa chemin, mais Jenna l'arrêta, concentrée.

— Attends. On va ouvrir la porte et appeler. S'il y a quelqu'un en bas, il sortira plutôt que mourir de faim, expliqua-t-elle, avant de soupirer. Je préférerais nettement chercher des indices et découvrir pourquoi quelqu'un a voulu assassiner Lucas Robinson.

Elle attendit que Kane déverrouille la porte de la cave. Lorsqu'il agita sa lampe de poche et appela dans le noir, personne ne répondit. Il regarda Jenna et haussa les épaules.

— Il n'y a personne en bas. Tu veux que j'aille vérifier ?

Jenna secoua la tête. L'idée de retourner dans une cave obscure la glaçait jusqu'à l'os.

— Pas la peine, on a tout ce qu'il nous faut. Je vais embarquer la paire de bottes que j'ai trouvée dans le placard à balais et l'apporter à Wolfe pour la comparer aux empreintes de pas sous la fenêtre.

— Je vais aller chercher le disque dur de son ordinateur. Tu as vu un ordinateur portable quelque part ? lança Kane, en se tournant vers le bureau.

— Non, mais il y avait une mallette posée sur une chaise dans la chambre, répondit Jenna, grimaçant à l'idée de revoir la scène de crime ensanglantée. Je vais la chercher.

Sans attendre de réponse, elle sortit un masque de sa poche et s'élança dans les escaliers, contournant les traces de sang. Dans la chambre parentale, elle évita de regarder les flaques de sang figées autour du lit et récupéra la mallette. Alors qu'elle redescendait, elle entendit des pneus crisser sur du gravier. La portière d'une voiture claqua et, quelques instants plus tard, quelqu'un frappa. Lorsque Kane sortit du bureau et la rejoignit, elle croisa son regard.

— Apparemment, on a un visiteur.

— Oui, et un visiteur pas franchement préoccupé par le ruban adhésif de la scène de crime.

Kane avança vers la porte, une main sur son arme.

11

Kane jeta un œil par la fenêtre. Un vieil homme dégoulinant de pluie se tenait sous le porche. Il avait les joues ridées et une touffe de cheveux gris dépassait de sa casquette de trappeur doublée de fourrure. Des yeux bruns le fixaient à travers des lunettes à monture noire. Il s'était emmitouflé pour affronter les intempéries, et Kane ne put déterminer s'il était armé. Il entrebâilla la porte et le dévisagea, attentif à son langage corporel, à la recherche de signes d'agressivité.

— Y a un problème ?

— Peut-être bien, répondit l'homme, en levant le pouce derrière lui. J'ai vu un véhicule dans les buissons sur le bas-côté, sur Stanton Road. Je me suis arrêté pour jeter un coup d'œil et ça empeste l'animal écrasé. Je me suis dit que c'était un accident, alors j'ai appelé le 911. La standardiste m'a dit que le shérif était ici, et que comme je n'étais pas loin, je devrais passer vous voir et vous emmener sur place.

Alors que l'homme finissait de parler, le portable de Jenna sonna. Kane l'entendit parler à Maggie et fronça les sourcils.

— Je vois.

Il se glissa sur le perron, bloquant la porte pour éviter que le visiteur ne voie les murs ensanglantés à l'intérieur. Il sortit son carnet de notes.

— Vous êtes allé voir si quelqu'un était blessé ?

— Non, avec l'odeur et tout ça, je me suis dit qu'il valait mieux appeler le 911, s'empêtra-t-il dans des explications. J'ai pas trop envie de m'en mêler.

— Vous avez fait ce qu'il fallait, le rassura Kane, en croisant le regard profond du visiteur. Je vais avoir besoin de vos coordonnées. Qu'est-ce qui vous fait sortir par ce temps ?

— Tom Dickson, je viens de Saddle Creek. Je possède une petite baraque là-bas et j'allais en ville pour trouver du boulot, dit Dickson, en grimaçant. J'ai été licencié pour l'hiver. Je n'ai pas travaillé assez longtemps à l'usine pour avoir droit à des congés payés.

Kane se détendit un peu. Saddle Creek était une zone isolée dans les contreforts de la forêt de Stanton. Depuis qu'il vivait à Black Rock Falls, il s'était rendu compte que de nombreuses personnes vivaient en autarcie dans les petites cabanes éparpillées dans la forêt.

— Personne n'embauche dans le coin pour le moment. Essayez peut-être de trouver des ranchs plus éloignés. Ils ont du bétail qui a besoin d'être gardé pendant l'hiver.

Il entendit Jenna se déconnecter et se diriger vers la porte.

— Oui, je pensais au primeur, peut-être, répondit Dickson, en se frottant les mains. Fait plus chaud en intérieur.

Kane se retourna quand Jenna sortit, une mallette à la main.

— Shérif, voici Tom Dickson. Il a trouvé une voiture accidentée sur Stanton Road.

— Oui, Maggie a appelé pour me dire qu'il arrivait. On va aller voir ça, confirma Jenna, en refermant la porte derrière elle et en fixant Dickson d'un regard long et réfléchi. Vous avez de quoi tenir pour l'hiver ? Vous serez bientôt bloqué par la neige.

— Eh bien, oui, madame, j'en avais jusqu'à ce qu'un ours détruise ma cabane. Il est revenu avec quelques-uns de ses amis et a tout mangé, soupira Dickson. Ensuite, l'usine m'a licencié, dernier arrivé, premier parti, qu'on m'a dit, alors je cherche du travail.

— On a besoin de quelqu'un pour empiler des cartons dans la cave, proposa Jenna, en haussant un sourcil. Faut compter une journée et il fait bon et chaud en bas. Ça vous dépannerait ?

— Sans aucun doute, madame. Merci beaucoup, répondit Dickson. Vous voulez que je vous guide jusqu'à l'accident ?

— Oui, dit Jenna, en le suivant en bas des marches. Ensuite, allez au bureau du shérif et demandez Maggie à l'accueil. Je vais l'appeler et elle vous montrera ce dont j'ai besoin. Elle connaîtra peut-être d'autres personnes en ville qui ont des petits boulots à faire aussi.

Kane regarda Dickson s'éloigner avec une claudication évidente. Quel que soit son âge, il semblait avoir du mal à joindre les deux bouts.

— Vous travaillez avec les chevaux ?

— Bien sûr, déclara Dickson, un sourire naissant au coin des lèvres. C'est mon hongre qui m'a signalé la présence de l'ours. Sacrée plaie. Le temps que je sorte, le mal était fait.

Il grimpa dans sa camionnette.

— Tournez à droite au bout de l'allée. C'est à environ quatre cents mètres le long de l'autoroute, sur la gauche.

Kane retira ses gants en latex et en enfila une paire en cuir épais avant de déposer le sac pour pièces à conviction contenant le disque dur à l'arrière de sa Dodge. Il se retourna pour prendre la mallette des mains de Jenna.

— Tu es sûre de vouloir laisser entrer un inconnu dans notre sous-sol ?

— Qu'est-ce qu'il va voler ? La chaudière ? lança-t-elle avec un grand sourire. Le pauvre vieux est sans ressources, tu préfères que je l'envoie à la soupe populaire ?

Kane ferma la portière arrière et ouvrit celle du conducteur.

— Non, et je suppose que Maggie va le surveiller.

— Et Rowley. Walters sera là quelques jours cette semaine aussi. Il s'assurera que Dickson se comporte bien, confirma Jenna, en prenant place sur le siège passager et en se tournant vers lui. Les habitants de la ville veillent les uns sur les autres. Quand ça se saura qu'il a besoin d'aide, il trouvera du travail. Un homme comme lui n'accepte pas la charité.

— Et Maggie aura fait passer le mot en ville avant la fin de la journée, ajouta Kane en démarrant.

Il jeta un coup d'œil à Jenna en se dirigeant vers la longue allée.

— Si c'est un accident de la route et que ça s'est passé la nuit dernière, je doute que quiconque ait survécu par ce temps.

— Si ça sent l'animal mort, c'est que ça s'est passé bien avant la nuit dernière, rétorqua-t-elle, en le regardant.

Par ce temps, la décomposition doit être lente.

Malgré la neige fondue qui fouettait le pare-brise et l'allée engloutie sous une brume grise, Kane ne mit pas trop de temps à rattraper l'autre véhicule. C'était une journée froide, humide et exécrable, et alors qu'ils tournaient sur Stanton Road, un épais brouillard donnait l'impression que les pins majestueux avaient les racines dans un lac en ébullition. L'eau dégoulinait des branches et disparaissait dans le brouillard tourbillonnant, soulevé par le hurlement continu du vent. Il jeta un coup d'œil à Jenna.

— Je me demande comment il a pu remarquer une voiture accidentée par ce temps. J'ai du mal à distinguer la chaussée.

— Hmm... et ça a empiré au cours de la dernière heure, poursuivit-elle, en glissant ses cheveux sous son bonnet et en enfilant ses gants. Il ralentit. Je ne vois rien...

Elle soupira.

— J'ai l'affreuse impression qu'on va passer un bon bout de temps ici. Le voilà !

Elle tendit le doigt vers l'arrière d'une camionnette coincée entre deux larges pins.

— Je le vois aussi.

Le camion avait plongé dans le sous-bois et s'était immobilisé entre deux arbres.

— Le conducteur aurait dû survivre. Je me demande ce qui s'est passé.

Seul le hayon était visible ; la forêt et la brume épaisse semblaient avoir englouti le reste du véhicule. Kane se gara derrière Dickson. Alors qu'il ouvrait la portière, il fut pris d'un malaise soudain. Il scruta les alentours dans toutes les directions, mais le brouillard était si épais que la camionnette de Dickson paraissait flotter sur un nuage.

— Il s'est peut-être senti brusquement mal.

Jenna contourna le capot et lui adressa un coup d'œil.

— Possible. Voyons si on arrive à localiser le conducteur et ensuite on cherchera des traces de dérapage.

— Bien sûr.

Du fond de ses tripes, Kane sentit que quelque chose ne tournait pas rond dans ce scénario.

— Je ne sens pas l'odeur de la mort. Restons prudents.

La voix feutrée de Jenna se fit entendre tout près derrière lui, faisant écho à ses pensées, et le bruit de son arme glissant de son holster résonna dans le silence.

— Compris, dit Kane, avant de lever les yeux vers Dickson qui gardait ses deux mains sur le volant.

Lorsque la vitre s'abaissa, Kane lui fit signe de s'éloigner.

— Merci, on va prendre les choses en main maintenant.

Le vieil homme leur fit un signe de tête et repartit. À Black Rock Falls, bien des choses étranges se produisaient, et il était devenu habituel de tomber dans des pièges. Kane se tourna vers elle.

— Je ne sens rien non plus. Si c'est un piège, c'est un endroit idéal. Avec la brume et la neige fondue, difficile de voir quoi que ce soit. Il pourrait y avoir un fil-piège n'importe où.

— Je regarde au sol, tu regardes en hauteur. Je ne vois aucune trace de pas, lança Jenna, en fouillant le sol de sa lampe torche. Je ne vois aucune perturbation du terrain ni aucun fil de fer.

Kane leva la tête vers la canopée et plissa les yeux.

— Rien au-dessus de nous, à part des corbeaux qui attendent là-haut. Il doit y avoir quelque chose de mort dans le coin, mais je ne sais pas pourquoi ils ne sont pas au sol.

— On ne va pas rester là à observer les oiseaux toute la journée, répliqua Jenna, en désignant le véhicule accidenté. Le corps est peut-être à l'intérieur, et les corbeaux n'y ont donc pas accès.

Alors qu'ils avançaient lentement entre les arbres trempés, sous leurs pieds, le sol parsemé d'aiguilles de pin s'étalait en une immense couverture. Le silence régnait aux alentours, sinistre. La forêt de Stanton était habituellement animée et abritait une faune très variée. Le calme était donc inhabituel, et laissait présager un problème. Le véhicule semblait émerger de la brume ; plusieurs bosses parsemaient le hayon et les deux portières avant étaient ouvertes. Kane prit des photos avec son téléphone, puis s'approcha lentement. Il vérifia l'habitacle : aucune trace de sang, mais le sol de la forêt était remué autour des deux portières.

— On dirait qu'ils ont fui quelque chose en courant et n'ont pas réussi à s'échapper.

Il prit d'autres clichés et son regard se posa sur un élément. Un picotement de mise en garde lui hérissa le duvet sur sa nuque.

— Oh, et ça c'est pas commun, lança-t-il, en brandissant deux plumes noires posées sur le siège avant. Wolfe n'a pas trouvé une plume noire à côté de Lucas Robinson ?

— Si, mais il n'y a peut-être aucun lien, répliqua-t-elle, en levant un doigt vers le ciel. Elles viennent probablement des corbeaux. Le vent a pu les déposer dans le véhicule.

— Je vais les mettre dans un sachet pour pièces à conviction, décida Kane, les yeux plissés pour se protéger de la neige fondue qui ne cessait de tomber.

Même les grands pins ne leur permettaient pas d'être à l'abri.

— Il n'y a pas de sang dans la camionnette. En toute logique, ils auraient dû se diriger vers l'autoroute.

— D'après les branches cassées, ils sont partis par là, dit Jenna en prenant les devants, avant de s'immobiliser. Lynx !

Kane se rangea à ses côtés, éleva la voix et agita les bras.

— Dégage !

Le félin leva son museau trempé du sang du cadavre d'un homme, grogna, mais recula et fuit en bondissant dans la forêt.

— C'est le lynx qui éloignait les corbeaux.

— Il y a un autre corps par ici, déclara Jenna tout à coup très pâle, en se tournant vers Kane. Des tirs au niveau de la tête, tous les deux.

Kane s'accroupit à côté de la première victime.

— Ce type s'échappait et a pris une balle dans l'épaule. Le tir à la tête est arrivé après. Si j'en crois les dégâts, le tireur allait à la chasse à l'ours.

— Même chose pour celui-ci. Il a une blessure dans le dos, et une balle dans la tête pour l'achever, détailla Jenna, en s'appuyant contre un arbre, avant de pousser un soupir. Prends autant de photos que possible. Je vais informer le bureau et faire venir Wolfe.

Elle releva les yeux vers Kane.

— Ces deux plumes pourraient bien être importantes, après tout. J'espère que ces meurtres et l'exécution ne sont pas liés. On n'a vraiment pas besoin d'un autre foutu tueur en série en ville pour Halloween.

12

Cette journée était grisâtre et maussade à souhait, mais le spectacle des citrouilles orange vif empilées devant l'épicerie fit sourire Shane Wolfe. C'était devenu une tradition pour lui et ses trois filles de sculpter une citrouille pour Halloween. L'une des rares coutumes qui leur restaient de l'époque où ils formaient une vraie famille, avant que sa femme ne meure d'un cancer. Après avoir acheté un modèle convenable, Wolfe enjamba la rivière d'eau boueuse jonchée de feuilles qui dévalait le caniveau et glissa la citrouille à l'arrière de son SUV. Ces temps-ci, il se noyait dans son travail, mais il tenait avant tout à offrir une vie normale à ses filles, Emily, Julie et Anna. Toutes les trois avaient le même teint que lui, avec des cheveux blonds et des yeux gris, mais heureusement, elles avaient toutes la silhouette menue et l'attitude de leur mère face à la vie. Emily suivait ses traces et étudiait pour devenir médecin légiste au Black Rock Falls College, Julie était au lycée, maligne comme un singe, et Anna ne vivait que pour monter le poney paint que Kane lui avait offert pour son dernier anniversaire. Il grimaça lorsque son téléphone sonna et secoua la pluie de son chapeau avant de s'installer derrière le volant. Il sortit son portable de sa poche supérieure.

— Wolfe.

— *C'est Jenna. Je crains que vous ne deviez reporter l'autopsie de Robinson. On a un double homicide sur Stanton Road. Deux victimes avec plusieurs blessures par balle. Le meurtrier les a poursuivies et leur a tiré dans le dos. On est sur place. Je vous envoie les coordonnées GPS.*

— Je suis en ville. Emily et Webber sont à mon bureau. Je passe les chercher, on prend mon van, et je vous rejoins dès que possible.

Wolfe raccrocha et démarra.

Il avait laissé sa fille Emily et son autre stagiaire, Colt Webber – un adjoint qui avait rejoint son équipe pour étudier les sciences médico-légales –, en pleine analyse des éclaboussures de sang de l'affaire Robinson. Maintenant, il avait d'autres affaires qui s'accumulaient et qui limiteraient le temps précieux consacré à sa famille. Il soupira et se dirigea vers la ville enveloppée de brume, et arriva quelques minutes plus tard à son bureau de médecin légiste. Il entra et passa son badge, heureux de voir ses stagiaires s'impliquer pleinement dans la tâche qu'il leur avait confiée.

— On a un double homicide dans la forêt de Stanton. Dave et Jenna sont sur place. Il fait froid, humide et boueux, donc mettez des bottes et des vêtements de pluie.

Quelques instants plus tard, ils grimpèrent dans le van et il entra les coordonnées GPS de la scène de crime.

— Tu as cours cet après-midi ?

— Oui, confirma Emily, en lui adressant un regard par-delà la capuche d'un imperméable deux tailles trop grandes pour elle. Mais on aura fini d'ici 15 heures.

Wolfe tourna sur Stanton Road et scruta la brume tourbillonnante. Les quelques personnes qui bravaient le temps se bousculaient sur le trottoir, courbées face au vent, le menton rentré, les mains tenant fermement le bord de leur bonnet.

— On va repousser l'autopsie de Robinson à 16 heures. Je vais voir ce qu'on a là-bas, mais je procéderai aux autopsies des victimes de la forêt de Stanton demain matin. Je te demanderai de venir au bureau après le petit déjeuner, comme tu n'as pas cours avant le début d'après-midi.

— Oh, papa, pourquoi si tôt ? frissonna Emily. Il fait tellement froid.

— Tu as changé d'avis ? Tu ne veux plus devenir médecin légiste ? demanda Wolfe, en gardant les yeux rivés sur la route sombre devant lui.

— Ne sois pas bête, s'exclama Emily d'un air effaré. J'ai le droit de poser la question, non ?

Wolfe se retint de sourire. Elle ressemblait tellement à sa mère. Il était heureux de voir qu'elle avait hérité du cran de celle-ci. Dans la profession qu'elle avait choisie, elle allait en avoir besoin. Il lui jeta un regard en coin et haussa les épaules.

— Rien de ce qu'on fait dans ce travail n'est particulièrement agréable, Em, il faut juste serrer les dents sans oublier de sourire, rappela-t-il, avant de s'éclaircir la voix. Un souci, Webber ?

— Non, monsieur, répondit Webber, visiblement soucieux.

Trois homicides en moins de vingt-quatre heures. J'espère qu'on n'est pas en train d'assister à une folie meurtrière pour Halloween.

Wolfe lui jeta un coup d'œil.

— Ne tirez pas de conclusions hâtives avant que nous ayons terminé les autopsies. Beaucoup de choses ne sont pas ce qu'elles semblent être.

— Papa, reprit Emily. Jenna a trouvé comment l'assassin de M. Robinson est entré dans la maison ?

Wolfe haussa les épaules.

— Je n'ai pas encore lu son rapport. Je suppose qu'elle a été appelée pour ce meurtre avant d'avoir eu le temps de le rédiger... Je n'ai jamais vu un temps pareil, autant de vent et de neige fondue, et pourtant la brume persiste.

— C'est parce qu'on est à une altitude plus élevée, lança Webber, en essuyant la condensation sur sa vitre. Ou juste parce que c'est Halloween. On dit qu'il se passe des choses étranges à cette époque, avec les esprits qui reviennent parmi nous.

— Vous prévoyez donc d'aller au ranch du vieux Mitcham à l'occasion d'Halloween pour une petite soirée pyjama ? s'esclaffa Wolfe. Ou bien les étudiants sont-ils trop vieux pour faire ça de nos jours ?

— Hors de question que je m'approche de cet endroit, lâcha Webber, avec un rire étouffé. Je n'ai pas peur des fantômes, mais il fait bien trop froid pour y passer la nuit.

— Pas faux.

Wolfe ne quittait pas la route des yeux.

Devant lui, les gyrophares du SUV noir de Kane émergeaient de la brume. Wolfe ralentit et, après avoir allumé ses feux de détresse, se gara juste devant. Il enleva ses gants de cuir chauds et les remplaça par des gants en latex qu'il gardait dans une boîte sur le tableau de bord.

— Mettez des gants et un masque. Webber, allez chercher le détecteur de métaux à l'arrière. Si le tueur a utilisé un fusil, on trouvera peut-être des douilles.

— On a besoin de nos combinaisons ? réfléchit tout haut Emily, avant de secouer la tête. Non, c'est inutile, n'est-ce pas ? Il pleut depuis deux jours et toute trace aura été emportée par l'eau ?

Wolfe vit Jenna et Kane sortir de la forêt, la pluie ruisselant des bords de leurs couvre-chefs.

— Je ne pense pas que ce soit nécessaire. Attendez ici, je vais jeter un coup d'œil, dit-il, en descendant du van et en s'approchant de Jenna et Kane. Qu'est-ce qu'on a ?

— J'ai l'impression que le véhicule a été poursuivi, que le conducteur a perdu le contrôle, qu'il s'est écrasé entre les arbres et s'est immobilisé là-bas, expliqua Jenna, en pointant la scène du doigt. Les portières sont restées grandes ouvertes, ils sont donc partis précipitamment. J'ai vérifié s'il y avait des traces de pas, à partir d'ici, là où les arbustes sont abîmés par la trajectoire du camion.

— J'ai trouvé des traces de dérapage sur la route, mais avec la neige fondue, difficile de déterminer depuis combien de temps elles sont là, ajouta Kane, en se penchant dans le véhicule, avant de se redresser. Je n'ai rien trouvé qui indique que le tireur les a suivis dans la forêt. Les aiguilles de pin sont si épaisses qu'elles forment un tapis. On dirait que le tireur a utilisé un fusil. On n'a pas trouvé de douilles à la lampe de poche. Il fait si sombre aujourd'hui, on est peut-être passés à côté.

— Deux coups de feu par victime, d'après ce qu'on a pu voir, reprit Jenna, en grimaçant. Nous avons dérangé un lynx, donc l'une des victimes est un peu dévorée. On a pris des photos de la scène. Je vous les transfère tout de suite.

Wolfe acquiesça.

— D'accord, répondit-il, avant de pivoter et de faire signe à Emily et Webber de les rejoindre.

Il prit le kit médico-légal des mains d'Emily et se tourna vers Webber.

— Passez le détecteur de métaux du bord de la route jusqu'aux corps. Photographiez la position de tout ce que vous trouvez avant de l'emballer.

— Oui, monsieur.

Webber se mit au travail et Wolfe reporta son attention sur Jenna.

— Je vous en prie, après vous, proposa-t-il.

Il ajouta à l'intention de sa fille :

Suis Jenna et attention, il y a un lynx dans les parages

Tout en marchant, Kane se rapprocha de lui. Wolfe se tourna vers son ami.

— Coïncidence ?

— Je n'en suis pas sûr, répondit Kane, tout en se baissant pour éviter une branche. Les deux scènes de crime donnent une impression de professionnalisme, même si dans cette ville, on a un certain nombre de tireurs d'élite. Une nouvelle série de morts mystérieuses que vous allez devoir élucider à Black Rock Falls.

Il lui donna une tape dans le dos et le médecin légiste secoua la tête.

— Moi ? Non. D'habitude, ce n'est pas un mystère de découvrir comment une personne est morte, mais si ces meurtres sont liés et aussi professionnels que vous le dites, je n'envie pas l'enquête dans laquelle Jenna et vous allez devoir vous dépatouiller.

Kane grimaça.

— Moi non plus. Je pensais avoir vu toutes les facettes de la nature humaine avant de m'installer ici... soupira-t-il. Bon sang, en fait j'en avais à peine effleuré la surface.

13

MERCREDI MIDI

Chez Tante Betty, la serveuse passa trop près de sa table, renversant son café sur l'assiette de brioches à la cannelle. Il n'avait pas beaucoup de temps à perdre après avoir fait la queue pendant des lustres à côté d'un homme qui sentait le chien mouillé, et l'idée de devoir attendre une nouvelle assiette lui mettait les nerfs à vif. Comme il ne voulait pas faire de scène et attirer l'attention sur lui dans le café bondé, il attendit qu'elle se retourne et pointa du doigt son plat gâché.

— Vous avez cogné ma table.

— Oh, je suis tellement maladroite aujourd'hui. Vous voulez autre chose ?

Elle essuya la table et remplit sa tasse de café, puis attendit sans une once de patience.

— Je ne veux rien acheter d'autre. J'aimerais que vous remplaciez mon assiette.

— Je ne suis pas sûre de pouvoir faire ça, dit-elle, en jetant un œil par-dessus son épaule vers le comptoir. Ce sera prélevé sur mon salaire.

Il la dévisagea longuement. Le café Chez Tante Betty était

réputé pour la qualité de sa cuisine et de son service ; c'était d'ailleurs ce qu'indiquait l'enseigne.

— Dites-moi, si j'abîmais votre voiture, vous pensez que je devrais payer pour les dommages ?

— Bien sûr, ce serait de votre faute, répondit la serveuse, en soupirant d'ennui, les yeux levés au ciel. C'est la loi.

Il acquiesça tandis qu'une colère familière montait en lui. Le besoin de la saisir à la gorge et de lui arracher la vie grandissait, irrésistible.

— Précisément.

C'était comme s'il parlait à un mur. Elle se contenta de prendre l'assiette de brioches détrempées, se fraya un chemin entre les tables et retourna en cuisine. Il réprima sa rage et balaya la salle du regard, s'assurant que sa conversation avec la serveuse était passée inaperçue. Il serra ses mains l'une contre l'autre pour reprendre le contrôle de lui-même lorsque la femme qui avait pris sa commande jeta un coup d'œil dans sa direction. Il baissa le menton, laissant l'ombre de son chapeau couvrir ses traits, mais dans son champ de vision périphérique, il la vit sortir de derrière le comptoir et se diriger vers lui. Tandis qu'elle se rapprochait, il remarqua un badge sur son chemisier qui disait : Susie Hartwig, gérante.

— Je suis désolée, c'est le premier jour de Ruby, lui sourit Susie. Je vais remplacer les brioches à la cannelle et votre repas est offert par la maison.

Il inclina son chapeau du bout du doigt.

— Merci, madame.

Quelques minutes plus tard, Susie revenait avec une assiette de brioches à la cannelle et une part de tarte aux pommes, tout juste sortie du four.

Il lui jeta un coup d'œil.

— Ruby est nouvelle dans le coin ?

— Oui, elle nous arrive de la ville, répondit la gérante avec un sourire. Elle sera plus à l'aise une fois qu'elle aura appris à connaître nos habitudes.

Il sirota son café.

— J'en doute pas.

Alors que Susie s'éloignait, il préparait ses plans et observait Ruby sous le rebord de son chapeau. Les deux gars qui avaient voulu jouer au plus peureux sur l'autoroute avaient demandé à mourir rapidement, mais les femmes qui se croyaient malignes l'énervaient vraiment. Un frisson d'excitation le parcourut lorsque son regard se posa sur le visage de la jeune femme. Il lui réservait une surprise toute particulière.

14

L'heure du déjeuner était déjà passée quand Jenna se laissa enfin choir sur sa chaise de bureau. Elle s'était arrêtée à la maison de retraite Sunnybrook pour voir Mme Grainger. La femme désespérément malade était bien installée et reconnaissante envers Jenna de son indulgence à l'égard de son fils. Devant l'insistance du docteur Brown, elle avait demandé à Dirk de se soumettre à une évaluation psychologique qui, selon le docteur lui permettrait de rester à l'hôpital pendant une semaine. Elle se rendit également à l'usine et s'entretint avec le propriétaire. Celui-ci ne savait rien de la mère malade du jeune homme et l'avait licencié parce qu'il n'avait pas repris le travail après des vacances. Il le réintégra aussitôt et s'assura que son assurance maladie était en règle. Elle soupira. Elle avait bien fait de consacrer son précieux temps à arranger les choses pour la famille Grainger.

Tentant d'ignorer la neige fondue qui fouettait les vitres, elle posa les portefeuilles de Parker Louis et de Timothy Addams sur son bureau, puis consulta leurs noms dans la base de données. Comme la première victime, Lucas Robinson, ils n'avaient pas de casier judiciaire. Aucune arme dans leur véhicule. En fait, sur le papier, ils semblaient être des types ordinaires qui vaquaient à leurs occupations. *Pourquoi quelqu'un aurait-il voulu les tuer ?*

Elle observa les permis de conduire des deux hommes et secoua la tête : tous deux portaient l'étoile dorée indiquant qu'il s'agissait de permis officiels du Montana, mais ils ne suffisaient pas à prouver l'identité des deux hommes. Les tirs dans leur tête avaient réduit à néant toute possibilité de demander aux proches d'identifier les corps. À cette heure, Wolfe devait vérifier si les victimes présentaient des signes ou des tatouages distinctifs.

Il prendra une empreinte des dents dans l'espoir que les hommes aient déjà consulté un dentiste de la région. Bien sûr, elle aurait la délicate tâche de rendre visite au plus proche parent, de poser des questions pour vérifier leur identité et d'obtenir l'autorisation du dentiste de divulguer ses dossiers.

Le véhicule des victimes était orné d'un autocollant vantant les mérites de la nouvelle station de ski et, au vu des outils retrouvés, il est possible que les deux hommes allaient au travail à l'heure du meurtre. Kane et Rowley s'étaient rendus à la station pour parler au responsable du site et voir s'il reconnaissait l'un ou l'autre des deux hommes. Jenna s'était mise à fouiller les réseaux sociaux à la recherche des trois victimes lorsqu'on frappa à sa porte. Elle releva la tête.

— Oui, entrez.

— Bonjour, Jenna.

Atohi Blackhawk, son ami fidèle et pisteur amérindien qui les aidait dans leurs enquêtes, se tenait dans l'embrasure de la porte.

Jenna sourit, heureuse de voir un visage familier.

— Hé, qu'est-ce qui vous fait sortir par ce temps ?

— J'apporte de petites choses.

Atohi posa sur son bureau un support contenant trois tasses de café et un sachet de plats à emporter.

— J'ai croisé Dave devant chez Tante Betty. Il vous a pris à déjeuner, mais comme on venait vous voir, il m'a demandé de l'apporter, lui sourit-il de toutes ses dents bien blanches. Alors, j'ai pris du café en plus.

Il se retourna et fixa la porte.

— Il y a quelqu'un que j'aimerais vous présenter.

— Bien sûr, enlevez votre manteau mouillé et asseyez-vous.

Soudain affamée, elle jeta un œil dans les sacs de plats à emporter.

— Jenna, voici Brad Kelly, un de mes cousins qui vit dans la réserve.

Atohi invita un grand homme d'une vingtaine d'années à entrer. Il avait des yeux qui rappelaient l'œil-de-tigre, cette pierre fine striée jaune et marron, et lorsqu'il retira son Stetson trempé, il révéla des cheveux noirs et raides jusqu'au col.

— Brad est venu nous voir après la disparition de sa mère. Il est parti à 18 ans, mais il est de retour pour une mission et nous avons besoin de votre aide.

Jenna prit le gobelet avec son nom imprimé sur le côté et hocha la tête.

— Bien sûr, de quoi avez-vous besoin ?

— Quand j'étais petit, j'ai vu mon père tuer ma mère, commença Brad, son regard de félin rivé sur le sien. Il a aussi tué mon frère.

Jenna fronça les sourcils.

— Vous en avez parlé à la police tribale ? Dans un premier temps, c'est vraiment leur affaire.

— Non, ça s'est passé ici, à Black Rock Falls, insista Brad, agité. Atohi pense que vous pourriez avoir des dossiers qu'on pourrait consulter pour étayer notre affaire.

– Bien sûr. Ça remonte à quand ?

Jenna sortit son stylo et prit quelques notes sur le bloc-notes posé sur son bureau.

— Vingt ans, se souvint Brad, concentré. La date exacte

m'échappe. Je n'ai parlé à personne de ma mère parce que je ne m'en souvenais pas. Atohi se souvient que c'était la fin de l'automne quand je suis arrivé à la réserve. Je sais maintenant que j'ai occulté cette date pendant longtemps. Ce n'est que lorsque les flics m'ont dit que mon père était mort que les souvenirs sont revenus par bribes.

Jenna n'était pas certaine que ses souvenirs soient aussi précis après tant de temps, et le dévisagea.

— Alors, où êtes-vous allé à vos 18 ans ?

— En Alaska, expliqua le jeune homme, tourmenté. J'ai quitté la réserve parce que mon père me pourchassait.

— À 18 ans, vous auriez pu parler aux forces de l'ordre présentes sur la réserve ou venir ici pour parler au shérif et le faire arrêter. Il n'y a aucune prescription en matière de meurtre.

— Je ne me souvenais pas comment j'étais arrivé à la réserve à ce moment-là, et si je m'en étais souvenu ce matin-là, pensez-vous que le shérif aurait fait attention à moi ?

Brad serra les poings sur la table.

— Mon père m'aurait tué aussi, voilà tout. Il fallait que je m'éloigne de lui le plus possible. Je ne me rappelle que ma mère qui me dit de courir.

— Il dit la vérité. Ma mère l'a recueilli et m'a raconté l'histoire de son retour dans la réserve, intervint Atohi, et ses yeux sombres se posèrent sur son visage. Il était en état de choc et ne parlait pas. La famille avait des soupçons et mon père est allé parler à Joe Kelly sous prétexte d'inviter la famille à l'anniversaire de mon grand-père. Il lui a dit que Luitl, la mère de Brad, l'avait quitté et avait emmené les garçons.

Il secoua la tête et ses yeux s'emplirent de tristesse.

— C'est la version modifiée de ce qui s'est passé, mais croyez-moi quand je vous dis que Joe Kelly était un lâche qui battait sa femme et qui avait trop peur pour mettre les pieds sur la réserve. Ma famille espérait que Luitl reviendrait un jour.

— Voyez, rien n'a été fait. Même si j'avais pu me souvenir de quoi que ce soit, personne n'aurait écouté ma voix, lâcha Brad, ses yeux braqués sur Jenna. Je perds mon temps. On va laisser les nôtres s'en occuper.

— Je vous écoute, Brad, mais il faut m'aider. J'ai besoin de tous les détails, les noms, les dates de naissance, les adresses, tout ce dont vous pouvez vous souvenir, le rassura Jenna.

Elle prit d'autres notes pendant qu'il lui répondait, avant de relever la tête et de croiser son regard perçant.

— J'en déduis que votre père n'est pas amérindien ?

— Non, mais ma mère était une Blackhawk, la cousine d'Atohi, confirma Brad, en haussant les épaules. Après ce qui s'est passé, j'ai couru à travers la forêt. Ma mère nous avait dit ce qu'il fallait faire pour fuir : suivre la rivière jusqu'à arriver au rocher comme un ours et ensuite suivre la route jusqu'à la réserve. Ça m'a pris des jours, mais je l'ai trouvée, et ils m'ont recueilli et soigné.

Jenna trouvait son histoire étrange. Si son père avait tué sa mère et son frère, quelqu'un aurait retrouvé leurs corps. Les autorités auraient été prévenues et elles auraient traqué son père et l'auraient traduit en justice.

— Alors, pourquoi vous manifester maintenant ? Votre père est mort, toute la procédure disparaît avec lui.

— Peut-être, mais si je trouve les restes de ma famille, je pourrai demander au médecin légiste de transmettre le dossier au coroner de l'État pour une enquête. Je veux que la vérité éclate. Pourquoi ma mère et mon frère n'ont-ils jamais été portés disparus ? Quelqu'un couvrait mon père et je veux qu'il soit inculpé.

Jenna acquiesça.

— Le jour où votre mère et votre frère sont morts, vous souvenez-vous de quoi que ce soit ? De ce qui a mis votre père en colère au point de les tuer, peut-être ?

— Il la frappait toujours, et nous aussi, expliqua-t-il.

Un éclair de colère intense illumina le visage de Brad et surprit Jenna.

— Maman voulait fuir vers la réserve. Elle aurait pu s'y cacher et sa famille l'aurait protégée. Ils ne l'auraient jamais laissé s'approcher d'elle. Je me souviens d'avoir descendu les escaliers en catimini et d'avoir couru jusqu'à la voiture. On avait atteint la forêt quand il nous a rattrapés. Il nous a poursuivis avec une pelle et maman m'a dit de courir et de ne pas me retourner. J'ai couru un peu, mais je me suis arrêté pour voir ce qui s'était passé. Ils étaient tous les deux couverts de sang et mon père se tenait au-dessus d'eux avec la pelle. Il m'a crié de m'arrêter, mais j'ai couru comme le vent. Je l'ai entendu s'enfoncer dans la forêt derrière moi et il m'a cherché pendant longtemps, mais je me suis réfugié dans un abri de chasseur. Je me suis endormi et à mon réveil, tout ce que je me suis rappelé, c'était que je devais fuir mon père et me rendre à la réserve.

Jenna tapota son stylo sur la table.

— Quand vous êtes-vous souvenu de ces détails ?

— Comme je l'ai dit, ça a commencé à me revenir le jour où les flics m'ont annoncé que mon père était mort, répéta Brad, en se passant une main dans ses épais cheveux noirs. Un peu plus chaque jour et finalement, je me suis souvenu de tout. Il fallait que je revienne. Le fantôme de ma mère doit arpenter la forêt sans aucun repos.

— D'accord.

Jenna se tourna vers son ordinateur.

— Ces dernières années, on a téléchargé d'anciens dossiers dans notre système. Je ne suis pas sûre qu'ils remontent aussi loin, mais je peux faire une recherche, lui sourit-elle. Par chance, il y a vingt ans, la criminalité à Black Rock Falls n'avait rien à voir avec celle d'aujourd'hui.

Elle regarda l'écran et tapa les noms dans le moteur de recherche.

— Vraiment ? lança Brad, en se calant au fond de sa chaise.

On peut peut-être vous aider. Atohi m'a dit que vous lui demandiez souvent son aide.

— Pour des pistes, la plupart du temps, mais Jenna peut toujours faire appel à moi si elle a besoin d'aide, intervint Atohi, en lui jetant un coup d'œil. Ne sous-estime pas notre shérif. Elle a traqué de nombreux tueurs en série.

— Oui, je sais, souffla Brad, en prenant son café. Sa réputation n'est un secret pour personne.

Jenna scruta l'écran de l'ordinateur avec incrédulité.

— Il y a un rapport de votre enseignante qui s'inquiète de ne pas vous avoir vus, votre frère et vous, depuis une semaine. Le shérif dit dans ses notes qu'il a parlé à votre père et qu'il lui a expliqué que votre mère avait pris ses fils pour retourner vivre auprès des siens, lut-elle, avant de croiser le regard de Brad.

Il lui répondit par une expression dure et figée.

— Il n'y a eu aucun suivi, reprit-elle, interdite. La procédure était différente à l'époque, je suppose. J'aurais vérifié que votre mère était bien en sécurité sur la réserve.

Comme Brad ne disait rien, Atohi se racla la gorge comme pour rompre un silence gênant.

— On a cherché les endroits dont Brad se souvient dans la forêt avant la première neige. On a formé tout un groupe, et j'ai contacté les gardes forestiers pour qu'ils sachent où on travaille et qu'ils éloignent les chasseurs de cette zone.

Jenna acquiesça.

— Bonne idée. Tenez-moi au courant si vous trouvez des restes. Ne touchez à rien. Wolfe les examinera, et il connaît un anthropologue légiste d'Helena qui l'a aidé dans d'autres affaires.

Elle se tourna vers Brad.

— Vous avez besoin d'autre chose ?

— Je n'avais pas conscience qu'il fallait votre permission pour toucher à quoi que ce soit dans notre forêt, rétorqua Brad, en se redressant. Mais si ça permet de rendre justice à ma mère et à mon frère, je suppose que je peux m'en accommoder cette fois-ci.

Il se retourna, prit son manteau et son chapeau derrière la porte et sortit en trombe.

Jenna se leva et se dirigea vers la porte pour le suivre du regard.

— J'ai dit quelque chose qu'il ne fallait pas ?

— Non, soupira Atohi. Il est revenu comme ça, les nerfs en pelote. Ne le prenez pas personnellement.

La colère qui irradiait de Brad l'avait quelque peu troublée. Elle secoua la tête.

— Non, bien sûr, mais il a l'air tellement enragé. J'ai l'impression de l'avoir laissé tomber, mais je ne sais pas comment.

Elle s'assit sur le rebord de son bureau.

— Vous nous avez été d'une aide précieuse. Nous savons maintenant pourquoi personne ne l'a cherché, conclut Atohi, en se levant pour serrer Jenna dans ses bras. Merci pour tout.

— Je vous en prie.

Surprise par son geste, elle se détourna d'Atohi et son regard se posa sur Kane qui se tenait dans l'embrasure de la porte.

— J'espère que vous les trouverez. Ça lui permettra de tourner la page.

Elle recula pour saisir le chapeau et le manteau d'Atohi.

— Merci.

Atohi lui sourit, puis se pencha pour saluer Duke, qui passait devant Kane en remuant la queue. Il prit le manteau et le chapeau des mains de Jenna, puis leva les yeux vers Kane.

— Je vous laisse.

— Bien sûr, dit Kane, en faisant un pas de côté. Des trucs à régler ?

— Jenna vous mettra au courant. À bientôt.

Atohi enfonça son chapeau sur sa tête et enfila son manteau.

— Hmm... murmura Kane, en fermant la porte et en s'y adossant.

— Quoi ? lança Jenna en haussant un sourcil.

— Je devrais être jaloux ?

Il ôta son manteau et le suspendit à la patère, puis retira son Stetson noir et en secoua les gouttes de pluie avant de le déposer sur le bureau.

Réprimant un sourire, Jenna haussa les épaules.

— Non, mais cet homme est incroyablement beau, tu ne penses pas ?

— Je ne fais pas vraiment attention à l'apparence des autres hommes, répliqua Kane, en croisant les bras sur son imposant torse. Qu'est-ce qui s'est passé pour que son ami sorte d'ici en furie ?

— Je serais bien incapable de te le dire, mais il a ajouté un nouveau meurtre à notre charge de travail croissante. Une affaire classée, mais d'après ce qu'il a décrit, il y a vingt ans, son père a brutalement assassiné sa mère et son frère. Il croit que le fantôme de sa mère se promène dans la forêt, sans trouver le repos.

— Hum... tu penses que c'est un retour de karma pour ce que nous avons fait avant de venir ici ? lança Kane, en s'asseyant, les yeux levés vers elle. Je veux dire, une affaire qui nous attend depuis vingt ans. Tu parles de trucs bizarres qui se passent à Halloween, mais ça, c'est vraiment flippant.

15

La tête baissée pour lutter contre les intempéries, Atohi pressa le pas pour rattraper Brad. Le froid saisissant s'infiltrait dans son manteau déjà humide, et le vent soufflait une pluie glacée sur son visage, projetant des gouttes froides dans son cou. Il fit un bond de côté sur le trottoir pour éviter deux bouledogues qui traînaient une imposante femme derrière eux. Seuls ses yeux émergeaient de la capuche de son manteau et elle ressemblait à une énorme pelote de laine rouge chaussée de bottes en caoutchouc. Il s'élança et, les yeux rivés droit devant lui, il aperçut Brad qui se dirigeait vers Chez Tante Betty. Il s'y faufila et huma les effluves de nourriture. Il ôta son chapeau et sourit à Susie Hartwig, derrière le comptoir.

— Impossible de vous débarrasser de nous aujourd'hui.

— Je viens de sortir du four une fournée de tartes aux griottes, répondit Susie, en gloussant. C'est l'odeur qui vous a attirés ?

— Non, lâcha Brad, en adressant un coup d'œil nerveux à la gérante. On a froid et on est trempés, et cet endroit nous a semblé idéal pour nous réchauffer. Je vais prendre un chili et une tarte aux pommes.

— Bien sûr, et vous, Atohi ?

— Un chili aussi, mais je ne peux pas résister aux tartes aux griottes, sourit le pisteur. Je suis surpris qu'il vous en reste, avec Dave Kane dans les parages.

— On a augmenté les quantités, dit-elle, avant d'annoncer la commande en cuisine, puis de se retourner vers lui. Ruby va vous servir et soyez gentils, elle passe une mauvaise journée. La pauvre n'arrête pas de renverser des verres.

Atohi acquiesça.

— D'accord.

Il fit signe à Brad de s'asseoir à une table et ils retirèrent leurs manteaux mouillés.

— Tu as vraiment besoin d'être si malpoli ? Ce sont des gens bien.

Atohi suspendit son pardessus au dossier de son siège avant de s'asseoir.

— Vraiment ? souffla Brad, en l'imitant avant de s'affaler à son tour. On verra bien.

Il esquissa un sourire lorsque Ruby, la serveuse, se dirigea vers eux avec une cafetière et deux tasses.

— Vous êtes de retour ? sourit-elle à Brad, en versant le café. Votre commande arrive tout de suite.

— J'ai entendu dire que vous passiez une mauvaise journée, à renverser des verres... ? demanda Brad, en se calant au fond de sa chaise pour la dévisager. Je peux peut-être l'améliorer. On pourrait aller prendre un café un de ces jours ?

— Oh... hésita Ruby en le regardant, les joues rosies. Ce serait sympa. Je ne connais pas grand monde en ville.

— Vous habitez où ? reprit Brad, avec un petit sourire en coin. Je vis dans la réserve.

— Moi, je suis à Elk Creek, expliqua-t-elle, en roulant des yeux. C'est la maison de ma tante. Je reste avec elle jusqu'à ce que je trouve un endroit à moi. C'est pénible. Je prends le bus et il s'arrête au bout de la route. Je suis trempée jusqu'aux os le temps de rentrer.

— Je peux passer vendredi soir, on pourrait prendre un café et je vous ramène après.

Brad jeta un coup d'œil à Atohi et ses yeux dansèrent de malice.

— Oui, bien sûr, répondit Ruby, avant de sursauter au son de la cloche sur le comptoir. C'est votre commande !

Elle se retourna et s'éloigna rapidement.

Atohi le dévisagea.

— Tu essaies de prouver un truc ?

— Peut-être bien, concéda Brad, en haussant les épaules. Je pensais vraiment qu'elle refuserait. Alors, où est-ce que je l'emmène prendre un café et peut-être dîner dans le coin ?

Il le fixa longuement dans l'attente d'une réponse.

— Il y a une pizzeria qui vient d'ouvrir à l'autre bout de la ville, suggéra Atohi, tout en ajoutant de la crème et du sucre à son café et en le touillant lentement. Je te vois mal aller au Cattleman's Hotel.

— Non, la pizzeria, ça m'a l'air bien, soupira Brad. Bon, j'ai quelques jours pour nettoyer ma voiture.

— Tu devrais prendre la mienne, gloussa Atohi. Si tu veux faire bonne impression. Je suis surpris que cette vieille bagnole roule toujours.

— Elle marche très bien, et je vais bientôt réparer la carrosserie, rétorqua Brad, en pianotant sur la table. Ma priorité, c'est de retrouver ma mère.

Il regarda attentivement son cousin et ami, comme s'il réfléchissait à sa proposition.

— Je vais prendre ta voiture. Merci.

— Tu prévois de faire quoi au retour du printemps ? s'enquit Atohi, en se penchant en arrière tandis que Ruby arrivait avec leurs plats. Avec l'afflux de touristes qu'on a maintenant, je gagne bien ma vie en tant que guide touristique. Les gens aiment entendre les vieilles histoires sur la forêt, et ça les pousse à respecter la terre.

— Je n'ai jamais été très doué avec les gens, dit Brad, en avalant une cuillerée de chili. Je trouverai du boulot. Je m'en suis toujours sorti par mes propres moyens.

Atohi fut pris d'un malaise et jeta un œil sur lui. Qu'était-il arrivé en Alaska à Brad, qu'il connaissait si bien, pour qu'il change autant ? Ses sautes d'humeur fréquentes et variées l'inquiétaient. Devant Ruby, l'homme en colère s'était transformé en un instant en un Roméo décontracté et nonchalant pour la convaincre d'accepter un rendez-vous avec lui. Quelques instants plus tard, le Brad sarcastique était revenu au galop, et Atohi se demandait lequel de ces personnages était le véritable Brad.

16

MERCREDI, FIN D'APRÈS-MIDI

Kane saisit le feutre posé sur le support et fit face au tableau blanc. Jenna avait déjà divisé le tableau en trois parties et ajouté Lucas Robinson aux noms présumés des deux autres victimes, avec les informations dont elle disposait à ce jour. Il se tourna vers Rowley et elle.

— Bon, on a eu confirmation que Parker Louis et Tim Addams travaillaient à la station de ski. Ils ont participé à la deuxième phase de construction des chalets.

Il attendit que Jenna arrête de mâcher son sandwich.

— À qui avez-vous parlé ? demanda Jenna, tout en sirotant son café.

— Au chef de chantier, répondit Rowley, en jetant un œil à ses notes. Sid Glover.

— J'ai vérifié les plaques du véhicule, et le camion appartient à Parker Louis, ajouta Jenna, en sortant l'autre moitié de son sandwich du sac. Si le véhicule et les plaques correspondent, on a assez d'infos pour que Wolfe contacte le parent le plus proche. Si les deux hommes sont portés disparus, il obtiendra l'autorisation de consulter les dossiers dentaires et on aura une identification formelle.

Kane inscrivit toutes les informations sur le tableau blanc et remarqua le sourcil arqué de Jenna.

— J'ai oublié quelque chose ?

— Non, sourit-elle. Même ton écriture est d'une précision militaire. Comment fais-tu pour caser autant de choses dans un si petit espace et que ça reste lisible ?

— Je ne sais pas... hésita Kane, légèrement gêné, avant de s'éclaircir la voix. J'ai des informations sur Lucas Robinson. On est passés à la banque pour discuter avec quelques-uns de ses associés. Rowley a une liste de ses amis. D'après ce qu'on a compris, il était plutôt joueur.

— Genre paris en ligne ou tombeur de femmes ? réagit Jenna, visiblement piquée par la curiosité.

Kane plissa les yeux.

— Tombeur. D'après ce qu'on a entendu, il avait une liaison pas si secrète que ça avec Ann Turner, une coiffeuse d'un salon de beauté de la ville.

— Je connais Ann, répondit Jenna, en s'adossant au fond de sa chaise et en levant les yeux vers lui. Elle est jeune, peut-être 18 ou 19 ans. Je me demande si sa femme est au courant ?

— Ça nous donnerait un mobile, intervint Rowley, en lissant ses boucles avec un petit haussement d'épaules. Je veux dire que si Mme Robinson était au courant de la liaison, elle a peut-être engagé un tueur à gages.

Il regarda Kane.

— Vous avez dit que le meurtre ressemblait à une exécution, argumenta-t-il, avant de se tourner vers Jenna. Si c'est le cas, qu'est-ce qu'on fait maintenant ?

— Comme pour l'instant, aucune preuve tangible ne semble impliquer Mme Robinson, il nous faudra bien plus que de simples soupçons, rétorqua Jenna, en reprenant ses notes. On va assister à l'autopsie et attendre le rapport de Wolfe. S'il envisage la possibilité d'une exécution par un tireur professionnel, on aura une cause probable et on pourra demander au juge un mandat pour consulter les relevés bancaires et téléphoniques. Si Mme Robinson a retiré une grosse somme d'argent, par exemple, on aura alors assez de preuves pour l'interroger.

Elle leva les yeux vers Kane.

— On va poursuivre l'enquête dans cette direction pour l'instant.

Kane ajouta ces informations sur le tableau blanc, puis se retourna vers elle.

— Qu'en est-il de Ian Clark, le type qu'on a accusé d'effraction l'automne dernier ? Il vient de sortir de prison, précisa-t-il, en croisant le regard de Jenna. Il est de retour chez lui, avec ses parents, à Maple. Ce serait assez inhabituel qu'un type passe du cambriolage au meurtre, mais on ne sait pas ce qui lui est arrivé en prison.

— Bien sûr, j'ai son adresse dans le dossier. On passera le voir après l'autopsie pour lui parler, confirma Jenna, avant de se mordiller la lèvre inférieure. Bon, passons aux meurtres de la forêt de Stanton.

Kane ajouta un nom au tableau.

— On a identifié un suspect possible, voire deux. Cliff Young s'est battu avec les deux victimes devant le Triple Z Bar samedi soir, selon le directeur de la station de ski. Il était là pour boire quelques bières et la bagarre était liée à un incident survenu au travail.

— Tu as ses coordonnées ? lança Jenna, tout en écrivant sur son bloc-notes.

— Oui, Rowley les a.

Kane ajouta un deuxième nom au tableau et attendit que Rowley ait fini de parler.

— Ensuite, on a son ami Kyler Hall, et c'est là que les choses deviennent intéressantes.

— Comment ça ? lança Jenna, en relevant la tête.

— Compliquées, plutôt, soupira Rowley. Ces affaires sont plus complexes que vous ne le pensez.

Kane s'assit sur la chaise devant le bureau.

— On a parlé à plusieurs employés de la station de ski et découvert que Young et Hall étaient des amis proches. Cliff Young sortait avec Ann avant qu'elle ne se mette à fréquenter Lucas Robinson. Young n'était pas franchement ravi de voir sa copine avec un homme plus âgé.

— D'accord, dit Jenna, en tapotant son stylo sur la table. Et Hall ? C'est quoi son rôle dans cette histoire ?

Kane posa une cheville sur son genou opposé et se cala au fond de sa chaise.

— Il est allé voir Robinson pour avoir des conseils financiers l'année dernière et a fini par y perdre sa chemise.

— Donc, les deux hommes auraient une bonne raison de tuer Robinson, résuma Jenna, les yeux dans le vide. Et s'ils sont aussi proches que vous le dites, peut-être qu'ils ont aussi tué les hommes dans la forêt. Vous savez si Hall était impliqué dans la bagarre au Triple Z ?

Kane acquiesça.

— On sait qu'il en était, oui. On devrait passer au bar pour interroger les témoins de l'incident.

— Bonne chance, sourit Rowley. Ces gars n'aiment pas franchement parler aux forces de l'ordre.

— Le motif de l'altercation pourrait nous éclairer sur celui des meurtres de la forêt. On a encore beaucoup à apprendre, estima Jenna.

Elle étudia quelques instants le tableau blanc, puis se tourna vers Kane.

— Va avec Rowley au Triple Z et vois si tu peux trouver des informations sur la rixe. On s'arrête ici pour le moment. Si vous n'êtes pas de retour à 16 heures, j'irai au bureau du médecin légiste pour l'autopsie de Robinson.

Kane se leva.

— Bien reçu, conclut-il en remettant son Stetson avant d'attraper son manteau. Tu viens, Duke ?

À sa grande surprise, le chien se leva, s'ébroua de la truffe à la queue, ses longues oreilles et ses babines claquant dans l'air, puis il attendit que son maître lui enfile son épais manteau imperméable. Kane se redressa et regarda l'expression amusée de Rowley.

— Il a froid.

— Il a un manteau de fourrure, rétorqua Rowley, en enfonçant son couvre-chef. Il est pourri gâté.

Kane plongea son regard dans les yeux bruns et confiants de Duke, et se remémora l'état dans lequel il l'avait trouvé dans les montagnes au cours d'une affaire. Il n'avait plus que la peau sur les os. C'était étonnant que le chien soit si doux après avoir survécu à de si atroces maltraitances. Il lui gratta les oreilles.

— Il le mérite.

Pendant tout le trajet jusqu'au Triple Z, la neige fondue avait frappé le véhicule de Kane de plein fouet. La visibilité limitée sur l'autoroute compliquait la conduite, et même les dix-huit roues progressaient plus lentement qu'à l'accoutumée. À en juger par le nombre de voitures sur le parking, les conditions déplorables n'avaient pas empêché les clients de venir au bar. Il se gara le plus près possible de l'entrée et invita Duke à le suivre jusqu'à l'établissement. Le chien ouvrit les yeux un instant, puis les referma.

— D'accord, reste ici.

Il l'enveloppa dans une couverture et referma la portière.

Rowley baissa son chapeau pour se protéger de la neige fondue.

— Mon chien passe la plupart de son temps dehors, qu'importe la météo, et par choix. Il va et vient à sa guise par la porte spéciale, façon chatière géante, raconta-t-il, avant de pousser un soupir. Il n'y a qu'un seul problème : je ne peux lui donner accès qu'au cellier, et je dois souvent le nettoyer quand je rentre.

Kane s'esclaffa.

— Vous devriez peut-être lui acheter un manteau.

Il poussa les portes et grimaça lorsque les relents de bière éventée, de sueur et de ce qui était peut-être des corn dogs l'assaillirent. Il se faufila entre les tables jusqu'au bar, ignorant les regards noirs de la clientèle variée, et attendit que le barman ait servi un client. À moins d'être appelé pour régler un problème, le service du shérif laissait généralement le Triple Z et ses clients tranquilles. Ce bar était une véritable ruche, qu'il valait mieux laisser en paix plutôt que de la secouer pour semer la zizanie. Lorsque le barman termina d'essuyer le comptoir et jeta le chiffon par-dessus son épaule, Kane lui fit signe. – Qu'est-ce que vous pouvez me dire à propos de la bagarre sur le parking samedi soir ?

— Ah ah, lâcha l'homme, un sourire se dessinant sur ses lèvres. Y a des bagarres ici presque tous les jours, adjoint. C'est un peu difficile de tout suivre.

Kane se pencha sur le comptoir et, ramenant sa voix à la limite du chuchotement, lui lança un regard foudroyant.

— Vous ne trouverez pas ça si drôle quand on ne répondra pas à votre prochain appel au 911, lâcha-t-il, avant de se redresser et de balayer la salle des yeux. Je me souviens avoir sauvé votre peau la dernière fois qu'une rixe a éclaté ici, et que le shérif s'est assuré que vous receviez des dommages et intérêts. Nos adjoints ont fait plus que leur devoir et ont subi des dommages corporels.

Il lâcha un petit rire proche du grognement.

— J'ai besoin de réponses. Deux des hommes impliqués dans une bagarre ici ont été retrouvés assassinés dans la forêt, expliqua-t-il, en s'accoudant au bar en bois taché et en le toisant du regard. Je vous suggère donc d'effacer ce rictus de votre visage et de commencer à coopérer. Qui était impliqué ? Si vous ne savez pas qui a provoqué la bagarre, je veux les noms de ceux qui le savent.

— Assassinés, sérieux ? répéta le barman, soudain tout pâle. Je peux vous dire ce que j'ai entendu, mais je ne viendrai pas témoigner à la barre. Un barman, c'est comme un prêtre : les gens savent qu'ils peuvent se confier et qu'on ne dira rien à personne.

Kane sortit son carnet de notes et décrocha son stylo.

— Pourquoi ne pas commencer par le début ? Qui était là et qu'avez-vous entendu ?

— Cliff Young et Kyler Hall étaient assis au bar quand Parker Louis et Tim Addams sont entrés.

Le barman resta un instant immobile, les yeux perdus dans le vide, puis se concentra sur Kane.

— Ils se disputaient à propos d'une livraison d'équipement, poursuivit-il, en jetant des regards nerveux autour de lui tout en se mettant à polir le bar avec force. Cliff et Kyler volent des trucs sur le site de la station de ski. Ils savent quand les livraisons sont faites aux chalets et ils se servent. Apparemment, au début, c'était un ou deux trucs. Parker et Tim l'ont découvert et ont voulu en être.

— Alors, qu'est-ce qui a provoqué la bagarre ? demanda Rowley en s'approchant.

— Parker a menacé de tout raconter au patron s'ils ne leur laissaient pas une place pour la prochaine livraison.

Le barman se détourna, remplit deux verres de soda et les fit glisser sur le bar vers Kane et Rowley.

— Cliff a pété les plombs, il a dit qu'il préférait tuer Parker plutôt que de supporter son chantage, se souvint-il, un peu déconfit. Après, ils sont sortis se battre sur le parking.

Du menton, il indique le bar qui se vidait peu à peu.

— C'est bon ? Les forces de l'ordre ici, c'est mauvais pour les affaires.

Kane prit quelques notes puis releva la tête vers le barman.

— Je n'ai pas votre nom.

— Hank Dunaway. Je vis à l'arrière, dans une des chambres.

Kane replaça son stylo dans le support de son bloc-notes et croisa le regard de l'homme.

— Eh bien, monsieur Dunaway, malheureusement, être tenancier de bar ne vous confère aucun droit au secret de la confession. Cette information fait de vous un témoin disposant d'éléments de preuve importants sur l'affaire. Si l'accusation vous demande de témoigner, vous n'avez pas le choix.

— Je refuserai, lâcha Dunaway, horrifié. Vous ne pouvez pas m'y obliger.

Kane remarqua la sueur qui perlait sur son front.

— Je n'y peux rien. Le procureur peut vous assigner à comparaître devant le tribunal. Si vous refusez, un mandat d'arrêt sera lancé contre vous. Un juge pourrait vous envoyer en prison pour outrage à magistrat si vous n'obtempérez pas, expliqua-t-il, avant de poser quelques billets sur le bar pour les boissons, avec un sourire pour Dunaway. Juste au cas où quelqu'un ici penserait que vous tentez de nous corrompre.

Il se retourna et se dirigea vers la porte.

— Bien joué, gloussa Rowley, en le suivant sur le parking.

Kane sourit.

— Je fais juste mon travail.

Il se précipita vers son SUV et se glissa à l'intérieur, avant de se retourner pour observer Duke, recroquevillé et endormi sur la banquette arrière.

— Je me demande bien pourquoi tu insistes pour venir avec moi, Duke, alors que tu ne veux jamais sortir sous la pluie.

— Il est plus intelligent que vous ne pensez, lança Rowley, en grimpant côté passager, un sourire aux lèvres. Où on va maintenant ?

Kane démarra le moteur, puis jeta un coup d'œil à sa montre.

— Si on se dépêche, on peut être de retour en ville avant que Jenna ne parte pour le bureau du médecin légiste.

Il pensa à l'affaire et envisagea la possibilité que deux tueurs chassent leurs victimes à Black Rock Falls. Ou peut-être un meurtrier et un disciple, ce qui était fréquent. Les psychopathes de type mâle alpha poussaient souvent les autres à passer à l'acte. Il bifurqua vers l'autoroute et, alors qu'ils atteignaient la ville, il jeta un coup d'œil à Rowley, qui semblait perdu dans ses pensées.

— Comment ça se passe avec Sandy ? Vous n'avez pas parlé d'elle de toute la journée.

— Tout va bien... enfin, mieux que bien, s'esclaffa Rowley. Je commence à m'habituer à sa présence. Je pense la demander en mariage prochainement.

Kane lui sourit.

— Vous n'avez pas l'intention de laisser passer celle-là, hein ?

— Pas question, confirma Rowley, avec un air rêveur, avant de regarder Kane. C'est la bonne, je le sais... Vous pensez que Jenna nous autorisera à rester vivre dans la maison, comme elle appartient au Bureau du shérif ?

— Oh oui, le rassura Kane. Je ne vois pas pourquoi elle vous mettrait à la rue juste parce que vous avez décidé de vous marier. Elle aime bien Sandy, nous l'aimons tous. Elle fait partie de la famille.

— Chouette, répondit Rowley, avant de se racler la gorge. Mais je ne manquerai pas de poser la question à Jenna pour la maison, avant de me marier.

Kane se gara à sa place devant le bureau et ouvrit la portière arrière pour que Duke sorte. Le chien baissa la tête et s'élança sur les marches, franchissant rapidement les portes vitrées. Il le suivit du regard.

— De rien.

17

Après avoir écouté le rapport de Kane sur la conversation entre Kyler Hall, Cliff Young et les deux victimes présumées de la forêt, Parker Louis et Tim Addams, Jenna leva les yeux au plafond.

— Ça m'a l'air un peu trop facile, estima-t-elle, avant de fixer ses adjoints. Et depuis quand nos affaires sont du genre emballé, c'est pesé ?

— Peut-être qu'on a de la chance cette fois ? proposa Kane, en sirotant le café bien chaud qu'elle leur avait servi à leur retour.

Quelque chose ne collait pas et Jenna fronça les sourcils.

— C'est Black Rock Falls ici, la chance n'est jamais en notre faveur. Bien sûr, interrogez les suspects, mais je crois qu'on doit creuser davantage sur cette affaire. Rowley, allez à l'entreprise de pompes funèbres. Ian Clark, notre autre suspect potentiel, travaille comme agent d'entretien là-bas. Je veux que vous découvriez où il se trouvait au moment des meurtres. J'ai lu sa fiche et j'ai du mal à croire qu'il puisse entrer par effraction dans une maison, tuer quelqu'un et repartir les mains vides. Il n'est pas non plus assez effrayant pour traquer deux hommes et les abattre.

Elle se frotta les tempes.

— Mais il a peut-être changé pendant son séjour en prison, concéda-t-elle.

— Oui, madame, répondit Rowley, avant d'hésiter sur le pas de la porte. Ah, je peux vous poser une question personnelle avant de partir ?

— Oui, qu'est-ce qui se passe ?

— Si je décidais de me marier, est-ce que je pourrais toujours vivre dans la maison, vu qu'elle appartient au Bureau ?

Jenna ne put réprimer un sourire.

— Oui, bien sûr, vous pourrez y rester tant que je serai shérif, mais j'espère qu'à terme, vous aurez votre propre maison. Les habitants de la ville pourraient se lasser de moi un jour.

— J'espère pouvoir acheter un ranch dans les environs d'ici un an ou deux, sourit Rowley. Oh, et s'il vous plaît, ne dites rien à Sandy, je ne lui ai pas encore posé la question. Je pensais le lui demander à Noël.

— Promis, je ne dirai rien, le rassura-t-elle.

Tandis que son jeune adjoint s'éclipsait, Jenna contourna le bureau et attrapa son manteau.

— Viens, Kane, on va être en retard pour l'autopsie.

Elle jeta un coup d'œil à Duke, lui caressa la patte et il se leva pour sortir aussi.

— Tu seras mieux avec Maggie. Viens, mon gros.

À la réception, Jenna attendit que Duke s'installe dans son panier derrière le comptoir et se tourna vers Maggie.

— Comment se débrouille notre homme à tout faire ?

— C'est un travailleur acharné, admit Maggie en croisant son regard. Je ne sais pas s'il a du liquide. Il n'a fait aucune pause, alors je l'ai envoyé chez Tante Betty pour manger. Susie Hartwig s'est assurée qu'il soit bien nourri... Il ressemble à une âme perdue.

— Un ours a mangé toutes ses provisions et l'usine l'a licencié, expliqua Jenna, avec une grimace. Donnez-lui deux cents dollars cet après-midi et si vous avez le temps, voyez si vous réussissez à lui trouver un petit boulot en ville.

— Je n'y manquerai pas, sourit Maggie. Je vais commencer par Rowley. Il n'arrête pas de se plaindre de son garage qui a besoin d'être nettoyé avant l'arrivée de la neige.

Jenna lui rendit son sourire.

— Bonne idée !

Elle la salua de la main et suivit Kane à l'extérieur tout en remontant sa capuche.

La neige ne la dérangeait pas — le froid avait des vertus rafraîchissantes et purifiantes — mais la neige fondue la rendait folle. Tout était humide, et la pluie glacée semblait s'infiltrer à travers tous ses vêtements. Le brouillard constant se refermait autour de la ville, obscurcissant la vue. Il régnait une atmosphère oppressante. Elle baissa la tête et se dirigea vers la voiture de Kane au milieu des piétons qui avançaient lentement, emmitouflés pour l'hiver, semblables à des rats noyés. Enfin, elle attacha sa ceinture de sécurité et se tourna vers Kane.

— J'espère que ce temps va bientôt se calmer. Ça risque de gâcher Halloween.

— Les prévisions annoncent une amélioration pour cet après-midi, la réconforta Kane, en démarrant et en s'insérant dans la circulation. Le vent s'est levé, il va peut-être chasser les nuages. Ensuite, la température va dégringoler comme une pierre, et comme tout est détrempé, l'asphalte sera verglacé. Une période dangereuse.

Il gémit soudain.

— Oh, j'ai oublié de te dire : l'un des investisseurs de la station de ski a entendu parler du ranch du vieux Mitcham et l'a acheté pour en faire une attraction touristique. Ils ont déjà commencé à distribuer des brochures et à faire de la pub dans les médias pour Halloween.

Un frisson parcourut Jenna tandis que le souvenir de l'endroit lui revenait avec force à l'esprit. Tout avait commencé par un meurtre-suicide des décennies auparavant, et plus récemment, le meurtre brutal de deux jeunes femmes avait fait de cette bâtisse délabrée une légende.

Les gens du coin affirmaient que les fantômes des âmes perdues hantaient le ranch du vieux Mitcham et qu'il était frappé d'une malédiction. Après avoir failli y mourir et avoir été témoin du triste sort des anciens propriétaires, Jenna était plus que convaincue que le maléfice était bel et bien réel.

— Qui voudrait aller là-bas pour s'amuser ?

— Pas moi, mais ce genre de trucs attire les gens. Ils aiment avoir peur.

Kane klaxonna au moment où un chien errant surgit sur la chaussée.

Alors qu'il freinait, la ceinture de sécurité de Jenna se serra si fort qu'elle eut du mal à respirer.

— Outch !

— Bon sang, ce chien va provoquer un accident.

Kane se gara en urgence au bord du trottoir. Jenna suivit des yeux le bâtard sale et trempé.

— Non, on y va. On n'a pas le temps de lui courir après maintenant, Kane. Je vais appeler la municipalité et demander à la fourrière de garder un œil sur lui.

Elle passa l'appel aussitôt.

Ils arrivèrent au bureau du médecin légiste quelques minutes plus tard et, même si la neige fondue s'était transformée en pluie fine, ils se ruèrent à l'intérieur. Jenna passa son badge à l'entrée et ils ôtèrent leurs manteaux avant de les accrocher aux patères dans le couloir. Alors qu'ils se dirigeaient vers la morgue, Emily Wolfe passa la tête par la porte et les salua. Jenna lui sourit.

— Désolée pour le retard.

— On n'a pas encore commencé, la rassura Emily, en les

rejoignant dans le couloir, des masques et des gants à la main. Tenez, je vais dire à papa que vous êtes là. C'est une affaire intéressante. J'ai hâte de découvrir tous les secrets de la victime.

Elle repartit dans la salle et Jenna saisit un éclair d'amusement dans les yeux de Kane. Le sens de l'humour macabre de Kane semblait se manifester dans les moments les plus inopportuns. Elle avait fini par considérer ce trait comme un exutoire au stress causé par la vue de tant de cadavres, et parfois de corps mutilés.

— D'accord, Dave. Crache le morceau.

— Oh, non, rien, se défendit Kane, en enfilant son masque, mais trop lentement pour dissimuler son sourire. Je me demandais quel genre d'informations un homme pratiquement décapité pourrait bien nous donner.

Incapable de répondre, Jenna souleva légèrement les bras puis les laissa retomber le long du corps. Elle reprit une expression professionnelle et franchit la porte. L'odeur habituelle de mort et d'antiseptique l'accueillit.

— Bonjour à tous.

— D'accord, il se fait tard, mais avant de commencer, j'ai obtenu l'identification des victimes de la forêt de Stanton. On s'occupera de leurs autopsies demain, expliqua Wolfe, en dévisageant Jenna par-dessus son masque. Reprenons avec l'affaire Robinson. J'ai prélevé des échantillons de sang et effectué un test d'alcoolémie sur les lieux hier soir, avant que la décomposition ne survienne. D'après les résultats, je dirais que M. Robinson a bu quelques verres avant de se coucher.

Il rabattit le drap qui recouvrait le cadavre.

— J'ai aussi demandé une analyse toxicologique complète des échantillons.

— Avez-vous des raisons de croire qu'il a été drogué ?

Emily tourna ses yeux gris pâle vers Jenna, qui secoua la tête.

— Non. D'après la déclaration de sa femme, elle a entendu

quelqu'un dans la maison et a essayé de le réveiller avant que le tireur n'entre dans la pièce.

— Exactement, reprit Wolfe, en tirant l'appareil d'enregistrement placé au-dessus de la table d'examen. La quantité d'alcool qu'il a consommée ne l'aurait pas plongé dans un état de stupeur. On cherche donc d'autres raisons qui expliqueraient pourquoi elle n'a pas réussi à le réveiller. Même si on n'a trouvé aucun résidu de poudre sur la peau de sa femme, et que donc elle ne lui a pas tiré dessus, on ne doit pas encore écarter la possibilité qu'elle soit impliquée.

— Je dors comme une souche, intervint Webber, avant de s'éclaircir la voix. Peut-être qu'il en est ainsi pour lui.

— Je ne manquerai pas de prendre tous les aspects en considération, mais cette question devra être posée à sa femme, précisa Wolfe, avant de se tourner vers Jenna. D'accord, les questions s'arrêtent là. Je vais enregistrer mes conclusions au fur et à mesure.

Jenna attendit patiemment que Wolfe décrive un homme en bonne santé, au poids normal pour sa taille. Rien ne semblait anormal jusqu'à ce que Wolfe mette l'enregistrement en pause et que Webber retourne le corps. Son regard dériva sur le dos, essayant d'ignorer le cou brisé où sa tête aurait dû se trouver, et se concentra sur une marque.

— C'est une morsure ?

— On dirait bien, oui, confirma Wolfe en approchant de la peau une loupe munie d'une lumière. Webber, prenez quelques photos de la zone. Des suggestions ?

Il se redressa.

— Ça remonte à quand, d'après vous ? lança Kane, en s'approchant pour observer le signe distinctif.

— Elle n'est pas récente. Trois jours, voire plus, jugea Wolfe, en se tournant pour le regarder. Même si les dents ont entaillé la peau, la cicatrisation est déjà bien avancée. Notez aussi la teinte violette de l'ecchymose. En général, ce genre de lésion passe du rouge au bleu puis au violet dans les premiers jours suivant la blessure. Peut-être que sa femme l'a mordu ?

Les implications d'une telle morsure se bousculaient dans l'esprit de Jenna.

— Si la morsure n'est pas d'elle, mais qu'elle l'a remarquée, alors elle doit savoir qu'il a une liaison, dit-elle, avec un long soupir. Comment demander à Mme Robinson si elle avait l'habitude de mordre son mari sans ouvrir une boîte de Pandore ? Autant qu'on sache, elle n'avait aucune idée des frasques de son mari.

— Alors on demande à la petite amie, suggéra Kane, en croisant le regard stupéfait de Wolfe. Je suis désolé, on n'a pas eu le temps de vous mettre au courant. On vient juste de découvrir que Robinson était un homme à femmes. Il fréquentait Ann Turner.

— La coiffeuse ? s'étonna Emily en les dévisageant. Elle sortait avec lui ?

Jenna acquiesça.

— On dirait bien. Je crois qu'on devrait aller parler à Ann.

— Elle ne doit même pas savoir qu'il est mort, songea Kane, en grimaçant. Il n'y a rien de pire que d'apporter de mauvaises nouvelles.

18

MERCREDI SOIR

Il était toujours étonné de constater que les gens ne se rendaient compte qu'on les suivait que bien trop tard. La neige fondue avait disparu et pourtant Ruby n'avait pas remarqué que son véhicule la suivait jusqu'à l'arrêt de bus. Il était resté en retrait, à attendre de voir son arrêt, avançant au pas le long du trottoir comme quelqu'un qui observerait les décorations d'Halloween bancales et détrempées qui décoraient la plupart des jardins. Les maisons se raréfiaient à cette extrémité de la ville, les clôtures blanches délimitant les propriétés se muant en fil de fer barbelé. Si près de la forêt, beaucoup de ranchs avaient des chemins bordés d'arbres, et les gens utilisaient ces contre-allées comme raccourci vers leurs maisons plutôt que de suivre la route. Son cœur s'accéléra lorsque Ruby descendit du bus et que celui-ci redémarra en trombe, dégageant une bouffée de fumée noire dans son sillage. Il se rangea au bord du trottoir, bien loin d'un réverbère, tandis qu'elle parcourait quelques mètres puis tournait dans une ruelle.

Une sensation de froid l'envahit, proche de la transe. Son corps semblait doué d'une volonté propre tandis qu'il descendait du véhicule. Il se mit à marcher voûté et ajouta une claudication. Quiconque jetterait un coup d'œil par sa fenêtre verrait un vieil homme battu par le vent rentrant chez lui dans l'obscurité. Il avança lentement jusqu'à l'entrée de la ruelle. Devant lui, il distinguait à peine la silhouette menue de Ruby qui balayait d'un coup de pied l'épaisse pellicule de feuilles d'automne qui recouvrait le sentier bien tracé.

Le gravier crissait sous ses bottes et il sentit plus qu'il ne vit Ruby s'arrêter et lui adresser un regard par-dessus son épaule. Il accéléra et sentit sa peur en arrivant à quelques mètres d'elle. Son souffle s'échappait en grandes volutes de vapeur tandis qu'elle pressait le pas. Elle semblait éthérée, comme si elle risquait de s'évaporer et lui de la perdre à jamais. Il battit plus fort des pieds à mesure qu'il la rattrapait, amusé par les zigzags qu'elle esquissait comme un petit lapin effrayé. Devant lui, il aperçut la lueur jaune d'un réverbère au bout de la ruelle sombre, et dans un soupir, il tourna les talons et repartit dans l'autre sens. Ruby lui avait ouvert l'appétit, et la prochaine fois qu'ils se croiseraient, elle ne verrait pas la mort arriver.

19

JEUDI MATIN

Le soleil pointait à peine à l'horizon lorsque Kane s'accouda à la barrière délimitant le corral. Il sourit en voyant les chevaux s'ébrouer, toutes oreilles dressées. Le ciel était enfin dégagé sur plusieurs kilomètres et il pouvait faire sortir les chevaux pendant la journée pour qu'ils profitent de l'herbe verte et grasse. Il contempla le paysage au loin, se délectant de cette vue. C'était si bon de revoir les montagnes. Lorsque Jenna s'approcha de lui avec de la paille dans les cheveux, il lui sourit et la retira.

— Merci d'avoir aidé avec les chevaux.

— Ce sont mes chevaux aussi, souligna-t-elle dans un bâillement. Ce n'est quand même pas facile de se lever pour faire du sport et nettoyer les écuries avant de partir quand on a aussi des affaires de meurtre à gérer.

Elle se retourna et se dirigea vers la maison.

— Tu me portes à bout de bras depuis bien trop longtemps.

Il gloussa et la rejoignit tout en réglant son pas sur le sien.

— Tu m'aides à m'occuper d'eux tous les soirs, et j'avais dit que si on pouvait les prendre, je m'occuperais des corvées.

— Hmm... mais on va rater les autopsies des victimes de la

forêt de Stanton si on ne se dépêche pas, remarqua Jenna, un œil sur sa montre. Tu peux te doucher et préparer le petit déjeuner dans les temps ? J'ai dit à Wolfe qu'on serait là avant 9 heures.

Kane siffla Duke et se tourna vers son pavillon.

— Bien sûr, et je conduirai très vite avec les gyrophares si vraiment on est en retard.

Il lui sourit et se mit à trottiner le long du chemin.

Au petit déjeuner, il laissa l'affaire envahir son esprit.

— Pour autant que je sache, Wolfe aura déjà commencé les autopsies. Avec deux autopsies prévues, il se servira de Webber comme témoin pour les forces de l'ordre, dit-il, en portant des œufs à la bouche. On pourrait interroger la coiffeuse au salon de beauté, puis passer au bureau du médecin légiste pour connaître les conclusions de Wolfe.

— Oui, on pourrait prendre des raccourcis, mais alors je ne serais pas sur place pour poser des questions, rétorqua Jenna, avec une petite moue. Je sais que vous autres tirez la majorité des preuves de la scène de crime, mais je crois que les victimes ont encore quelque chose à nous dire.

— Bien sûr.

Kane se leva, ramassa les assiettes et vida les restes d'œufs dans la gamelle de Duke.

Le chien l'avait nettoyée avant que Kane n'ait eu le temps de charger le lave-vaisselle.

— Encore un peu de café ?

— Non, merci, c'est bon, répondit Jenna, avant de contourner la table et d'ajouter sa tasse au lave-vaisselle. On parlera à la coiffeuse plus tard. Elle s'appelle comment déjà ?

— Ann Turner, lui rappela Kane, en bouclant son ceinturon et en enfilant son chapeau. Prête ?

— Oui, confirma Jenna, en glissant son portable dans une de ses poches. Duke vient avec nous ?

Kane se dirigea vers la porte, attrapa sa veste au passage, Duke sur ses talons.

— Il ne pleut pas, alors il va rester collé à nous comme un vrai pot de colle. Il pourra sûrement nous attendre dans le bureau de Shane pendant les autopsies. Je ne pense pas qu'on aura le temps de passer le déposer à Maggie.

— Oui, ça ne posera pas de souci. À Wolfe, je veux dire, précisa Jenna, en marchant vers la voiture de Kane. Ce n'est pas comme si c'était une zone stérile. Duke dormira probablement tout du long.

Kane ouvrit la portière arrière de son SUV, hissa Duke à l'intérieur et lui attacha son harnais.

— Par contre, il pourrait se mettre à hurler s'il sent les cadavres.

— Oh, ça ferait la une des journaux. Je vois déjà les gros titres, s'exclama Jenna, en grimpant côté passager, un sourire aux lèvres. « Des hurlements fantomatiques entendus à la morgue pendant Halloween. »

— T'imagines l'interview télévisée de Shane ? renchérit Kane, en démarrant et en empruntant l'allée. « Monsieur Wolfe, avez-vous hurlé à la lune dernièrement ? »

Il gloussa.

— Oh, ne lui répète surtout pas sinon il va encore nous faire sa tête crispée.

Ils s'engagèrent sur l'autoroute.

— Je n'en dirai pas un mot !

L'excellente humeur de Jenna se dissipa lorsque son téléphone sonna.

— C'est Rowley, je le mets sur haut-parleur. Bonjour, il y a un problème ?

— Non, madame. Comme vous vous rendez directement au bureau du médecin légiste, j'ai pensé que vous aimeriez que je vous tienne au courant concernant Ian Clark, le suspect que j'ai interrogé hier, expliqua Rowley sur un ton enthousiaste. Il a un alibi pour le meurtre de Robinson. J'ai vérifié en arrivant ce matin et l'entrepreneur de pompes funèbres a confirmé qu'il était bien avec lui, ils ont préparé un corps pour un enterrement pendant trois heures ce soir-là, et il n'a jamais quitté le funérarium.

— D'accord, on peut donc le rayer de la liste. Merci de votre appel.

Jenna se cala au fond de son siège et tourna les yeux vers Kane.

— Un de moins. Hé, c'est de la glace ?

Elle pointait du doigt des taches brillantes sur la chaussée.

— On dirait bien.

Kane ralentit pour les contourner. Il avait espéré que le verglas matinal aurait déjà fondu à cette heure.

— La température baisse rapidement et la chaussée détrempée par la pluie n'a pas eu le temps de sécher.

L'instant d'après, un chat noir traversa la route, son pelage hérissé et humide. Kane freina brusquement, le manquant de peu. Les roues arrière de sa Dodge passèrent sur une plaque de glace et ils firent une embardée si près du fossé bordant la voie que les roues avant s'écrasèrent dans les buissons desséchés avant qu'il ne regagne le contrôle du véhicule. Il s'immobilisa à quelques centimètres du trou. – D'où il sort ? Il n'y a aucun ranch occupé ici à des kilomètres à la ronde.

Il jeta un coup d'œil par la fenêtre, mais le chat avait déjà disparu dans les sous-bois.

— Oh mon Dieu, on n'a pas vraiment besoin de plus de malchance, s'écria Jenna, les yeux rivés sur le bosquet. La dernière fois que je suis passée, il y avait un chat assis sur le poteau du portail du ranch du vieux Mitcham et il appartient probablement à l'un des entrepreneurs qui y travaillent. Il ne peut pas appartenir au déneigeur, il est en Floride et il ne laisserait pas un chat sans surveillance.

Lorsque Duke aboya et poussa un hurlement, le duvet sur la

nuque de Kane se hérissa. Il redémarra et redressa le véhicule en bord de route.

— Je ne m'attendais pas à une telle réaction de la part de Duke, mais je ne me souviens pas d'avoir croisé un chat avec lui ces derniers temps, réfléchit-il, en jetant un regard rapide à Jenna. Tu ne crois tout de même pas que les chats noirs portent malheur, si ?

— Non, non, bien sûr, se défendit Jenna, avant de s'éclaircir la voix. J'avais une voisine qui possédait un bombay. Son pelage était d'un noir brillant et il avait de superbes yeux cuivrés. Un chat adorable. Je m'en suis occupée pendant un certain temps après l'incendie de sa maison... La pauvre femme a tout perdu, sauf son chat.

Elle soupira, et Kane la regarda avant de s'insérer sur la voie de circulation.

— Alors peut-être pas si chanceuse que ça, hein ?

À peine avaient-ils tourné dans la rue principale que Kane ralentit considérablement. La chaussée noire couverte de verglas scintillait au soleil et deux véhicules emboutis par-derrière bloquaient le passage. Une foule s'était rassemblée sur le trottoir au milieu des guirlandes d'Halloween défraîchies, le visage masqué par des écharpes et des bonnets pour se protéger de l'air glacial. Il se rangea le long du trottoir et regarda au loin.

— On dirait des collisions mineures.

— Bon sang. Encore du retard, souffla Jenna, en descendant de la voiture. Je vais appeler Rowley. Il va devoir s'occuper d'eux. Va t'assurer que tout le monde va bien. Il va falloir prendre les petites routes ou on va rater les autopsies. Je vais demander qu'on vienne saler les routes.

Elle poussa un soupir.

Le froid enveloppa la tête de Kane dès qu'il descendit du SUV. La température avait fortement chuté pendant le court trajet depuis le ranch de Jenna et la plaque de métal dans sa tête, séquelle d'un attentat à la voiture piégée, lui causait de violents maux de tête en hiver. Il se pencha dans l'habitacle, tira son bonnet de laine d'entre les sièges avant et l'enfila, laissant son Stetson à sa place. Il remonta sa capuche et serra les dents pour lutter contre la douleur qui menaçait de se réveiller. Ses bottes crissèrent sur les plaques de glace alors qu'il se dirigeait vers la première collision.

— Vous êtes blessée, madame ?

Il jeta un œil à l'intérieur du véhicule.

La jeune femme secoua la tête, il opina et passa au véhicule suivant. La chaussée était dangereuse et ses pieds se dérobaient à chaque pas. Après avoir vérifié chaque personne impliquée, il revint cahin-caha jusqu'à Jenna.

— Aucun blessé cette fois-ci. La chute soudaine des températures a verglacé cette extrémité de Main Street. L'autre bout de la rue devrait être dégagé, le soleil tape déjà sur cette partie de la ville. Ici, l'asphalte est à l'ombre.

Jenna se plaça au milieu de la route pour réorienter le trafic vers Ronan Road.

— Les saleuses arrivent. Il faut que la circulation soit fluide pour qu'elles puissent passer... expliqua-t-elle, avant de lui jeter un coup d'œil. T'es blanc comme un linge. Tu as des maux de tête ?

Kane grimaça. Elle lisait en lui comme dans un livre ouvert.

— Oui, je prendrai un antalgique dès qu'on sera chez le médecin légiste.

— Non, tu n'attends pas, rétorqua-t-elle fermement. Tu vas en prendre un maintenant. Rowley passe prendre l'adjoint Walters et il peut gérer la circulation. Il remplira les rapports d'accident. Tu peux aller attendre dans la voiture.

Elle se détourna et remonta la ligne de séparation entre les voies. Le flocage jaune du shérif barrait l'avant et l'arrière de son uniforme d'hiver et ne laissait aucun doute aux automobilistes venant en sens inverse sur l'identité de la femme qui avait repris ce chaos en main.

20

— Ça va mieux ? demanda Jenna tandis que Kane se garait dans le parking de la morgue.

— Oui, merci.

Kane rabattit les bords de son bonnet sur ses oreilles et tendit une main vers la portière.

Jenna leva les yeux au ciel. Elle avait un adjoint macho, ancien membre des Forces spéciales, qui, selon elle, ne supportait pas qu'elle lui dise comment s'occuper de sa blessure. Mais il repoussait souvent ses propres limites bien au-delà de ce qu'exigeait son devoir, et en tant que supérieure et amie, c'était à elle de s'assurer qu'il prenait soin de lui.

— Attends.

— On est déjà en retard.

Kane lui jeta un coup d'œil, la main posée sur la poignée.

Elle lui lança un regard franc.

— Je ne vais pas m'excuser d'avoir insisté pour que tu prennes tes médicaments, lâcha-t-elle, avant de déglutir devant son regard contrarié. Tu sais bien qu'il ne faut pas que tu sortes sans couvre-chef par un temps pareil.

— J'étais un peu pressé ce matin, souffla Kane en s'extirpant du véhicule, avant de réapparaître dans l'embrasure de la portière arrière pour déclipser le harnais de Duke. Tu vois, j'ai une patronne exigeante qui me fait bosser avant le lever du soleil. J'ai enlevé mon chapeau quand je me suis douché avant de lui préparer son petit déjeuner et j'ai oublié de le remettre avant de quitter la maison. C'est ma faute.

Il lui décocha un sourire et ses yeux dansèrent d'amusement.

— J'apprécie vraiment ta sollicitude, Jenna. Ça me touche beaucoup.

Elle descendit et le rejoignit à la porte d'entrée.

— Exigeante ? *Moi*[1]? s'offusqua-t-elle faussement en poussant la porte vitrée. Jamais.

Jenna n'attendit pas que Kane installe Duke dans le bureau de Wolfe et se dirigea directement vers la morgue. Elle ôta son manteau et l'accrocha à l'une des patères à côté de la porte, prit un masque et des gants, scanna son badge et entra. L'odeur de la chair en décomposition la frappa tandis qu'elle balayait la pièce du regard. Des écrans affichaient des radiographies et des photos de la scène de crime en une fresque de l'horreur. Elle les fixa, incapable de reconnaître l'emplacement de certaines d'entre elles. Lorsque Wolfe leva les yeux et arrêta l'appareil d'enregistrement, elle le salua d'un signe de tête.

— Désolée d'être en retard. On a dû s'occuper de deux accidents sur Main Street. Il y a une plaque de verglas. Qu'est-ce qu'on a, et où se trouve la scène de crime ? Je ne reconnais pas l'emplacement sur les photos.

— Ce n'est pas l'une des nôtres, mais les meurtres de la forêt de Stanton ressemblent à une affaire à Butte. Emily a fait une recherche hier soir pour trouver un éventuel mode opératoire. J'ai l'intuition que ces affaires sont liées, expliqua Wolfe, en

---

1. En français dans le texte.

jetant un œil vers la porte tandis que Kane entrait. Deux hommes abattus et laissés pour morts en bord de route.

Intriguée, Jenna étudia les photos de la scène de crime.

— Les deux ont été abattus d'une balle dans le dos puis d'une balle dans la tête.

— On pourrait penser que le tireur les a laissés tomber au sol et qu'il est venu les achever à bout portant, mais pas du tout, indiqua Wolfe, en regardant Kane. Je crois que ce tireur laisse une signature.

— Vous faites référence aux plumes retrouvées sur les deux scènes ?

Kane se rapprocha pour observer le corps sur la table d'examen.

— Non. Il n'y a aucune référence à une plume. Peut-être qu'ils sont passés à côté, proposa Wolfe, en zoomant sur une image d'autopsie d'une autre victime à l'aide d'une télécommande. L'angle des tirs n'est pas compatible avec cette théorie. Ces blessures sont les mêmes que celles de Parker Louis et Tim Addams. Que voyez-vous, Kane ?

— D'après la trajectoire de la balle, je dirais un tir à l'épaule, et comme ils sont tombés, un autre à la tête, donc il a tiré des coups de feu rapides à la même distance, décrivit Kane, avant de se tourner vers Jenna. Une victime, ça peut être une coïncidence, mais deux victimes identiques qui se retrouvent dans une autre ville, c'est une méthode opératoire pour moi. Il aurait pu facilement les abattre d'un seul coup à la tête. Il les aurait tuées proprement, et si c'est un tueur professionnel, il doit avoir l'habitude de tirer un coup et de se barrer vite fait. Tout ça me laisse penser qu'il voulait infliger une douleur maximale.

Il montra du doigt les radios des victimes de la forêt de Stanton.

— Pour fracasser une clavicule comme ça, il faut de la précision. Et cette blessure est atrocement douloureuse.

Fascinée, Jenna examina les clichés en noir et blanc.

— Les coups portés à la tête sont tellement rapides que la douleur n'aurait pas dû durer très longtemps, quelques secondes au plus. Ce n'est pas assez satisfaisant pour un psychopathe... songea-t-elle, avant de regarder Kane. On en a vu beaucoup des meurtriers qui torturent leurs victimes, et une mort lente leur file un max de frisson. À quel genre de détraqué on a affaire cette fois-ci ?

Kane se frotta la nuque.

— J'aimerais trouver d'autres correspondances avec cette affaire et peut-être parler aux profileurs concernés avant de prendre une décision. Vous voyez, ces crimes couvrent les deux extrémités du spectre. On a ce qui ressemble à une exécution pure et dure, probablement rémunérée. Alors, disons que ça peut expliquer pourquoi le tueur est en ville. Le meurtre de Robinson était presque clinique, mais là, on a ces deux-là... déclara-t-il, en levant la main vers les photos des victimes de la forêt, ce ne sont pas des cibles. Je pense que c'était juste leur jour de malchance : ces types ont énervé un psychopathe.

— Hum... réagit Jenna, en se tournant vers Emily. Jusqu'où as-tu étendu les recherches ?

— L'État du Montana. J'ai utilisé les archives des journaux et j'ai appelé Butte pour obtenir les dossiers, détailla la jeune fille avec un regard hautain à l'adresse de Wolfe. Je n'ai pas l'autorisation de consulter les autres bases de données.

Jenna sourit derrière son masque.

— Pas de souci, c'est notre travail de traquer les crimes similaires, la rassura-t-elle, avant de reporter son attention sur Kane. Alors, jusqu'où irait un tueur à gages ?

— Ça dépend de plusieurs facteurs. Est-il indépendant ou a-t-il un patron ? lança Kane, en haussant les sourcils. Il pourrait faire partie du cartel, mais à moins que M. Robinson ne soit impliqué dans la drogue, le jeu ou le trafic d'êtres humains, ce dont je doute, ou qu'il ait été cité à comparaître pour témoigner contre quelqu'un, je dirais que c'est un indépendant.

L'énormité de la situation retomba lourdement sur les épaules de Jenna.

— Si on trouve des meurtres similaires, il faudra prendre contact avec d'autres services de maintien de l'ordre et parler aux officiers chargés de ces affaires.

C'était la pire des situations possibles. Les spécificités des systèmes de classement et d'archivage étaient une chose, mais en plus tout le monde avait sa propre façon d'enquêter sur les crimes. Bien sûr, ils suivaient une procédure, mais peu d'entre eux égalaient son équipe, et souvent, le diable – et la résolution d'une affaire – se cachait dans des détails ratés.

— D'autres questions ou je peux continuer ?

La voix de Wolfe la sortit de ses pensées et Jenna secoua la tête.

— Non, qu'avez-vous découvert d'autre ?

— Je vous enverrai un rapport complet dès que les résultats toxicologiques seront disponibles, mais pour autant que je puisse le déterminer, Louis et Addams étaient tous deux des hommes en bonne santé pour leur âge. La cause de la mort des deux est une blessure par balle à la tête. Encore une fois, d'après la taille modeste de la blessure d'entrée, la gravité de la plaie de sortie et les éclaboussures de substance cérébrale sur les lieux, on peut dire avec certitude qu'il s'agit de balles creuses, et d'après les dégâts subis, je dirais que l'arme était un fusil.

Jenna observa le corps de Tim Addams.

— Pourquoi les blessures de sortie à l'épaule sont-elles différentes de celle de la tête ? Ça indiquerait qu'il y a deux tireurs ?

— Non, rectifia Wolfe, en se raclant la gorge pour attirer l'attention d'Emily et de Webber. C'est une question d'énergie cinétique, c'est-à-dire de la taille d'une balle et de la vitesse à laquelle elle se déplace avant d'atteindre sa cible. Les dégâts infligés dépendent du type de tissu touché. Les tissus mous absorbent moins d'énergie du projectile et le laissent donc traverser, causant ainsi moins de dégâts. Les zones dures, comme le crâne ou les os, absorbent souvent la plus grande partie de l'énergie et la balle cause alors des dégâts considérables.

— Mais on n'a trouvé que des fragments sur les lieux. Est-ce qu'il y a quoi que ce soit d'exploitable pour faire un test balistique ? demanda Jenna en jetant un coup d'œil à Kane, inquiète d'avoir raté une preuve vitale. Si les balles ont traversé les tissus mous, comme vous le dites, on aurait dû trouver au moins une balle à l'intérieur de la victime.

— J'ai bien peur que non. La balle a touché l'os avant de sortir. Les tissus mous absorbent l'énergie cinétique et ralentissent la balle, si bien qu'elle reste souvent à l'intérieur du corps. Si une balle à pointe creuse touche un os, l'énergie cinétique augmente, ce qui a pour effet de faire exploser la balle, d'étendre les dégâts et de provoquer une plaie de sortie béante. J'ai des fragments de l'affaire Robinson et de ce qu'on a trouvé sur la scène de crime dans la forêt, expliqua Wolfe. Je vais les examiner pour voir s'ils proviennent de la même arme, mais j'en doute. Le tireur n'aurait pas utilisé un fusil pour le meurtre de Robinson, et d'après les dégâts sur les deux hommes dans la forêt, il a utilisé un fusil pour réussir à tirer d'aussi loin à cette vitesse. Trouvez-moi les armes du tueur, je ferai un test et je verrai si on a une correspondance.

Plus facile à dire qu'à faire. Jenna se tourna vers Emily.

— Tu peux m'envoyer les dossiers de Butte ? On va retourner au bureau pour voir ce qu'on peut déterrer d'autre.

— Tout de suite ! dit Emily, en se dirigeant vers l'ordinateur où elle tapota sur le clavier. C'est fait.

— D'accord, reprit Wolfe avant de reporter son attention sur Webber. Vous pouvez fermer M. Louis pour moi. Emily, je te laisse M. Addams. Quand vous aurez fini, apportez les échantillons de tissus au laboratoire.

Il retira ses gants et se dirigea vers la sortie.

— Je dois parler à Dave et Jenna dans mon bureau.

Jenna le suivit dans le couloir, Kane sur les talons.

— Quelque chose ne va pas ?

— J'ai un très mauvais pressentiment à propos de ce tueur, commença Wolfe, en leur faisant un signe de la main en direction de la porte de la morgue. J'ai déjà vu ce mode opératoire et j'ai lu des articles sur des cas similaires dans d'autres États.

Il les conduisit à son bureau.

— J'ai un contact au FBI qui a travaillé sur des affaires à Baltimore où le tueur laissait une plume noire, et je pense que vous devriez lui parler. Il doit y en avoir d'autres, en plus de ces deux dernières et de celles que j'ai découvertes. On parle d'un tueur en série extrêmement dangereux et actif qui passe d'un État à l'autre. S'il s'agit de la même personne, on aura besoin de toute l'aide possible.

21

Snakeskin Gully, Montana

Épuisée, Jo Blake se laissa tomber dans son fauteuil de bureau et se passa les deux mains dans les cheveux. *Qu'est-ce que je fais ici ?* La vérité la gifla en plein visage et elle la repoussa, incapable de faire face à un stress supplémentaire. Et comme si déménager avec sa fille de 7 ans et mettre en place un bureau du FBI dans une ville reculée du Montana n'était pas suffisant, voilà que son téléphone se mettait à sonner.

— Agent spécial Jo Blake.

— *Jo, c'est Shane Wolfe.*

Jo reprit des couleurs, se leva et entra dans le bureau principal.

— En voilà une voix du passé ! Aux dernières nouvelles, vous aviez renoncé à la belle vie et vous vous étiez lancé dans la science médico-légale. Où vivez-vous maintenant ?

— *À Black Rock Falls, dans le Montana, alias Serial Killer Central. Je suis le médecin légiste d'ici et des comtés voisins,* raconta Wolfe, avant de se racler la gorge.

On a un excellent profileur ici, mais si vous avez un peu de temps, est-ce que je pourrais vous parler d'une affaire qui nous a été confiée ?

— Dans le Montana ? Le monde est petit, c'est là que je suis aussi. Je suis à Snakeskin Gully, répondit Jo, sa voix résonnant dans l'immense salle presque vide. Oui, je serais ravie de vous aider dès que je serai installée. Laissez-moi quelques jours. Je n'ai aucun personnel et je n'ai pas trouvé l'agent qui m'a été assigné. Je vous mettrai sur haut-parleur, mais ne vous inquiétez pas, cet endroit, c'est Fort Knox. Ils ont réhabilité l'ancienne caserne de pompiers, c'est donc un énorme bâtiment avec un héliport sur le toit. J'ai même mon propre hélico, mais personne pour le piloter.

— *Quoi ? Pourquoi avez-vous quitté Washington ?*

Jo sentit de nouveau son ventre se nouer et elle s'efforça de réprimer la colère et les remords qui montaient en elle.

— C'est une longue histoire, mais après un divorce difficile, le patron m'a envoyée ici pour mettre en place un bureau local. Je suis ici avec Jaime, et vous vous souvenez de Clara, sa nounou ?

Elle soupira avant de reprendre :

— Mais assez parlé de moi. J'ai été désolée d'apprendre le décès de votre femme. Les filles s'en sortent bien ?

— *Merci, et oui, elles vont bien.*

Jo se remémora cette famille heureuse et leurs fantastiques barbecues.

— D'accord, de quoi avez-vous besoin ?

— *Vous souvenez-vous de la série de meurtres non élucidés à Baltimore et dans les environs ?* demanda Wolfe, avant de marquer une pause. *Les meurtres présentaient des similitudes, notamment une plume noire laissée sur place, et vous pensiez qu'ils avaient été commis par la même personne ?*

Jo réfléchit un instant et hocha la tête. Les meurtres brutaux et leurs étranges rebondissements avaient poussé son esprit dans ses retranchements.

— Oui, je me souviens. Le Tueur Caméléon. J'ai trouvé des analogies dans des affaires de meurtre dans d'autres États également. Certains meurtres ressemblent à des exécutions, d'autres semblent plus personnels. Il m'a laissé perplexe à plusieurs reprises, car il s'agit soit de trois tueurs différents au moins, soit d'une seule personne souffrant de divers troubles de la personnalité. Peut-être d'un trouble dissociatif de l'identité. Il est toujours dans la nature, on ne l'a jamais attrapé.

— *Je pense qu'il est peut-être ici.*

Un frisson glacial l'envahit, comme pour l'avertir de rester à bonne distance. Des images trop horribles pour que son cerveau puisse les comprendre la frappèrent de stupeur pendant un instant avant qu'elle ne se ressaisisse.

— Envoyez-moi le dossier. Je verrai si ça correspond à ce que j'ai de mon côté. Si c'est le même tueur, j'aurai besoin d'une équipe pour assister votre shérif. Pour l'instant, il n'y a que moi.

— *Pas d'urgence. On a une excellente équipe ici. Jenna Alton a résolu de nombreuses affaires de meurtre et son adjoint est un ancien profileur militaire.*

Wolfe semblait fier de ses collègues.

— *Je vais lui parler. S'il s'agit du même homme, vous le connaissez mieux que nous. Je vais demander à toutes les agences de me contacter si des cas similaires ont été recensés dans leur État. Ce tueur est peut-être en train d'élargir son terrain de jeu.*

Jo chercha Black Rock Falls sur Internet et étudia la carte sur son écran d'ordinateur.

— Je reviens vers vous dès que j'aurai examiné les dossiers et déballé mes affaires.

Elle cligna des yeux en apercevant la ville isolée, bien nichée au milieu des montagnes.

— J'ai trouvé votre ville, elle est presque aussi paumée que la mienne. Ça doit se trouver à au moins trois heures de route. Si c'est le même homme, je peux vous donner quelques jours, mais je ne peux pas m'absenter trop longtemps. On vient d'arriver et Jaime fait sa rentrée dans sa nouvelle école ce matin. Elle a très mal vécu le divorce.

Elle se leva et marcha vers la fenêtre.

— *J'imagine sans mal. Anna s'est renfermée sur elle-même pendant des semaines après la mort de sa mère. Je ne veux pas la perturber. On peut faire un appel vidéo si nécessaire. Les routes qui mènent à Black Rock Falls ne sont pas sûres pour un voyageur seul, et le temps ici est imprévisible,* expliqua Wolfe, qui semblait lui aussi épuisé. *C'est une belle ville, des gens charmants, mais pour une raison qui m'échappe, c'est un aimant géant à meurtres.*

Jo retourna à son bureau et s'assit à sa place. Elle tripota la tasse ébréchée sur laquelle on lisait « Meilleure maman du monde » et choisit un stylo parmi sa collection. Elle ajouta quelques lignes à sa liste des choses à faire.

— Je n'ai pas l'intention de venir en voiture avec les premières neiges qui sont annoncées. Ça dépendra du moment où je trouverai quelqu'un pour piloter l'hélico. J'ai un agent en disponibilité quelque part dans les bois. Il se nomme Carter et j'ai pour mission d'aller lui dire qu'il est de nouveau en service actif.

— *Ne me dites pas qu'ils ont demandé à Ty Carter de travailler avec vous ?* s'étonna Wolfe.

Jo enfouit sa tête entre ses mains.

— Oh Seigneur, ne me dites pas que c'est un boulet, supplia-t-elle, en fixant l'écran de son portable. Tout ce que j'ai dans son dossier, c'est qu'il a 36 ans, ancien soldat de la Navy reconverti dans le FBI. Il est secouriste et a passé cinq ans à la division des enquêtes criminelles. Le meilleur dans son domaine. Pilote d'hélicoptère et expert en armement. En congé pour stress post-traumatique après la mort de trois enfants innocents lors d'un raid, il n'a pas l'intention de reprendre le travail de sitôt.

— Il est doué. C'est l'un des meilleurs enquêteurs criminels du coin, confirma Wolfe avant de s'éclaircir la voix. *Enfin, il l'était avant de disparaître de la circulation. Il a aussi eu quelques problèmes familiaux à cette époque. Ça a dû être conséquent parce qu'on a perdu sa trace il y a environ deux ans.*

Il marqua une pause.

— Il était également impliqué dans la cybercriminalité. Vous avez quelqu'un pour gérer cette partie ?

— Permettez-moi de vous expliquer toute l'histoire, répondit Jo, en levant les yeux au ciel. Vous vous souvenez d'Alexis Davenport, le chef de mon département ?

— Oh, oui. Il faut prendre garde à elle.

— John avait une liaison avec elle et lui a confié des informations personnelles sur moi qui pourraient ruiner ma carrière, raconta Jo, les mains si crispées que ses articulations lui faisaient mal. Alexis voulait que je signe les papiers du divorce et que je m'éloigne le plus possible de Washington. Elle m'a posé un ultimatum et c'était m'y plier ou me retrouver sans le sou et à la rue. Elle m'a confié cette mission infernale. Je suis au fin fond de l'ouest sauvage avec l'ordre de former une équipe et de créer une unité d'enquête sur les scènes de crime du FBI pour les bureaux des shérifs les plus reculés.

Elle s'évertua à garder une voix posée, sans trembler.

— Elle m'a donné une liste de personnel possible. Attendez, elle propose trois noms. D'abord, un gestionnaire administratif, un gars du coin qui ne s'est pas présenté ce matin, puis Ty Carter. Le dernier, c'est notre cyber superstar, ancien pirate Black Hat et délinquant juvénile devenu White Hat avec comme pseudo « Le Croque-Mort ». Il travaille au magasin d'informatique du coin, ricana-t-elle. Alors vous voyez, mon ami, la vie ici est tout simplement géniale.

— Oh, je vois. Vous aurez besoin d'un médecin légiste. Vous pouvez m'appeler si vous n'avez personne.

Jo se redressa.

— Je pourrais vous débaucher. On a des installations ultra-modernes. J'ai insisté pour que le bâtiment soit équipé de tout le nécessaire. Je dois admettre qu'Alexis m'a fourni le meilleur équipement. Je suppose qu'elle pensait que mon mari en valait la peine.

— *Et qu'en pensez-vous, Jo ?*

La voix de Wolfe apaisa ses nerfs fragiles. Elle réprima une envie de rire à gorge déployée face à la désintégration complète de sa vie, et fixa le téléphone.

— Pour être honnête, je crois qu'ils se méritent l'un l'autre. Bon, assez parlé de moi. Je regarde les dossiers et je vous rappelle.

— *Merci, Jo*, conclut Wolfe avant de raccrocher.

Jo attendit la réception des dossiers et les parcourut rapidement. La familiarité des scènes de crime la poussa à contempler le vide en essayant de trouver un sens à tout cela. Le Tueur Caméléon s'était installé à Black Rock Falls. Elle secoua la tête, incrédule.

— Et c'est parti.

22

Atohi Blackhawk fixait ce qui était indéniablement le sommet d'un crâne dépassant d'un buisson de symphorines blanches et déglutit difficilement. Il recula de quelques pas, puis sortit de sa poche un rouleau de ruban adhésif jaune et balisa le grand pin qui poussait à proximité. Il rebroussa chemin vers Brad Kelly, enjambant le quadrillage soigneusement tracé et qu'ils avaient fouillé sans relâche.

— Brad, j'ai trouvé quelque chose, annonça-t-il en saisissant le bras de l'homme. Ne va pas là-bas, il vaut mieux ne pas altérer les preuves.

— J'ai besoin de voir, répondit Brad, son regard fou de douleur braqué sur lui, tout en se dégageant de son emprise.

Atohi le serra fort contre lui.

— Non, il n'y a rien à voir. Agis comme le fils qu'elle a connu, sois fort et courageux.

Entre ses bras, les muscles de Brad se détendirent et Atohi soupira de soulagement.

— Ce n'est plus de notre ressort maintenant. Shane Wolfe est un homme bien. Il la traitera avec respect, tu as ma parole.

— Il ne sait rien de nos coutumes, mais je me plie à ton avis. On n'a pas vraiment le choix, hein ? réagit Brad, en secouant la tête. Elle est là, comme je l'ai vue dans mon rêve.

Il se retourna et montra du doigt les arbres.

— Je me souviens d'avoir couru vers ce rocher et d'avoir entendu le bruit de l'eau.

Atohi acquiesça.

— Si c'est bien elle, elle sera en paix maintenant. On va la ramener chez nous.

— Est-ce que mon frère est avec elle ? demanda Brad, en se tournant vers la tombe sommaire.

Atohi secoua la tête.

— Je ne sais pas. Il n'y a qu'un seul os. Ce n'est peut-être même pas elle ou ton frère. Il faudra encore patienter, expliqua-t-il, avant de faire signe à l'un de ses amis. Ramène Brad au camp et attendez-moi là-bas. Je vais appeler Shane et il pourra nous donner plus d'informations.

Il sortit son téléphone et trouva le numéro de Wolfe.

— D'accord.

Brad fit demi-tour, les épaules voûtées.

— Shane, c'est Atohi, commença-t-il, en retournant vers sa macabre découverte. J'ai trouvé un crâne. Je vous envoie les coordonnées GPS. Quand pouvez-vous venir ?

— *Vous êtes sûr que ce sont des restes humains ?*

Wolfe avait l'air occupé, et Atohi distinguait d'autres voix derrière lui.

— Oui, le haut du crâne est visible ainsi qu'une partie des deux orbites. J'ai balisé la zone, et personne d'autre n'a perturbé la scène.

Atohi jeta un coup d'œil à Brad, assis sur un tronc, buvant quelque chose dans une tasse, et soupira.

— Brad craint qu'on ne la respecte pas, mais je lui ai expliqué. Il a l'air d'aller mieux maintenant.

— *Il vous a conduit directement au bon endroit ?*

Wolfe avait l'air sceptique. Atohi fixa la tombe.

— Non, une zone plus large. Il se rappelait quelques points de repère. On a fouillé une parcelle en partant d'un ruisseau dont il se souvenait, la nuit où son père l'avait tuée. On a ratissé la zone et on s'est séparés. J'ai tiré la paille la plus courte.

— *Je vais venir voir pour confirmer. Ensuite, tout ce que je peux faire, c'est sécuriser les ossements. Il nous faudra une équipe d'anthropologie médico-légale pour récupérer le corps et les éventuelles preuves laissées derrière. J'ai une amie à Helena, je vais l'appeler,* décida Wolfe, avant de s'éclaircir la voix. *Il est probable que le tueur ait enterré les deux victimes ensemble dans une tombe peu profonde. Il vaudrait mieux que votre ami ne soit pas présent.*

Atohi porta son regard au loin.

— Il ne sera pas d'accord. Je pense même qu'il va camper ici jusqu'à ce qu'il soit sûr qu'elle est en sécurité. Il a dit qu'il faisait des rêves. Je ne suis pas certain qu'il soit très stable. Je le connais depuis longtemps et il a changé. C'est comme si le souvenir de ce qui s'est passé l'avait rendu un peu fou.

— *Je ne suis pas surpris. Ça a forcément été un choc,* répondit Shane, avant de poser une main sur le téléphone pour parler à quelqu'un. *Ah, désolé, je demandais à Emily d'appeler Jenna et de lui expliquer la situation. Je pars maintenant et j'arrive dès que possible. À quelle distance êtes-vous de l'autoroute ?*

— Pas loin du tout. Quelques centaines de mètres au plus. Vous verrez nos camions garés le long de la forêt. J'envoie aussi les coordonnées GPS à Jenna.

Atohi se tourna vers Brad qui le regardait fixement. Il lui fit un signe de tête.

— *J'arrive,* conclut Wolfe avant de raccrocher.

23

Le vent bousculait Jenna tandis qu'elle remontait Main Street jusqu'au salon de beauté. La glace avait fondu et le trottoir humide brillait sous le soleil. L'air froid soufflant des montagnes enneigées au loin promettait de la neige, mais aucun nuage ne barrait le ciel d'un bleu éclatant. C'est ce qu'elle aimait à Black Rock Falls. Peu importe ce qui se passait dans sa ville ou à quel point elle se sentait mal, chaque jour valait la peine d'être vécu grâce à ce paysage. Elle salua les passants d'un signe de tête et tous lui rendirent la pareille amicalement. Oui, c'était exceptionnel de vivre ici.

Le salon était bien animé comme d'habitude, et une jeune fille s'approcha du comptoir pour l'accueillir. Jenna grimaça en sentant le mélange d'odeurs chimiques qui régnait et sourit.

— J'aimerais parler à Ann.

— Elle est en train de terminer avec un client, indiqua la jeune fille, en désignant une rangée de chaises. Je vous en prie, asseyez-vous, elle ne va pas tarder.

Jenna jeta un coup d'œil à sa montre. Les autopsies avaient pris plus de temps que prévu et elle voulait voir Cliff Young et Kyle Hall à la station de ski cet après-midi. Pour gagner du temps, Kane était passé chez Tante Betty pour chercher à manger. Ils pourraient déjeuner en chemin. Son téléphone sonna et elle fronça les sourcils en voyant le nom sur l'écran.

— Bonjour, Em, quoi de neuf ?

Emily lui relata l'appel d'Atohi Blackhawk, et Jenna s'adossa à sa chaise, les épaules voûtées. Elle aurait besoin d'une autre équipe d'adjoints pour faire face à la charge de travail actuelle.

— D'accord, dis à ton père qu'on arrive dès que j'aurai terminé mon interrogatoire.

Elle leva les yeux lorsque Ann s'approcha, accompagnant un client vers le comptoir.

— Ah, Ann, on peut discuter quelque part ?

— Bien sûr, par ici, je vous en prie, l'invita-t-elle, en la guidant vers une petite cuisine. Il y a eu une plainte ? Si c'est le cas, il faut voir ça avec le propriétaire. Moi je suis juste salariée ici.

Jenna secoua la tête.

— Non, je suis là pour vous parler de Lucas Robinson.

Elle attendait une réaction, mais clairement pas celle-ci. La jeune femme lui parut agressive.

— Vous le connaissez, n'est-ce pas ?

— C'est sa femme qui fait des histoires, c'est ça ? Elle vous envoie sur mon lieu de travail pour me faire virer ? s'exclama-t-elle, les mains sur les hanches. Il m'a dit qu'elle n'était pas ravie quand il lui a demandé le divorce. Il a dit qu'on devait faire profil bas un certain temps jusqu'à ce qu'il transfère ses actifs dans un lieu inaccessible pour elle. Ils font chambre à part depuis plus d'un an.

Intéressant. Jenna sortit son carnet et prit des notes.

— Quand avez-vous vu M. Robinson pour la dernière fois ?

— Dimanche matin, s'esclaffa Ann. Il a dit à sa femme qu'il allait à l'église.

Jenna haussa un sourcil.

— Et depuis combien de temps vous êtes ensemble ?

— Environ trois mois, répondit Ann en croisant son regard. On est amoureux.

— Vous fréquentiez Cliff Young avant lui, c'est bien ça ? demanda Jenna, en relisant ses notes.

— Oui, admit Ann en tortillant une de ses mèches. Il n'était pas très heureux quand j'ai rompu avec lui.

— Vous feriez mieux de vous asseoir, reprit Jenna, en tirant une chaise, et attendant que la jeune coiffeuse obtempère.

Lucas Robinson est mort. Quelqu'un s'est introduit chez lui et l'a abattu.

— Oh mon Dieu !

Ann parut horrifiée, elle se mit à haleter puis poussa un cri qui fit accourir ses collègues.

Jenna bloqua la gérante à la porte et s'empressa d'expliquer la situation. Elle retourna dans la kitchenette, servit un verre d'eau à Ann, puis s'assit en face d'elle, de sorte que leurs genoux se touchent presque.

— Ann, Lucas a-t-il déjà parlé de quelqu'un qui pourrait lui vouloir du mal ? Était-il inquiet ?

— Noooooon, sanglota Ann, relevant vers elle un visage baigné de larmes. Seulement sa femme. Elle ne le comprenait pas.

Incapable de cacher la vérité à cette jeune femme désemparée, elle se pencha en avant et lui serra l'épaule.

— C'était sa réputation : Lucas avait plusieurs petites amies, déclara-t-elle, en notant la stupéfaction de la jeune femme. Les hommes qui ont des liaisons disent généralement à leurs petites amies qu'ils vont quitter leur femme. Sa femme ne s'est pas disputée avec lui, et il est mort dans le lit à côté d'elle.

Elle soupira avant d'ajouter :

— Demandez à tous ceux avec qui il travaillait, c'était de notoriété publique. C'est comme ça que je vous ai trouvée.

— Il se servait de moi ? lança Ann, et ses yeux s'écarquillèrent de surprise. Le porc.

— Il y a un détail crucial que je dois savoir, reprit Jenna de sa voix la plus réconfortante. Vous n'aurez aucun problème, mais je dois écarter un point important. Avez-vous mordu M. Robinson ces derniers jours ?

— Oh mon Dieu, souffla Ann, effarée. C'est comme ça que sa femme l'a découvert, n'est-ce pas ? Oui, c'était moi, on s'amusait et ça a dégénéré, c'est tout.

— Je ne sais pas si sa femme était au courant de ses aventures.

Jenna se leva et referma son bloc-notes.

— C'est tout pour l'instant, Ann. Toutes mes condoléances, ajouta-t-elle, en tendant sa carte à la jeune femme. Si vous pensez à quoi que ce soit, à quelqu'un dont Lucas aurait parlé et qui pourrait avoir un grief contre lui, appelez-moi.

Elle se dirigea vers la porte, laissant la coiffeuse stupéfaite la suivre du regard.

Alors qu'elle sortait sur le trottoir, Kane s'arrêta au bord de la chaussée et elle grimpa dans sa voiture.

— Excellent timing.

— Elle a une idée de qui aurait pu tuer Robinson ? demanda Kane, en attendant qu'un camion de transport porcin passe, avant de tourner en direction de la forêt de Stanton.

Jenna secoua la tête.

— Non, elle ne savait même pas qu'il était mort. J'ai reçu un appel d'Emily : Atohi a trouvé des os dans la forêt. Wolfe est en route. On va aider à sécuriser les lieux et espérer arriver à la station de ski avant que Hall et Young ne partent à la fin de leur journée, soupira-t-elle. En supposant qu'ils soient allés travailler aujourd'hui et qu'ils ne soient pas déjà en route vers le Canada.

— Wolfe t'a donné le nom de l'agent du FBI qu'il voulait appeler à propos des meurtres ?

Kane fouilla à l'aveuglette dans le sac de sandwichs posé sur ses genoux.

— Non, je ne lui ai pas parlé depuis l'autopsie, répondit Jenna, en ouvrant le sac et en jetant un œil à l'intérieur. Tu crains que ce soit quelqu'un que tu connais ?

— Pas vraiment, lâcha Kane avec un haussement d'épaules. Quand l'agent Josh Martin est venu il y a quelques mois pour aider dans l'affaire des filles disparues, il ne m'a pas reconnu, et j'ai travaillé à ses côtés, donc je pense que je suis en sécurité... Je me demande qui c'est. Simple curiosité.

En longeant Stanton, Jenna aperçut plusieurs véhicules garés à l'orée de la forêt, ainsi que le van blanc de Wolfe avec l'autocollant du médecin légiste sur le côté.

— On va bientôt pouvoir lui demander.

Alors que Kane se garait derrière leur collègue, Jenna avala le dernier morceau de son sandwich et attrapa sa tasse de café à emporter.

— Oh, super, il est toujours là.

Elle se précipita vers le van.

— Jenna, Dave, les salua Wolfe, en ouvrant la portière, un GPS à la main, le doigt tendu vers le sous-bois. La tombe est à environ deux cents mètres dans cette direction. Je propose qu'on suive ce sentier pour voir où il nous mène.

Il ajusta son sac à dos et ouvrit la voie au milieu des arbres, Jenna juste derrière lui.

— Vous avez eu votre contact au FBI ?

— Oui, Jo Blake, confirma Wolfe, en se penchant pour éviter une branche basse. Elle est disposée à étudier les dossiers. Elle ouvre une succursale à Snakeskin Gully. C'est une petite ville nichée dans l'ombre de la même chaîne de montagnes que Black Rock Falls, mais c'est au moins à trois heures de route d'ici.

— De quand date son affaire la plus récente ? intervint Kane en s'enfonçant dans la forêt à leur suite et en repoussant les branchages des pins trop bas.

— L'année où je suis arrivé ici, répondit Wolfe, en continuant difficilement sans quitter son GPS des yeux. Elle s'est occupée du profilage d'un tueur sadique et elle a fini par se faire des nœuds au cerveau à cause des différences dans chaque meurtre.

Jenna resta interdite. Elle avait Kane, pourquoi aurait-elle besoin d'un autre profileur ?

— Qu'est-ce qui rend Jo Blake si spéciale ?

— Elle travaillait comme analyste comportementale pour la police scientifique du FBI à Washington et elle a la réputation d'être l'une des meilleures profileuses du secteur.

Wolfe marqua une pause et jeta un coup d'œil par-dessus son épaule.

— Ce n'est pas de son expertise dont on a besoin, mais de sa connaissance du tueur. D'après les anciens dossiers que j'ai étudiés, notre tueur actuel pourrait être le même homme. Il y a une similitude impossible à ignorer.

— Laquelle ? lança Kane qui se rangea à côté de Jenna tandis que la piste s'élargissait.

— Le fait de passer d'une exécution à une attaque personnelle, expliqua Wolfe, en s'arrêtant pour leur faire face. Jo avait une théorie : le tueur qu'elle traquait à Baltimore ne présentait pas seulement une psychopathie criminelle, mais souffrait peut-être aussi d'un trouble dissociatif de l'identité. Un jour, il tuait avec une précision presque clinique, comme pour un contrat, et le lendemain, il se déchaînait sur une autre victime. Avec certaines, il se montrait horriblement cruel. Homme, femme, jeune, vieux... il n'avait aucune préférence pour un type ou un genre particulier, et Jo n'a pas réussi à le cerner.

Jenna voyait bien que la conversation était limpide pour les deux hommes. Elle leva la main.

— Une minute, vous m'avez perdue à « montrait ». C'est quoi, le trouble dissociatif de l'identité ? soupira-t-elle. En termes simples.

— Oh, désolé, Jenna, s'excusa Kane en grimaçant. Tu connais sûrement l'expression « dédoublement de personnalité ». Ces dernières années, de nouveaux termes moins dégradants ont été utilisés pour désigner les patients... J'ai moi-même du mal à suivre.

Il la rassura d'un regard et elle ricana.

— Comme si tu n'avais pas toujours le nez plongé dans un bouquin.

Elle jeta un coup d'œil devant elle.

— C'est encore loin ?

— D'après les broussailles piétinées, je dirais qu'ils ont quitté le sentier juste là.

Wolfe reprit la tête de leur convoi.

— Maintenant qu'on a cette info, est-ce qu'on a vraiment besoin d'un agent du FBI dans l'équipe ? lança Jenna à Kane, tout en se demandant à quoi il pensait. Vous ne risqueriez pas de vous marcher sur les pieds ?

— Je ne crois pas. Je suis un tireur d'élite qui a étudié le profilage, elle est analyste comportementale. Elle est bien plus qualifiée que moi, estima Kane, en haussant les épaules. Je pourrais apprendre d'elle, tout comme Wolfe apprend de son amie anthropologue médico-légale.

— Elle est comment ? reprit Jenna, en fronçant le nez à l'odeur des crottes d'ours. Certains de ces professionnels peuvent être vraiment insupportables.

— Pas Jo, la rassura Wolfe, en se tournant vers elle. Elle dit ce qu'elle pense et n'hésite pas à s'impliquer. Son travail et sa fille sont toute sa vie.

Jenna grimaça.

— J'espère que ce n'est pas dans cet ordre-là. Alors, elle n'a pas de conjoint ?

— Divorcée. Pensez-y, Jenna, et je la recontacterai si vous souhaitez qu'elle intervienne dans l'affaire, conclut Wolfe, en reprenant sa progression à travers les arbres. Ah, je vois Atohi. Il n'est pas seul.

Après avoir échangé quelques politesses, Jenna suivit Atohi hors de la petite clairière, jusqu'à une zone délimitée par un quadrillage de ruban jaune. Devant eux, Wolfe leva la main et tous s'arrêtèrent, formant un demi-cercle.

— Qu'est-ce que vous voyez ?

— Un crâne humain, répondit le médecin légiste.

Il sortit une brosse de sa poche et s'accroupit. Avec précaution, il balaya la terre du crâne arrondi.

— Il a été exposé pendant un certain temps. Il est recouvert de mousse. Je suis surpris que personne ne l'ait remarqué avant aujourd'hui, nota-t-il, avant de jeter un regard sérieux à Jenna. Traumatisme crânien important. Je vais devoir faire appel à un anthropologue judiciaire. Vous vous souvenez du docteur Jill Bates d'Helena ?

Jenna acquiesça.

— D'accord, on va sécuriser les lieux et informer les gardes forestiers. Ils ont déjà affiché des avis indiquant qu'une fouille archéologique a lieu dans cette zone, alors avec un peu de chance, on pourra tenir les promeneurs éloignés.

— Ce n'est pas nécessaire, intervint Atohi, en lui touchant le bras. Nous serons deux à camper à proximité. Elle fait partie de notre famille et nous ne craignons pas son esprit.

— Sécurisez un large périmètre.

Wolfe tira son téléphone de sa poche et s'éloigna un peu, disparaissant derrière des arbustes.

Jenna, Kane et Atohi eurent tôt fait de boucler la zone avec du ruban adhésif pour marquer les scènes de crime. Une fois de plus, elle consulta sa montre et s'impatienta du retour de Wolfe.

— Il faut qu'on file si on veut parler à Young et Hall.

— On ne va pas les rater, dit Kane, en vérifiant l'heure.

Wolfe arrive.

— Jill sera ici dans la matinée. Elle viendra en hélicoptère avec son équipe. Elle aura besoin d'un hébergement et d'un moyen de transport pour six personnes. Est-ce que Maggie peut s'en occuper pour moi, s'il vous plaît ? demanda Wolfe, en lançant un regard interrogateur à Jenna. Je laisse carte blanche à Jill. Elle pourra utiliser un de mes labos et nous faire son rapport.

Il soupira.

— Il faut que je retourne au bureau. Je n'ai pas encore fini mes analyses sur les cas que nous avons déjà.

Jenna acquiesça et se tourna vers son jeune ami.

— Comment Brad réagit à tout ça ?

— Il est perturbé, mais soulagé aussi, je pense, jugea Atohi, avec un sourire. Ne vous inquiétez pas, vous pouvez y aller, je m'assurerai que personne ne dérange quoi que ce soit.

— Merci, allons-y ! lança Jenna aux autres.

— Perturbé, hein ? répéta Kane, en lui jetant un coup d'œil alors qu'ils rebroussaient chemin vers leurs véhicules. Peut-être qu'on devrait s'intéresser de plus près à Brad Kelly.

Kane accéléra sur l'autoroute, gyrophares allumés et sirènes hurlantes. C'était bon de pouvoir conduire son véhicule à toute allure sur la route, et le rugissement de son moteur lui donnait le sourire. Le trajet entre la forêt de Stanton et les montagnes était l'un de ses préférés. Il avait presque l'impression de voler en prenant de l'altitude si vite. Mais toutes les bonnes choses ayant une fin, il ralentit, éteignit les feux et les sirènes, puis emprunta la nouvelle bretelle d'accès à la station de ski.

La stratégie du maire visant à stimuler le tourisme hivernal fonctionnait bien. De larges routes serpentaient jusqu'au sommet de Black Rock Mountain et déroulaient des panoramas spectaculaires sur la forêt à perte de vue. La montagne enneigée offrait un éventail naturel de pistes de ski sans pour autant nuire à la beauté de la région. Les remontées mécaniques étaient si bien dissimulées qu'elles ne gâchaient pas le spectacle. Surpris par l'intérêt et les investissements qui affluaient par dizaines, le maire avait commandé dix autres chalets. Il les avait installés dans un petit village pittoresque, à quelques pas de la résidence principale. Depuis la popularité du White Water Rapids Park, tout le monde voulait avoir sa part de la prospérité de la ville.

Des camions encombraient la route, à côté de bennes à ordures remplies de débris de matériaux de construction, et les radios hurlaient dans les petites cabanes comme un orchestre mal synchronisé. Il tourna dans le village et se gara devant la cabane du chef de chantier.

— Je pense qu'on devrait commencer par là.

— D'accord, approuva Jenna, en sortant son carnet de notes et en lui lançant un regard sévère. Il fait froid dehors.

Tu mets le gros bonnet que je t'ai acheté ?

Kane lui sourit.

— Je ne quitte jamais la maison sans lui.

Il rabattit le bonnet sur ses oreilles et la suivit.

Le vent glacial lui mouilla les yeux tandis qu'il se précipitait dans la cabane, Jenna sur ses talons. C'était une construction temporaire, avec des bureaux équipés d'ordinateurs et des papiers partout. À en juger par la quantité d'équipements présents sur le site, les travaux exigeaient de nombreux corps de métier. Lors de sa dernière visite, il avait rencontré le grand homme assis au bureau principal, derrière un écriteau indiquant « directeur ». Vêtu d'une casquette de chasse doublée de peau de mouton et de lunettes en équilibre au bout de son nez, il leva les yeux avec curiosité à leur arrivée. Kane le salua d'un signe de tête.

— Sid Glover, voici le shérif Alton. Nous cherchons Kyler Hall et Cliff Young. Ils travaillent aujourd'hui ?

— Un instant, je vous prie, leur demanda Glover, en pianotant sur son clavier et en glissant un doigt sur l'écran. Oui, ils travaillent sur le numéro six. Ils n'ont pas d'ennuis, n'est-ce pas ? Je ne veux pas de criminels sur mon site.

Il posa sur Jenna et Kane un regard suspicieux.

— Pas à notre connaissance, le rassura Jenna, en avançant vers lui. Ils travaillent ici depuis longtemps ?

L'homme tapa sur le clavier et acquiesça.

— Oui, d'après le registre des salaires, ils travaillent ici depuis le début du projet, il y a plus d'un an.

— Et pourtant, vous avez fait comme si vous ne les connaissiez pas quand mon adjoint vous l'a demandé, insista Jenna, en posant une main à plat sur son bureau, et en le fixant d'un air intimidant. Pourquoi donc ?

— Oh, je les connais, répondit le directeur, avec un geste de la main comme pour englober tout ce qui l'entourait. C'est juste que je ne sais pas où se trouve chaque type à un moment donné. On a deux cents hommes qui travaillent ici dans différentes équipes. Je n'arrive pas à les suivre tous dans ma tête.

— D'accord, et quels sont leurs horaires habituels ? demanda Jenna, en prenant des notes.

— Ah, toutes les heures entre le lever et le coucher du soleil, sourit le chef de chantier. La plupart du temps, c'est payé à la tâche et les équipes travaillent plus longtemps. Plus elles travaillent vite, plus elles sont payées.

— C'est courant pour ce genre de boulot ?

Jenna se redressa.

— C'est la norme pour la plupart des travaux de construction de nos jours. On a un chef de projet qui s'occupe de faire venir les corps de métier pour faire le travail ; ce n'est pas comme une usine où les gens sont employés par l'entreprise.

— Dites-nous où se trouve le numéro six, termina Jenna, en retournant vers la porte.

— Première à droite, au milieu sur la gauche. Les numéros sont devant, vous ne pouvez pas le rater, expliqua le directeur, en se calant au fond de son siège.

— Merci, lança Kane, en suivant Jenna.

— On va y aller en voiture, le vent est cruel ici, dit Jenna, en montant côté passager. J'ai eu l'impression bizarre que le chef cachait quelque chose, il semblait distrait. Tu as remarqué comment ses yeux ne cessaient de regarder la porte ?

Kane acquiesça et parcourut le bref itinéraire jusqu'au numéro six.

— Je n'ai vu personne traîner dans les parages. Il t'a donné les informations que tu voulais, je l'ai trouvé coopératif.

Il s'arrêta à côté d'un camion chargé de déchets divers.

— Je ne sais pas à qui appartient ce fourgon, mais il se moque complètement de son état.

— Peut-être qu'ils n'ont pas le temps, puisqu'ils travaillent tout le temps.

Jenna glissa du siège et se dirigea vers la porte, jetant son kit médico-légal sur une épaule avant que Kane n'ait même eu le temps de détacher Duke et de le laisser descendre.

Kane lui emboîta le pas et Duke bondit, la queue frétillante et les oreilles plaquées en arrière par le vent. Le chien ne quittait pas Jenna des yeux. Kane se gratta le menton. *Qu'est-ce qui ne va pas chez lui ? Y a-t-il quelqu'un ici qu'on devrait connaître ?*

Il atteignit la porte du chalet à grandes enjambées, scrutant les alentours dans toutes les directions, mais ne remarqua rien de suspect. Des hommes entraient et sortaient de logements inachevés, et la cacophonie de différentes mélodies le cernait. À l'intérieur, Jenna attendit qu'un homme utilisant un pistolet à clous s'interrompe. Kane se posta à ses côtés, l'homme leva enfin la tête et les vit. Il leva le pistolet à clous et Kane dégaina instinctivement son arme. Une cloueuse pneumatique pouvait être mortelle. Lorsque Jenna s'approcha, Duke se cabra, poussa un grognement inhabituel et montra les dents.

— Tournez ce truc dans une autre direction, résonna fort la voix de Jenna dans la pièce vide. En fait, posez-le sur le comptoir là-bas. Comment vous vous appelez ?

— Cliff Young, madame, répondit-il, avant de se tourner pour poser l'outil sur le comptoir. Y a un problème, shérif ?

— Où est votre ami ? intervint Kane, en rangeant son arme, conscient de la pointe d'inquiétude dans le regard de Young.

— Je suis là.

Un homme d'une vingtaine d'années, grand et musclé, émergea d'une autre pièce.

— Je suis Kyler Hall. Qu'est-ce que vous me voulez ?

— J'ai entendu dire que vous vous étiez battu avec Parker Louis et Tim Addams au Triple Z Bar samedi soir.

Jenna releva le menton et resta sur ses positions. De toute évidence, la démonstration d'hostilité de cet homme ne l'avait pas ébranlée.

— On a des raisons de croire que vous étiez tous impliqués dans un racket visant à voler des équipements sur le site.

Elle plissa le regard devant son rire arrogant.

— Non, rien à voir, lâcha Hall, avec un sourire insolent. C'était à propos d'une femme. On avait tous trop bu.

Il regarda Kane et lui fit un clin d'œil.

— Vous savez ce que c'est, hein ? La situation a dégénéré. J'ai dû mettre ces garçons à terre pour leur donner une leçon.

Kane croisa son regard.

— Vous êtes en train d'avouer avoir tiré sur Louis et Addams ?

— Quoi ? s'écria Hall, en jetant un regard étonné à Young, la gorge nouée. Non ! Je ne sais rien de ces meurtres.

— Vous pouvez expliquer où vous étiez mercredi matin entre l'aube et 11 heures du matin ?

Jenna ouvrit son bloc-notes.

— Une minute, intervint Cliff Young, sa pomme oscillant tandis qu'il déglutissait. On a besoin d'un avocat ?

— Je ne suis pas en train de vous arrêter.

Jenna adressa un regard entendu à Kane.

— Je suis ici pour traquer les suspects d'une fusillade, et si vous avez appuyé sur la gâchette, alors je dirais « oui ». Comme vous semblez avoir quelques inquiétudes, nous allons rendre les choses officielles, expliqua-t-elle, en se tournant vers Kane. Récite-leur leurs droits.

— On n'a tué personne ! s'exclama Hall, en se redressant comme s'il reprenait le contrôle. On partage une maison. On a pris le petit déjeuner ensemble mercredi matin, puis on est venus ici avant 7 heures. On est repartis vers 16 heures.

Kane fut un peu décontenancé par leurs réponses. Ils ne les avaient pas informés de la mort d'aucun des deux hommes et pourtant Hall et Young avaient parlé de meurtre et de tueur. Il leur récita leurs droits et lorsqu'ils refusèrent d'être représentés par un avocat, il passa à l'interrogatoire.

— Vous habitez en ville ?

— Oui, sur Lake.

Hall s'appuya contre le comptoir, sa ceinture à outils raclant le plateau en granit.

Il n'y avait qu'une seule sortie pour rejoindre l'autoroute depuis la ville, ce qui plaçait les deux hommes dans la zone au moment de la mort.

— À quelle heure avez-vous pris la route de Stanton, et vous souvenez-vous d'autres véhicules qui passaient par là ?

— Lake donne directement dans Stanton, donc je dirais vers 7 heures, répondit Hall, en jetant un coup d'œil à Jenna. J'avais déjà du mal à voir à quelques mètres devant moi. Un brouillard très épais venait de la forêt. Des véhicules nous ont dépassés, mais je ne me souviens de rien.

— D'accord, acquiesça Jenna. Que transportez-vous dans votre pick-up pour vous protéger ? Je veux dire, quand on bosse ici, on n'est jamais trop prudent, n'est-ce pas ?

— Il y a un fusil de chasse sur un support dans la cabine, admit Hall, avec un haussement d'épaules. La plupart des gars en ont un ici.

— Et quand est-ce que l'un de vous a tiré pour la dernière fois ? demanda Jenna, en faisant glisser son kit médico-légal de son épaule.

— Pas depuis environ trois mois. On est allés au champ de tir.

Young semblait agité et piétinait.

— On n'a tiré sur personne.

— Alors vous êtes d'accord pour un prélèvement de résidus de tir ?

Jenna ouvrit le kit et les fixa, attendant leur réponse.

— Pas question, rétorqua Hall, une main sur l'épaule de son ami. Ils cherchent un coupable idéal. Il faut que ce soit fait dans les règles. On ne répondra plus à aucune question, on veut un avocat. Vous devez nous en fournir un gratuitement, on n'a pas d'argent.

Et merde. Kane soupira. Ils avaient besoin d'informations sur leur relation avec Robinson. Les deux hommes avaient des griefs et maintenant ils allaient devoir les interroger. Il jeta un coup d'œil blasé à Jenna qui s'empressa de passer à l'action.

— Très bien, alors rassemblez vos affaires. Je veux que vous vous rendiez au bureau du shérif pour être interrogés, lança-t-elle, en les dévisageant l'un après l'autre. Je vous donne une chance en vous autorisant à rentrer en ville, mais si vous vous enfuyez ou si vous faites quoi que ce soit de stupide, je vous promets que vous en détesterez les conséquences.

Elle les fusilla du regard.

— Je vais vous appeler un avocat et lui demander de nous rejoindre. On vous attend dehors.

Elle ressortit et s'adossa au véhicule de Kane. Elle soupira, une énorme bouffée de vapeur s'échappant de sa bouche.

— Je les ai vraiment mal jugés. Je pensais qu'ils accepteraient volontiers un test de résidus de poudre pour se faire innocenter.

Kane siffla Duke pour qu'il revienne et le hissa à l'intérieur. Une fois le chien attaché à son harnais, il se tourna vers elle.

— Ils ont montré leur jeu. On n'a jamais évoqué la mort de qui que ce soit, c'est une sacrée supposition de leur part. Duke ne les aimait pas non plus. Je ne l'ai jamais vu devenir agressif avant aujourd'hui.

— Peut-être qu'on devrait lui donner l'odeur des victimes et voir comment il réagit à Hall et Young ? proposa Jenna, en levant les bras au ciel. Ce ne sera pas concluant non plus puisqu'on sait déjà qu'ils se sont battus.

Kane surveilla les hommes pendant qu'ils remballaient leur matériel dans leur pick-up et y grimpaient.

— Ça va être intéressant. Pourquoi ne pas les avoir menottés et emmenés au poste ?

— Ils auront Cross comme avocat, et à ce stade de l'enquête, je ne veux pas lui donner d'excuse pour saper notre boulot, expliqua-t-elle, en s'installant côté passager avant de se tourner vers lui. Comme ça, tout se passe comme s'ils avaient accepté de venir pour un interrogatoire. Entre nous, je pense qu'ils sont coupables sur toute la ligne.

25

C'était un euphémisme que de dire que Samuel J. Cross, l'avocat local, mettait Jenna mal à l'aise. L'homme s'habillait comme un cow-boy, tout droit sorti du circuit du rodéo, mais son allure décontractée était trompeuse. Sam Cross était rusé comme un renard et elle devait rester sur ses gardes avec lui. Elle ôta son manteau et le suspendit dans son bureau, et remarqua que Duke lui collait aux basques depuis la visite à la station de ski. Le chien allait généralement rendre visite à Maggie au comptoir d'accueil, à la recherche de friandises, et se couchait sous son bureau dans un panier, ou bien aux pieds de Kane la plupart du temps. Il était rarement aussi protecteur, et les grognements et autres babines retroussées n'étaient pas dans ses habitudes. Jenna lui tapota la tête.

— Tu sens que je n'ai aucune envie de voir l'avocat ? Ne t'inquiète pas, il ne me fera pas de mal. Pendant qu'il parle à ses clients, pourquoi est-ce qu'on n'irait pas voir ce que fabrique l'homme à tout faire dans la cave ?

Elle traversa le bureau et emprunta les marches menant au sous-sol. Une porte donnait accès au local des pièces à conviction, une zone sécurisée, et une autre, actuellement ouverte, menait à la chaudière et à une zone de stockage. Elle s'approcha de la porte et Duke aboya, ce qui la fit sursauter. Le chien bondit vers l'avant et Jenna éleva la voix.

— Couché, mon grand.

À l'intérieur, Tom Dickson laissa tomber la pile de vieux papiers qu'il portait et recula en titubant. Jenna saisit le collier de Duke et lui intima l'ordre de s'asseoir. Elle dévisagea Dickson. C'était un vieux montagnard ridé, dont le regard dur ne laissait transparaître aucune compassion.

— Je suis désolée, je ne sais pas ce qui lui arrive aujourd'hui.

— Les chiens n'apportent que des problèmes, répondit Dickson, en levant les yeux vers elle avant de se baisser pour ramasser les papiers.

Jenna ignora sa remarque. Il n'aimait donc pas les chiens, ce qui ne changeait rien pour elle. Elle le considéra un instant. Il avait l'air si mal en point qu'elle voulait l'aider par tous les moyens possibles.

— Est-ce qu'il y a quelque chose d'autre que vous voulez que je fasse, madame ?

Dickson déposa les papiers dans un carton et se redressa. Il appuya un poing ganté sur son dos et gémit.

— Désolé, mon arthrite se réveille violemment en hiver.

Jenna secoua la tête.

— Non, je voulais juste savoir comment ça se passait ici.

Rowley lui avait offert une journée de travail pendant le week-end, mais il avait vraiment besoin d'autre chose tout de suite. Elle se creusa la tête pour trouver une tâche à lui confier.

— Si vous pouvez passer à mon ranch à la première heure demain matin, ce serait vraiment bien que vous fassiez de la place dans ma grange. Je dois bientôt recevoir ma livraison de fourrage d'hiver. J'avais prévu d'aider Kane pendant le week-end, mais on est submergés en ce moment et il faut que je sois au bureau.

— Vous ne serez pas là ? s'étonna Dickson, en faisant la moue.

— Non, mais il y a un système de vidéosurveillance autour de la maison et du petit pavillon, répondit Jenna, en haussant les épaules. Si vous entrez dans ce périmètre, vous risquez de déclencher le système d'alarme. Tant que vous l'évitez, tout ira bien.

— Je serai là à 7 heures, confirma Dickson, en se penchant pour récupérer d'autres papiers. Tant que ce cabot n'est pas en liberté.

Jenna se dirigea vers la porte.

— Non, il sera avec moi. N'oubliez pas d'emporter tout ce dont vous avez besoin, car une fois que vous aurez quitté le périmètre du ranch, vous ne pourrez plus y revenir sans déclencher l'alarme. Je me ferai un plaisir de vous laisser de quoi déjeuner.

Elle gravit les marches en courant, Duke dans son sillage.

C'est l'heure d'affronter Sam Cross.

Elle rejoignit les salles d'interrogatoire et trouva Kane assis devant, en train de siroter un café.

— Tu ne devrais pas plutôt t'occuper d'obtenir un mandat pour accéder aux comptes bancaires de Mme Robinson ?

— Cross a dit que ses clients seraient bientôt prêts à parler, alors comme tu avais disparu, je me suis dit que j'allais attendre ici, expliqua Kane, en soulevant une deuxième tasse à emporter posée à côté de sa chaise et en la lui tendant. Rowley a déposé les documents au tribunal et même si la cause probable est vague, on pourrait avoir une bonne surprise.

Jenna s'assit à côté de lui dans l'alcôve exiguë et but une gorgée bien chaude.

— Hmm... il me semble qu'il était de notoriété publique que Lucas Robinson avait des liaisons depuis un certain temps. J'ai du mal à croire que sa femme ait été aussi naïve. On retournera lui parler dès que les médecins auront fini d'évaluer son état psychologique. Je reste persuadée qu'il y a un lien avec elle qui nous a échappé, et en plus elle est gauchère comme le tueur, argumenta-t-elle, avant de lui sourire. J'ai demandé à Tom Dickson, l'homme à tout faire qui travaille au sous-sol, de passer demain matin. C'est avec lui que j'étais. Il va ranger un peu la grange avant la livraison du fourrage pour l'hiver.

— Tu as l'intention de le laisser au ranch pendant qu'on travaille ? répliqua Kane avec une grimace, avant de secouer la tête. Tu ne le connais ni d'Ève ni d'Adam.

— Non, mais qu'est-ce qu'un vieil homme comme lui pourrait bien faire ? soupira Jenna, frustrée.

Elle voulait croire que les gens étaient foncièrement bons.

— On a installé tout un système de surveillance et d'alarme autour des habitations. S'il entre dans le périmètre, on le saura. Il ne peut pas accéder à la pièce sécurisée, et le reste de la grange contient du fourrage et des écuries. Rien à voler. Il a travaillé ici sans problème, il s'est tenu à l'écart et ne s'est pas promené partout. Il sera là à 7 heures, on lui montrera le boulot et on partira.

Elle voyait bien que Kane n'était pas convaincu.

— Je mettrai son repas dans le vieux réfrigérateur pour qu'il n'ait pas à sortir pendant la journée, et tout se passera très bien.

— D'accord. Tu lui prépares aussi son déjeuner ? lança Kane, en faisant rouler ses épaules, un peu nerveux. Tu comptes l'inviter à dîner aussi ?

Il désigna Duke, qui s'appuyait sur sa jambe.

— Duke est agité depuis qu'on a commencé à bosser sur cette affaire. Il refuse de te lâcher d'une semelle.

Jenna rit de l'expression amère de son interlocuteur.

— Il devient comme toi, surprotecteur. Si tu te souviens bien, Duke est devenu agressif quand on a parlé à Hall et Young. Ils représentaient une menace pour moi et il l'a senti, c'est tout, le rassura-t-elle, en tapotant Duke sur la tête. Même s'il a fait si peur à Dickson que le pauvre homme a laissé tomber les papiers qu'il portait.

— Il a fait quoi ? s'esclaffa Kane. Vraiment ?

Avant que Jenna ne puisse s'expliquer, la lumière clignota à l'extérieur de la salle d'interrogatoire, indiquant que Sam Cross avait terminé son entretien. Elle jeta un coup d'œil à Kane.

— Et d'un.

— Non, et de deux, rectifia Kane, en balançant son gobelet dans une poubelle proche avant de se lever. Il n'a passé que quelques minutes avec Young puis presque tout son temps avec Hall.

Jenna avala son café et jeta la tasse avec celle de Kane.

— D'accord, je prends les devants et tu observes, à moins que tu n'aies d'autres questions à poser.

— Ça marche, approuva Kane en s'étirant et ses longs doigts touchèrent le plafond. Il se baissa pour caresser la tête de Duke.

— Reste ici, bon garçon.

Il scanna son badge et ils entrèrent dans la salle d'interrogatoire.

Jenna fit un signe de tête à Sam Cross.

— Bonjour, Sam. Votre client est-il prêt à répondre à quelques questions ?

— Oui, dans la limite du raisonnable, mais je tiens à préciser que ni lui ni M. Young ne sont impliqués dans la fusillade de la forêt de Stanton, répondit Cross, avant de saluer Kane de la tête. Adjoint Kane.

— Cross, l'imita Kane en s'asseyant. Je lance l'enregistrement.

Il annonça la date et l'heure à voix haute, et toutes les personnes présentes donnèrent leur nom.

Jenna posa son carnet sur la table et prit place en face de Cross et de Hall, à la mine hargneuse. Elle jeta un œil à ses notes sur Robinson ; elle avait déjà tout ce qu'elle voulait savoir sur leur implication dans le meurtre des victimes de la forêt de Stanton. Hall et Young se trouvaient tous deux dans les environs à l'heure du crime, et les deux hommes avaient eu des histoires avec les victimes et avaient refusé un prélèvement de résidus de poudre. Elle avait maintenant besoin d'informations sur les rapports entre Hall et Lucas Robinson.

— Monsieur Hall, pouvez-vous nous dire où vous étiez entre lundi soir après 23 heures et mardi matin avant 3 heures ?

— Oui, répondit Hall en s'affalant sur le bureau, la tête dans une main. J'étais à la maison avec Cliff. On doit se lever tôt pour le boulot, alors on ne sort pas en semaine.

— Est-ce que quelqu'un d'autre vous a vu ? continua Jenna, en levant les yeux vers lui. Un voisin peut-être ? Est-ce que quelqu'un vous a appelé, ou avez-vous interagi avec quelqu'un en ligne pendant cette période ?

— Non, je pense que je dormais profondément, sourit Hall. Seul dans mon lit, malheureusement, donc je ne peux pas le prouver. Pourquoi ?

Jenna poursuivit.

— Je crois que vous aviez un grief avec Lucas Robinson. Pouvez-vous nous donner quelques précisions ?

— Un *grief* ? répéta Hall, en ricanant, et ses yeux brillèrent de colère. C'est comme ça que vous appelez escroquer un homme de son héritage ?

— C'est-à-dire ?

— Il m'a dit d'investir dans un projet dingue qui a fait faillite deux semaines après que j'y ai mis mon argent, lâcha l'homme, en postillonnant de rage. Je suis sûr qu'il savait que je courais à la ruine. Je n'aurais pas dû lui faire confiance pour investir mon argent... si tant est qu'il l'ait investi. Vu la maison qu'il a fait construire à Majestic Rapids, je dirais qu'il escroque tout le monde en ville depuis des années.

Jenna prit quelques notes et sentit Kane lui toucher le bras. Elle lui fit un signe de tête.

— Vous avez fait une réclamation auprès du directeur de la banque ? demanda Kane, en se penchant en arrière sur sa chaise, ce qui la fit grincer. Si vous pensiez que quelqu'un avait monté une escroquerie, vous auriez pu la signaler au FBI ou même à nous.

— Quel intérêt ? lâcha Hall, avec un petit rire dégoûté mal dissimulé. Qui m'aurait écouté ? Et je n'ai pas de quoi payer des procès, je vis au jour le jour depuis que ce type m'a arnaqué.

Jenna acquiesça.

— Je vois que vous êtes très contrarié, monsieur Hall, et je comprends pourquoi. Êtes-vous entré chez M. Robinson lundi soir et l'avez-vous tué ?

— Ne répondez pas à cette question, réagit Cross, en fusillant Jenna du regard. Vous avez dit que vous vouliez interroger mes clients au sujet d'un accident de tir ; maintenant, vous parlez de meurtre. Expliquez-moi, shérif.

De quoi accusez-vous mes clients ?

Il secoua la tête et Jenna se crispa. Elle avait voulu que Kane observe la réaction de Hall, et au lieu de nier tout méfait, l'homme la dévisageait avec malice.

— D'accord, reprit-elle, avant de prendre quelques secondes pour évacuer la haine irradiant de Hall jusqu'à elle, et en se tournant vers Cross. Vos deux clients se trouvaient à proximité du lieu des meurtres de la forêt de Stanton, à l'heure approximative des faits. Ils ont tous deux été impliqués dans des disputes sur leur lieu de travail et plus tard au Triple Z, où il y a eu une altercation dont plusieurs personnes ont été témoins. Vos deux clients ont des griefs contre Lucas Robinson, et ils n'ont aucun témoin ou alibi pour l'heure à laquelle il a été abattu chez lui. Elle le fixa droit dans les yeux.

— Je crois que vos clients sont impliqués dans trois meurtres.

— Où sont les preuves ? demanda Cross en appuyant un doigt sur la table. Avez-vous quoi que ce soit qui prouve que mes clients étaient présents sur l'une ou l'autre des scènes de crime ?

Jenna secoua la tête.

— Pas pour l'instant.

— « Pas pour l'instant », répéta Cross, en aboyant un rire. Les preuves indirectes ne vont pas divertir le procureur. Elles ne le convaincront pas non plus d'inculper mes clients. Aucun jury ne les condamnera sans preuve.

— J'ai demandé un test de résidus de poudre et ils ont refusé.

Jenna lui lança un regard noir. Il avait raison, évidemment, mais elle devait interroger les suspects pour obtenir des réponses. Il en faisait trop.

— S'ils sont innocents des crimes, pourquoi ne pas s'y soumettre ?

— Parce qu'un test de résidus de poudre sur deux tireurs connus se révélerait probablement positif, puisque mes deux clients ont un permis de chasse en cours de validité, répliqua Cross, en se levant. Rien que ce point fait naître un doute raisonnable. Maintenant, si vous voulez bien ouvrir les portes, je vais faire sortir mes clients.

Jenna resta ferme sur ses positions.

— Pas tout de suite. Je veux parler à Cliff Young. Sa petite amie a rompu avec lui à cause de Lucas Robinson. J'ai besoin de savoir s'il a rencontré Robinson.

— Je ne vous permettrais pas de poser cette question, shérif, répondit Cross, en jetant un coup d'œil à Kane, puis à elle. C'est peut-être une ville isolée, mais nous n'acceptons pas l'intimidation de la part des forces de l'ordre.

Dans son champ de vision, elle remarqua que Kane se raidissait légèrement et se levait lentement. Il la protégeait comme toujours, et d'après son expression fermée, il ne tolérerait pas d'autres remarques moralisatrices de la part de Sam Cross.

— Pourquoi ne pas vous rasseoir, maître Cross ?

— Pour que vous puissiez essayer de m'intimider à votre tour ? lança Cross à Kane, avec un regard noir.

Excédée, Jenna se leva à son tour.

— Je n'apprécie pas cette remarque. Ce n'est pas professionnel, et je pensais que vous étiez au-dessus de ça, Sam. Nous traitons toujours les gens avec respect. Je vous ai fait venir parce que j'ai besoin de poser des questions pour exclure vos clients de mon enquête. Vous entravez mon travail. Cette fois, vous pouvez repartir avec vos clients, mais soyez assuré que dès qu'on aura trouvé des preuves à leur encontre, la causerie sera terminée. Je saisirai directement le procureur pour obtenir un mandat d'arrêt.

Elle scanna son badge près de l'embrasure de la porte et s'engouffra dans le couloir sans un regard en arrière.

26

La journée avait été longue et Ruby Evans se frottait les pieds dans le bus qui la ramenait chez elle. Heureuse que le grésil ait enfin cessé et que la soirée soit aussi claire que fraîche, elle remit ses chaussures et se leva pour rejoindre l'avant de l'autobus. Le véhicule ralentit dans un grincement de freins et elle descendit les marches. Les portes se refermèrent derrière elle et, tandis que le bus disparaissait au loin, elle eut un terrible pressentiment : si quelqu'un l'attaquait, elle était totalement seule.

Il faisait plus sombre que d'habitude, et bien que le ciel soit dégagé, une brume épaisse tourbillonnait sur la chaussée depuis la forêt. Halloween n'était plus que dans quelques jours, et ces volutes évoquaient des silhouettes fantomatiques à la dérive au bord de la chaussée comme en quête d'âmes à voler. Pour couronner le tout, les lampadaires étaient éteints entre l'arrêt de bus et le sentier qu'elle devait emprunter pour rentrer chez elle, à travers les bois. Après la rencontre bouleversante avec l'homme étrange la veille au soir, elle était à fleur de peau. La jeune femme n'arrivait pas à chasser de son esprit l'idée qu'on la suivait à nouveau, et elle devait se forcer à mettre un pied devant l'autre sur le trottoir assombri. Tout en marchant, elle cherche son téléphone dans son sac à main ; l'écran lui offrirait un peu de lumière, mais sa batterie était presque à plat.

Ruby parcourut les cinquante mètres qui la séparaient de la ruelle et s'arrêta, à l'affût du moindre son. Un hibou hululait dans la forêt et les feuilles bruissaient sous la brise, mais rien ne semblait bouger dans les ténèbres. Elle fit quelques pas hésitants, puis se figea, scrutant devant elle la lumière accueillante d'un réverbère, à une centaine de mètres. Elle pouvait choisir le chemin le plus long pour rentrer chez elle. Mais il lui faudrait peut-être une demi-heure de plus, et ses pieds lui faisaient mal et elle devait travailler tôt le matin. Elle jeta un œil dans l'obscurité. Le sentier pittoresque qu'elle avait emprunté plus tôt s'était transformé en un tunnel aux relents de moisi la menant à un néant inconnu et incertain. Devait-elle vraiment prendre le raccourci et risquer de recroiser cet homme étrange ?

La peur lui tenaillait le ventre. Il faisait si sombre entre les arbres, et la canopée ne laissait filtrer aucun rayon de lune. N'importe qui pouvait se terrer dans la pénombre, attendant qu'une victime innocente passe par là. Comme il serait facile de la cueillir sur le sentier et de la traîner dans les fourrés. Elle se mordit la lèvre et prit une grande inspiration tandis que l'indécision la taraudait. Son foyer se trouvait de l'autre côté de la ruelle ; un repas et un bain chaud l'attendaient. Elle ignora la petite voix dans sa tête qui lui disait d'éviter les situations dangereuses, rassembla son courage et s'engagea dans le tunnel noir. La lumière de son écran n'était pas d'un grand réconfort, mais c'était mieux que rien. Alors qu'elle accélérait le pas, la lueur bleue s'estompa et finit par s'éteindre. Cernée par un mur noir et étouffant, elle rangea le téléphone dans son sac et, se guidant d'une main, elle longea le rideau de buissons dépouillés de leurs feuilles, écarquillant les yeux pour mieux voir dans l'obscurité.

L'odeur de moisi de la végétation en décomposition lui

emplit les narines, et sous ses pieds, des feuilles mouillées tapissaient cette partie du chemin caillouteux, étouffant le bruit de ses chaussures et des pas de quiconque la suivrait. La panique croissante l'empêchait de respirer. Elle devait sortir de ce passage claustrophobique et accéléra le pas, trébuchant sur les irrégularités du sol. Pétrifiée par le moindre craquement de branches alentour, elle avançait, puis sa main toucha un tissu. Un soupçon d'eau de Cologne flotta dans l'air. Elle se figea, trop terrifiée pour prononcer le moindre mot. Sous sa paume, le tissu bougea et un petit rire grave résonna, si proche qu'elle en sentit la chaleur contre sa joue.

— Bonsoir, Ruby.

27

VENDREDI MATIN

Jenna esquiva et pivota sur un pied, tentant d'atteindre la tête Kane. L'instant d'après, l'immense main de son adjoint lui attrapa le pied et la fit tomber face contre terre. Un bruit sourd monta du tapis lorsque les cent quatorze kilos de Kane s'écrasèrent à côté d'elle, la clouant au sol avec facilité.

— Bon sang, Kane, allez, encore une fois. Je me ramollis.

— C'est normal, répondit Kane, en se levant, une main tendue vers elle. On ne peut pas être en pleine forme quand on travaille sur des affaires la moitié de la nuit.

Elle prit sa main et il la tira sur ses pieds.

— Toi, tu le fais bien.

— C'est vrai, mais j'ai l'habitude de survivre sans dormir, répliqua Kane, en se passant une main dans ses cheveux humides. J'ai juste besoin de manger et ça ira.

Il saisit une serviette sur le dossier de la chaise et lui sourit.

— Je vais aller me doucher. Je me suis occupé des chevaux et c'est à toi de préparer le petit déjeuner, ajouta-t-il, en jetant un coup d'œil à sa montre. Ensuite, il faudra accueillir l'homme à tout faire.

Jenna le regarda s'éloigner et se dirigea vers sa salle de

bains. Certes, il n'avait dit un mot sur sa décision de laisser Tom Dickson travailler au ranch, mais il avait passé pas mal de temps à vérifier la sécurité de sa maison et de son petit pavillon. Ils avaient tous deux installé un système d'alerte sur leurs téléphones. Si Dickson décidait de s'approcher de l'une ou l'autre maison, ils le sauraient et il serait surveillé par un système de vidéosurveillance. Elle n'était pas du tout inquiète, mais elle avait bien deviné l'appréhension dans les yeux de Kane. Le problème avec Kane, c'est qu'il était toujours en mode travail.

Il gardait probablement ça de son expérience de garde du corps du président des États-Unis, mais elle aurait parfois aimé qu'il se détende un peu. Elle avait perçu sa facette douce, mais il était aussi vulnérable. Il n'hésiterait jamais à s'interposer entre une balle et un innocent, et elle craignait qu'un jour, quelqu'un s'en serve contre lui.

Jenna ferma la porte du lave-vaisselle et l'enclencha, puis jeta un coup d'œil à l'horloge.

– Dickson sera là dans une trentaine de minutes.

Elle se tourna pour parler à Kane, mais il porta un doigt à ses lèvres et désigna Duke.

Elle fixa le chien. C'était comme s'il s'était figé dans le temps. Ses babines retroussées et son grondement sourd indiquaient que quelque chose clochait. Elle sortit son arme, glissa jusqu'à la porte arrière et vérifia les serrures. Lorsqu'elle revint dans la cuisine, Kane lui signifia par des signes de la main de se diriger vers le couloir et de se rendre dans son bureau. Dos au mur, elle se faufila dans la pièce. Elle étudia le réseau de caméras de vidéosurveillance, qui montrait tous les espaces extérieurs. Seuls les chevaux se promenaient dans le corral ; elle ne voyait personne près de la maison.

— RAS.

— Duke montre la porte d'entrée, dit Kane en se postant à

côté d'elle. Je ne vois personne non plus, mais je fais confiance à Duke, il sent bien plus de choses que les humains.

Un souvenir surgit et Jenna frissonna, prise au dépourvu. Une fois, elle avait touché un fil de fer et déclenché un engin explosif, les propulsant tous les deux en l'air.

— Une bombe ?

— Personne ne pourrait entrer ici sans être repéré, à moins de larguer un engin à l'aide d'un drone, répliqua Kane, perplexe. Je suis presque sûr que c'est le seul moyen d'entrer, à moins d'utiliser un hélicoptère, et alors il aurait déclenché les détecteurs de mouvement.

Lorsque Duke aboya et courut vers la porte, Jenna échangea un regard perplexe avec Kane.

— Tu penses qu'il est malade ou un truc du genre ? Est-ce que les chiens peuvent perdre la tête ?

— Seulement à cause de la rage, mais il est vacciné, expliqua Kane, en s'approchant de la porte, avant de jeter un coup d'œil par la fenêtre puis de pivoter vers Jenna, les deux sourcils arqués. J'ai trouvé le problème : c'est le chat noir, il vient de sortir la tête de sous le porche.

Jenna grimaça.

— Le pauvre petit, il doit être affamé.

— J'en doute, ces chats sont des chasseurs nés et il y a plein de souris et de rats dans la grange, objecta Kane, avant de froncer de nouveau les sourcils. Il est peut-être blessé, il est couvert de sang.

— Du sang ? Tiens Duke, lança Jenna, en se précipitant vers la porte et en l'ouvrant. Petit, petit, viens ici.

Elle s'accroupit et tendit sa paume ouverte devant elle. Au lieu de s'approcher, le chat s'échappa en bondissant et Jenna suivit des yeux sa longue queue entre les hautes herbes : il se dirigeait vers le ranch du vieux Mitcham. Elle se redressa et dévisagea Kane.

— Il n'a pas l'air blessé, j'espère que rien n'est arrivé à son propriétaire.

— Ce ne serait peut-être pas plus mal d'aller vérifier, estima Kane, le regard perdu dans la direction que le chat venait de prendre.

— D'accord, on va passer au ranch en allant au bureau. On n'a même pas encore rencontré le nouveau propriétaire, ajouta-t-elle, en rentrant dans la maison. Ils ont peut-être adopté toute une portée de chats noirs pour Halloween, et les ont abandonnés là ?

— Possible, souffla Kane, un œil sur sa montre. Je doute que le propriétaire n'ait jamais passé une seule nuit ici. Il y a un groupe d'ouvriers dans des cabanes de chantier qui transforment la propriété en attraction d'Halloween. Oh wouhou, j'espère qu'ils n'ont pas encore été maudits !

Il lui décocha un grand sourire, et elle secoua la tête.

— Ce n'est pas drôle.

La sonnette du portail retentit et Jenna s'approcha du petit écran à côté de la porte d'entrée. Elle jeta un coup d'œil à l'homme qui la fixait par la fenêtre de son fourgon.

— C'est Dickson, annonça-t-elle en appuyant sur le bouton pour lui ouvrir. Je suis contente qu'il soit en avance. Je veux passer au ranch du vieux Mitcham au cas où il se serait passé malheur. Le chat était perturbé par un truc.

— Ah oui, il s'est pas mal exprimé, lui répondit Kane d'un air sérieux. Malheureusement, je ne parle pas le chat.

Jenna saisit le manteau de son adjoint sur la patère de l'entrée et le lui lança avant de prendre le sien.

— Moi non plus, répliqua-t-elle, en activant l'alarme avant d'ouvrir la porte. Les chats sont plus intelligents qu'on ne le pense.

— Certes, mais s'il a été témoin d'un meurtre sanglant, ça ne va pas être facile de le faire témoigner au tribunal, gloussa Kane, en descendant les marches à sa suite.

Ils saluèrent Tom Dickson et Jenna lui expliqua ce qu'ils attendaient de lui. Elle lui montra les sandwichs et les boissons entreposés dans le réfrigérateur.

— Voyez comment vous vous débrouillez. Faites ce que vous pouvez, mais je ne m'attends pas à ce que vous restiez toute la journée. On terminera ce week-end. Je laisserai de l'argent à Maggie à la réception, comme la dernière fois.

— Merci, shérif, répondit Dickson d'une voix lente, une main sur le rebord de son chapeau. Je vais bosser avec l'adjoint Rowley samedi, et la semaine prochaine, Maggie m'a trouvé quelques jours à l'écurie.

Il la dévisagea par-dessus ses lunettes.

— Vous avez tous été très gentils avec moi, madame.

Jenna regarda le vieil homme et sourit.

— C'est super. Bon, on vous laisse !

Elle s'éloigna et entendit des messes basses derrière elle, mais ne se retourna pas et se dirigea vers le SUV de Kane.

— Hum... souffla Kane en prenant place derrière le volant.

Jenna se tourna vers lui. Son expression maussade le trahissait. De toute évidence, il était contrarié.

— Quoi ?

— Aucune inquiétude à avoir.

Kane démarra le moteur et s'engagea dans l'allée en regardant droit devant lui.

— Oh non, alors je vais devoir me coltiner la version soldat de Kane toute la journée, c'est ça ? soupira Jenna. Détends-toi, Dave. C'est moi, Jenna. Il t'a dit un truc, hein ?

— Oh oui, pour dire un truc, il a dit un truc, confirma Kane, en lui jetant un coup d'œil, avant de se concentrer de nouveau sur sa conduite. Mais ça n'a aucune importance, c'est juste un vieil homme, c'est tout. Probablement sur l'autoroute de la sénilité, avec quelques filtres perdus en chemin.

Jenna se cala au fond de son siège et se tourna vers la

fenêtre. Le ranch voisin n'était qu'à quelques minutes et son cerveau tourbillonnait à toute vitesse.

— S'il a dit quelque chose sur moi, je dois le savoir. Je le recommande pour un emploi. Ma réputation est en jeu.

Le véhicule s'arrêta d'un coup et Kane pivota pour la dévisager. Agacée par son entêtement, elle soutint son regard.

— Ne joue pas au macho avec moi, Dave, ça ne marche pas. Je peux t'ordonner de me le dire.

— Oui, probablement. Bien. Il m'a demandé comment je faisais pour garder mon sang-froid alors que tu me donnais tout le temps des ordres, raconta-t-il sans jamais la quitter des yeux. Et comment je me sentais de vivre dans ma petite écurie personnelle comme ton étalon de choix.

Choquée, Jenna le fixa.

— Après tout ce qu'on a fait pour lui, il dit ça ? Sacré personnage. Il n'a sûrement jamais eu le moindre filtre. Il a dû être élevé dans l'idée que les femmes devraient être enchaînées à l'évier de la cuisine, estima-t-elle, agacée. Tu veux que je lui demande de partir ?

— Non, répondit Kane, en se réinsérant sur l'autoroute. Ce n'est qu'un vieil homme, et je suis sûr qu'il ne faisait que me taquiner. Je ne me laisse pas facilement provoquer, mais il m'a tapé sur les nerfs, c'est tout.

Il ricana, et Jenna le fixa, les rouages de son cerveau tournant à mille à l'heure.

— Tu ne le penses pas, hein ?

À sa grande surprise, Kane se mit à rire.

Elle lui fit face sur son siège.

— Qu'est-ce qu'il y a de si drôle ?

— Je suis l'homme le plus chanceux du monde, expliqua-t-il, avec un regard de côté. Je suis arrivé ici anéanti et tu m'as donné un endroit où vivre. Tu as pris soin de moi quand j'ai perdu la mémoire. Je ne suis pas parfait, mais tu t'en fiches. La plupart des femmes m'auraient lâché au bout de six mois, mais toi, tu me comprends.

Il tourna vers l'entrée du ranch du vieux Mitcham.

— Tu te fiches de vivre avec un assassin. Bon, d'accord un assassin au service du gouvernement. Il n'y a aucun secret entre nous, à part mon vrai nom. Et on est heureux. Alors, qui ça intéresse, ce que les gens pensent ?

Jenna soupira.

— Moi, je m'en fiche complètement et je crois que c'est pareil pour les habitants du coin.

Alors qu'ils dépassaient une rangée de cabines de chantier, elle le dévisagea.

— Je pensais que cet endroit serait très animé. Où sont les ouvriers ?

— Je ne sais pas trop, admit Kane, en roulant au pas vers la maison délabrée trônant au milieu du ranch. Peut-être que les travaux sont finis ou qu'ils bossent à l'intérieur.

L'attention de Jenna se porta sur les décorations élaborées d'Halloween sur le porche de la maison. Un squelette était suspendu dans le cadre d'une fenêtre, et les mannequins macabres assis sur des chaises avaient l'air vraiment réels au milieu des lanternes souriantes en citrouille sculptée.

Elle les observa attentivement tandis qu'ils s'approchaient, et son ventre se noua à la vue d'une traînée de sang sur les marches du perron.

Toute la scène avait l'air étrangement trop réelle, et l'instant d'après, l'odeur de la mort envahissait l'habitacle.

— Euh, Dave, je ne crois pas que ces cadavres soient des décorations d'Halloween.

28

Des coups de feu retentirent et un tronc d'arbre près de leur véhicule explosa en mille morceaux. Des éclats de bois retombèrent sur le SUV dans une étrange poussière brune.

— Merde ! cria Jenna, en balayant la zone du regard, à la recherche du tireur. Sors-nous de là.

D'autres coups de feu frappèrent le sol, soulevant des panaches de terre.

— Bouge, Kane. Avec le soleil dans les yeux, impossible de voir si les tirs viennent de la crête. On est des cibles beaucoup trop faciles. Allez, allez, on dégage.

— Accroche-toi, ça va être sportif.

Kane tourna le volant et appuya sur l'accélérateur. Alors que le SUV reculait à toute vitesse, Jenna se baissa et s'agrippa au siège.

Le moteur rugit et ils bondirent vers l'arrière, cahotant sur l'allée irrégulière.

— Tu as vu le tireur ?

— Non, lâcha Kane qui venait de se retourner, les yeux braqués sur le pare-brise arrière. Un fusil, venant de l'ouest, je pense.

Jenna leva les yeux vers son visage sévère.

— Mets-nous hors de portée. On retourne au ranch. On va s'équiper et chercher des renforts.

Le véhicule fit soudain demi-tour et vacilla pendant une seconde, puis, les roues patinèrent un peu avant de s'élancer dans l'allée. Les arbres défilaient à toute allure et le SUV rebondissait comme un cheval de trait tandis que Kane se frayait un chemin au milieu des profondes ornières. Projetée en avant, Jenna se cogna la tête contre le tableau de bord, mais résista tant bien que mal alors que tout autour semblait de nouveau tournoyer. On aurait dit que l'avant du véhicule se soulevait tandis que Kane le lançait à pleine vitesse. Ils glissèrent sur l'autoroute, dérapèrent dans le virage et zigzaguèrent sur la chaussée dans un hurlement de pneus en tentant d'accélérer toujours plus pour s'éloigner du carnage. Une vague de nausée déferla et elle leva les yeux vers Kane, le visage fermé et concentré comme s'il était au combat.

— On est à l'abri ?

— S'il est sur la crête, on sera en sécurité une fois qu'on sera dans notre allée.

Kane ne quittait pas la route des yeux.

— J'appelle la cavalerie, lança Jenna, en sortant son portable de sa poche et en composant le numéro de Rowley. Des coups de feu ont été tirés. On a besoin de renforts sur mon ranch. N'actionnez pas les sirènes. Appelez Wolfe. Dites-lui d'emmener Webber et de se préparer pour une grande intervention. Portez l'équipement complet, y compris les radios. On a une tuerie de masse au ranch du vieux Mitcham.

— *Bordel de merde. Vous allez bien ?*

— Oui, allez on se bouge, ordonna-t-elle, avant de raccrocher.

— D'accord, on arrive au portail, annonça Kane, en ralentissant pour prendre le virage à angle droit avant de freiner, dans l'attente de l'ouverture du portail.

Jenna se redressa et se frotta le front.

— Bon, qu'est-ce que tu penses de la scène ? Pour moi, ça ressemble à une tuerie.

— D'après ce que j'ai pu voir, les hommes sous le porche ont été tués par balle. Je dirais que le tueur a laissé la femme se vider de son sang. Il est encore frais.

Jenna le regarda bouche bée.

— Ta vue est manifestement meilleure que la mienne. Est-ce qu'elle pourrait être encore en vie ?

— Non.

Kane immobilisa le véhicule devant la maison de Jenna et passa le pouce sur l'hématome de son front.

— Désolé pour ça, ce n'est heureusement qu'un bleu.

Jenna écarta sa main et lui lança un regard noir.

— Tu n'as eu que quelques secondes pour analyser cette scène, comment tu sais qu'elle était morte ?

Elle effleura l'œuf de pigeon palpitant sur son front de ses doigts tremblants.

— Je n'ai compris que c'était des personnes et non des mannequins qu'à cause de l'odeur…

— J'ai vu beaucoup de morts, Jenna, et j'ai reconnu la femme. Elle a été égorgée. Sa gorge a été tranchée, expliqua Kane, le visage fermé. C'était la nouvelle serveuse chez Tante Betty. Je crois qu'elle s'appelle Ruby.

Horrifiée, Jenna déglutit péniblement.

— *Bordel*. À quel genre de taré on a affaire là ?

— Si c'est le même que celui qui a assassiné les autres, il est imprévisible et son comportement dégénère rapidement, jugea Kane, en lui jetant un regard inquiet. On aura probablement besoin d'un commando pour l'abattre.

Jenna n'avait jamais vu Kane aussi nerveux, et une vague d'anxiété l'envahit.

— Ce n'est jamais facile, répondit-elle, avant de s'éclaircir la voix. Prends ton équipement, les renforts sont en route.

Elle avait dû résoudre de nombreux meurtres depuis son arrivée à Black Rock Falls, mais sa mission n'en devenait pas pour autant plus aisée. Elle ne s'était jamais endurcie à la vue de corps mutilés, et sous ses airs solides de chef, elle devait encore surmonter sa peur et forcer ses jambes à bouger.

— Je vais m'habiller et dire à M. Dickson de rentrer chez lui. D'après l'odeur, il a déjà allumé l'incinérateur.

Elle se glissa hors du véhicule et passa par l'arrière pour récupérer son nouveau gilet pare-balles et son nouveau casque en Kevlar liquide.

— Pourquoi ? Il faut qu'il finisse, s'exclama Kane, en la rejoignant.

Jenna enfila le gilet et haussa les épaules.

— Dickson n'aime pas les chiens et Duke ne l'aime pas, alors on ne peut pas les laisser ensemble.

— Ben, Duke peut rester dans la voiture, décida Kane, en assemblant un fusil en quelques secondes avant de le poser dans le coffre. Je suis prêt.

La sonnerie de Wolfe retentit sur le téléphone de Jenna.

— On est en sécurité, Shane. Quand pensez-vous arriver ?

— *J'étais en route pour mon bureau. J'arrive dans dix minutes.*

Wolfe raccrocha et Jenna se tourna vers Kane :

— Dix minutes. On va faire une inspection de l'équipement. Ils passèrent les minutes suivantes à fourrer des objets utiles dans leurs poches. Jenna rentra dans la maison pour échanger son Stetson couleur chamois contre un bonnet de laine noir. Alors qu'elle redescendait les marches et se dirigeait vers le SUV de Kane, elle aperçut du mouvement près de la grange. Elle poussa un soupir de soulagement lorsqu'elle vit Dickson qui arrivait par l'arrière.

— Il y a un problème ? lança Dickson, en claudiquant vers eux. Je peux faire quelque chose ?

Jenna lui fit face.

— Rien qui ne vous concerne, monsieur Dickson. On passe juste prendre quelques affaires.

Quand il hocha la tête et repartit vers la grange, elle sortit un des fusils de la caisse à fusils à l'arrière de la voiture de Kane et le vérifia.

— Passe-moi des chargeurs en plus, demanda-t-elle, avant de les ranger dans ses poches. Allons-y, on va attendre tout le monde au portail.

Elle grimpa côté passager et attendit Kane. Il avait les yeux rivés sur son téléphone et le lui tendit alors qu'il s'installait au volant. Elle jeta un coup d'œil à l'écran. C'était la vidéo de surveillance du portail de la propriété.

— Ah, bien vu.

— Quelqu'un nous a suivis ? lança Kane, en se dirigeant vers la route.

Jenna rembobina l'enregistrement jusqu'au moment où Dickson s'était présenté ce matin. Elle le vit partir puis revenir, mais personne d'autre n'avait emprunté la route depuis leur retour.

— Non, et je ne m'attendais pas à voir beaucoup de monde. Le propriétaire du chasse-neige et des saleuses est le seul à passer par ici, et il est en Floride. Il y a des accès par les terrains alentour, même depuis ici. Il y a des pistes partout, qui datent de l'époque du morcellement du ranch du vieux Mitcham. La plupart des éleveurs les utilisent pour déplacer le bétail.

— Et les ouvriers qui travaillent au ranch du vieux Mitcham ? reprit Kane, en attendant que le portail s'ouvre en grinçant, avant de le franchir et de s'engager sur la chaussée. Ils doivent faire des allers-retours pour le ravitaillement.

Le souvenir des cadavres installés sous le porche fit frémir Jenna. Elle rembobina la vidéo sur les vingt-quatre dernières heures, et à part Kane et elle, personne n'était passé.

— Le tireur doit être l'un des hommes qui bossent là-bas.

— À moins qu'il ne connaisse les anciennes pistes. On peut

aller jusqu'en ville en allant de ranch en ranch, si je me souviens bien.

Kane lui reprit son téléphone et le glissa dans sa poche.

— Oui, en plus du mien, il y a trois ranchs de l'autre côté de la colline. Ils ont tous des chemins de terre qui mènent à l'autoroute. J'imagine que je suis la seule propriétaire à avoir un système d'alarme périmétrique, et il n'a déclenché aucune de nos alarmes, donc il venait d'une autre direction. Depuis que les derniers propriétaires ont vendu le terrain, je ne sais pas si quelqu'un utilise encore ces pistes, ajouta-t-elle tout haut avant de se tourner sur son siège. Voilà la cavalerie.

— Comment tu veux procéder ? lui demanda Kane en la fixant.

Jenna réfléchit un instant : Kane était un professionnel de la tactique et pourtant il lui demandait son avis.

— On devrait faire deux équipes. On s'occupe de l'avant avec Rowley, on avance vers les caravanes, et Wolfe et Webber font le tour de l'arrière du ranch. Des suggestions ?

— Je ne suis pas sûr qu'on puisse se mettre suffisamment à couvert pour tenter une approche frontale. Le tireur pourrait être caché dans l'une des caravanes ou dans la grange. Ou peut-être qu'il utilisait un fusil de chasse depuis la crête. On nous a déjà tiré dessus depuis ce point.

Jenna acquiesça.

— D'accord, j'ai une meilleure idée.

Elle sortit de la voiture tandis que Rowley se garait derrière eux et que Wolfe arrêtait son van au beau milieu de la route.

Webber en descendit, fusil à la main. Elle attendit que les hommes se rassemblent.

— On a quatre hommes blessés par balle à la tête et une femme égorgée. Personne n'a quitté ou visité le ranch au cours des dernières vingt-quatre heures, on doit donc supposer que le tireur est encore sur place ou qu'il s'est échappé par les terres.

Elle se tourna vers Wolfe.

— Webber est avec vous. Remontez la route avec prudence, ne ralentissez pas, dépassez le ranch. Il y a un sentier juste dans le virage : vous pouvez vous y garer et entrer à pied par l'arrière de la maison. Utilisez vos radios pour rester en contact, ordonna-t-elle, avant de reporter son attention sur Rowley. Vous êtes avec nous. Laissez votre véhicule ici. Il y a un chemin de terre juste avant l'allée du ranch du vieux Mitcham qui mène à l'enclos à l'arrière de la grange. On va entrer par là et utiliser la grange pour nous couvrir.

Elle regarda Kane et remarqua son subtil hochement de tête d'approbation.

— Ainsi, si le tireur est là, il ne saura pas qu'on arrive.

— S'il y a bien un seul tireur, rectifia Kane, avec une moue dubitative. D'après le carnage, il pourrait y en avoir deux. J'ai distingué des tirs uniques portés à la tête des victimes, mais j'étais loin.

Jenna acquiesça et les dévisagea l'un après l'autre.

— D'accord, on y va, et restez vigilants. On fait peut-être face à un psychopathe responsable d'homicides dans tout le pays. Pas d'héroïsme, il ne vous laissera pas de seconde chance. Tirez pour tuer.

29

Un étrange sentiment d'exaltation s'empara de Jenna, mais au fond d'elle-même, elle percevait le danger et la perspective de devenir une des victimes du tueur lui intima de se calmer. Chaque fois qu'elle poursuivait un criminel, l'adrénaline, mélange de crainte et d'incertitude, déclenchait chez elle une réaction de fuite. Son cœur battait la chamade et, forte de ses années d'entraînement, elle fonçait vers le danger alors que sa tête lui hurlait de déguerpir. Elle repensa à la scène effroyable qu'elle avait vue sous le porche de la vieille maison, aux éclaboussures de sang sur les marches et aux yeux vides et sans vie. Elle ralentit une seconde avant de chasser ces images et d'accélérer le pas. Kane et Rowley protégeaient ses arrières, et cette certitude lui donna du courage alors qu'elle s'élançait sur le sentier en direction de la grange qui surplombait la maison.

L'épaisse couche de feuilles amortissait leurs pas et ils avançaient rapidement sans faire de bruit. Alors qu'ils arrivaient à la lisière des arbres, sa radio crépita.

— *Jenna, on approche de la maison,* lança la voix de Wolfe dans son oreillette. *C'est presque trop calme et je sens l'odeur de la mort. On avance là. Il y a des essaims de mouches qui grouillent sur la façade de la maison, à côté de la porte de derrière. Il y a peut-être d'autres victimes à l'intérieur.*

Des frissons angoissés lui parcourent le dos comme autant de doigts glacés. Elle ignora l'avertissement qui résonnait dans sa tête – n'avance plus ! – et jeta un coup d'œil à Kane, à côté d'elle. Il avait entendu Wolfe aussi et grimaça. Jenna appuya sur son micro.

— Restez en position. On arrive à côté de la grange et on aura les yeux sur le porche d'entrée dans cinq minutes.

— *Bien reçu.*

Jenna regarda Kane pour lui donner un ordre, mais il scrutait déjà la zone au travers de ses jumelles.

— La voie est libre ?

— On peut y aller, mais le sous-bois arrive au moins à la taille, confirma Kane, en lui jetant un coup d'œil.

Puis, son attention se reporta sur la grange.

— Tu veux que j'y aille en premier et que je dégage un chemin ?

— D'accord, approuva Jenna. En file indienne dès qu'on aura quitté le couvert des arbres. Vous et Rowley en premier, je surveille vos arrières.

Ils coururent entre les arbres et elle attendit que Kane s'élance jusqu'au côté de la grange. Il passa furtivement la tête au coin et fit signe à Rowley de le rejoindre. Jenna le suivit de près et se plaça derrière Kane.

— Qu'est-ce qu'on a ?

— Rien ne bouge, dit Kane en s'adossant au mur, un œil sur elle. D'ici, je ne peux pas voir à l'intérieur des caravanes. Il y a peut-être un tireur qui nous attend pour nous éliminer un par un.

Jenna acquiesça et se glissa en mode combat.

— On va d'abord inspecter la grange, on peut y accéder par la porte latérale, décida-t-elle, en activant sa radio. Wolfe. Restez en position. On va vérifier la grange. Attendez mon signal. Quand on aura un visuel sur l'avant de la maison et les caravanes, vous pourrez entrer et fouiller la maison. Faites attention aux engins explosifs improvisés. On ne sait pas à qui on a affaire pour l'instant.

— *Bien reçu. Pas de bruit à l'intérieur et la porte arrière est ouverte. Pas d'engins explosifs ou de câbles en vue.*

— On entre par la porte latérale de la grange maintenant, lança Jenna à Kane, avec un signe de tête. On y va.

— Attends ! s'écria Kane, en lui tendant son fusil et en se baissant pour examiner par terre. Le sol n'a pas été foulé.

Il vérifia tout autour de l'embrasure avant de se mettre sur le côté pour ouvrir la porte et jeter un coup d'œil à l'intérieur. Il recula, prit ses jumelles et inspecta de nouveau la grange.

— Foutu Halloween.

Jenna scruta son expression agacée.

— Qu'est-ce qu'il y a ?

— Ils ont reconstitué la scène de la pendaison de Mitcham à l'intérieur, expliqua Kane, en secouant la tête. Ça va être un cauchemar de distinguer le vrai du faux...

Il dégaina son arme et pénétra dans le vaste espace.

— RAS.

Jenna suivit et fit signe à Rowley de l'imiter. Elle balaya les environs du regard. Les nouveaux propriétaires avaient préparé le lieu pour Halloween : fausses toiles d'araignée, énormes araignées noires et éclairages sinistres. En haut, accroché à une poutre, un mannequin représentant un homme se balançait d'avant en arrière, dans un grincement qui aurait mis à vif les nerfs de quiconque aurait entendu les histoires de fantômes qui entourent cette bâtisse. Bien des années auparavant, Mitcham avait assassiné sa femme et s'était pendu. Plus tard, des gens ont affirmé avoir entendu le grincement de sa corde se balancer d'avant en arrière et avoir vu son ombre sur le sol.

— C'est le cauchemar de tous les enfants, pâlit Rowley. Se

faire de l'argent sur les meurtres commis ici, ça me semble immoral.

Jenna secoua la tête.

— Je n'arrive pas croire que le maire ait autorisé ça, approuva-t-elle, en tendant le fusil à Kane.

— Ça arrive partout, intervint-il, en haussant les épaules avant d'appuyer sur son micro. Wolfe. On a trouvé des reconstitutions de crimes ici. Vous risquez d'être confronté à la même chose à l'intérieur de la maison.

— *Compris.*

Jenna sortit son arme et se dirigea vers la porte de la grange, en tâchant d'ignorer l'entrée de la cave. Elle remarqua le verrou fixé sur la trappe et se demanda si les nouveaux propriétaires avaient recréé la scène du meurtre brutal d'une jeune femme qui s'y était déroulé. Elle déglutit difficilement, essayant en vain de chasser de son esprit cette scène qui avait même sidéré Kane. Une fois Kane et Rowley en position, elle se tourna vers eux.

— Kane, garde ton fusil pointé sur les deux premières caravanes, Rowley, prenez la troisième, et moi je surveille la maison, ordonna-t-elle avant d'allumer son micro. Wolfe, on vous couvre. Allez-y.

— *Bien reçu.*

L'odeur qui se dégageait de la maison avait redoublé d'intensité et le sang figé paraissait noir à la lumière du soleil. Le tueur avait organisé la scène macabre sous le porche pour faire le plus d'effet possible. Jenna frémit et se figea lorsque quelque chose frôla sa jambe. Elle avait vu des serpents à sonnettes dans son ranch et n'osa pas bouger. Elle baissa la voix, à peine plus qu'un murmure.

— Kane, quelque chose m'a touchée. Est-ce que c'est un serpent ?

Leurs yeux se croisèrent et elle se mordit la lèvre tandis qu'il baissait la tête. Lorsqu'il grogna et pointa son fusil vers la porte, elle le fixa. La panique monta dans sa gorge lorsque le phénomène se reproduisit.

— Il y a quelque chose ici. Je le sens.

— C'est encore ce satané chat, la rassura Kane qui utilisait la lunette du fusil pour observer les caravanes. Il se frotte à tes jambes.

Elle jeta un coup d'œil vers le sol et une paire de grands yeux cuivrés la surprit. Le chat laissa échapper un ronronnement satisfait.

— Pas maintenant, minou.

Un bruit sourd rompit le silence. Surprise, Jenna agita son arme de haut en bas et de gauche à droite, fouillant les alentours.

— D'où ça vient ? lança-t-elle, avant d'allumer son micro. Wolfe. Répondez.

Rien.

Un autre grand bruit et Kane franchit l'embrasure de la porte de la grange et prit position derrière un arbre. Jenna retenta sa chance.

— Wolfe.

Silence.

30

Wolfe se plaqua contre le mur de la cuisine. Il avait entendu le bruit extérieur et la voix de Jenna dans son oreillette, mais il avait les deux mains solidement arrimées à son arme et ne voulait pas en retirer une pour répondre. Il avait entendu quelque chose bouger dans la maison et ne comptait prendre aucun risque. Il jeta un coup d'œil à Webber, les yeux écarquillés devant les trois mains infestées de mouches posées sur la table de la cuisine, à côté d'une hache ensanglantée. Webber avait reçu une formation d'officier de police et, au grand soulagement de Wolfe, il secoua la tête et se ressaisit.

— *Wolfe, répondez.*

Jenna se montrait de plus en plus insistante. Wolfe n'osa pas faire le moindre bruit, mais il alluma son micro et le tapota deux fois. C'était un code pour lui faire savoir qu'il l'avait entendue, mais qu'il ne pouvait pas parler. Il fit un signe de tête à Webber et ils s'engagèrent lentement dans le couloir. Le cœur battant à tout rompre, il regarda rapidement dans la première chambre et se recula. Un mannequin de femme portant des vêtements vieillots gisait sur le sol dans une mare de sang. Il observa à nouveau, plus attentivement cette fois-ci : c'était une scène macabre, conçue pour Halloween. La pièce suivante lui rappela clairement la scène du meurtre d'une jeune fille qu'il avait fréquentée. Celui qui avait acheté ce ranch avait utilisé des photos de scènes de crime pour reconstituer les crimes. Cependant, le dernier n'était pas tel qu'il s'en souvenait. Le bruit retentit encore, et il se tourna vers Webber.

— Vous avez entendu ça ?

— Sûrement des rats dans les murs, suggéra Webber, en s'avançant pour jeter un œil dans le salon. Dans cette pièce, des squelettes jouent aux cartes. Les rats sont en bonus.

Il activa son micro.

— RAS dans la maison, shérif. On se dirige vers le porche.

— *Bien reçu, Webber*, répondit Jenna, apparemment soulagée. *Wolfe, le bruit qu'on a entendu, c'est le vent qui a fait claquer les portes des caravanes. Les occupants ont dû partir précipitamment s'ils ont oublié de fermer derrière eux. Rien à signaler pour l'instant. Aucun signe du tueur. Pas de douilles non plus. C'est assez étrange.*

— Bien reçu, dit Wolfe, en rangeant son arme dans son étui, avant de rejoindre Webber dans le salon familial.

Après avoir chassé les mouches, il jeta un coup d'œil par la fenêtre.

— Le porche est une scène de crime. Restez en retrait jusqu'à ce qu'il soit sécurisé. Ça va prendre du temps, mais si vous voulez vous approcher, portez des gants et des surchaussures. Il y a des traces de pas sur le sol du porche. J'ai laissé mon kit sur le seuil de la porte de derrière. Prenez-y ce dont vous avez besoin et faites le tour par-devant. L'intérieur est décoré pour Halloween, mais le tueur a ajouté sa petite touche personnelle en jonchant la table de la cuisine des mains de ses victimes. On dirait qu'il a utilisé une hache. On va avoir besoin d'aide pour attraper ce détraqué, Jenna.

— *Bien reçu. Je vous laisse vous occuper de la scène et on va continuer à fouiller la propriété. Il y a un dortoir à l'arrière que je veux vérifier. Je laisse Rowley ici en surveillance*, décida Jenna avant de s'éclaircir la voix. *Oh, avez-vous vérifié la cave ? L'entrée est dans le cellier.*

— Non, on y va.

Wolfe fit signe à Webber de sortir de la pièce et ils trouvèrent rapidement le cellier. Avec l'aide de son assistant, il ouvrit la porte et jeta un coup d'œil aux marches qui plongeaient dans l'obscurité. Il chercha à tâtons un interrupteur, mais bien sûr, il manquait l'ampoule. Debout dans la lumière en haut de l'escalier, ils étaient des cibles géantes. Il se retrancha et tendit l'oreille, dos au mur, Webber à ses côtés. Après ce qu'il avait vu, il n'avait aucune intention de devenir la prochaine victime du tueur. Risquer sa vie alors qu'il avait des filles à charge à la maison n'était pas envisageable. Il huma l'air putride, braqua sa lampe de poche le long de son Glock et scruta l'embrasure de la porte pour fouiller la petite pièce. Les vieux meubles empilés un peu partout pouvaient dissimuler n'importe qui, et dans un coin, un énorme congélateur coffre ronronnait. Il recula et observa Webber.

— Je ne vois personne, mais un tireur peut se cacher derrière les meubles. Il y a un vieux congélateur en marche. D'après vous, d'où vient le courant ?

— J'ai remarqué des panneaux solaires sur les caravanes, et ils ont forcément besoin d'électricité pour faire les travaux ici, réfléchit Webber, en se grattant le menton. Peut-être qu'il y a aussi des panneaux sur le toit.

Wolfe acquiesça, mais son instinct lui dit de ne pas s'aventurer sur les marches.

— Si c'est le cas, pourquoi ne pas avoir remplacé la lumière dans la cave ? À moins que quelqu'un ne l'ait enlevée exprès pour se cacher là-dedans.

— Peut-être que ça fait partie de leur décor d'Halloween ? proposa Webber, en fixant les morceaux de corps sur la table de la cuisine. Vous voulez que je descende ?

Wolfe secoua la tête.

— Non, j'y vais. Je crois que c'est dégagé en bas, mais cette maison me donne la chair de poule, et croyez-moi, ça n'arrive pas souvent, admit-il, en brandissant son arme. Restez dos au mur et surveillez la porte. Je ne voudrais pas qu'elle se referme et m'enferme à l'intérieur.

— Pas de souci, confirma Webber, avec un bref signe de tête.

Heureux de sa veste en Kevlar liquide et du nouveau casque qu'il avait obtenus pour le département du shérif, Wolfe se risqua sur les premières marches grinçantes.

— Il y a quelqu'un ici ? Ici le médecin légiste. Je suis armé et le shérif a encerclé la maison. Répondez !

Sa lampe de poche éclairait des toiles d'araignée chargées de poussière et capturait les reflets d'yeux rouges dans les recoins sombres. Sous ses pieds, ses bottes crissaient sur les crottes de rat jonchant les escaliers. Des bruits de rongeurs en fuite dans le sous-sol lui hérissèrent les poils de la nuque.

Il regrettait de ne pas avoir mis de masque. La puanteur de la vermine le révulsait, mais il avait senti des choses bien pires au cours de sa carrière. Les escaliers grinçaient et bougeaient dangereusement à chaque pas, et la rampe semblait sur le point de s'effondrer au moindre contact. Il promena sa lampe de haut en bas, mais personne ne se tapissait dans les coins.

Le faisceau de la lumière se dirigea vers le congélateur coffre et Wolfe s'avança pour examiner les taches sombres sur l'une des parois. On aurait dit qu'un liquide s'était renversé sur le bord et avait coulé jusqu'au sol, y laissant une trace poisseuse. Il s'approcha et examina la flaque d'un bordeaux profond. Encore du faux sang ? Il appuya sur son micro.

— Webber, j'ai trouvé quelque chose. J'ouvre le congélateur.

— *Bien reçu.*

La voix de Webber passa par son oreillette et sembla résonner depuis sa position en haut des marches.

Wolfe rengaina son arme et tenta de soulever le couvercle

du congélateur, en vain. Il coinça la lampe entre ses dents et, se préparant à ce qui pouvait se trouver à l'intérieur, réussit à ouvrir le couvercle de quelques centimètres. Alors qu'il se penchait en avant pour regarder dans l'entrebâillement, le couvercle se rabattit et une silhouette s'assit brusquement.

Surpris, il lâcha la lampe de poche qui rebondit par terre avant de s'éteindre. Dans l'obscurité totale, il tomba sur le sol et roula de côté tout en dégainant son arme.

— Merde !

31

Il jeta un coup d'œil par-dessus un rocher au sommet de la petite crête surplombant le ranch du vieux Mitcham et sourit. Les anciennes routes secondaires avaient réduit de moitié la distance qui le séparait de l'autoroute et lui assuraient une fuite rapide. Même ainsi, la vue à travers sa lunette de visée valait bien le risque de tomber sur le shérif et sa troupe. Il l'avait regardée déplacer ses hommes comme des pions sur l'échiquier qu'il avait conçu. Il avait attendu patiemment de voir leurs réactions à son art – car c'était de l'art. Il se demandait s'ils auraient pris autant de plaisir que lui à contempler les visages choqués des hommes qu'il avait tant mutilés. Leur course effrénée, complètement paniqués, pendant que la fille se vidait de son sang le fit rire. Ils avaient essayé de la sauver et ne l'avaient pas vu venir. Dès qu'ils avaient posé les yeux sur lui, leur destin avait été scellé. Ils avaient joué les durs, proféré des menaces comme s'ils pouvaient le faire plier. Il ricana à ce souvenir. Ils ne pouvaient pas s'échapper – personne ne lui avait jamais échappé – et après quelques tirs bien placés, ils auraient étranglé leur propre mère pour le fuir.

Il n'écoutait ni supplications, ni promesses, ni prières ; en fait, plus ils essayaient de le raisonner, plus il avait envie d'infliger de la souffrance. Voir des gens mourir lui permettait de chasser ses souvenirs. C'était comme si chacun cochait une case sur une liste imaginaire de choses à faire. Si les flics l'attrapaient un jour, il aurait du mal à se rappeler tous ses meurtres. Sur le moment, c'était comme s'il se regardait de loin, comme s'il n'avait pas égorgé la fille ou utilisé une hache pour découper des morceaux de corps. Demain, il les aurait oubliés, et ne s'en souviendrait finalement que comme on se souvient d'une délicieuse part de tarte ou d'une bonne tasse de son café préféré.

Il avait été satisfait de cette mise à mort. Elle compensait pour Robinson. Il ne tirait aucun plaisir immédiat d'une exécution rapide, et l'exaltation semblait différée, se manifestant plus tard dans un flot d'images en Technicolor alors qu'il était porté par une vague d'adrénaline. Autrefois, il pensait que tout le monde était comme lui, mais il avait découvert que sa capacité à s'approcher d'une personne et à la tuer était un don. Il arrivait facilement à se trouver à proximité de ses cibles. Personne ne se demandait ce qu'il faisait, ni pourquoi il était là. Pourquoi ? Parce qu'il entrait dans chaque magasin, entreprise, restaurant ou maison comme s'il y était à sa place.

Il jeta un dernier regard vers le porche, admirant la scène exactement comme il l'avait laissée. C'était son offrande à la malédiction du ranch du vieux Mitcham, et elle éclipserait toutes les autres. Il imaginait déjà les gros titres : « Un tueur en série commet un carnage à Halloween. »

Oui, j'adorerais.

32

Kane avait ses propres idées sur le tueur. Il était loin d'être un éminent analyste comportemental, mais il avait réussi à établir le profil de nombreux meurtriers depuis un certain temps. Les meurtres aléatoires du moment, sans logique ni motif, lui donnaient des frissons dans le dos. L'imprévisibilité rendait l'affaire difficile, et le rythme croissant du tueur dépassait toutes ses prévisions. Il avait étudié le comportement de nombreux psychopathes et il était rare que leur pathologie entre dans une case bien définie. Ils avaient tous différents types de troubles mentaux mêlés dans leur psychisme, si bien qu'il y avait toujours une variable inconnue à considérer.

Il suivit Jenna de près, scrutant constamment les environs. L'ancien dortoir était vide, sans aucun signe récent d'habitation. Ils atteignirent la porte arrière de la maison délabrée et la voix de Wolfe se fit entendre dans son oreillette.

— *On a besoin de renforts. Dans la cave.*

— On arrive.

Jenna appuya sur son micro et, arme dégainée, monta en courant les marches de l'escalier de derrière. Sur ses talons, Kane faillit s'étouffer à cause de la puanteur. Il chassa des essaims de mouches et observa la scène. Dans le petit garde-manger, Webber était contre le mur, arme au poing. Avant que Jenna ne puisse parler, Kane appuya sur son micro.

— Wolfe. Qu'est-ce qui se passe ?

— *Je ne sais pas vraiment. J'ai perdu ma lampe de poche. Quelqu'un se cachait dans le congélateur. La lumière est éteinte. Je ne vois rien du tout ici.*

— Vous avez jeté un coup d'œil ? lança Jenna à Webber.

— Non, madame, répondit l'homme en rougissant. Shane m'a dit de rester en arrière et de garder la porte.

— Kane, descends, ordonna Jenna, en croisant son regard. Je te couvre. Webber, surveillez la porte de derrière. Je ne veux pas de surprises.

Kane alluma sa lampe torche et trouva Wolfe adossé à un mur, l'arme dégainée. Il déplaça le faisceau et tomba sur le congélateur. Il leva la lumière, observant le sang répandu, et grimaça. À l'intérieur du congélateur se trouvait un mannequin grotesque, au visage blanc et aux orbites noires. Voir un mannequin sortir du congélateur dans l'obscurité l'aurait fait sursauter après avoir vu le carnage sous le porche.

— RAS. Tenez bon, Shane, le rassura-t-il, avant de se tourner vers Jenna et de désigner un endroit derrière elle. Ça fait partie du spectacle. Il y a une boîte d'ampoules sur l'étagère juste ici. Donne-m'en une et on aura un peu de lumière ici.

Après avoir réparé le plafonnier, Kane descendit les marches branlantes. Wolfe secouait la tête à cause de la mise en scène d'Halloween. Kane s'approcha de lui et lui donna une tape dans le dos.

— Ça, c'est tout simplement malsain.

— J'ai dû marcher sur le déclencheur, dit Wolfe, en refermant le couvercle du congélateur. Regardez ça.

Le couvercle bougea et une main blanche, imbibée de sang, glissa par la fente. L'instant d'après, le congélateur s'ouvrit en grand et le mannequin se redressa dans un sifflement. Kane rabattit le couvercle et secoua la tête.

— Celui qui a installé ça s'est inspiré des crimes perpétrés dans tout Black Rock Falls. Ce ne sont pas des souvenirs que j'ai envie de revoir.

Il se tourna vers Jenna, debout derrière lui.

— Quand tu auras fini de jouer avec les objets exposés, on devrait s'occuper des victimes. En tenue !

— Je vous retrouve devant, déclara-t-elle, en faisant demi-tour vers les escaliers tout en allumant sa radio. Rowley, RAS ici. On sort maintenant. Restez en position.

— Jenna, intervint Wolfe, en la suivant de près. Attendez, nous allons passer par la porte de devant. Je vais jeter un coup d'œil rapide à la scène de crime, puis je commencerai par la cuisine. Je vais prendre des photos des mains sur la table et les mettre dans un sac. Sous la table de la cuisine, il y a une veste tachée de sang, qui contient peut-être une pièce d'identité. Je dirais que le tueur l'a utilisée pour transporter les mains depuis le porche. J'ai besoin de mon van.

Il tendit les clés à Webber en haut des marches.

— Oui, monsieur.

Webber retourna vers l'escalier de derrière au pas de course.

Ils s'équipèrent de gants, de masques et surchaussures. Kane ouvrit doucement la porte d'entrée et repoussa toutes ses émotions dans les recoins les plus sombres de son esprit. Le porche ressemblait à une scène typique d'Halloween jusqu'à ce qu'il remarque la multitude d'insectes rampant sur les cadavres. Lorsqu'il sortit, l'odeur de la mort flottait, aussi épaisse que du brouillard. Le tueur avait attaché les quatre corps masculins à des chaises à l'aide d'un large ruban adhésif noir. Certains n'avaient plus de mains, mais leurs vêtements étaient intacts. Chacun avait reçu une balle dans la tête. La jeune femme, qu'il reconnut comme étant Ruby, était assise au milieu, entourée d'une mare de sang. Dans la flaque cramoisie flottait une plume noire qui n'était troublée que par une traînée d'empreintes de chat maculées de sang qui s'éloignait vers le bout du porche. Il se tourna vers Jenna et tendit le doigt.

— Le chat était ici.

— Oui, je vois ça, répondit Jenna, en haussant une épaule. Va comprendre.

Kane se remit à examiner la scène. Un homme aux cheveux grisonnants était assis en manches de chemise ; à côté de lui, sur le sol, se trouvait un Glock 22 dont le chargeur avait été retiré. Il chercha tout autour et repéra le chargeur dans l'herbe, sous la balustrade du porche. Il se mit de côté pour permettre à Wolfe de procéder à un examen préliminaire et s'approcha de Jenna.

— J'ai du mal à croire que ce soit l'œuvre d'un seul homme. Si c'est le cas, il est hors de contrôle.

— Ou il s'amuse, répliqua-t-elle, en le regardant par-dessus son masque, avant de se tourner vers Wolfe. Qu'est-ce qu'on a, Shane ?

— La femme est la figure centrale. Le tueur l'a amenée ici et l'a attachée à la chaise. Je dirais quand les hommes dormaient, donc au cours de la nuit dernière, jugea Wolfe, en jetant un œil aux caravanes, puis à la scène de crime. L'incision au cou est *post-mortem*, et d'après l'angle, je suppose que le tueur s'est servi de sa main gauche. Ce qui le relie à l'affaire Robinson. En supposant que vous ayez raison à propos de l'exécution.

Il avait ajouté cette phrase à l'attention de Kane.

— C'est logique, un tueur ne jonglerait pas avec son arme pour allumer une lumière, insista Kane, concentré. Il est soit gaucher, soit ambidextre.

Wolfe acquiesça avant de se tourner vers le corps de Ruby.

— La lacération de la gorge est la seule preuve dont j'ai besoin. La victime féminine a une blessure par perforation à la cuisse. Le tueur a entaillé l'artère fémorale et s'est caché à proximité. Il savait exactement où la blesser, ce qui indique également qu'il a des connaissances en anatomie ou qu'il a été entraîné à tuer. Il voulait sûrement l'utiliser comme appât, et l'a amenée en comptant sur ses cris d'appels à l'aide. Les hommes ont alors accouru. Il y a une trousse de premiers soins sur le sol, quelqu'un a donc essayé d'arrêter l'hémorragie. Ils ne pensaient pas devoir appeler les secours tout de suite, puisque la plaie était vraiment petite. Peut-être qu'ils ont pensé que ce serait plus rapide de la conduire aux urgences une fois l'hémorragie jugulée.

— Oui, je suis d'accord, conclut Kane, en observant la scène.

— Comment a-t-il pu avoir le dessus sur quatre hommes, dont l'un était armé ?

Jenna regarda autour d'elle, puis se retourna vers Kane.

— Il y a deux lampes de poche sur le sol, ils auraient dû voir le tueur.

Kane scruta les environs immédiats.

— Il y a des tas d'endroits ici pour se tapir la nuit. Le tueur a attendu qu'ils se concentrent sur la fille, il est sorti de sa cachette et a pointé son fusil sur eux. Il aurait eu le dessus sur eux, estima-t-il, en s'avançant sous le porche et en contournant avec précaution les éclaboussures de sang. Il tire dans le genou du type armé pour leur montrer qu'il ne plaisante pas et leur ordonne ensuite de s'attacher les uns les autres.

— Ensuite, il s'amuse, et pendant ce temps, Ruby se vide de son sang, grimaça Jenna, avant de regarder Kane. Il pourrait s'agir de plusieurs tueurs. Un seul homme qui ferait autant de dégâts en une nuit... ça semble un peu tiré par les cheveux.

— Non, pas du tout, rétorqua Wolfe, en se redressant après avoir examiné l'entaille béante sur le cou de Ruby. C'est possible. On ne sait pas combien de temps il a eu, n'est-ce pas ? Une fois que j'aurai établi l'heure de la mort, on aura un meilleur cadre temporel pour travailler.

Kane se pencha et observa la plume.

— Trois scènes de crime et des plumes noires sur chacune

d'elles. C'est une signature. Cet élément a un sens pour le tueur.

— J'ai établi que les plumes sont celles de corbeaux, expliqua Wolfe, le visage fermé. C'est aussi le nom d'une tribu locale d'Amérindiens. Ça pourrait bien avoir un sens, c'est peut-être un message.

— Je vais parler à Atohi, décida Jenna, la bouche tirée. Même s'il est un peu occupé avec cette histoire de meurtre non résolue. J'ai entendu dire que les fouilles allaient bon train, mais qu'il n'y avait aucun signe d'un autre squelette.

— Le père du garçon a pu les enterrer séparément ou la faune a pu disperser les restes. Il faudra du temps avant que le docteur Bates ne finisse là-bas, dit Wolfe, en sortant son téléphone pour prendre des photos de la scène de crime. J'aimerais les envoyer à Jo pour qu'elle les compare avec les crimes commis à Baltimore. Vous n'êtes pas obligée de lui demander de l'aide, Jenna, mais avec ce type de tueur, on va avoir besoin de toutes les ressources possibles.

Kane semblait un peu perplexe.

— Jo Blake est une analyste comportementale, un titre sophistiqué pour dire « profileuse ». Qu'est-ce qu'elle peut bien nous apporter ?

— Je ne mets pas en doute vos compétences, Dave, ajouta Wolfe, décontenancé. Pas le moins du monde. C'est qu'elle a eu des affaires similaires à Baltimore et qu'il y en a eu d'autres. Le nom de code du FBI pour les meurtres de Baltimore était le Tueur Caméléon et il a laissé des plumes noires sur les lieux de ses crimes. C'est une trop grande coïncidence. D'après ce que je vois, il pourrait s'agir du même tueur, ou des mêmes tueurs.

— D'accord, donc vous souhaitez qu'elle soit là en tant que conseillère et non pour prendre le contrôle et piétiner notre enquête, résuma Kane, avec un haussement d'épaules. Qu'en dis-tu, Jenna ?

— Est-ce qu'elle viendra avec son équipe ? insista Jenna, les poings serrés sur les hanches. Combien de personnes ?

— Je ne suis pas sûr... seulement deux, je crois, si elle a retrouvé son agent. Elle essayait de localiser Ty Carter, mais il vit en autarcie sans contact avec quiconque. Elle a besoin de lui pour piloter l'hélicoptère.

Le nom fit surgir un souvenir dans la tête de Kane.

— C'est un électron libre. Il est têtu et bosse seul. Je ne le vois pas accepter de travailler en équipe ou s'intéresser à une analyste comportementale. C'est le genre de type qui se débrouille tout seul.

— Tu le connais ? lança Jenna, un peu inquiète.

Kane secoua la tête.

— Seulement de réputation.

— Je les connais tous les deux, intervint Wolfe, en souriant à Jenna. Vous trouverez Jo sympathique, mais c'est une dure à cuire, alors ne la sous-estimez pas. Faites-moi confiance, Kane, vous serez capable de maîtriser Ty Carter.

— Je suppose que si c'est le même tueur, et qu'elle a été impliquée dans les affaires précédentes le concernant, son expertise serait utile... concéda Jenna.

Elle jeta un coup d'œil à Kane qui se contenta de hausser les épaules, avant de regarder à nouveau Wolfe et d'acquiescer.

— D'accord, rappelez-la et mettez-la au courant de l'affaire. Tant que vous êtes sûr qu'elle ne va pas jouer la carte du FBI et l'utiliser pour nous évincer.

— Vous avez ma parole, répondit Wolfe, en sortant son télé-phone. Je l'appelle tout de suite.

33

Agacée de n'avoir reçu aucune réponse à ses messages et appels à Ty Carter, Jo Blake avait fini par appeler le bureau du shérif de Snakeskin Gully pour demander de l'aide afin de le localiser. Apparemment, lorsqu'un ancien Navy SEAL hors des sentiers battus ne voulait pas qu'on le retrouve, il devenait invisible. Le shérif avait insisté pour la conduire à la dernière adresse connue de Carter et ils avaient aussitôt pris la route. La voiture de patrouille du shérif, un énorme SUV, cahotait sur un chemin rocailleux. Sur le trajet, elle était restée vigilante et avait scruté les alentours, essayant de mémoriser les virages empruntés, mais l'autoroute s'était rapidement transformée en pistes de terre menant à une forêt dense. Après avoir lu les rapports sur les tueurs en série de Black Rock Falls, l'idée d'être avec un parfait inconnu au milieu de nulle part avait fait grimper son niveau de peur au maximum.

— C'est encore loin ?

— Eh bien, Last Chance Falls se trouve au bout de cette route. De là, je pense qu'il faudra continuer à pied et chercher une cabane, expliqua le shérif Cage Walker, en esquissant un sourire. Vous êtes sûre d'être faite pour la vie dans une petite ville ?

— Je n'ai pas vraiment le choix, répondit Jo, en étudiant son visage honnête et ses yeux d'un marron doux. Je vais là où on a besoin de moi.

— Depuis que je suis shérif, je n'ai pas eu d'affaires plus graves qu'un conflit à propos d'une clôture et ça fait presque deux ans maintenant, poursuivit Cage, en haussant les épaules. Je ne sais pas pourquoi le FBI a décidé qu'on avait besoin d'un bureau ici.

Les images que Wolfe lui avait envoyées plus tôt lui revinrent à l'esprit.

— Je suppose qu'ils ont choisi un endroit central, avec un bâtiment libre où nous installer.

— Peut-être, admit Cage, en garant le véhicule. Les chutes sont là, sa maison ne doit pas être très loin.

Jo fronça les sourcils.

— Il possède beaucoup de terres ici, mais je n'ai pas trouvé de cabane sur Google Earth.

— Ça aurait été en effet peu probable, s'esclaffa Cage, en la dévisageant. Peu de gens viennent ici pour cartographier la forêt. Vous connaissez la faune et la flore de ces régions ? Vous ne voudriez pas vous retrouver face à face avec un grizzli.

Agacée, Jo le toisa.

— Oui, je suis au courant. Je ne vous aurais pas demandé de venir avec moi si ce n'était pas si urgent.

— Je suis ravi de vous aider quand vous voulez, répondit Cage, en sortant de la voiture et en remontant son col. On dirait qu'il y a un sentier qui s'enfonce dans la forêt. Attention en marchant, il a neigé et le sous-bois est gelé.

Jo ravala sa première réponse et hocha la tête.

— Oui, il y a aussi de la neige là d'où je viens. On ne peut pas y aller en voiture ? Le chemin a l'air assez large.

— Je n'ai pas l'habitude d'entrer sur des propriétés privées sans leur autorisation, répliqua Cage, avec une moue étonnée. Allez-y doucement et calmement, pour qu'il puisse voir qui vous êtes, et criez pour rester en sécurité.

— Hmm... souffla Jo, en portant la main au Glock dans son étui sous sa veste.

Elle frissonna. Il faisait si froid et elle ne supportait pas du tout les températures des montagnes.

— Ils sont du genre à tirer d'abord et à poser les questions ensuite, par ici ?

— S'ils ont mis un panneau, oui, sourit Cage. Un peu différent de la grande ville, hein ?

Jo secoua la tête.

— Pas du tout, mais dans la grande ville, ils ne mettent pas de panneau. Ils vous tirent dessus, c'est tout. Parfois parce que vous les avez regardés de travers ou parce qu'ils veulent vos chaussures.

Elle glissa sur le sol irrégulier et il lui attrapa le bras pour la stabiliser.

— Vous devriez peut-être vous offrir une paire de chaussures de randonnée, lui conseilla Cage, en baissant les yeux vers ses chaussures. Le supermarché propose une bonne gamme de produits et il vous faudra aussi un équipement pour la neige. Vous ne survivrez pas ici si vous ne vous emmitouflez pas.

Il sortit une paire de jumelles et scruta la zone.

— Je vois de la fumée. La cabane doit être tout droit.

Jo le suivit en titubant, consciente que ses bottes de marque avaient beau être belles, elles n'arrêtaient pas le froid glacial. Après trois enjambées, elle ne sentait plus ses orteils. Ils marchèrent pendant dix minutes avant que la cabane n'apparaisse enfin. Nichée sur le flanc de la montagne, elle était à peine visible, mais les panneaux qui jalonnaient le chemin et qui avertissaient que le propriétaire tirerait à vue sur les intrus avaient attiré l'attention de la jeune femme. Elle s'arrêta devant l'escalier menant au porche et éleva la voix.

— Bonjour, vous à l'intérieur. Je suis l'agent Blake, du FBI. Je cherche Ty Carter.

— Vous l'avez trouvé, résonna une voix masculine et profonde.

Soulagée, Jo se dirigea vers la première marche.

— C'est Jo Blake, du bureau de Snakeskin Gully. Il faut qu'on parle.

La porte d'entrée s'entrouvrit et elle distingua une grande silhouette dans la pénombre de l'embrasure.

— Je pensais que vous étiez un homme.

Jo ne céda pas.

— Eh bien, vous vous êtes manifestement trompé.

— Bonjour, Cage, lança Carter, en se rapprochant.

Jo se retourna et fixa Cage avec surprise.

— Vous le connaissez ? Pourquoi ne pas l'avoir dit ?

— Vous ne m'avez pas demandé si je le connaissais, vous m'avez demandé si je savais où il vivait, répondit Cage, en s'appuyant contre un grand pin. Je n'étais jamais venu ici jusqu'à présent.

Jo se retourna lorsque Ty Carter sortit sous le porche et posa un fusil contre le mur. Elle ne l'avait pas du tout imaginé ainsi. Grand et fort, avec une mâchoire carrée et une coupe en brosse, voilà l'image qu'elle avait retenue de son dossier. L'homme qui se tenait devant elle était un cow-boy jusqu'à ses bottes en peau de serpent. Ses yeux verts perçants la fixaient et ses cheveux blonds hirsutes dépassaient sous un Stetson bien usé. Elle se redressa et monta les marches pour le saluer.

— Faites votre valise, on a une affaire urgente.

Il esquissa un léger sourire en coin qui lui mit les nerfs à vif.

— Pourquoi n'avez-vous pas répondu à mes appels ?

— Aucun réseau ici, répondit Ty, en haussant les épaules et en passant un cure-dent sur ses lèvres. J'ai reçu mes ordres par courrier la semaine dernière. Ils m'ont dit d'attendre que vous me contactiez, et vous voilà. Vous feriez mieux d'entrer et de me mettre au courant.

Il s'écarta pour la laisser entrer.

— On n'a pas le temps.

Jo tint bon et sortit son portable de sa poche. Elle ouvrit les photos que Wolfe lui avait envoyées et lui tendit le téléphone.

— Tuerie à Black Rock Falls. Le médecin légiste nous attend avant de retirer les corps. Vous allez devoir faire vos valises pour quelques jours.

— Mon sac est toujours prêt, répondit Ty, en grimaçant devant les images. Donnez-moi cinq minutes pour éteindre mon feu et prendre mes armes. Cage, tu peux prendre un sac de nourriture pour Zorro dans mon garde-manger et le mettre dans mon véhicule ?

— Bien sûr, lança Cage, en passant la porte avant de se figer. Ah... il va bien ?

L'attention de Jo se porta sur un doberman, assis, les oreilles dressées, les babines frémissantes tirées vers l'arrière dévoilant des dents très blanches.

— Vous avez quelqu'un pour s'occuper de lui ?

D'un petit geste de la main de Ty, le chien se laissa retomber et les observa attentivement. Jo fut impressionnée par le comportement de l'animal. C'était un beau chien et il levait la tête avec fierté, tel un sphinx.

— Zorro va où je vais, dit Ty, en traversant la petite cabane impeccable avant de pénétrer dans une pièce à l'arrière. Il fait partie de l'équipe de déminage.

Elle attendit quelques minutes que Ty émerge de l'autre pièce. Il avait revêtu des vêtements propres et portait un sac de sport sur une épaule, un étui à pistolet dans une main et une paire de chaussures de randonnée dans l'autre. Il ressemblait toujours à un cow-boy.

— On va prendre ma voiture.

Ty la poussa vers la porte.

Après avoir déposé Cage à son véhicule de patrouille, Jo fit le point avec Ty sur les meurtres de Black Rock Falls. Il ne lui avait pas dit un mot depuis dix minutes. Il n'avait aucune conclusion ou opinion sur l'affaire, ce qu'elle trouva bizarre.

— Vous avez déjà travaillé sur beaucoup d'affaires de tueurs en série ?

— Oui, quelques-unes, confirma Ty, en s'engageant sur l'autoroute et en accélérant. Alors, c'est quoi votre rôle là-dedans ? Vous êtes mon chef. Les ordres que j'ai reçus étaient parfaitement clairs à ce sujet.

Il jeta le cure-dent par la fenêtre, laissant pénétrer une bouffée d'air glacial.

Elle voyait bien qu'il n'aimait pas l'idée qu'elle soit son supérieur hiérarchique. D'après son dossier, il avait été le meilleur dans son domaine deux ans auparavant, un loup solitaire, avant qu'une erreur de la part d'une équipe avec laquelle il travaillait sur une affaire n'entraîne la mort de jeunes enfants. D'après ce qu'elle avait lu, Ty avait souffert d'un syndrome de stress post-traumatique à un degré tel qu'il avait coupé tout lien avec la civilisation pour se remettre d'aplomb. Certes, ses tests psychologiques récents étaient positifs, mais une inconnue persistait. Elle se tourna vers lui.

— L'idée est de travailler ensemble, mais c'est moi qui prendrai les devants. Je suis analyste comportementale. J'établis le profil des tueurs et j'essaie d'anticiper leur prochaine action.

— Je me fie à mon instinct et je ne me suis encore jamais trompé, renchérit-il, en haussant les épaules. Vous travaillez de loin ?

— Si vous voulez savoir si je vais rester au bureau et vous envoyer sur le terrain, non. Je préfère être au cœur de l'action. J'ai besoin de voir la scène du crime pour déterminer le profil du tueur.

Jo observa la rigidité de sa mâchoire. Manifestement, il

n'était pas emballé à l'idée de faire équipe avec elle sur le terrain. Elle s'éclaircit la voix.

— Je ne suis pas inspectrice, mais mes connaissances ont permis de résoudre de nombreux crimes.

— Vous êtes capable de vous débrouiller sur le terrain dans des conditions extrêmes ? demanda Ty, en lui jetant un rapide coup d'œil tout en évaluant sa tenue vestimentaire. Ce sera difficile de bosser dans les villes de l'arrière-pays. Des journées de randonnée à travers les forêts, de combat au corps à corps et de balles à esquiver.

Jo serra les dents. Sa patronne et compagne de son ex-mari lui avait refilé un équipier dur à cuire et meurtri juste pour lui pourrir la vie. Elle avait eu affaire à un homme autoritaire et exigeant pendant son mariage et savait comment gérer ce genre d'ego. Inutile de chercher à impressionner Ty Carter par ses qualifications. Elle gagnerait son respect, mais il avait raison, ils auraient besoin de faire preuve de courage. Elle releva le menton. D'abord, elle devait le convaincre qu'elle n'était pas une femme sans défense.

— Je me débrouille très bien toute seule.

— Hum... rétorqua Ty en gardant les yeux rivés sur la route. Alors, on est combien dans l'équipe ?

Jo déglutit difficilement.

— Pour l'instant, il n'y a que vous et moi.

— Oh, bon sang.

34

Black Rock Falls

Il est déjà plus de 14 heures lorsque Jenna distingua l'hélicoptère en approche. Elle se précipita vers la grange, remercia Tom Dickson et lui demanda de s'arrêter là. Elle lui versa le salaire d'une journée entière, mais ne lui expliqua pas pourquoi un hélicoptère du FBI atterrissait sur son ranch. Kane avait couru jusqu'à son pavillon avec Duke, puis dans la grange pour calmer les chevaux au moment où l'appareil bruyant se posait. Jenna se protégea les yeux du tourbillon de poussière soulevé par les pales en rotation et attendit sous le porche que les agents apparaissent. Elle observa les deux étrangers et secoua la tête. Jo Blake, une femme séduisante d'une trentaine d'années, avait revêtu un tailleur sur mesure et des bottes à la mode, ses cheveux bruns relevés. Elle lui rappela ses années à Washington. Les agents avaient un code vestimentaire à moins d'être sous couverture, mais lorsque Ty Carter sortit du siège du pilote, elle sursauta. Emmitouflé dans un manteau en peau de mouton, vêtu d'un jean bleu, d'un Stetson abîmé et de lunettes de soleil sans tain, il avait l'air tout droit sorti d'un ranch. *Lui, un agent de Washington ?*

Carter possédait manifestement le doberman élancé qui sauta de l'hélicoptère muni d'un harnais. Il se plaça à ses côtés et le regarda comme s'il attendait des ordres. Elle se demanda ce que Duke penserait d'un autre chien sur ses plates-bandes. Elle se retourna lorsque Kane sortit à grands pas de la grange et, après les présentations, elle s'adressa à Carter.

— Je ne savais pas que vous viendriez avec un chien. Notre Duke est assez attaché à défendre son territoire.

— Aucune inquiétude, Zorro va juste l'ignorer, et il faut être deux pour danser le tango, sourit Carter. De quelle race est Duke ? Son nom me fait penser à un chien de chasse.

— Oui, confirma Kane, en se postant à côté de Jenna. C'est un lévrier et un excellent pisteur.

— Zorro est notre démineur, expliqua Carter, en caressant la tête de son chien. Je ne l'ai pas encore entraîné au désamorçage de bombes, mais s'il y en a une, il la trouvera.

Jenna hocha la tête.

— C'est bon à savoir. Vous pouvez l'emmener, le médecin légiste nous attend sur la scène de crime.

Ils montèrent dans le SUV de Kane et roulèrent vers le ranch du vieux Mitcham.

— J'ai entendu dire que vous étiez le profileur de l'équipe, Kane, lança Jo, visiblement intéressée. Est-ce que vous pensez qu'il s'agit du travail d'un tueur en série ou d'un terroriste ?

— D'un tueur en série, répondit Kane, en croisant son regard dans le rétroviseur. On y est, vous allez pouvoir jeter un coup d'œil par vous-même.

— J'ai entendu dire que vous étiez experte en arrestation de tueurs en série.

Carter demanda à Zorro de rester dans la voiture. Il ôta ses lunettes de soleil et se plaça aux côtés de Jenna en descendant.

Jenna le dévisagea pour voir s'il plaisantait, mais elle ne

perçut qu'une curiosité sincère dans ses yeux d'un vert singulier.

— J'ai une équipe formidable, dit-elle, en montrant de la main la scène de crime. C'est notre première tuerie de masse, et je crois que Jo a travaillé sur une affaire similaire à Baltimore.

— C'est ce qu'elle a dit, confirma Carter, en sortant un cure-dent de sa poche, avant de l'enfoncer au coin de ses lèvres et de le faire rouler de droite à gauche. Je ne l'ai rencontrée qu'il y a quelques heures. Elle n'a pas raconté grand-chose en chemin à propos de ses anciennes affaires. Elle était au téléphone en train de prendre des dispositions pour sa fille. Elle a une enfant de 7 ans à la maison... Bon, voyons ce que nous avons ici.

Carter saisit les gants et les surchaussures que Wolfe lui tendait et les enfila.

Tandis qu'il montait les marches et saluait d'un signe de tête Rowley, qui gardait la porte d'entrée, fusil à la main, Jenna s'équipa également. Elle avait déjà écouté l'avis de Wolfe sur la scène de crime, mais elle était impatiente d'entendre la discussion entre Kane et Jo. Ils discutaient à voix basse et faisaient beaucoup de gestes.

— Oh, je suis d'accord. Une psychose sévère induite par un traumatisme pousserait un psychisme déjà instable vers ce schéma, résumait Jo, en levant les yeux vers Kane. L'utilisation de la fille comme appât obéit au même mode opératoire que l'affaire de Baltimore, mais c'est plus violent, plus sophistiqué. Ça témoigne d'une frénésie induite par la puissance. Il aimait les spectateurs, et quand ils se sont évanouis à cause de la perte de sang, ils ont perdu toute utilité à ses yeux, alors il leur a tiré une balle dans la tête.

— Ce qui m'intrigue, c'est la première victime, Robinson, ajouta Kane, en se tournant vers Jo. Son meurtre était trop propre, sans précipitation. Il entre, il sort. Ça ne correspond pas à ce type de comportement extrême.

— C'est aussi ce qui m'a troublée. J'ai eu plusieurs fois la même chose, répondit Jo, en jetant un coup d'œil à Jenna, comme si elle remarquait seulement sa présence. Si ce tueur opère dans tous les États, l'enquête sera confiée au FBI. Mais pour l'instant, nous ne sommes que tous les deux disponibles. Je ne suis arrivée à Snakeskin Gully que le week-end dernier, et jusqu'à présent, je n'ai trouvé que Ty pour composer mon équipe. L'informaticien et le réceptionniste ont disparu...

Elle poussa un soupir.

— Avez-vous accès aux dossiers ? On en aurait besoin pour comparer les affaires.

Kane quitta le porche avec elle et ils discutèrent sur le chemin du retour vers son SUV.

— Shérif Alton, l'appela Carter, en s'approchant. J'aimerais discuter de certains points avec vous.

Jenna se tourna vers lui.

— Oui, bien sûr.

— Wolfe dit qu'il a fait correspondre toutes les empreintes de sang avec les victimes, pourtant le tueur devait être lui aussi couvert de sang. Comment a-t-il pu se déplacer sans laisser de traces ? Toutes les victimes sont ligotées, ce n'est donc pas un meurtre-suicide, expliqua-t-il, en éloignant les mouches de la mare de sang figé sous le corps sans vie de Ruby. Je suis généralement capable de comprendre une scène en quelques secondes, mais je serais intéressé de savoir ce que vous voyez ici.

Est-ce qu'il me teste ? Jenna scruta les empreintes de pas.

— Je ne suis pas une bleue, Carter. Je n'ai pas besoin d'une leçon en investigation de scène de crime.

— Alors, pourquoi nous avoir fait venir ici si vite ? rétorqua Carter, en la fixant. Vous n'êtes manifestement pas à la hauteur. J'ai remarqué une anomalie dans l'examen préliminaire de Wolfe, et vous, non ?

Le cure-dent roula sur ses lèvres et il lui sourit. Kane avait prévenu que Carter était arrogant, et c'était désormais flagrant. Elle se redressa et soutint son regard.

— Wolfe ne commet pas d'erreurs.

— Je n'ai pas dit qu'il en commettait. Je vous ai demandé ce que vous, vous voyez ici.

Carter la dévisagea, les yeux verts pétillant d'amusement.

D'accord, je vais jouer à ton jeu.

— J'analyse la scène avec beaucoup de clarté, Carter. Certaines empreintes, qui forment un tourbillon, semblent être plus dominantes que les autres.

Elle sortit son téléphone et étudia les fichiers de comparaison d'empreintes que Wolfe avait précédemment réalisés à partir des chaussures des victimes.

— La première victime de gauche possédait ces chaussures, j'imagine donc qu'elle a été la dernière à mourir. Le tueur lui a ordonné d'attacher les autres et de porter les mains coupées à la cuisine, car les mêmes empreintes se retrouvent dans toute la maison.

— Hmm... souffla Carter en examinant à nouveau la scène. Donc, Wolfe pense que le tueur est resté derrière et a ordonné au grand type, que nous appellerons le numéro un, de ligoter tout le monde et de transporter les morceaux de corps dans sa veste. Le tueur lui a dit de les déposer dans la cuisine et de les étaler sur la table comme un bon garçon obéissant. Il s'attendait à ce que le gars revienne ici pour se faire ligoter et tuer ?

Il s'approcha du cadavre numéro un et l'étudia attentivement. Il se retourna vers Jenna et reposa le cure-dent au coin de sa bouche.

— Ça n'est pas logique pour moi. Pas du tout. Je dirais qu'il est mort en premier, et que c'était le type avec l'arme, peut-être le chef ici, suggéra-t-il, en fronçant les sourcils face à la victime. Comment aurait-il pu transporter les parties du corps avec une main en moins, et pourquoi ne s'est-il pas enfui ? D'après les empreintes, il était seul dans la cuisine. N'importe quel imbécile aurait filé par la porte de derrière... Et il y a autre chose d'important. Regardez encore.

Il ricana.

Wolfe avait étayé ses conclusions par des preuves matérielles et Jenna n'avait aucune raison de douter de son travail. Déconcertée, elle observa Carter, puis la scène de crime. Il avait repéré un détail qu'elle avait négligé. Elle approcha chacun des hommes, examina leurs chaussures et vérifia les semelles en les comparant au dossier de Wolfe. Lorsqu'elle arriva à la victime numéro un, elle sursauta. De grandes bottes en cuir dépassaient de son jean. Elle leva les yeux vers Carter.

— Ses chaussures ne sont pas aux bons pieds.

— Oui, j'ai remarqué ça, et il n'a pas de veste, alors qu'il gèle ici. Probablement la veste que Wolfe a trouvée dans la cuisine, expliqua Carter, en contournant les éclaboussures de sang pour se placer à ses côtés. Wolfe n'avait aucune raison d'enlever ses bottes. Je pense que le tueur les a portées pour se déplacer et les a remises sur le cadavre quand il a fini. On sait qu'il a utilisé une veste pour ramasser les parties du corps. Je dirais qu'il a pris la veste de la première victime avant de commencer sa série de meurtres. Le reste colle pas mal à l'hypothèse de Wolfe. Il les a tenus en joue et leur a demandé de s'attacher les uns les autres. Il s'est occupé de ligoter la dernière victime. Il est malin. Regardez ici.

Il désigna du doigt la victime numéro deux.

— Le meurtrier a sectionné la main droite de la deuxième victime, mais a placé un garrot au-dessus de l'amputation pour limiter la perte de sang. Pareil pour les autres. Il voulait que les types restent en vie et qu'ils souffrent.

Fascinée par la perspicacité de Carter, Jenna acquiesça.

— D'après les dégâts sur le bras de la chaise, il a utilisé la hache que Wolfe a trouvée sur la table de la cuisine.

— Oui, c'est ce que je pense, approuva Carter, avant de revenir vers Ruby et de fixer la mare de sang. La plume. Jo a dit que c'était la troisième fois que cet élément était retrouvé, sur trois affaires différentes, donc il faut supposer que c'est le même homme qui a tué toutes les victimes récentes. Je crois que la plume est importante pour lui : elle signifie quelque chose, et en la laissant, il envoie un message.

Jenna acquiesça.

— Je croyais que c'était Jo, l'analyste comportementale.

— C'est vrai, mais pas besoin d'être diplômé pour comprendre la nature humaine dans notre métier, si ? lança-t-il, en repoussant son Stetson pour mieux la regarder. Autre chose à savoir ?

— Wolfe pense que le tueur est gaucher d'après la lacération sur le cou de Ruby, ajouta Jenna, avec un signe de la main en direction de Kane. Kane a la même théorie pour le meurtre de Robinson. Quand le tueur est entré dans la chambre, il a allumé la lumière, tiré sur Robinson et éteint la lumière, le tout en quelques secondes. L'interrupteur est à droite en entrant dans la chambre, donc Kane pense que le tireur était gaucher ou ambidextre.

— Plutôt gaucher. On a toujours une main plus faible, précisa Carter, en redescendant les marches du porche. Je pense qu'on en a fini ici et que la puanteur commence à se faire sentir. Y a un bon endroit pour se loger dans le coin ? Et on aura besoin d'un véhicule.

Jenna fronça les sourcils.

— Je suppose que vous pouvez utiliser ma voiture de patrouille. Je suis avec Kane la plupart du temps, proposa-t-elle, en montrant la maison. Je vais parler à Wolfe des bottes de la victime et ensuite on vous conduira en ville.

Elle retourna à l'intérieur et remarqua que Carter restait collé à elle comme de la glu. Dans la cuisine, Wolfe emballait et étiquetait les restes de corps. Elle lui exposa la théorie de Carter.

— Vous n'avez pas mentionné les bottes de la première victime. Est-il possible que le tueur les ait utilisées pour dissimuler son identité ?

— Oui, mais il faudra que je le prouve. J'ai noté que les bottes n'étaient pas aux bons pieds dans mon rapport sur la scène de crime, ajouta Wolfe, en notant quelques mots sur un sachet pour pièces à conviction, avant de relever les yeux vers elle. Je dois envisager les deux scénarios, Jenna. Le tueur a pu utiliser les bottes d'un autre homme, mais il a d'abord dû ligoter les victimes.

Il soupira avant de reprendre :

— Ensuite, il faut tenir compte de la situation à laquelle les hommes ont été confrontés. C'était le beau milieu de la nuit, une fille criait, et ils se sont sûrement habillés à la hâte pour se précipiter dehors et voir ce qui se passait. La victime numéro un a très bien pu enfiler ses bottes à l'envers. Si le tueur a chaussé ses bottes, je trouverai des preuves. Par exemple, je chercherai des éclaboussures de sang des autres victimes sur ses chaussettes.

Il regarda longuement Carter.

— Je ne comprends pas pourquoi la première victime n'a pas tiré avec son arme. Il devait l'avoir en main quand il est sorti de la caravane.

— Peut-être que le tueur avait une longueur d'avance sur eux, ou bien il a baissé son arme pour aider la fille, proposa Carter, en mâchouillant son cure-dent, avant de se tourner vers Jenna. Vous avez cherché des armes dans les caravanes ?

Jenna acquiesça.

— Oui, on n'a rien trouvé, ce qui est plus qu'étrange ici, mais il y a un fusil dans leur véhicule.

— J'ai une interrogation bien plus bizarre encore, intervint Kane, en entrant par la porte arrière, Jo sur ses talons. Où sont les voitures des autres ouvriers ? On a un fourgon garé derrière la première caravane et qui appartient à Trevor Wilson ; d'après le permis de conduire enregistré, c'est la victime torse nu. Il a 62 ans, il a servi dans l'armée et on a ses empreintes. C'est une identification certaine.

Jenna chassa les mouches qui voletaient autour de son visage.

— Quel genre de patron tordu dépose ses employés ici sans transport ni armes pour se protéger ?

— Des clandestins, peut-être, proposa Kane, en haussant les épaules. Une main-d'œuvre bon marché qui ne connaît pas les légendes locales ou qui s'en fiche.

— Ou peut-être qu'ils sont arrivés par avion d'un autre État, et comme le patron vit sur place, il les conduisait en ville en cas de besoin, argumenta Carter, en s'appuyant contre le cadre de la porte. On aura bien le temps d'en discuter plus tard. On peut s'éloigner de cette puanteur ?

Jenna regarda Wolfe.

— Vous avez besoin de notre aide ? Je peux laisser Rowley ici pour surveiller vos arrières.

— Non, on va se débrouiller et les mettre dans la glace, même si je préfère que Rowley reste en renfort au cas où le tueur traîne dans les parages, admit Wolfe, son regard croisant le sien par-dessus le masque, un sourcil arqué. Vous feriez mieux d'installer les agents. On va s'en sortir ici.

Il se tourna vers Jo.

— Quelle est la probabilité pour que le tueur revienne sur les lieux du crime ?

— C'est une possibilité, ne prenez aucun risque, estima Jo, avant de reporter son attention sur les mains découpées. Même si ce carnage pourrait l'apaiser pendant quelque temps.

Jenna se dirigea vers la porte arrière.

— Je l'espère, on commence à manquer de place à la morgue.

35

Perdue dans ses propres pensées, Jenna ignora la conversation légère autour d'elle et laissa Kane répondre aux questions des agents. Le SUV s'arrêta devant sa porte et les passagers en sortirent pour récupérer leurs sacs dans l'hélicoptère. Elle entendit Kane s'éclaircir la voix et le regarda.

— Tu as dit quelque chose ?

— Non, répondit Kane, en la dévisageant. Tu ne penses pas que ce serait une bonne idée qu'ils restent avec nous ? On travaille généralement jusque tard dans la nuit et ce serait plus pratique.

Déstabilisée par cette idée, Jenna le fixa.

— Si tu veux que Jo reste avec toi, c'est ton choix, mais clairement, je ne partagerai pas ma maison avec Carter, lança-t-elle, en secouant la tête. Je lui ai déjà proposé ma voiture, mais je n'ai pas l'habitude d'inviter des hommes que je ne connais pas à rester chez moi.

— Tu l'as fait avec moi, sourit Kane. Ça doit être mon charme irrésistible.

Jenna le foudroya du regard.

— Je t'ai donné le pavillon par bonté d'âme. Je ne t'ai pas demandé d'emménager avec moi.

— Moui, je suppose. Quoi qu'il en soit, je pensais offrir à Carter ma chambre d'amis et je me demandais si tu pourrais faire de même pour Jo. C'est une solution temporaire et ça permettrait de gagner du temps, expliqua Kane, avec un haussement d'épaules. Mais si partager un toit avec Jo est un problème, on peut leur trouver des chambres en ville.

Devant la logique de la suggestion, elle acquiesça.

— Bien sûr, pourquoi pas ? Mais je suis surprise que tu prennes le risque qu'un agent du FBI vienne fouiner chez toi, et tu vas faire quoi pour son chien ? Duke va devenir dingue.

— Ne t'inquiète pas pour Duke, je lui demanderai d'être sympa, dit Kane. La sécurité n'est pas un problème non plus. Il ne trouvera rien, et depuis que Rowley est venu, j'ai installé un autre coffre-fort dans ma chambre. Crois-moi, c'est un vrai Fort Knox.

Jenna lui sourit.

— Je le note, répondit-elle, en sortant de la voiture pour s'adresser à Jo. Pour gagner du temps dans la recherche d'un endroit où loger, voudriez-vous loger chez moi ? J'ai tout l'équipement nécessaire, et vous pouvez utiliser mon véhicule de patrouille.

— Ce serait formidable, lui sourit Jo.

Jenna se tourna vers Carter.

— Et vous ?

— Oui, merci, acquiesça Carter. On va déposer nos sacs et ensuite on ira manger un bout en ville. On se retrouve au bureau du shérif dans une heure pour examiner les dossiers. Je vais réfléchir à la répartition des dossiers, alors assurez-vous que tous vos adjoints soient présents à la réunion.

Son attitude surprit Jenna. Elle s'approcha de lui et le regarda bien en face.

— Agent Carter, je suis l'officier responsable de cette affaire. Quand je serai prête à la confier au FBI, je vous le ferai savoir.

— Oui, madame, lâcha Carter, en roulant ostensiblement des yeux. J'ai l'habitude de travailler seul, mais ce n'est pas une excuse. Désolée, madame.

Peu convaincue, Jenna hocha la tête.

— Très bien.

— Vous logerez chez moi, intervint Kane.

Il se tourna vers Carter et lui lança un regard froid toujours imperturbable.

— Je vais vous montrer votre chambre.

Il se dirigea vers son pavillon et Jenna s'adressa à Jo.

— Il faut que je fasse votre lit pour ce soir. Je n'ai pas souvent des invités, lui sourit-elle. Avez-vous un jean et des bottes plus solides à porter ? La plupart des scènes de crime se trouvent en dehors de la ville et la météo annonce de la neige d'un jour à l'autre.

— Non, je n'en ai pas, admit Jo, avec un sourire, sa valise derrière elle, les roues rebondissant sur le sol inégal. Je n'avais aucune idée de ce qui m'attendait. Le FBI m'a transférée à Snakeskin Gully sans préavis. Le shérif local m'a dit que je pouvais acheter tout ce dont j'avais besoin au supermarché de la ville.

Jenna ouvrit la porte d'entrée, désactiva l'alarme et lui fit signe de la suivre.

— Il y a deux magasins en ville qui vendent des vêtements d'hiver, mais les jeans doivent être lavés avant de pouvoir être portés. J'en ai un qui vous ira en attendant, mais une paire de chaussures de randonnée, c'est indispensable par ici, expliqua-t-elle, en observant la veste de Jo. Vous avez un gros manteau avec vous ?

— Oui, ma veste du FBI est épaisse et j'ai mon gilet en Kevlar avec moi, répondit Jo, debout dans le salon, admirant autour d'elle. Vous avez une belle maison.

Jenna lui montra sa chambre.

— Merci, je vais vous chercher le jean.

Elle se précipita dans son armoire. Jo était plus petite qu'elle, mais elle avait forci un peu depuis son arrivée à Black Rock Falls et avait trois jeans qu'elle n'utilisait plus. Elle les emporta dans la chambre d'amis et remarqua la mine déconfite de Jo.

— Quelque chose ne va pas ?

— Je m'inquiète pour ma fille, Jaime, souffla-t-elle, les yeux sur son téléphone.

Jenna sentit son ventre se nouer.

— Comment ça ?

— Elle a très mal vécu mon divorce et le déménagement si loin de ses amis. C'était une séparation compliquée, et c'est difficile de lui expliquer pourquoi son papa préfère la responsable de sa maman, raconta-t-elle, en levant les yeux vers Jenna. C'est pour ça que je travaille dans le Montana avec une équipe de marginaux.

Abasourdie, Jenna secoue la tête.

— Hmm... je vois. Elle voulait vous mettre à l'écart.

— Exactement. On n'a même pas encore eu le temps de défaire nos valises que je suis déjà partie sur une affaire... continua-t-elle, en secouant la tête. Jaime a sa nounou, mais j'ai l'impression de l'abandonner.

Jenna s'assit sur le lit à côté d'elle, surprise qu'une quasi-inconnue ait décidé de se confier à elle. Peut-être n'avait-elle personne d'autre à qui parler.

— Le divorce est difficile pour les enfants, mais elle a 7 ans, n'est-ce pas ? Halloween approche et elle va participer à toutes sortes d'activités amusantes à l'école. Est-ce qu'elle se fait facilement des copains et copines ?

— Oui, et elle est habituée à ce que je parte des journées entières pour des affaires. J'ai de la chance, elle est assez facile à vivre, dit Jo, avec un geste du menton vers la porte et un petit rire. Comme l'adjoint Kane. Vous avez de la chance de l'avoir, c'est un vrai gentleman. Il m'a appelée « madame » toute la journée... Moi, je suis coincée avec M. Grincheux. On m'a dit que Ty était l'un des meilleurs dans son domaine, mais j'ai l'impression de travailler avec un robot. Il est de la vieille école et cette mission doit être son pire cauchemar.

Jenna s'esclaffa.

— Oh, Kane était aussi très macho quand il est arrivé. Il lui a fallu du temps pour comprendre que je pouvais me débrouiller seule, mais je lui confierais ma vie. C'est un homme bien, lança-t-elle, en se relevant. Je vous laisse vous changer. On n'a pas encore mangé non plus, alors si vous voulez nous suivre jusqu'au café Chez Tante Betty en ville, on pourra discuter des affaires pendant le déjeuner et ensuite je vous montrerai les magasins. Ce sera plus rapide. Kane pourra ramener Carter au bureau. Il aura toutes les informations utiles d'ici notre retour.

Plus tard, dans le SUV de Kane, Jenna lui jeta un coup d'œil.

— Que penses-tu de Carter ?

— Arrogant, mais quand on se coupe de la civilisation pendant un an, on a tendance à perdre tout sens des relations humaines, estima-t-il, un petit sourire au coin des lèvres. Tu lui as bien rabattu le caquet, en tout cas.

— Trop ? grimaça Jenna.

— Non, ça m'a évité de devoir l'emmener derrière le hangar à bois pour lui apprendre les bonnes manières, répliqua Kane, avec un large sourire. Et dire qu'avant, je m'inquiétais pour toi.

Jenna haussa les épaules.

— Je suis une grande fille et il était hors de question de le laisser me piétiner. Il a essayé, mais je dois admettre qu'il s'est montré perspicace et m'a permis de voir l'action de la scène de crime à travers ses yeux. Tu as peut-être raison. Il est seul depuis trop longtemps.

Elle pivota sur son siège pour le regarder.

— Et Jo, alors : première impression ?

— Intelligente, elle analyse instantanément avec une précision incroyable, jugea Kane, avant de lui jeter un regard soucieux. J'ai décelé une vulnérabilité en elle, mais elle résiste. Pourtant, c'est difficile de réussir à me dissimuler un sentiment d'insécurité. Je me demande pourquoi on l'a envoyée dans une petite ville au milieu de nulle part avec un être aussi arrogant que Ty Carter.

Il reporta son attention sur la route.

— J'avais compris par Wolfe qu'elle avait confiance en elle et qu'elle avait l'habitude de diriger les opérations.

Jenna se souvint de la détresse de Jo, et se demanda si ce serait une trahison d'en parler à Kane... mais il n'y avait aucun secret entre eux.

— D'après ce que j'ai compris, elle est inquiète d'avoir laissé sa fille. Jo est divorcée depuis peu.

— Oh, je vois, c'est parfaitement logique, répondit Kane, en se garant devant Chez Tante Betty, avec un petit signe de tête en direction de l'établissement. Tu vas informer Susie Hartwig du meurtre de Ruby ?

— Pas avant d'avoir prévenu son plus proche parent, mais je lui demanderai les coordonnées de Ruby, dit-elle, pensive. Je suis surprise que personne n'ait signalé sa disparition.

— Peut-être que quelqu'un l'a fait, rétorqua Kane, en sortant son téléphone. Tu veux que j'appelle Maggie pour lui demander ?

Jenna descendit du SUV.

— On lui en parlera directement au bureau. Je suis affamée.

Elle attendit sur le trottoir que Carter s'arrête derrière eux au volant de sa voiture de patrouille.

Ils commandèrent leurs plats et s'installèrent à la table du shérif. L'endroit était calme, seuls quelques clients s'attardaient après le coup de feu du déjeuner. Jenna regarda Carter.

— Il faudrait qu'on s'échange les dossiers, ça nous faciliterait la vie. C'est quoi, vos numéros de téléphone ?

Elle les nota et les sonneries des messages retentirent tandis que les fichiers traversaient le cyberespace. Après avoir parcouru les dossiers de Baltimore, elle jeta un coup d'œil à Kane.

— Que penses-tu de cette affaire ?

— D'après les images de la scène de crime, les rapports d'autopsie et le profil que Jo fait du tueur, je pense qu'on a affaire au même homme, estima Kane, avec un signe de tête à Jo. Vous en arrivez aussi à cette conclusion ?

— Oui, à moins qu'il ne s'agisse d'un *copycat*, un imitateur, mais nous n'avons jamais parlé dans la presse du lien que nous avions établi entre les différents meurtres de Baltimore. Néanmoins, rien n'indiquait que notre tueur était gaucher, ajouta Jo, en se resservant une tasse de café depuis la cafetière laissée sur la table. Vous avez appris quelque chose de l'un de vos suspects ?

— On a interrogé Kyler Hall et Cliff Young, mais ils ont demandé un avocat. On ne sait pas si l'un d'eux est gaucher, répondit Kane, en étalant de la crème sur sa tarte aux cerises. Pour gagner du temps, je vais vous donner un aperçu de l'affaire qui les concerne. Ils se sont battus avec les victimes de la forêt de Stanton, Louis et Addams. Young a rompu avec sa petite amie, Ann, à cause de sa liaison avec Lucas Robinson, notre première victime. Robinson a apparemment escroqué Hall de son héritage, ils sont donc tous liés. Ils n'ont aucun alibi pour l'heure de la mort et se trouvaient également à proximité des meurtres de la forêt de Stanton au moment du double assassinat.

Il se tut un instant et leva la tête vers Jo.

— La question est de savoir s'ils sont capables de tuer. Un comportement explosif et colérique peut conduire à de tels actes, comme vous le savez.

— Oui, n'importe lequel de ces scénarios pourrait déclencher un épisode psychotique, mais cette colère semble plus profonde. C'est une haine constante et très ancrée, analysa Jo, en sirotant son café. Probablement le résultat d'un événement traumatique dans l'enfance.

Le regard de Jenna passa de l'un à l'autre.

— D'accord, disons que ce sont eux, nos tueurs. Quelle est la signification de la plume noire ? Pourquoi serait-elle importante pour les deux hommes ? Ils viennent de situations familiales différentes et il est peu probable qu'ils aient tous deux subi le même traumatisme dans leur enfance.

— Peut-être y a-t-il un meneur et un suiveur, proposa Jo, en lui souriant. Un psychopathe a du charme à revendre, ce qui est susceptible d'attirer un homme plus faible qui pourrait l'admirer. Dans ce cas, le plus faible suit généralement et se laisse entraîner dans le monde du meneur sans vraiment en comprendre le sens.

Elle posa sa tasse sur la soucoupe et se tamponna la bouche avec une serviette en papier.

— Il me semble que Hall et Young ont des ennemis communs.

— Très joli tout ça, intervint Carter, en poussant un long soupir et en faisant défiler les images des scènes de crime. Alors, c'est quoi le lien avec notre tuerie de masse ? Je ne suis pas médecin légiste, mais je connais suffisamment la médecine légale pour voir que les trois premiers meurtres sont propres. Le ou les tueurs ne se sont pas attardés pour jouir de leurs exploits comme dans le dernier cas. Croyez-moi, il faut du temps pour faire autant de dégâts.

Il adressa un regard à Jenna.

— Vous arrivez à établir un lien entre les deux affaires, vous ? Parce que moi, non.

Jenna déposa quelques billets sur la table et se leva.

— Au moins, nous, on a des suspects. Si on regarde les efforts déployés par le FBI jusqu'à présent, on constate qu'aucun meurtre n'a été élucidé.

Kane prit la route du bureau, attentif aux évolutions constantes de Main Street. Il ne se passait guère plus de quelques semaines sans une célébration quelconque. Après des semaines de grésil, les habitants avaient remplacé la plupart des décorations d'Halloween endommagées par les précipitations. Il avait remarqué que la ville de Black Rock Falls se préparait plus de deux semaines avant la date fatidique, même si les citrouilles sculptées n'étaient sorties qu'à la dernière minute. Elles illuminaient alors la rue principale d'étranges sourires dorés pendant la procession des enfants en quête de bonbons. Il avait bien aimé patrouiller avec Jenna et voir leurs visages heureux et leurs déguisements extravagants. Il espérait que les meurtres récents n'empêcheraient pas les plus jeunes de s'amuser.

En arrivant à destination, il se tourna vers Jenna. Elle ne lui avait pas dit grand-chose depuis leur départ de chez Tante Betty.

— Je crois que tu as raison à propos de Carter. Il a la réputation de bien faire son travail. On peut écouter son avis au même titre que celui de Jo.

— Il voit les choses différemment de nous, répondit Jenna,

en se frottant les tempes. J'admets que je préfère l'approche collective pour résoudre les crimes. Bien sûr, je mène l'affaire, mais je m'appuie sur tes compétences en matière de profilage et sur les conclusions de Wolfe sur les scènes de crime. Ensemble, on examine toutes les possibilités et on décide à partir de là.

Elle poussa un soupir qui souleva sa frange.

— Carter considère la situation dans son ensemble et juge en un clin d'œil. Il a imaginé un scénario différent du nôtre en une quinzaine de secondes.

Kane se frotta le menton.

— Il n'a pas forcément raison pour autant. Considérer tous les aspects avant de tirer des conclusions est une excellente stratégie. Un bon chef sait tirer parti de toutes les ressources à sa disposition. Tu ne dois pas douter de toi. Carter est un loup solitaire, je pense que Jo va avoir du fil à retordre avec lui.

— Le problème, c'est que là, tout ce qu'il a dit était parfaitement logique, répliqua Jenna, en le dévisageant. Wolfe n'a jamais dit qu'il avait remarqué que les chaussures de la victime étaient à l'envers.

Elle lui raconta sa conversation avec Wolfe et le point de vue de Carter sur le meurtre au ranch du vieux Mitcham.

— Ce que pense Carter est plus que possible. Il a probablement raison, conclut-elle.

— Wolfe a remarqué les bottes et ajoutera ce détail à ses conclusions parce qu'il prend en compte toutes les preuves, rectifia Kane, avec un haussement d'épaules. S'il dit que ça a pu arriver parce que les hommes se sont dépêchés de s'habiller, alors c'est juste un doute raisonnable. Le connaissant, il testera ces bottes à la recherche d'ADN inconnu et cherchera à prouver que le tueur a bien ôté les chaussures de l'homme. Il ne tire jamais de conclusions hâtives, car il veut un dossier irréfutable devant le tribunal.

— D'accord, concéda Jenna, en le regardant bien en face. On va devoir vivre et travailler avec eux pendant quelques jours, et d'après ce que Jo a dit, elle sera notre interlocutrice locale pour le FBI, donc il vaut mieux pour nous de rester en bons termes avec eux. J'aime bien Jo, et c'est agréable d'avoir quelqu'un de mon âge à qui parler.

Elle lui sourit.

Déconcerté, Kane sourcilla.

— On a presque le même âge, Jenna.

— Oh, Dave, tu es si drôle, s'esclaffa Jenna, en tendant la main vers la poignée. Je veux dire parler entre filles. Ça m'a manqué, même si Emily Wolfe est une chouette copine, mais ça m'a fait du bien de parler à Jo. Je prends la voiture de patrouille pour une demi-heure. Jo a besoin d'acheter quelques affaires. Si vous pouviez rassembler toutes les infos dont on dispose à ce jour, on se retrouve ensuite tous dans mon bureau.

Kane la dévisagea avec incrédulité.

— Carter ne peut pas l'emmener ?

— Non, je m'en occupe. Il faut qu'on leur montre les scènes de crime et Jo n'a ni manteau digne de ce nom ni chaussures de randonnée. Je sais où aller, pas Carter. Ça ira vite, lança-t-elle, en sortant du véhicule, avant de pencher la tête dans l'habitacle en lui souriant. Promis !

Kane se gratta la tête.

— Oui, oui...

Il attendit Carter et Zorro sur le trottoir et ils pénétrèrent ensemble dans le bureau du shérif.

Après les avoir présentés à Maggie et Walters, il se rendit directement dans le bureau de Jenna et descendit le tableau blanc. Il fixa quelques instants les visages des victimes encore en vie à côté des images macabres de leur mort. C'était comme si elles le suppliaient de trouver et d'arrêter leur tueur.

— Je vais imprimer les photos de la scène du crime pour les accrocher avec les autres.

Il accéda au dossier depuis son téléphone et l'envoya à l'imprimante.

Tandis que l'appareil ronronnait et crachait des pages en couleurs, Ty Carter demanda à Zorro de s'allonger sur le tapis et se mit à faire les cent pas, les yeux rivés sur le tableau blanc, s'arrêtant pour examiner les photographies avant de se remettre en mouvement.

Kane appuya une hanche contre le bord du bureau et observa le chien.

— Zorro n'a pas grand-chose à faire dans cette affaire. S'il s'entend bien avec Duke, vous pourrez le laisser chez moi. J'ai un espace clos à l'arrière auquel ils peuvent accéder depuis la salle de bains.

— Ah oui ? Ce serait pas mal. Il n'aime pas rester enfermé entre quatre murs.

Kane acquiesça.

— Jenna m'a parlé de votre théorie sur les empreintes de pas.

— Ce n'est pas une théorie, c'est une observation, le corrigea Carter, en mâchouillant son cure-dent. Wolfe va trouver du sang sur les chaussettes de la victime. D'après les éclaboussures autour de ses pieds, il n'était pas chaussé quand le tueur lui a tranché la main. Vous avez trouvé des douilles sur l'une des scènes de crime ?

Kane secoua la tête.

— Non, aucune.

— Hmm... ça rejoint ce que Jo m'a dit à propos des meurtres de Baltimore, répondit Carter, en se retournant pour lui faire face. Qu'est-ce que vous pensez de tout ça ?

Kane récupéra les photos dans le bac de l'imprimante et s'approcha du tableau blanc pour les coller à côté des autres.

— Je crois qu'il faut qu'on se penche sur le passé des victimes pour attraper ce meurtrier.

Il recula pour admirer son travail.

— La plume les relie tous, mais à part ça, je dirais que le meurtre de Robinson était un contrat. Ceux de la forêt de

Stanton ne ressemblent pas à une tuerie gratuite. Ils sont nets, comme dans l'affaire Robinson. C'est comme si ces deux hommes avaient fait quelque chose qui avait poussé le tueur à les faire sortir de la route et à les tuer, avança-t-il, avant de s'intéresser aux morts du ranch du vieux Mitcham. Ici, c'est complètement différent. C'est confus et risqué. Je veux dire, comment une serveuse de chez Tante Betty a-t-elle pu finir assassinée sous ce porche ? Si le tueur l'a enlevée et emmenée dans l'intention de l'utiliser comme appât pour tuer les hommes, il a encore changé de mode opératoire. Jo pense que ça indique un trouble de la personnalité particulièrement sévère.

— Bon sang, vous êtes en train de suggérer qu'il a un dédoublement de personnalité et que ses deux facettes sont des tueurs en série ? s'exclama Carter, en se laissant tomber dans un fauteuil et se passant les deux mains sur le visage. Je vais avoir besoin de café en intraveineuse pour me remettre les idées en place.

Kane fit un signe de la main vers les deux machines posées sur le comptoir au fond du bureau de Jenna.

— Eh bien, rendez-vous utile et lancez deux cafetières.

— Bien sûr, répondit Carter, avant d'ôter son manteau et de l'accrocher derrière la porte de Jenna. C'est la première fois que je travaille dans un bureau qui sent le chèvrefeuille.

Il gloussa et entreprit de préparer du café.

— La plupart du temps, c'est plutôt la mauvaise haleine et la sueur, précisa-t-il, en jetant un coup d'œil à Kane. Je suppose que vous êtes proche de Jenna. J'avais tout faux et je ne m'attendais pas à ce qu'elle me les brise.

Kane refusa de mordre à l'hameçon.

— Elle respecte tous ceux qui sont sous ses ordres. Le shérif est une professionnelle sur toute la ligne. Je vous suggère de ne pas la sous-estimer.

— Hmm... on m'a dit la même chose à propos de Jo, mais à l'époque, j'avais supposé que c'était un mec, réagit Carter en faisant rouler son cure-dent sur ses lèvres, avec un soupir. Je n'ai jamais vraiment travaillé avec des femmes.

— Même pas dans l'armée ? demanda Kane, perplexe. Ou à Washington ?

— Non, je dirigeais mon équipe et je ne m'occupais pas du reste, admit Carter en haussant les épaules avant de dévisager Kane. Vous gaspillez votre talent ici. Vous n'avez jamais pensé à postuler au FBI ?

Kane réprima un sourire, se leva et se tourna pour prendre des notes sur le tableau blanc.

— Non, ici j'ai une patronne et je vis dans son ranch sans payer de loyer. J'ai de grands espaces, la pêche et la chasse à portée de main. Je suis un homme heureux.

— J'ai tout ça aussi, insista Carter, en allumant les cafetières. Enfin, j'ai tout ça maintenant. À moins qu'ils ne me rappellent à Washington. Auquel cas, je risque de disparaître à nouveau.

— Je parie que Jo ne les laisserait pas faire. Elle ne pourrait jamais gérer seule le bureau de Snakeskin Gully. Elle a besoin d'un pilote d'hélicoptère et d'un agent, vous n'avez pas de souci à vous faire.

Rowley toqua à la porte et Kane se retourna vers lui.

— Oh, bien, vous êtes de retour. Quelque chose à signaler ?

— Non, tout est calme au ranch du vieux Mitcham. J'ai protégé le portail avec du ruban adhésif de scène de crime, ainsi que les caravanes et la maison du ranch.

Rowley déposa un sac de plats à emporter sur le bureau et sortit un sachet de pièces à conviction de sous son bras, qu'il tendit à Kane.

— Les portefeuilles des victimes. Il semble qu'elles soient toutes originaires du Wyoming. Wolfe a vérifié les permis de conduire des victimes masculines et ils correspondent tous. Il a également pris les empreintes et ajouté les informations à nos dossiers. La fille que nous avons identifiée est Ruby Evans, elle travaillait Chez Tante Betty. Vous l'avez reconnue et moi aussi, ça fait donc un doublé, mais Wolfe a besoin d'une identification formelle. J'ai parlé à Susie Hartwig et j'ai obtenu des renseignements sur Ruby. Elle vivait avec sa tante à Elk Creek.

Il contempla longuement le café qui s'écoulait dans les récipients.

— La journée a été longue.

Kane acquiesça.

— Je suppose que vous n'avez pas encore mangé, à en juger par le sac que vous avez apporté ? Prenez un café et asseyez-vous. Jenna sera bientôt de retour et on discutera de l'affaire.

— Merci, lança Rowley, en retirant sa veste pour la poser sur le dossier de sa chaise. C'est le pire jusqu'à présent, hein ?

L'attention de Kane se porta sur les photos collées sur le tableau blanc.

— Oui, il est vraiment tordu et imprévisible... Il fonce sur ses victimes comme un taureau enragé.

37

Une brise fraîche, embaumant la promesse d'une neige imminente, balaya Jenna alors qu'elle se précipitait vers son véhicule de patrouille, Jo à ses côtés, chargée de sacs. Elle était bien obligée d'admirer cette femme capable de choisir toute une garde-robe en vingt minutes chrono. Elle n'avait pas réfléchi, elle avait jeté un coup d'œil sur la gamme disponible et réglé à la caisse en un temps record. Elle avait enfilé ses nouvelles chaussures de randonnée, sa veste, son bonnet et ses gants avant de sortir du magasin.

— J'ai la tête qui tourne. Je n'ai jamais vu quelqu'un faire les magasins aussi vite.

— Le shopping est un luxe que je ne peux plus m'offrir depuis que j'ai rejoint le FBI, répondit Jo, pendant que Jenna ouvrait le coffre pour y déposer les sacs. Pas si je voulais être à la fois une bonne épouse et une bonne mère.

Avant que Jenna n'ait eu le temps de démarrer le moteur de la voiture, elle entendit Atohi Blackhawk crier son nom. Elle ouvrit sa fenêtre pour lui parler.

— Vous me poursuivez ?

— Oui, souffla Atohi, en se baissant près de sa portière

tandis que son cousin et ami, Brad, posait une main sur le toit et la dévisageait.

— Jill, le médecin légiste, a prélevé les os et veut les emmener à Helena pour les étudier.

— Vous ne pouvez pas l'autoriser à faire ça, intervint Brad.

Ses yeux aux tons tigrés étincelèrent de colère.

— Nous ne le permettrons pas. Elle doit rester ici.

Déstabilisée par l'agressivité de Brad, Jenna baissa la voix.

— Je vais parler à Wolfe. Il saura quoi faire, décida-t-elle, avant de reporter son attention sur Atohi. Le frère de Brad a-t-il été retrouvé ?

— Il a un nom, il s'appelle Scott, réagit Brad, en la toisant avant de tripoter une vilaine égratignure sur sa mâchoire, le regard dans le vide. Il est là, quelque part. Je sens une connexion avec lui.

Oh là là, on a un autre taré.

— D'accord. Est-ce que Jill a évoqué la poursuite des recherches de la zone ?

— Oui, elle a demandé l'aide d'étudiants en archéologie de l'université, confirma Atohi, les yeux rivés sur elle. Elle laissera quelques membres de son équipe pour superviser les fouilles, mais nous apprécierions que vous interveniez en notre nom.

Jenna se demanda pourquoi Atohi n'avait pas fait part de ses inquiétudes à Wolfe en personne, mais se contenta d'acquiescer et de démarrer.

— Je l'appelle dès que j'arrive au bureau.

Comme s'il lisait dans ses pensées, le jeune pisteur se redressa.

— Je l'ai appelé toute la journée et je tombe toujours sur son répondeur, précisa Atohi, inquiet. Et il n'est pas à la morgue.

Jenna soupira, incapable d'expliquer pourquoi Wolfe était occupé.

— Il travaille sur une affaire. Dès que je lui aurai parlé, je vous rappelle. Je dois y aller, j'ai une réunion.

— Bien sûr.

Atohi tapa sur le toit de la voiture de patrouille et les deux hommes s'éloignèrent.

— Un problème ? lança Jo, en les suivant du regard. Son ami a une importante agressivité refoulée.

— Une vieille affaire non élucidée, expliqua Jenna, en s'insérant dans la circulation pour rejoindre le bureau. Ils parlaient des restes de sa mère. Ils les ont trouvés dans la forêt, mais son frère est toujours porté disparu. Brad a été témoin des meurtres quand il était enfant.

— Alors la colère est une meilleure réaction que la séduction, jugea Jo, en arquant un sourcil. Après un événement aussi traumatisant, il aurait pu facilement devenir psychopathe.

Cinq minutes plus tard, Jenna ôtait son manteau et le suspendait derrière sa porte. Elle se frotta les mains et contourna son bureau pour s'asseoir à sa place.

Une tasse de café apparut à côté d'elle comme par magie et elle sourit à Kane.

— Bon, tout le monde est là. Je vois que vous avez ajouté les informations au tableau blanc. On a une tonne de points à étudier et on peut faire avancer les affaires pendant que Wolfe s'occupe des enquêtes médico-légales. Juste un instant, ajouta-t-elle, en décrochant son téléphone fixe et en composant le numéro de téléphone de la morgue. Emily, je suppose que ton père est occupé, mais j'ai besoin d'une faveur.

Elle lui exposa la demande d'Atohi.

— Appelle-moi pour me dire ce qu'il en dit dès que tu as quelques minutes, conclut-elle, avant de raccrocher. Bon, revenons à notre affaire. Je vais interroger avec Jo Mme Robinson à l'hôpital. Kane et Carter, je veux que vous cherchiez des détails sur les victimes, vous connaissez la chanson. Il faudra contacter le bureau du shérif le plus proche et leur demander de prévenir les proches. Dites-leur qu'on a besoin de quelqu'un pour venir les identifier.

— D'accord. On va avoir besoin de place et de plusieurs ordinateurs, donc on va s'installer dans la salle de vidéosurveillance.

Kane se leva et Carter le suivit vers la sortie, Zorro sur les talons.

Jenna relut ses notes.

— Rowley, allez chez Ruby et parlez à sa tante. Elle doit identifier formellement le corps de Ruby, ordonna-t-elle, avant de pousser un soupir. Emmenez-la à la morgue et attendez que Wolfe ait préparé le corps pour la visite. Je suppose qu'il s'occupera d'elle en premier puisqu'elle vivait dans la région.

Elle tapota son stylo contre sa lèvre inférieure.

— Wolfe est très occupé, mais demandez-lui s'il a progressé dans l'identification de Parker Louis et Tim Addams, les victimes de la forêt de Stanton.

— Oui, madame, répondit Rowley, en se levant tout en ramassant son sac à emporter vide pour le jeter à la poubelle. Je vous appelle s'il a des informations. Il va falloir du temps à Wolfe pour rendre Ruby présentable.

Il enfonça son Stetson sur sa tête, attrapa son manteau et s'éclipsa.

Mentalement épuisée, Jenna vida sa tasse de café et se mit debout.

— Bon, Jo, on va aller voir l'épouse de la première victime, Lucas Robinson. Elle nous a dit qu'elle était allongée à côté de son mari quand il a été abattu.

Alors qu'elles repartaient dans le froid de plus en plus marqué, Jenna mit Jo au courant de la situation.

— Vous pensez qu'elle a appuyé sur la gâchette ? demanda Jo, en se glissant sur le siège passager de la voiture de patrouille. Le conjoint est généralement le premier suspect.

Jenna hocha la tête, s'installa au volant et démarra.

— Mon instinct me dit qu'elle est impliquée, mais on n'a pas assez d'éléments pour obtenir un mandat de perquisition de ses relevés bancaires. Je n'ai pas encore eu le temps d'aller la revoir, car les autres meurtres se sont succédé rapidement. Ce n'est pas elle qui agit en folie meurtrière, elle est enfermée dans l'unité psychiatrique de l'hôpital. Elle jeta un coup d'œil à Jo.

— C'est pourquoi je veux que vous l'interrogiez. Mon intuition se trompe rarement.

Elle recula jusqu'à la route et prit la direction de l'hôpital.

— Comment était-elle quand vous êtes arrivés sur les lieux ?

— Rowley était le premier arrivé. Mme Robinson a appelé le 911, et elle semblait lucide, mais quand il est arrivé, elle ne disait plus rien. Il l'a menottée, pensant qu'elle pouvait être coupable, soupira Jenna. Quand on est arrivés, elle avait parlé à Wolfe et j'ai pu l'interroger. Elle semblait distante.

— Est-ce qu'elle a dit un truc inhabituel ? poursuivit Jo, en se tournant pour la regarder.

Jenna laissa le souvenir de cette nuit lui revenir.

— Elle s'était cachée sous le lit après la fusillade, elle n'a pas cherché à voir son mari, elle est descendue en courant et s'est terrée dans un placard à balais. Elle me demandait si elle aurait pu le sauver.

— Hmm... répondit Jo, avant de rester silencieuse quelques instants. Bien sûr, on réagit tous différemment en cas de crise. C'est assez typique d'éprouver toute une gamme d'émotions à la suite d'un événement traumatisant. L'incident a déclenché sa réaction de fuite et elle s'est sauvée. Ce qui est inhabituel, c'est de sortir de la pièce et de descendre les escaliers en sachant que le tireur pourrait toujours se trouver dans la maison.

Jenna tourna dans le parking de l'hôpital.

— C'est exactement ce que je me suis dit. Elle a attendu un moment sous le lit. Elle devait savoir que le tireur était parti. Pourquoi n'a-t-elle pas vérifié si son mari allait bien avant de se cacher ?

— C'est une question qu'il va falloir lui poser, estima Jo.

Elle prit sa mallette et fixa Jenna.

— Les sentiments habituels sont la peur, le choc, l'engourdissement, le chagrin, la désillusion et la colère. Certains disent même que c'est comme une expérience extracorporelle.

Jenna sortit de la voiture et elles pénétrèrent dans l'hôpital.

— J'ai souffert du syndrome de stress post-traumatique, j'en ai donc une idée assez précise et j'ai été entraînée à gérer des situations stressantes. Je pensais être coriace jusqu'à ce qu'on me mette un couteau sous la gorge et que la tête d'un homme explose à côté de mon visage. Je comprends donc ce qu'elle a vécu.

— Ça a dû être difficile, répondit Jo, avec un regard inquiet. Vous avez eu des problèmes de sommeil et de concentration ?

— Oui, souffla Jenna, en repoussant ces souvenirs dans un coin de sa mémoire avant de lui sourire. J'étais incapable de prendre la moindre décision, j'oubliais de manger et je faisais n'importe quoi, mais Kane m'a remise sur pied.

— Comment ça ?

Jenna appela l'ascenseur.

— L'incident s'est produit parce que j'avais baissé ma garde. Kane a insisté pour que je m'entraîne tous les jours, comme pour un combat au corps à corps, et il n'a aucune pitié, raconta Jenna, en lui lançant un regard avant de monter dans la cabine. Il a une plaque de métal dans la tête, alors avec ses maux de tête constants, ça a dû être difficile pour lui, mais il m'a fait travailler jusqu'à ce que je reprenne confiance en moi. Il m'a aussi montré qu'il me soutiendrait toujours.

— Il comprend ce syndrome, lui sourit Jo. Le soutien est très important, et réussir à faire en sorte que vous vous sentiez en sécurité a dû être sa priorité.

Elle sortit en premier de l'ascenseur.

À mesure que les pièces du puzzle s'assemblaient, Jenna avançait à ses côtés.

— Je pensais qu'il était surprotecteur et macho. Je lui ai dit de se calmer.

— Vraiment ? s'esclaffa Jo. Mais vous vous sentiez en sécurité, n'est-ce pas ?

Jenna acquiesça lentement.

— C'est toujours le cas.

Elle se dirigea vers le service sécurisé et passa son badge. La porte s'ouvrit et elle passa la première.

— Carol Robinson est hospitalisée ici pour une évaluation psychiatrique volontaire, il faut qu'on parle à son médecin avant de l'interroger.

L'odeur des lieux enveloppa Jenna tandis qu'elles se dirigeaient vers le bureau des infirmières. Elle leur demanda le numéro de la chambre de Mme Robinson et les pria de faire venir le médecin. Par chance, il se trouvait dans le service. L'homme d'à peine 30 ans vint les accueillir, non pas en blouse blanche comme elle s'y attendait, mais en jean et pull-over.

— Docteur Bligh ? Shérif Alton et voici l'agent Jo Blake, les présenta-t-elle, en tendant la main. Avez-vous un avis sur Carol Robinson ? Nous aimerions l'interroger si possible.

— Je n'y vois pas d'inconvénient. Elle est étonnamment de bonne humeur, répondit-il, la main chaude et la poigne ferme. Elle demande si elle peut rentrer chez elle. Je suis surpris qu'elle veuille retourner là-bas. La plupart des gens préféreraient aller n'importe où ailleurs. C'est pour ça que je la garde encore un peu pour poursuivre l'évaluation de son état.

— Elle ne peut pas rentrer chez elle, c'est toujours une scène de crime. Pour l'instant, je préfère qu'elle reste ici. Elle n'a pas de famille chez qui aller et on pourrait avoir besoin de l'interroger à nouveau.

— Il faudrait que son séjour ici soit volontaire à ce stade, répliqua Bligh, embarrassé. En fait, elle peut d'ores et déjà partir quand elle le souhaite.

Jenna roula des yeux.

— Je vais voir si je peux la convaincre de rester. S'il vous plaît, contactez-moi si elle décide de partir, n'est-ce pas ?

— Bien sûr, confirma Bligh, en les accompagnant jusqu'à la chambre de sa patiente. Carol, vous vous souvenez du shérif Alton. Elle voudrait vous parler.

La femme qui lisait assise dans un fauteuil ne ressemblait pas à celle recouverte de sang que Jenna avait rencontrée le soir de l'exécution. Jenna lui présenta Jo, puis se tourna vers le médecin.

— Merci, docteur Bligh, on va prendre le relais.

— Bonjour, shérif, la salua Carol Robinson, en posant son livre sur la table basse et en les observant. Il est temps pour moi de rentrer chez moi ?

Jenna prit une chaise et Jo l'imita de sorte qu'elles s'assirent toutes les deux en face d'elle.

— Je suis inquiète pour votre sécurité, alors je préfère que vous restiez ici pour le moment, et votre maison est toujours une scène de crime. Je pense que vous n'aimeriez pas y retourner tant qu'elle est dans cet état ?

— Non, vous avez sûrement raison, répondit Carol, le regard perdu dans le vide. Je vais devoir refaire la décoration, et acheter de nouveaux tapis.

Jenna acquiesça.

— En effet, oui, concéda-t-elle, avant de désigner Jo. L'agent Blake aurait quelques questions à vous poser. Vous êtes d'accord ?

— Oui, bien sûr, dit Carol, en se tournant vers Jo.

— De quoi vous souvenez-vous avant que l'intrus ne tire sur Lucas ?

Jo sortit son iPad de sa mallette, puis fixa Carol.

— Parlez-moi des jours qui ont précédé l'incident.

— C'était comme d'habitude, soupira Carol. Il allait travailler et rentrait tard. Certains soirs, il ne rentrait pas du tout. Il avait des réunions d'affaires et refusait de reprendre le volant après avoir bu, et donc il passait la nuit en ville.

— Vous avez déjà envisagé qu'il ait pu avoir une maîtresse ?

demanda Jo, impassible, comme si elle venait de lui demander ce qu'elle avait mangé au déjeuner. Moi, j'y aurais pensé.

— Ça m'a traversé l'esprit, oui, admit Carol, en tripotant ses ongles. Une femme a appelé un soir, et a demandé à lui parler. Lucas a dit que c'était juste sa secrétaire qui voulait lui rappeler un rendez-vous.

— Et qu'est-ce que vous avez ressenti ? insista Jo, un œil sur ses notes.

— J'avais entendu les rumeurs, vous savez, comme quoi il avait une liaison avec l'une des filles du salon de beauté, lâcha Carol, avec un petit sourire en coin. Elle n'a pas gagné, hein ?

— Non, en effet, elle n'a pas gagné, si les rumeurs étaient vraies.

Jo lança un regard lourd de sens à Jenna, puis reporta son attention sur Carol.

— Avez-vous tiré sur Lucas ?

— Non, et le médecin légiste a fait des prélèvements sur mes bras pour chercher des résidus de poudre, répondit Carol, les yeux braqués sur Jenna. Vous savez très bien que j'étais dans le lit à côté de lui quand c'est arrivé. J'avais de sa cervelle partout sur moi.

Elle se retourna alors vers Jo.

— Pourquoi me posez-vous une telle question ?

— Nous devons la poser, ça fait partie de l'interrogatoire, la rassura Jo, en lui tapotant le bras. Alors, voulez-vous bien nous dire avec vos propres mots ce qui s'est passé cette nuit-là ?

Jenna consulta les notes qu'elle avait prises alors, à mesure que Carol se remémorait les tirs. L'histoire était la même, peut-être un peu enjolivée.

— Combien de temps êtes-vous restée sous le lit ?

— Je ne me souviens pas. Cinq minutes peut-être, dit Carol, en remuant sur son siège, visiblement agitée.

— Comment vous sentiez-vous alors ? reprit Jo, en l'observant. En colère, effrayée ?

— Effrayée, avoua Carol, en enfonçant ses ongles dans son bras. Le bras de Lucas pendait par-dessus le bord du lit et il se balançait. Je le voyais avec la lumière de mon téléphone.

— Alors, pourquoi ne l'avez-vous pas aidé ? poursuivit Jo, en écrivant quelques mots.

— J'étais incapable de le regarder. J'étais recouverte de son sang.

Carol regarda Jo droit dans les yeux.

— Je me suis enfuie.

Jenna vérifia ses notes.

— Combien de temps après les coups de feu avez-vous appelé le 911 ?

— Je ne sais pas exactement... Le temps semblait s'être arrêté, se souvint Carol, le visage tourné vers la fenêtre. C'est bon ? Je suis fatiguée.

Jenna jeta un coup d'œil à Jo qui acquiesça.

— Oui, merci pour cette conversation.

Elle se leva et les deux femmes quittèrent la pièce.

— Qu'est-ce que vous en pensez ?

— Je pense qu'il faut poursuive nos investigations à son sujet. Elle est impliquée. Elle n'a pas appuyé sur la gâchette, mais peut-être qu'elle a un petit ami qui l'a fait, lui sourit Jo. Je pense que votre intuition était la bonne.

38

Dans le reflet de la vitrine d'un magasin, il remarqua la voiture du shérif roulant dans sa direction. À son passage, il se retourna pour mieux voir. Le shérif Alton était au volant, et la femme portant la veste du FBI, avec laquelle il l'avait observée plus tôt, était de nouveau sur le siège passager. Il se demanda si son escapade au ranch du vieux Mitcham leur avait fait de l'effet. Il se remémora ce délicieux spectacle, sa revanche sur le cador qui s'était garé en travers de l'allée, bloquant son véhicule. Il avait suffi d'une question chez Tante Betty pour découvrir où travaillait l'équipe. La fille qui avait renversé son café avait été l'appât parfait, et il n'avait guère eu besoin de beaucoup de temps pour l'attraper. Dès qu'il était sorti des buissons, il l'avait suffisamment étranglée pour qu'elle reste inconsciente jusqu'à ce qu'il décide qu'il était temps pour elle de mourir.

Il s'était ensuite rendu au ranch du vieux Mitcham. Il savait que tard ce soir-là, le grand chef et ses employés à la langue bien pendue seraient ivres de sommeil et d'alcool. Il était entré en voiture avec Ruby évanouie sur la banquette arrière. Il avait trouvé les chaises empilées sur le porche d'entrée et les avait disposées juste avant de ranimer Ruby et de lui perforer la cuisse. Il se lécha les lèvres, regoûtant presque au souvenir de la mise à mort. Ruby avait hurlé comme une harpie et les hommes avaient accouru, se bousculant jusqu'à elle. Ils avaient débattu de la meilleure méthode pour stopper l'hémorragie, mais aucun n'avait appelé le 911. Il s'était approché sans se faire remarquer, une arme dans chaque main, et le patron s'était fait dessus. Il les avait obligés alors à se ligoter les uns les autres aux bras des chaises, et après ça, il avait eu toute la nuit devant lui. L'odeur du sang avait empli l'air tel un parfum dans un brouillard épais. Il se souvenait très bien de la terreur dans les yeux des hommes sans défense, de leurs cris de douleur. Les entendre implorer sa pitié et les voir tressaillir sur le seuil de la mort avait rassasié sa faim, mais à peine s'était-il éloigné qu'il avait oublié leurs visages.

Il avait toujours veillé à ne laisser qu'un seul indice, une simple plume et avait ri aux éclats lorsque le shérif et l'agent du FBI l'avaient croisé en entrant dans un magasin de vêtements, gloussant comme des adolescentes. Il s'était glissé derrière elles et avait fait le tour du magasin, si proche qu'il avait senti les effluves de chèvrefeuille du shérif. Il avait déambulé comme si la boutique lui appartenait et avait choisi un bonnet de laine, une nouvelle paire de gants de cuir et un sweat-shirt à capuche. Son cœur s'était emballé à l'idée d'être si près d'elles et, à un moment donné, il avait frôlé l'agent du FBI alors qu'elle attrapait un manteau sur un portant. Il avait écouté des bribes de leur conversation et en avait entendu suffisamment pour savoir que la femme du FBI logeait chez le shérif. *Voilà qui est bien pratique.*

L'agitation autour du bureau du shérif le faisait sourire. Il avait vu des véhicules aller et venir comme des bus dans une gare routière. Mieux encore, le shérif avait fait appel au FBI. Les forces de l'ordre de la ville allaient apparemment enchaîner les heures avec ces huit meurtres à élucider. Il aimait bien les garder occupées. L'acharnement et la vision étriquée des policiers sur une même affaire lui laissaient les coudées franches pour aller et venir. Il n'était pas inquiet lorsque les envies montaient : il pouvait agir sans que la loi ne le gêne. Ils ne l'avaient jamais soupçonné et ne le soupçonneraient jamais. Il n'y avait guère qu'un problème : les huit victimes. Il préférait faire les choses par trois, et huit... eh bien, le chiffre huit ne lui convenait pas. Il fallait qu'il y en ait neuf, ou peut-être douze, avant que son envie ne soit comblée. Il sourit, enfila ses nouveaux gants de cuir et replia les doigts. À cet instant, il avait le droit de vie ou de mort sur chacun. *Cette ville m'appartient.*

39

SAMEDI MATIN

Jenna envisageait sérieusement de demander au maire Petersham des locaux plus vastes. De fait, quelques pièces supplémentaires seraient nécessaires au regard de la charge de travail de ces derniers temps. Elle avait souvent besoin de réunir tout le monde dans son bureau, y compris les adjoints des autres comtés ainsi que Wolfe et son équipe, et l'espace devenait plus qu'exigu. Elle s'éloigna doucement du tableau blanc et retourna s'asseoir. Kane était d'un côté et Jo de l'autre ; Carter, Wolfe, Emily, Webber, Rowley et Walters la regardaient avec impatience.

— J'ai publié des communiqués de presse, mais on n'a reçu aucun appel de témoins. Personne n'était près du ranch du vieux Mitcham ou n'a vu quoi que ce soit le matin des meurtres de la forêt de Stanton. Commençons par Ruby Evans. Rowley, qu'est-ce que vous avez ?

— J'ai prévenu sa tante et je l'ai emmenée à la morgue. Elle m'a confirmé son identité, commença Rowley, en étalant la paperasse sur le bureau. Je l'ai interrogée sur les déplacements de Ruby. Elle avait dit à sa tante qu'elle travaillerait tard. Sa tante a dormi tard hier matin et a supposé que Ruby était déjà partie au travail. La tante n'a connaissance d'aucun petit ami ni d'aucune amie.

Il jeta un coup d'œil à ses notes avant de continuer :

— Je suis passé chez Tante Betty ensuite. Susie était bouleversée par la nouvelle. Elle a dit que Ruby était partie à 21 heures pour prendre le bus jusque chez elle. J'ai appelé la compagnie de bus et j'ai pu joindre le chauffeur. Il se souvient l'avoir déposée un peu avant le raccourci vers Elk Creek, vers 21 h 20.

Jenna écrivit quelques mots pendant qu'il parlait, puis releva les yeux vers lui, anticipant la suite de son rapport.

— Vous avez demandé à Susie si Ruby avait eu des problèmes avec certains de ses clients ?

— Oui, confirma Rowley. Elle a dit que Ruby pensait qu'on l'avait suivie la nuit précédente. Je lui ai demandé si elle avait eu des problèmes au travail. La seule personne avec qui Ruby avait parlé un peu plus longuement était l'ami d'Atohi Blackhawk et elle ne connaissait pas son nom. Elle avait prévu d'aller prendre un café avec lui vendredi soir après le travail.

Jenna redressa la tête. L'image de l'homme grand et musclé aux yeux singuliers lui revint à l'esprit.

— Il s'appelle Brad Kelly.

— Le jeune homme en colère, intervint Jo, en se penchant en avant sur sa chaise. Il ne m'a pas donné l'impression d'avoir beaucoup de temps pour courir après une femme.

Jenna regarda Wolfe.

— Vous avez pu régler le problème de la dépouille de sa mère avec Jill ?

— Oui, si ce sont les restes de sa mère, répliqua Wolfe, avec un air sceptique. C'est bien une femme, et Jill va travailler dans les locaux des pompes funèbres, car la morgue est pleine à craquer. Elle recherche les dossiers dentaires. Comme Kelly est le plus proche parent, il nous a donné son accord pour obtenir les dossiers de sa mère et voir s'ils correspondent... D'après l'examen initial que j'ai fait sur place, le traumatisme crânien semble correspondre à ce qu'il raconte, mais on parle ici des souvenirs d'un enfant.

— Les souvenirs traumatiques d'un enfant sont généralement plus précis que vous ne le pensez, lança Jo, avec un coup d'œil à Kane. Vous êtes d'accord ?

— Oui, c'est comme si l'incident ou le visage de l'auteur était gravé dans leur mémoire, confirma Kane, en se tournant vers Wolfe. Enfin, les traumatismes crâniens chez les femmes victimes de meurtre sont très fréquents.

Jenna prit quelques notes.

— D'accord, alors on doit parler à Brad Kelly de son interaction avec Ruby.

— Il a l'air en colère, ajouta Jo, préoccupée. Vous avez vérifié ses antécédents ?

Jenna secoua la tête.

— On n'avait aucune raison de le faire. Il est venu nous demander de l'aide pour retrouver les restes de sa mère et de son frère. Son père était violent et lui a assisté à leur meurtre. Il s'est rendu à la réserve, l'a quittée à ses 18 ans et n'est revenu que lorsqu'il a appris la mort de son père.

— Eh bien, je dis qu'il correspond à la description type d'un tueur en série, réagit Carter, en étirant ses longues jambes, ses bottes de cow-boy croisées aux chevilles. Il a eu une enfance très perturbée. Comment savez-vous qu'il n'a pas tué son père ? Avez-vous seulement pris en compte son profil ? Pensez-y : il arrive en ville et les meurtres commencent. Le tueur laisse une plume noire. Ça veut sûrement dire quelque chose pour un Amérindien. La nation des Corbeaux vit dans cet État, n'est-ce pas ?

— Il est de la nation des Corbeaux ? demanda Jo à Jenna. Si oui, alors la plume noire pourrait avoir un sens.

Tout ceci semblait plausible, mais Jenna était loin d'être convaincue.

— D'accord, nous allons faire des recherches sur le passé de Brad Kelly et déterminer où il se trouvait au moment des crimes, mais vous allez certainement avoir une vingtaine de personnes qui se porteront garantes de lui. Pour autant que je sache, il campe sur le lieu de sépulture depuis qu'ils ont trouvé les restes.

Elle se tourna vers Kane.

— Tu peux demander avec tact à Atohi si les Blackhawk font partie de la nation des Corbeaux, et l'interroger sur la plume noire et sa signification éventuelle ?

— Bien sûr, c'est possible, répondit Kane en la dévisageant. Mais je sais qu'il est membre de la nation Blackfeet, alors j'en doute. Si je me souviens bien, il a évoqué Brad en disant que sa mère l'avait envoyé dans la réserve pour qu'il soit en sécurité parmi les siens. Si c'est le cousin d'Atohi, alors il sera de la même nation. Tu veux toujours que j'enquête sur Brad Kelly ?

Il arqua un sourcil et attendit sa réponse.

Jenna acquiesça.

— Oui, mais plus tard. On ferait mieux de ne rien laisser au hasard et de découvrir comment son père est mort aussi, décida-t-elle, avant de balayer la salle des yeux. Bon, on en était où ?

— Ruby Evans, rappela Wolfe, en croisant son regard. J'ai terminé l'autopsie et mon rapport est dans les dossiers. Je vais vous en résumer les grandes lignes. Elle a été étranglée, mais ce n'est pas la cause du décès. D'après les ecchymoses, je pense que le tueur s'est servi de la strangulation pour la maîtriser pendant un certain temps avant de la poignarder dans la cuisse. Elle est morte des suites d'une hémorragie, et la lacération de la gorge a été pratiquée *post-mortem*, et par un gaucher, ce qui correspond au profil que nous avions établi. J'ai trouvé de l'ADN sous ses ongles, peut-être parce qu'elle s'est griffée en essayant de se libérer les mains ou pendant la strangulation. J'attends les résultats d'une comparaison d'ADN et je vous appelle si les traces appartiennent à son meurtrier.

— Ce serait une grande avancée, sourit Carter. Si ça colle avec l'un de nos suspects.

— On le saura assez tôt, rétorqua Wolfe, en lui rabattant le caquet d'un simple regard. Kane et Carter ont retrouvé les familles des victimes du ranch du vieux Mitcham. Elles doivent toutes venir aujourd'hui pour identifier les corps. Je commencerai les autopsies dès que nous aurons terminé ici.

Il se retourna ensuite vers Jenna.

— D'après mes premiers examens sur place et à la morgue, je doute de découvrir beaucoup plus d'infos. Ils ont tous été torturés et achevés d'une balle dans la tête. Le tueur a espacé chaque mise à mort d'au moins une heure, car la rigidité est légèrement différente d'une victime à l'autre. Les quatre hommes semblaient tous en bonne santé et dans un état raisonnable pour leur âge.

Jenna se cala au fond de sa chaise.

— Vous avez eu le temps d'examiner les bottes de Trevor Wilson, le chef de chantier ? L'homme avec ses bottes aux mauvais pieds ?

— Oui, et j'ai trouvé des traces d'éclaboussures de sang qui correspondent aux taches sur ses chaussettes. Je peux affirmer sans l'ombre d'un doute que ses bottes ont été ôtées et remises en place plus tard.

— Ah ! s'exclama Carter, en se tapant la jambe. J'avais raison !

Jenna ignora le grand sourire de Carter et se tourna vers Kane.

— D'accord, Kane, tu as discuté du scénario avec Jo : vous avez réussi à établir un profil pour notre tueur ? Est-ce que c'est le même que pour les autres affaires, ou s'agit-il d'un deuxième homme ?

— C'est le même.

Jenna hocha la tête. Elle avait entendu des tas de théories sur les événements survenus au ranch du vieux Mitcham, mais elle avait besoin de celle de Kane.

— Comment Jo et toi avez interprété la scène ?

— Je crois que le tueur s'est approché des hommes et les a menacés. Il devait se sentir puissant et maître de la situation, proposa Kane. Ensuite, je pense qu'il a pris les bottes et la veste de la victime numéro un et qu'il les a portées. Il a prémédité les meurtres et avait donc une combinaison et des gants. Il est attentif aux éventuelles traces et s'est assuré de ne pas en laisser, pas une seule empreinte, ni même une douille. Comme dans la maison des Robinson et les meurtres de la forêt de Stanton. Je sais qu'il a un autre mode opératoire, mais on est convaincus qu'il s'agit du même tueur.

— Si je peux vous replonger dans le premier meurtre... ajouta Jo, en se penchant en avant sur son siège. Au début, on a un tueur froid et calculateur. Il a tué rapidement et proprement. Il n'a éprouvé aucun plaisir à tuer Lucas Robinson, et on pense tous que c'était un simple contrat.

— Ensuite, il y a les meurtres de la forêt de Stanton, continua Kane, les bras croisés sur son torse. C'est la même approche : il se débarrasse d'un problème, il tue vite, proprement.

— Enfin, la tuerie de masse, reprit Jo, en fixant Jenna. C'est un tueur qui prend du plaisir, qui le fait durer. Peut-être qu'il pensait qu'il le méritait après les deux exécutions rapides. Il avait besoin de sa dose et a pris son temps pour la satisfaire. Il a utilisé Ruby comme appât. Pourquoi elle, on ne sait pas, c'est peut-être juste tombé sur elle par hasard.

— Je ne crois pas, la contredit Kane. Ce n'est pas si simple d'attraper une fille dans la rue vers 21 heures. Il a probablement découvert qu'elle prenait le bus et l'a suivie. Elle a dit à Susie que quelqu'un la suivait, c'était probablement lui. Il avait planifié le meurtre et savait que les hommes seraient seuls. Peut-être avait-il une raison de se rendre là-bas, peut-être y était-il allé pour chercher du travail ou autre chose ?

Il haussa les épaules.

— Tous les médias ont parlé d'une équipe qui mettait sur pied une attraction pour Halloween.

Jenna acquiesça.

— D'accord. Si c'est bien ce qu'il s'est passé, et qu'il a exigé que les victimes s'attachent les unes les autres, comme on pensait, elles ont dû laisser des traces sur le ruban adhésif. Wolfe, c'est une théorie que vous devrez prouver ou réfuter.

— J'ai relevé les empreintes et fait des prélèvements de toutes les personnes présentes sur les lieux. Je vais vérifier les empreintes sur le ruban adhésif et chercher les correspondances, déclara Wolfe, en se frottant le menton, sa barbe courte crissant sous ses doigts. Je peux déterminer s'il a mutilé les victimes alors qu'elles étaient déjà assises. Elles présentent toutes des éclaboussures de sang sur le devant de leur corps. Outre celles autour de leur cou dues aux blessures à la tête, on voit clairement une démarcation dans leur dos, à partir des épaules, et qui correspond au contour des chaises. Ces hommes ont dû souffrir.

— On dirait vraiment un monstre, intervint Emily, toute pâle. À sa manière de disposer les mains comme des trophées sur la table de la cuisine, et pourtant il ne semble emporter aucun trophée. C'est inhabituel, non ?

Ravie que la fille de Wolfe, Emily, soit associée à l'affaire, Jenna prit note de sa remarque.

— C'est un bon point. Il ne prend pas de trophées.

— Soit ça, soit il est plus intelligent qu'on ne le pense, nuança Carter, en attrapant une bouteille d'eau sur le bureau, avant de l'ouvrir et d'en boire une gorgée. Prendre des trophées, c'est ce qui mène à la chute d'un tueur et très souvent à son arrestation. On sait qu'il est froid et calculateur, mais sa façon de changer de mode opératoire le distingue de tous les tueurs que j'ai connus jusqu'à présent.

Jenna jeta un coup d'œil à Kane.

— Croyez-moi, Black Rock Falls a vu passer à peu près tous les types de tueurs imaginables.

40

Le cerveau en ébullition après avoir assimilé toutes les informations, théories et idées de son équipe, Jenna ferma les yeux quelques secondes pour se recentrer avant de prendre le temps de parcourir le tableau blanc.

— Prenons une minute pour réfléchir aux suspects dans cette affaire. Kyler Hall et Cliff Young sont des candidats intéressants parce qu'ils sont liés à Lucas Robinson et aux meurtres de la forêt de Stanton. On a interrogé les deux hommes et ils ont pris un avocat. Les preuves dont on dispose sur eux sont, au mieux, circonstancielles. J'aurai besoin de davantage pour les relier à la tuerie, expliqua-t-elle, en se tournant vers Rowley. Trouvez où ils étaient jeudi soir. Vérifiez s'il y a des témoins de leurs allées et venues.

— Oui, madame, acquiesça Rowley. Comme ils ont pris un avocat, je ne pourrai pas leur poser directement la question.

Jenna se frotta les tempes.

— Allez parler à leurs voisins, appelez le chef du chantier, découvrez où ils traînent et demandez autour de vous.

— Oh, bien sûr, répondit Rowley en griffonnant dans son carnet.

— Ce qui nous ramène au meurtre de Lucas Robinson. On n'a pas d'autres suspects, et il faudra un sacré boulot pour débusquer tous ses ennemis. Il n'était pas très populaire, soupira Jenna, avant de s'adresser à Wolfe. Vous avez terminé avec le corps ?

— Oui, j'ai envoyé la dépouille de Lucas Robinson aux pompes funèbres, car on avait besoin de place, confirma Wolfe. Mme Robinson est-elle assez en forme pour prendre les dispositions nécessaires ?

Jenna écrivit encore quelques mots.

— Walters, je veux que vous fassiez le point avec elle, s'il vous plaît. Carol Robinson me semble en forme, je lui ai rendu visite avec Jo hier, expliqua-t-elle, en levant les yeux vers ses adjoints. Je suis convaincue qu'elle est impliquée d'une manière ou d'une autre. Oui, je sais qu'elle est enfermée depuis la mort de son mari, mais il y a quelque chose chez elle qui me fait réagir.

— C'est tout à fait logique pour moi, s'esclaffa Carter. J'ai lu le dossier. Carol Robinson découvre que son mari a une liaison et engage un tueur à gages. C'est comme ça que notre tueur est arrivé en ville. Peut-être qu'il repartait après son contrat et qu'il s'est passé un truc sur l'autoroute. Il a poussé le pick-up des deux hommes en contrebas et il est sorti de son véhicule prêt à en découdre. Il les a abattus et il est parti.

— Alors, pourquoi revenir et tuer Ruby et les hommes du ranch du vieux Mitcham ? lança Jenna en se levant, avant de s'étirer le dos et de se diriger vers la machine à café. Qu'est-ce qui pourrait provoquer ces épisodes de folie furieuse ?

Elle se versa une tasse et retourna à son bureau.

— Un souvenir, proposa Jo, en croisant son regard. Quelque chose de tout bête, genre une odeur, peut provoquer un épisode. S'il souffre d'un trouble dissociatif de l'identité, ça peut se déclencher comme un stress post-traumatique. Certaines personnes ont des trous de mémoire, font des choses terribles et ne se souviennent de rien. D'autres s'en souviennent comme si c'était quelqu'un d'autre qui avait commis les atrocités, ou ils les voient en flash-back.

— Oui, confirma Kane, en la fixant. C'est comme si une autre personnalité prenait le dessus pour un temps. Le problème, c'est que si c'est l'un de nos suspects, l'autre serait conscient des changements soudains chez son ami. Il pourrait le couvrir. Ce serait difficile de le prouver.

Il soupira. Un frisson glacial parcourut la colonne vertébrale de Jenna tandis que son esprit se remémorait sa dernière rencontre avec Atohi. Elle déglutit difficilement, comme si elle résistait au besoin de remettre en ordre les faits dans son esprit. Si ses suppositions étaient correctes, alors cela signifierait que son ami Atohi lui mentait, alors qu'elle lui faisait confiance. Elle leva les yeux de ses notes.

— J'ai croisé Atohi et Brad Kelly hier. On a parlé des restes de la mère de Kelly, comme je l'ai évoqué. Je me souviens qu'il avait une égratignure à la mâchoire, ce qui pourrait coller avec le meurtre de Ruby. Il l'avait invitée à sortir, s'assurant ainsi qu'elle le connaisse et qu'elle n'ait pas peur si elle le rencontrait. Il a eu une enfance violente, il a vu sa mère et son frère se faire assassiner. Il est arrivé en ville juste avant que les meurtres ne commencent. On n'a aucune idée de ce qu'il a fait entre le jour où il a quitté la réserve et il y a une semaine.

— Et si Carol Robinson l'a engagé pour se débarrasser de son mari, quand il a tué les deux hommes dans la forêt de Stanton, ça a ravivé le souvenir de son père tuant sa famille, acquiesça lentement Kane. Brad, froid et calculateur, s'éclipse, et Brad, furieux, meurtrier, prêt à se venger du monde entier, entre en scène.

Jenna se tourna vers Carter.

— Est-ce suffisant pour obtenir un mandat pour les relevés bancaires de Mme Robinson ? Le juge a rejeté notre dernière demande. Si elle a recruté un homme de main, elle a dû avoir besoin d'une somme considérable.

— Laissez-moi m'en occuper, répondit Carter, en repoussant son Stetson d'un doigt. Ce n'est qu'une cause probable et je suppose qu'on en a à revendre.

Un agent du FBI qui demandait un mandat de perquisition aurait certainement plus de poids. Jenna n'en croyait pas sa chance.

— D'accord, je vous laisse gérer la paperasse.

— Ça marche, conclut Carter, en glissant un autre cure-dent entre ses lèvres. Après ça, j'irai voir les autres scènes de crime pour me faire une idée de ce tueur.

Jenna observa le groupe devant elle.

— Oui, faites ça sans tarder parce que je dois publier un communiqué de presse sur les meurtres. Dès qu'il sera rendu public, les vampires trop curieux vont s'en donner à cœur joie. Une fois la réunion terminée, j'irai avec Kane parler à Atohi et voir si on peut découvrir où se trouvait Brad Kelly au moment des meurtres.

— Je crois que j'aimerais bien assister aux autopsies, lança Jo, en ramassant ses affaires sur le bureau. Je souhaite confirmer la séquence des événements du ranch du vieux Mitcham. Ça me permettra d'avoir une image plus précise du tueur.

Jenna referma son carnet.

— Bon, on se retrouve ici à 17 heures pour faire le point sur nos investigations, décida-t-elle, avant de jeter un coup d'œil à Wolfe. Je sais que les autopsies prendront beaucoup de temps. Jo me tiendra au courant si vous êtes toujours dessus.

— Je vais travailler sur les victimes toute la journée, donc on ne pourra pas être là, mais j'appellerai en cas de découverte intéressante, dit Wolfe, en tapotant sur son bureau. Jo, je vous attends dans le van.

Il quitta la pièce, suivi de près par Emily et Webber.

— J'arrive tout de suite, lança Jo, en s'apprêtant à le suivre.

Les chaises raclèrent le sol tandis que tout le monde se levait, et Rowley et Walters se dirigèrent vers la porte.

— Vous savez quoi ? demanda Jo à Carter. Toute cette histoire a un air de déjà-vu. Vous vous souvenez de l'affaire du Tueur Caméléon de Baltimore ? Il avait aussi laissé une plume noire et on n'avait aucun suspect parce que tout le monde imaginait un homme différent.

— Je connais l'affaire, mais je n'en ai pris connaissance qu'hier soir, soupira Carter. C'est très similaire à ce qu'on a aujourd'hui et c'est très probablement le même homme.

Intriguée, Jenna se tourna vers Jo.

— Comment se fait-il que vous n'ayez pas attrapé ce tueur ?

— Au bout du compte, j'ai fini par penser qu'on avait affaire soit à un maître du camouflage soit à un tueur aux multiples personnalités, se souvint Jo en pianotant sur le dossier. Je suis d'accord avec Carter. Il pourrait s'agir du même homme. Il n'est peut-être pas conscient qu'il s'habille différemment ou qu'il utilise sa main gauche ou droite parce qu'il se voit sous les traits de n'importe quelle personnalité qui émerge en lui. Il pourrait ainsi travailler pour un cartel en tant que tueur à gages, d'où les meurtres sans bavure, puis tout à coup Brad le fou surgit et se lance dans une folie meurtrière, comme l'a décrit Kane. Si c'est le cas, cette personnalité est imprévisible et il ne peut pas la contrôler. On avait des hommes sur le terrain, une énorme force opérationnelle, et on n'a pas réussi à l'attraper. S'il s'agit bien de Brad Kelly et qu'il a encore développé une autre personnalité, alors celle-ci est bien plus dangereuse que toutes les autres réunies.

41

Le vent s'était de nouveau levé, les feuilles multicolores s'empilaient dans les caniveaux et la promesse de la neige se précisait. Kane scruta la rue et eut l'étrange impression d'être plongé dans le décor d'un film fantastique. Les fanions d'Halloween sur Main Street valsaient en produisant d'étranges bruits stridents. Les squelettes en plastique accrochés aux réverbères semblaient saluer et sourire au flux constant de véhicules. Les sorcières aux longs cheveux blancs assises autour d'un chaudron devant le grand magasin avaient l'air bien vivantes dans leurs tenues claquant sous les bourrasques. Des guirlandes de lampions en plastique se balançaient dans tous les sens au-dessus des vitrines, dans un vacarme de cliquetis. Kane jeta son Stetson sur la banquette arrière, fouilla dans la poche de sa veste pour trouver son bonnet de laine noir et le rabattit sur ses oreilles. Il se demanda ce que Duke faisait tout seul à la maison et se glissa derrière le volant.

— Duke aurait adoré partir en excursion dans la réserve.

— Peut-être qu'on n'aura même pas besoin d'y aller, rétorqua Jenna, en sortant son téléphone. Je vais appeler Atohi. Il est peut-être dans le coin.

Kane lui sourit.

— Bonne idée.

— Atohi, c'est Jenna. Il faut qu'on discute, où êtes-vous ?

— *Je ne suis pas loin de la ville. Vous voulez que je vienne au bureau ?*

— Non, et si on se retrouvait plutôt chez Tante Betty ?

— *Pas de problème.*

— Brad est avec vous ? s'enquit Jenna, avec un coup d'œil à Kane.

— *Non, à ma connaissance il est garé devant les pompes funèbres. J'ai bossé avec l'équipe qui ratisse la forêt à la recherche des restes de Scott.*

— D'accord, à tout à l'heure, conclut-elle, avant de se tourner vers Kane. Est-ce qu'on a le temps de faire un détour pour voir s'il est là ?

Kane démarra et recula.

— Bien sûr. Tu as l'intention de lui parler ?

Il descendit Main Street en direction des pompes funèbres.

— Non, pour l'instant, on n'a que des soupçons, il nous faudra plus de preuves. Peut-être après avoir parlé à Atohi... S'il peut vérifier les allées et venues de Brad et que ses alibis sont solides, on devra chercher un suspect ailleurs.

L'idée de voir les pompes funèbres parées pour Halloween amusait Kane, et il ricana dans sa barbe.

— J'espère que le croque-mort ne s'est pas déguisé pour Halloween.

Jenna ricana en se couvrant la bouche, sans réussir à étouffer le bruit.

— Oh... Ce serait de très mauvais goût, dit-elle, en se ressaisissant et en regardant Kane. Je n'ai pas pu m'empêcher de l'imaginer... Désolée. Je ne sais pas d'où me viennent ces idées. Tu as une si mauvaise influence sur moi, Dave.

Kane tourna au coin de la rue et ils ralentirent en passant devant un vieux pick-up garé sur le bas-côté. À l'intérieur, ils aperçurent distinctement Kelly sur le siège du conducteur, penché sur son téléphone.

— Hmm... au moins il est bien là où il a dit qu'il serait, lança-t-il, en tournant dans l'allée des pompes funèbres.

Attends ici, je vais demander depuis combien de temps il est là.

Kane sortit du SUV. Dans l'établissement, il faisait aussi froid qu'à la morgue et l'odeur du liquide d'embaumement se mêlait au parfum des fleurs qui semblait toujours flotter ici. Il sonna à la réception et attendit. Un homme ouvrit une porte et la referma derrière lui ; il lui semblait familier, mais ce n'était pas Max Weems.

— Je cherche M. Weems.

— Je suis M. Weems, à moins que vous ne parliez de mon père, Max Weems, l'accueillit le jeune homme, en soutenant son regard. Il est occupé pour l'instant. Je peux vous aider ?

Kane se rappela que Max Weems avait un fils et sourit.

— Vous avez remarqué le pick-up garé devant ?

— Oui, je l'ai vu. Il appartient à un certain Brad Kelly. Il pense que les restes de sa mère sont ici et qu'il doit rester à proximité. Mon père pense qu'il faut le laisser faire.

— Oui, ce serait mieux, acquiesça Kane. Depuis combien de temps est-il là ?

— Je n'en ai aucune idée. Il va et vient, répondit Weems, en haussant les épaules. Je suis bien trop occupé pour surveiller ses allées et venues.

— Je comprends, dit Kane, en sortant une carte de sa poche. S'il pose le moindre problème, appelez-moi.

— Je n'y manquerai pas, promit Weems, en jetant un œil à la carte. Merci, adjoint Kane.

Kane se précipita vers son véhicule et ils filèrent vers Chez Tante Betty.

— On a eu de la chance. Le fils de Weems connaît le nom de Kelly, mais il ne l'a pas surveillé.

— Mmm... souffla Jenna, les yeux rivés sur son téléphone. Je viens de vérifier ses plaques. Il n'a acheté ce camion qu'il y a dix jours. Donc, il est revenu ici par avion ou par bus.

— Atohi le saura.

Kane se gara sur une place de parking devant le café et se tourna vers elle.

— Comment tu veux qu'on procède, Jenna ?

— Toi, tu lui parles, il t'aime bien, décida-t-elle, en se mordillant la lèvre. La conversation aura l'air moins formelle. J'ai toujours eu confiance en lui. J'espère qu'il ne me fera pas regretter.

Préoccupé, Kane fronça les sourcils.

— Je l'aime bien aussi, c'est un bon gars. Je me trompe rarement sur les gens.

Ils commandèrent un repas au comptoir et s'installèrent à leur table habituelle, au fond de la salle. Il faisait bon chez Tante Betty et Kane ôta son bonnet, ses gants et sa veste avant de s'asseoir. Il huma le parfum délicieux de la tarte fraîchement sortie du four et sourit à Jenna.

— Tu sens ça ? Hmm... la spécialité du samedi, la tarte aux pêches.

— C'est ce que j'ai compris quand tu en as commandé deux sur place et six à emporter, rit Jenna, en secouant lentement la tête. Tu as l'intention d'hiberner jusqu'au retour des beaux jours ?

Kane s'adossa à sa chaise et l'étudia.

— Ça ne te ferait pas de mal de manger plus. On brûle davantage de calories dans le froid et tu as vraiment maigri.

— Pas du tout ! s'insurgea Jenna en rougissant. J'ai donné un de mes jeans à Jo parce que j'ai pris beaucoup de poids depuis que je suis arrivée ici.

Kane secoua la tête.

— Alors tu devais vraiment avoir la peau sur les os... Ce n'est pas surprenant après ce que tu as vécu. Je te connais depuis deux ans maintenant et tu t'es façonné un corps complètement différent depuis qu'on a commencé à faire de la musculation.

Il sourit à Susie Hartwig qui arrivait avec leur café.

— Crois-moi, avec notre charge de travail, si tu ne manges pas, tu vas finir malade.

— Ah... vous vouliez me voir ? lança Atohi Blackhawk, en les regardant à tour de rôle.

Interloqué par son arrivée silencieuse, Kane leva les yeux vers lui. Personne n'avait jamais réussi à le surprendre, et il avait baissé sa garde alors qu'un tueur en série rôdait en ville. Il s'éclaircit la voix.

— Oui, assieds-toi. Je peux t'offrir quelque chose à manger ?

— J'ai une part de tarte aux pêches qui arrive, sourit Atohi. La meilleure tarte de la ville.

— Ne lui parlez pas encore de tarte, rit Jenna. Il ne pense qu'à son prochain repas.

— Je suis un peu pareil, admit le jeune homme, avant de reprendre son sérieux. En quoi puis-je vous aider ?

Kane but une gorgée de son café et repéra Susie qui revenait avec une tasse et un plateau. Il attendit qu'elle distribue les assiettes et verse le café d'Atohi avant de se tourner vers lui.

— Il y a eu plusieurs meurtres cette semaine, huit jusqu'à présent...

— Quoi ? le coupa Atohi, horrifié. Vous plaisantez, hein ?

Kane secoua lentement la tête sans le quitter des yeux.

— Non, et aucun détail n'a été rendu public, mais on te fait confiance et on a besoin d'informations. Peux-tu me dire ce que signifient les plumes dans votre culture ?

— D'accord, répondit-il.

Ses grandes mains entouraient sa tasse de café et ses yeux cherchaient ceux de Jenna.

— Vous pensez que le tueur est l'un des miens ?

— Nos deux suspects sont caucasiens, mais la plume semble

avoir un sens pour le tueur. Une plume est laissée sur la scène de crime.

— Alors ce n'est pas l'un des miens. Une plume n'est pas une garniture d'oreiller. Pour nous, elle symbolise l'honneur, le pouvoir et la sagesse, entre autres valeurs. Si un chef en offre une, ça veut dire que la personne est très spéciale ; c'est comme une médaille honorifique. Trouver une plume d'aigle est un cadeau extraordinaire, car les aigles ont un lien particulier avec les cieux.

Kane acquiesça.

— Alors, que pourrait vouloir dire le tueur en laissant une plume derrière lui ?

— Laissez-moi vous poser une question, reprit Atohi, en arquant un sourcil. Si vous trouviez quelque chose de précieux, est-ce que vous le souilleriez avec du sang ?

— Non, moi non, mais celui qui fait ça laisse un message, répliqua Kane, en se calant au fond de son siège. Les plumes de corbeau signifient quelque chose pour lui.

— Corbeau ? répéta Atohi en sirotant son café, mais en oubliant sa tarte. Avant, les jeunes guerriers portaient des plumes de dinde dans leurs cheveux ; des garçons, pas des hommes dignes de porter une plume d'aigle. Ces plumes se gagnent par la bravoure, elles ne se donnent pas comme des bonbons.

Il réfléchit un long moment avant de reprendre.

— Les corbeaux sont synonymes de sagesse. Ils disent la vérité, et certains affirment qu'ils guident le chasseur. Peut-être que ce tueur est en mission pour trouver la vérité, mais jeter une plume par terre est un manque de respect. Les plumes sont exhibées, elles ne sont pas cachées, expliqua-t-il en regardant Kane, profondément troublé. Ce tueur, s'il est de mon peuple, s'est perdu dans son propre esprit.

Kane le fixa. Il ne voulait pas poser la question suivante, mais il n'avait pas le choix.

— Je dois te demander quelque chose et je ne veux pas que tu le prennes mal. Je ne veux pas que tu t'offusques parce que je te le demande en tant qu'adjoint.

— C'est à propos de Brad ? soupira Atohi. Il n'est plus le même que celui avec lequel j'ai grandi, il a changé. Il est resté silencieux pendant tant d'années que nous n'avons jamais vraiment compris ce qui lui était arrivé. Quand il est revenu, il avait tellement de rage : il s'en voulait de ne pas être retourné dans la forêt...

Il releva le menton.

— Honnêtement, je ne le reconnais plus, mais depuis qu'ils ont emmené les restes de sa mère au funérarium, il semble un peu apaisé.

Les remords d'Atohi submergèrent Kane et il déglutit difficilement.

— Les plumes de corbeau pourraient-elles avoir un sens particulier pour lui ?

— Oui, la nation des Corbeaux a élevé sa mère ; son père à elle était un Corbeau. Elle est revenue chez nous avec sa mère quand il est mort. Peut-être que Brad est conscient de son héritage.

Kane prit la cafetière posée sur la table pour se resservir une tasse, puis ajouta de la crème et du sucre.

— Quand est-ce que Brad est arrivé à la réserve, et est-ce qu'il conduisait son pick-up à ce moment-là ?

— Il est arrivé il y a deux semaines environ. J'étais parti travailler à ce moment-là, et pour autant que je sache, il est venu avec sa voiture, répondit Atohi, en haussant les épaules. Ce n'est pas un pique-assiette. Il a apporté beaucoup de provisions et les a données à ma mère, ainsi que de l'argent liquide. Il était reconnaissant pour toutes les années où elle s'est occupée de lui.

— D'accord, répondit Kane, avant de passer à l'étape suivante. Te souviens-tu avoir parlé à une serveuse du nom de Ruby Evans ?

— Oui, Brad l'a invitée à prendre un café hier soir, mais elle n'est pas venue, confirma Atohi, son regard passant de l'un à l'autre. Comment êtes-vous au courant pour Ruby ?

— Elle a parlé de ce rendez-vous à Susie Hartwig. Le problème, c'est que quelqu'un l'a assassinée jeudi soir, expliqua Kane, attentif à sa réaction de stupeur. Au ranch du vieux Mitcham.

— Quoi ? s'exclama Atohi, en secouant la tête. Je n'arrive pas à y croire. Elle était si gentille que Brad ne pensait pas avoir la moindre chance. Il était surpris qu'elle accepte même de sortir avec lui.

Kane but une gorgée de son café.

— Est-ce que Brad t'aurait dit être déjà allé au ranch du vieux Mitcham ?

— Non, rétorqua Atohi, en rapprochant son assiette avant de saisir sa fourchette. Je ne sais où il se trouve que lorsque je suis avec lui. En dehors de ça, je ne sais pas où il va. C'est pareil depuis que nous avons trouvé les os. Je l'ai laissé camper dans la forêt jeudi soir et je lui ai apporté à manger le vendredi vers 9 heures. On a discuté de son rendez-vous et il avait hâte d'y être.

Il croisa le regard de Kane.

— Il n'avait pas l'air d'un homme qui l'aurait tout juste assassinée. Pour autant que je sache, il campe là-bas depuis que les restes ont été découverts et n'a bougé que lorsque l'équipe médico-légale a emmené les ossements aux pompes funèbres. Je ne l'imagine pas laisser sa mère seule pour aller assassiner des gens. Oui, il est un peu fou en ce moment, car tout son passé vient de lui retomber dessus. Mais tuer des gens ? Je ne crois pas.

42

Après l'appel de Wolfe, Jenna resta plusieurs minutes le regard perdu par la vitre du véhicule de Kane, le cerveau en ébullition. L'échantillon recueilli sous les ongles de Ruby était viable et appartenait probablement à son meurtrier. Il ne lui manquait plus que l'ADN de ses suspects à des fins de comparaison, mais il serait impossible d'obtenir des prélèvements de Kyler Hall et Cliff Young – leur avocat s'y opposerait. Si l'un d'eux avait des griffures au visage, elle laisserait à Sam Cross la possibilité de fournir un échantillon volontaire ou d'obtenir une ordonnance du tribunal. Elle se tourna vers Kane, qui l'observait avec intérêt.

— Je sais que Brad Kelly a une égratignure au menton, alors on va d'abord le voir, puis on va rendre une autre visite à Kyler Hall et Cliff Young.

— Quoi que disent Hall et Young, ce ne sera pas recevable. Ils ont déjà demandé un avocat, rappela Kane, en démarrant. Tu devras passer par Cross.

Jenna leva les yeux au ciel.

— Cet homme me rend folle, avoua-t-elle, en attachant sa

ceinture. Je veux juste pouvoir les observer pour repérer d'éventuelles plaies. Je ne dirai rien.

— D'accord, répondit Kane, en tournant sur Main Street. Je suppose que tu veux d'abord parler à Kelly ? J'ai plein de kits de prélèvement d'ADN à l'arrière.

Jenna acquiesça, curieuse d'étudier la réaction de Brad Kelly à ses questions.

— Oui, voyons ce qu'il a à dire. Je vais l'interroger et on analysera ses réponses. Mon instinct me dit de le convoquer pour un interrogatoire, mais on n'a rien de solide, les seuls éléments qu'on a contre lui sont au mieux des ouï-dire.

— S'il souffre d'un trouble dissociatif de l'identité, sa réaction dépendra peut-être de la personnalité qui se manifeste aujourd'hui, précisa Kane, en lui jetant un coup d'œil, avant de se reconcentrer sur la route. Il a dit qu'il ne se souvenait pas du meurtre lorsqu'il est arrivé à la réserve. Tout lui est revenu quelques années plus tard quand la police lui a annoncé la mort de son père.

Tout ceci laissait Jenna perplexe et ne lui permettait pas de comprendre comment on pouvait soudainement présenter un dédoublement de personnalité.

— Jo et toi pensez qu'il a des personnalités multiples, c'est bien ça ?

— On est arrivés à la conclusion que *le tueur* peut avoir plusieurs personnalités, ce qui expliquerait pourquoi il n'a pas été arrêté, reprit Kane, en se garant avant de se tourner vers elle. Brad Kelly n'est pas nécessairement le tueur, mais tout ce qui lui est arrivé pourrait faire basculer une personne vers un trouble de la personnalité multiple.

— Comment ça ?

— Quand des enfants vivent des événements terribles, il est possible qu'ils développent des personnalités sécures, clarifia Kane, et un nerf tressaillit sur sa joue. Si un enfant souffre d'abus prolongés, il arrive qu'il se crée une personne différente dans son esprit, de sorte que l'abus ne lui arrive pas à elle. Ce phénomène peut avoir un effet cumulatif. Ainsi, chaque stress auquel il est confronté en grandissant est protégé par une personnalité différente. Une sorte d'épouvantail qui est capable de faire face à la pression. Par exemple, le type qui se présente à l'entretien peut être sûr de lui, mais son enfant intérieur est replié sur lui-même et ne peut pas dire un mot.

Il fit un signe de la main vers le pick-up garé devant le salon funéraire.

— Atohi a dit que Brad avait changé, qu'il n'était plus le même que celui qui était parti de la réserve, qu'il était en colère. Donc le Brad vengeur pourrait bien être de sortie en ce moment. Il cache peut-être un Brad psychopathe et violent.

Stupéfaite par ses connaissances, Jenna prit une grande inspiration.

— Alors comment pourrait-il être le Tueur Caméléon ? Comment savoir s'il s'agit du même homme ?

— Le trouble dissociatif de l'identité se caractérise par la manifestation d'au moins deux personnalités distinctes. C'est comme si la personne avait en elle différents personnages et sortait celui qui était le plus apte à gérer la situation. Chaque personnalité a souvent un nom et un âge différents parce qu'elle se manifeste à des moments différents, de sorte qu'elle a l'âge qu'elle avait lors de sa dernière apparition. Les personnalités ont souvent des caractéristiques différentes, comme un accent ou une façon de marcher, elles sont fumeuses ou non, elles boivent du café ou seulement du thé. Elles peuvent aussi être indifféremment gauchères ou droitières... soupira-t-il. Le plus gros problème, c'est qu'on ne sait jamais à qui on a affaire. Certains individus ont une personnalité dominante, mais tout dépend vraiment de la situation à laquelle ils sont confrontés.

— Alors combien de leurs personnalités sont au courant de ce que font les autres ? demanda Jenna, inquiète. Est-ce qu'elles le savent seulement ?

Kane se gratta la joue.

— Certaines oui, mais d'autres ont des absences, des trous de mémoire. Pour celles qui ne savent pas, c'est un choc parce qu'elles sont généralement complètement normales. Ce n'est pas comme pour un psychopathe, Jenna. La plupart des gens qui souffrent de ce trouble de l'identité sont inoffensifs et peuvent être aidés. À l'autre bout du spectre, si la personnalité dominante est un psychopathe, elle sait parfaitement ce que tout le monde fait. Cette personnalité contrôle les autres et refuse parfois de laisser émerger celles qui sont normales.

Jenna se passa une main dans les cheveux, évaluant les implications possibles.

— Donc si Brad Kelly est notre tueur, on pourrait déclencher chez lui un autre épisode ?

— Peut-être, peut-être pas, répondit Kane en haussant les épaules. Si on ne le met pas sur la défensive, il n'aura aucune raison de réagir ainsi. Mais attends un peu : tu pars du principe qu'il est coupable. Si je me souviens bien, les autres suspects se sont un peu énervés quand on leur a parlé.

— Certes, souffla Jenna, en reportant son attention sur le pick-up garé à une centaine de mètres de là. Allons-y.

Quand Kane s'arrêta juste derrière le véhicule de Brad Kelly, Jenna remarqua que Brad les observait dans son rétroviseur. À sa grande surprise, il se retourna, leur fit un signe de la main et sortit.

Elle se dirigea vers lui.

— Bonjour !

— Shérif Alton et adjoint Kane, les salua Brad, son regard singulier glissant de l'un à l'autre, attentif. Est-ce que le croque-mort s'est plaint de ma présence ici toute la journée ?

Jenna secoua la tête.

— Non, nous n'avons pas eu de plainte. Je suis désolée, mais nous avons de mauvaises nouvelles, annonça-t-elle, en redressant les épaules. La fille que vous avez rencontrée chez Tante Betty, Ruby Evans, est morte.

— Morte ? répéta-t-il en fronçant les sourcils, les yeux rivés sur Jenna. Quand ? On devait prendre un café hier soir, mais elle n'est pas venue. Qu'est-ce qui lui est arrivé ? Elle a eu un accident ?

Il semblait sincèrement choqué et Jenna regretta d'avoir été aussi directe avec lui.

— J'ai bien peur que quelqu'un l'ait assassinée.

— Qui l'aurait assassinée ? lança Brad, en se passant les mains sur le visage. Cette ville est maudite. Je suis maudit. Si elle n'avait pas accepté de sortir avec moi, elle irait bien.

— Qu'est-ce que vous voulez dire par là ? demanda Jenna, en l'observant de près. Est-ce que vous avez quelque chose à voir avec sa mort ?

— Moi ? Non ! s'écria Brad, les pupilles brillantes de colère. C'est juste que j'ai l'impression que tout le monde meurt autour de moi.

Encore une réponse étrange. Jenna attendit un instant qu'il se ressaisisse.

— Comment vous êtes-vous fait cette égratignure ?

Brad se toucha le menton.

— Ça ? Dans la forêt, pourquoi ?

— Ruby avait de la peau sous les ongles.

— Ce n'est pas la mienne, affirma Brad, en se redressant. Il faudrait le prouver par un test d'ADN, n'est-ce pas ?

Jenna acquiesça.

— Oui, c'est la méthode habituelle.

— Eh bien, elle ne m'a pas griffé, insista Brad, avec un regard perçant. Je vais faire le test.

Soulagée, Jenna adressa un signe de tête à Kane, qui repartit chercher un kit d'échantillonnage dans son coffre.

— C'est ce qu'il y a de mieux à faire, pour ôter tous les doutes.

— Je peux marcher la tête haute, shérif, répondit Brad, avant de baisser les yeux sur ses bottes et de les relever lentement vers elle. Vous pensez vraiment qu'après avoir vu mon père battre ma mère à mort avec une pelle, je pourrais faire du mal à quelqu'un ?

Jenna déglutit difficilement.

— Je n'ai pas d'opinion sur ce meurtre, Brad. J'enquête sur un certain nombre de personnes qui ont vu Ruby en vie juste avant son assassinat. Si tout le monde est aussi coopératif que vous, nous ne tarderons pas à attraper le coupable, le rassura-t-elle, en sortant son carnet de notes. Où étiez-vous jeudi soir ?

— Ici, souffla-t-il, en jetant un coup d'œil vers le funérarium. Je m'assure que ma mère reste ici et qu'elle ne soit pas emmenée être exposée dans un cours d'anthropologie médico-légale.

— Est-ce que vous avez un témoin ? reprit Jenna, en le dévisageant. Vous avez passé des coups de fil ? Parlé à quelqu'un ?

— Je suis passé chercher un plat chinois à emporter vers 20 heures, je crois, réfléchit Brad, en se frottant le menton. J'ai utilisé les toilettes publiques du parc, je me suis changé et je suis revenu ici.

— D'accord, dit Jenna, en écrivant quelques mots. Et lundi soir et mercredi matin ?

— Je cherchais les ossements de ma mère ou je les surveillais dans la forêt, j'imagine. J'ai campé dans la forêt la plupart du temps, et à part quand Atohi passait me voir, personne ne peut vraiment se porter garant pour moi.

Il se retourna alors vers Kane.

— Vous avez besoin d'une prise de sang pour le test ?

Elle jeta un œil derrière son épaule tandis que Kane revenait, équipé de gants chirurgicaux, un kit de test ADN à la main. Elle se retourna vers Brad, un sourire aux lèvres.

— Non. C'est assez simple, juste un prélèvement à l'intérieur de la joue.

— Combien de temps faudra-t-il avant d'avoir les résultats ?

s'enquit Brad, en ouvrant la bouche pour que Kane fasse le prélèvement.

Jenna haussa les épaules.

— Pas longtemps. Le médecin légiste a un laboratoire ultra-rapide à son bureau, avec les derniers équipements de pointe.

— Tant mieux. Je n'aime pas être un suspect, dit Brad, en passant le dos de sa main sur les lèvres. C'est tout ?

— Pas exactement, intervint Kane. Vous êtes au courant des projets pour le ranch du vieux Mitcham ?

— Oui, Atohi a dit qu'un clown allait en faire un parc d'attractions ou un truc du genre, répondit Brad, avec un haussement d'épaules. Ça plaira peut-être bien aux touristes, mais aucun habitant du coin sain d'esprit n'irait jamais là-bas.

— Vous connaissez donc l'histoire de cet endroit ?

Kane ne le regardait plus, occupé à remplir en même temps les formulaires du prélèvement.

— Oui, tout le monde la connaît, et j'ai entendu parler des meurtres aux infos. Ce ranch devrait être réduit en cendres,

jugea Brad, soudain perplexe. Pourquoi vous me demandez cela ?

Jenna jeta un coup d'œil à Kane, espérant qu'il comprenne à son expression qu'elle ne voulait pas qu'il interroge plus avant Brad. Elle avait besoin de sa signature sur les papiers.

— Oh, pouvez-vous signer le formulaire de consentement ?

Kane le posa sur le capot du pick-up de Brad.

Pendant que Brad griffonnait son nom et la date, Jenna insista un peu.

— Vous êtes passé là-bas récemment ?

— Au ranch du vieux Mitcham ? Non, pas depuis mon retour ici, dit Brad, en se redressant. J'y suis allé une fois avec une bande de copains pour Halloween quand j'étais au lycée. Plus jamais de ma vie. Pourquoi ?

Jenna posa une main sur son arme tout en gardant une posture décontractée.

— C'est là que nous avons trouvé Ruby.

— Eh bien, le test prouvera que je n'ai rien à voir avec ce qu'elle a subi, répliqua Brad, en leur décochant un regard noir. Je dois y aller.

Il rebroussa chemin et s'installa derrière le volant de son véhicule.

Jenna suivit Kane jusqu'à son SUV et ils s'y installèrent.

— Qu'en penses-tu ?

— Il a signé les papiers de la main droite, ce qui est problématique puisqu'on cherche un tueur gaucher, commença Kane, en regardant par la fenêtre avant de se tourner vers elle. Bon sang, il coche pourtant pas mal de cases de notre profil... À moins qu'il ne souffre d'un trouble dissociatif de la personnalité et si c'est le cas, il le cache bien. Il faudrait assister à un changement de personnalité pour en être sûr.

— Il est seulement plausible que le tueur soit gaucher. On se base sur une hypothèse, sur le témoignage de Mme Robinson. Elle a pu se méprendre sur le temps qu'il a fallu pour tuer son mari, et si on y réfléchit bien, Ruby était déjà morte et ne se débattait pas, suggéra Jenna. Le tueur aurait pu l'attraper par les cheveux de sa main droite et l'égorger avec la gauche. S'il est aussi intelligent que tu le penses, il a peut-être fait exprès pour brouiller les pistes.

— Peut-être, et s'il est impliqué, il sait très bien que Ruby ne l'a pas griffé, ajouta Kane en démarrant. On devrait déposer l'échantillon au bureau de Wolfe et ensuite aller voir les autres suspects.

— Bonne idée, répondit Jenna, en se calant au fond de son siège. Tu sais, on part du principe que le tueur a emmené Ruby au ranch du vieux Mitcham pour l'utiliser comme appât. On n'a pas envisagé que l'un des gars qui y travaillent ait rencontré Ruby chez Tante Betty et l'ait emmenée lui-même là-bas. Est-ce qu'on sait si l'un d'entre eux a des égratignures ? Sait-on si elle a été récemment sexuellement active ? Peut-être que c'est un viol qui a dégénéré ?

Kane se gara devant le bureau du médecin légiste.

— Dans ce cas, les cinq hommes auraient été impliqués. Or, quelqu'un a bien dû les attacher et leur tirer dessus, argua-t-il, en haussant les épaules. Rien ne prouve qu'un cinquième homme vivait dans les caravanes.

Jenna acquiesça.

— Je poserai la question à Wolfe sur d'éventuelles griffures pendant qu'on y est, et on examinera de nouveau les corps des hommes, décida-t-elle avec un soupir. Pour l'instant, j'ai l'impression que celui qui fait ça nous glisse entre les doigts.

43

Surpris de la visite de Jenna et Kane, Wolfe éteignit son micro et les scruta par-dessus son masque. Il avait terminé les examens préliminaires de toutes les victimes et se trouvait au milieu de l'autopsie de Trevor Wilson.

— Ne me dites pas que nous avons une autre victime de meurtre ?

— Non, le rassura Kane, en brandissant un sac en plastique scellé. J'ai prélevé un échantillon d'ADN de Brad Kelly. On s'est dit que vous voudriez l'avoir tout de suite. Je ne suis pas optimiste. Il est droitier.

Wolfe s'éloigna du cadavre et retira ses gants et son tablier.

— La théorie est une chose, mais on ne sait jamais ce dont un tueur est capable pour nous écarter de sa piste. Apportez-le au laboratoire, leur demanda-t-il, avant de se tourner vers Webber et Emily. Préparez les lames des échantillons que j'ai prélevés, je reviens tout de suite.

Il se tourna vers Jo.

— Je pense que Jenna voudra aussi vous parler.

— Bien sûr, lui sourit Jo, en le suivant jusqu'à la porte.

Wolfe prit une nouvelle blouse dans un placard du couloir,

jeta la sienne dans un panier à linge et l'enfila tout en marchant et sautillant sur un pied.

— La nouvelle technologie dont je dispose ici me permet souvent d'obtenir un résultat en quatre-vingt-dix minutes, déclara-t-il, enthousiaste. Le laboratoire sur puce est génial pour déterminer les traces sur une scène de crime, mais je préfère la machine à ADN rapide.

Il enfila une paire de gants neufs et prit le sac des mains de Kane.

— Si vous voulez bien attendre là-dedans, reprit-il, en désignant le laboratoire. On pourra discuter pendant que je m'occupe de l'échantillon. Vous ne pouvez pas entrer dans la zone stérile sinon l'échantillon pourrait être contaminé.

— D'accord, répondit Jenna, avec un sourire avant d'entraîner Kane et Jo vers la porte.

Dans la salle stérile, Wolfe ouvrit le sac et en sortit le tube scellé contenant l'échantillon de Brad Kelly. Alors qu'il préparait la machine, il entendit la voix de Jenna dans le haut-parleur.

— Auriez-vous remarqué des griffures sur l'une des autres victimes ?

Elle l'observait à travers la cloison de verre.

— Rien de notable au premier examen, mais je ne cherchais pas d'égratignures, répondit Wolfe, en finissant de préparer l'échantillon avant de le placer dans la machine. S'il y en a, je ne pense pas qu'elles soient significatives. Je suis content que vous soyez là parce que je voulais que vous revoyiez Ruby Evans afin que je puisse vous expliquer.

Il se dirigea vers la porte et les rejoignit dans le couloir.

— J'ai aussi trouvé quelques incohérences avec celui que vous appelez la victime numéro un, Wilson.

— C'est-à-dire ?

Jenna prit des masques et des gants sur le comptoir à l'extérieur de la morgue et en tendit un jeu à Kane.

— Il vaut mieux que je vous explique quand on sera devant

le corps, reprit Wolfe, en poussant la porte de la morgue et en s'approchant de l'armoire en acier inoxydable. J'ai pris la température de toutes les victimes sur place et noté leur état de rigidité. Les résultats sont contradictoires. Dans les tueries de masse, les meurtres se déroulent le plus souvent à quelques minutes d'intervalle, sauf en cas de prise d'otages. Il se dirigea vers les tiroirs qui tapissent les murs de la morgue et sortit le corps de Ruby.

— Que savez-vous des déplacements de Ruby Evans juste avant sa mort ?

— On a le témoignage de Susie Hartwig et celui du chauffeur de bus, répondit Kane, en fouillant les fichiers de son téléphone. Rowley a parlé à Susie et elle a dit que Ruby était partie à 21 heures, qu'elle avait pris le bus pour Stanton Road et qu'elle empruntait habituellement un sentier à travers une zone boisée pour rejoindre Elk Creek. Le chauffeur du bus se souvient qu'elle est descendue du bus vers 21 h 20.

Wolfe enfila le tablier neuf qu'Emily lui tendait et retira le drap qui recouvrait Ruby Evans.

— C'est là que les choses se compliquent, déclara-t-il, en montrant les ecchymoses sur les poignets de Ruby. Ces marques devraient normalement indiquer qu'elle s'est battue pour lui échapper, mais elle n'a aucune blessure défensive.

— Vous voulez dire que son assassin ne l'a pas frappée ou attaquée frontalement ? demanda Kane, perplexe. Le tueur l'a probablement attachée pour faire le trajet jusqu'au ranch du vieux Mitcham. Les blessures pourraient-elles être dues aux efforts déployés pour se détacher ?

Wolfe acquiesça.

— Certaines d'entre elles au moins, confirma-t-il, en soulevant la main droite de Ruby. C'est là que j'ai trouvé de la peau sous ses ongles. Enfin, un ongle pour être exact.

— Pourtant, ses ongles ne sont pas cassés, intervint Jo, en

brandissant l'autre main. Elle a donné un coup en signe de protestation, puis a été maîtrisée.

— Oui, et si vous ajoutez ça à la boue que j'ai découverte à l'arrière des talons de ses chaussures, je dirais que le tueur s'est jeté sur elle sur le sentier et qu'elle a réagi en donnant un coup, effrayée. C'est difficile à dire d'après les dégâts, mais si vous regardez les ecchymoses sur son cou, ici au-dessus de la lacération, précisa-t-il, en pointant le doigt vers deux empreintes de pouce distinctes de chaque côté du cou, vous distinguerez clairement les ecchymoses causées par deux mains au-dessus de la lacération. Je pense que le tueur l'a maîtrisée par strangulation une fois qu'elle s'est évanouie. Je me dis que si vous allez examiner le raccourci entre Stanton et Elk Creek, vous trouverez des traînées creusées par ses talons.

— Vous pensez qu'elle s'est fait ces marques sur les poignets en se débattant une fois sur la chaise, et non quand elle était ligotée avant d'arriver au ranch ? résuma Jenna, en observant le corps.

Wolfe acquiesça.

— Oui, c'est bien ça. Elles correspondent aux dommages causés par le ruban adhésif. C'est là que ça devient intéressant : Ruby est morte en premier et peut-être une heure environ avant la victime numéro un, Wilson. Et lui est décédé au moins deux heures avant les deux autres.

— Ce qui veut dire que le tueur est resté avec eux au moins trois heures ? s'étonna Kane. On était persuadé que le tueur avait kidnappé Ruby, l'avait emmenée au ranch et installée sous le porche, puis l'avait réveillée, et que ses cris avaient donc alerté les hommes endormis, qui étaient venus à son secours, et s'étaient fait cueillir par le tueur qui les attendait.

Le regard de Wolfe passa de l'un à l'autre.

— C'est la seule explication que je puisse vous donner, dit-il, avant de fixer son regard sur Jenna. J'ai prélevé des échantillons d'ADN pour les comparer à ceux des hommes présents sur les lieux. Aucun d'entre eux ne correspond à l'échantillon sous l'ongle de Ruby. Ils ont tous quelques égratignures liées au chantier, mais elle n'a griffé aucun d'entre eux.

— A-t-elle été agressée sexuellement ? demanda Jenna, en remontant le drap sur le corps de Ruby.

— Non, estima Wolfe, en rangeant le plateau dans l'armoire réfrigérée.

— Je ne pense pas qu'elle comptait beaucoup pour le tueur. Je suis d'accord avec le fait qu'elle a servi d'appât, jugea Jo, en s'adressant à Jenna. Il lui a coupé la gorge *post-mortem* pour choquer les hommes. Ils ont probablement cru qu'elle était encore en vie.

Wolfe acquiesça.

— D'après les résultats que j'ai maintenant, voilà comment ça s'est passé : les hommes sont sortis de leurs caravanes, il a puni Wilson, peut-être parce qu'il portait une arme, et lui a tiré une balle dans le genou. D'après les empreintes sur l'arme, Wilson l'a déchargée et l'a jetée de côté, on peut donc supposer que le tueur le tenait en joue. Il a demandé aux autres hommes de s'attacher les uns aux autres sur les chaises à l'aide de ruban adhésif. J'ai trouvé des empreintes correspondantes sur le ruban de chaque homme, c'est donc une preuve irréfutable.

— Qui leur a coupé les mains ? lança Jenna, confuse.

Wolfe croisa son regard.

— Le tueur. Il n'y a aucune empreinte sur la hache. Il a demandé au dernier homme de ligoter ses propres jambes à la chaise et l'une de ses mains. Le ruban adhésif sur l'une de ses mains est propre, donc notre tueur portait des gants en cuir, pas en latex ou assimilé parce qu'ils collent beaucoup et auraient laissé des résidus.

— Qu'est-ce qui peut pousser un homme à attacher d'abord ses amis, puis lui-même ?

Jenna avait l'air horrifiée.

— La peur, répondit Jo, en avançant vers le corps de Wilson.

Le tueur a fait de cet homme un exemple. Wolfe a déterminé que quelqu'un avait coupé sa main *post-mortem*. Réfléchissez à la situation : un homme a une arme sur lui. Il tire dans le genou du patron et ordonne à l'un des hommes de l'attacher, ce qu'il fait. Peut-être que l'un des hommes hausse le ton, alors notre tueur tire dans la tête de Wilson. Les autres sont maintenant terrifiés. Il demande au troisième homme, Taylor, d'attacher Kenny et Skinner, puis il coupe la main du mort. Ensuite, il coupe la main de Kenny et ainsi de suite.

— C'est un délire de puissance, résuma Kane, en regardant Jenna. Il les contrôlait, les soumettait à sa volonté.

— Tout en se nourrissant de leur douleur et de leur désespoir, ajouta Jo, en se tournant vers Jenna. Il aime tuer. C'est une drogue pour lui de voir les gens souffrir et mourir.

— C'est exactement ce dont on avait besoin pour confirmer que le tueur a prémédité tout ça... Je pense qu'il avait une dent contre Wilson et que c'est une vengeance, dit Jenna, en s'appuyant au comptoir, tout en secouant lentement la tête. Wilson n'est pas d'ici. Qu'est-ce qu'il a bien pu faire au tueur pour qu'il le suive jusqu'ici, et quel est le lien avec les trois autres homicides ?

— On a discuté du trouble de la personnalité multiple comme facteur dans cette affaire, proposa Jo, en rejoignant Jenna. Cette tuerie de masse a pu être commise par une de ses personnalités.

— Oui, confirma Kane, en retirant ses gants et son masque. Lui, c'est le psychopathe, le chef de meute. Le vengeur. Si quelqu'un fait du tort à l'une des autres personnalités, il vient régler le problème.

Jo haussa les sourcils en se tournant vers le shérif.

— Il y a un problème avec ça, Jenna : si on a raison, alors on a affaire à la personnalité d'un tueur à gages, qui a tué Robinson et probablement les hommes dans la forêt de Stanton, expliqua-t-elle, avec un geste vers les casiers mortuaires. Cette personnalité est calme et froide. C'est peut-être un type très gentil. Je ne pense pas que nous l'ayons encore rencontré parce qu'aucun des hommes que vous avez interrogés n'était calme ou froid... Kane, comment était Brad Kelly quand vous l'avez interrogé aujourd'hui ?

— Coopératif, et il a nié être impliqué, répondit Kane, en repensant à leur entrevue. Il était très vexé qu'on le soupçonne. Il a raconté avoir vu son père tuer sa mère, et qu'il était donc incapable de faire du mal.

— Hmm... réfléchit tout haut Jo, en marchant de long en large pendant quelques instants avant de lever les yeux vers Jenna. S'il est notre tueur, il pourrait être la personnalité capable de gérer le stress. Le jeune homme en colère qu'on a rencontré était peut-être une tout autre personnalité.

Wolfe s'éclaircit la voix et attira tous les regards.

— Quelle que soit la personnalité qui commet le meurtre, en tant que médecin légiste, les seuls indices que j'ai trouvés et qui tendent à montrer que les meurtres au ranch du vieux Mitcham ont été commis par la même personne sont la plume noire et l'hypothèse selon laquelle il est gaucher.

— Il n'est pas rare qu'une personne souffrant d'un trouble dissociatif de l'identité passe de droitier à gaucher lors d'un changement de personnalité, soupira Jo. En fait, tout est imaginable. Tous ne sont pas violents, certains s'automutilent et la plupart n'ont aucune idée de l'existence de leurs autres personnalités. Si c'est le cas, et que Brad Kelly est notre tueur, il réussirait haut la main le test du détecteur de mensonges.

Wolfe prit une grande inspiration.

— Une chose est sûre, c'est que nous avons un psychopathe, et je vous suggère d'essayer de l'arrêter avant qu'il ne tue quelqu'un d'autre.

44

Cette journée s'annonçait terrible, de celles où on fait un pas en avant et trois en arrière dans une enquête, et Jenna le savait pertinemment. Les informations transmises par Jo et Kane avaient bouleversé son approche classique d'une affaire. N'importe lequel de ses suspects pouvait souffrir d'un trouble dissociatif de l'identité et cacher un psychopathe. Pour l'instant, elle considérait qu'au moins deux des suspects avaient un mobile pour commettre un meurtre. Les visages de Kyler Hall et de Cliff Young lui revinrent à l'esprit. Elle sortit son téléphone en suivant Kane jusqu'à son SUV et contacta le chef de chantier à la station de ski.

— Bonjour, c'est le shérif Alton, pouvez-vous me dire si Kyler Hall et Cliff Young travaillent aujourd'hui ?

— Ils étaient là ce matin, mais lorsqu'ils sont passés au bureau, ils ont indiqué se rendre au Triple Z Bar.

— D'accord, merci.

Elle s'immobilisa en entendant Jo l'appeler par son nom.

— Je peux vous accompagner ? demanda Jo, en s'empressant de les rejoindre. Wolfe a terminé les rapports préliminaires, et d'après ce que j'ai pu voir, la cause de la mort de chaque homme est évidente. J'aimerais observer le comportement des suspects, si vous êtes d'accord ?

Jenna acquiesça.

— C'est bien tout ce qu'on fera, observer. Je cherche à savoir s'ils ont des griffures visibles. Si oui, c'est un motif raisonnable pour obtenir une ordonnance du tribunal afin que leur ADN soit comparé à l'échantillon prélevé sous les ongles de Ruby.

— Vous voulez jeter un œil à la scène de crime de la forêt de Stanton ? On va passer devant d'ici quelques minutes, demanda Kane à Jo, avant de démarrer et de prendre la route vers Stanton Road.

— Non, merci, les images étaient très bien et votre description de la scène de crime l'a bien résumée, lui répondit Jo, en se tournant vers la fenêtre. Cette région du monde est incroyablement belle. Les senteurs et l'air frais m'ont vraiment surprise. J'avais oublié que de tels endroits existaient encore. Snakeskin Gully me semblait être le bout du monde, mais c'est à peu près comme ici. Ce sera un bon environnement pour élever Jaime.

Jenna acquiesça.

— Vivre dans une petite ville, cela a quelque chose de spécial. La camaraderie est incomparable et vous vous en sortirez tous les deux très bien. Black Rock Falls est aussi un coin extraordinaire et c'est dommage que nous soyons devenus le quartier général des psychopathes ces derniers temps.

— Hmm... je pense que les tueurs croient tous être plus malins que vous, lui sourit Jo. J'ai l'impression qu'ils continueront à venir jusqu'à ce que l'un d'entre eux vous échappe. Un seul crime non résolu et ils n'auront plus rien à prouver.

Des images des scènes de crime récentes déferlèrent dans la tête de Jenna, si vite qu'elle s'agrippa au siège pour ne pas vaciller.

— Espérons que ce ne soit pas celui-là. Avec nous quatre à la poursuite de ce taré, on devrait arriver à un résultat rapidement, se rassura-t-elle, avant de consulter sa montre. Mets le turbo, Dave. On doit être de retour au bureau pour 17 heures.

Elle s'adossa à son siège et laissa la forêt défiler dans un éclair de couleurs. Le vrombissement du moteur semblait accroître le sentiment de danger alors que Kane accélérait et que la « bête » rugissait en réponse. Ils passèrent devant d'autres véhicules, gyrophares allumés, et elle entendit la toux nerveuse de Jo sur la banquette arrière. Elle se retourna et la dévisagea.

— Tout est toujours si éloigné par ici, il va falloir vous habituer à voyager à grande vitesse.

— C'est pour ça qu'on a un hélico, rit nerveusement Jo.

— Arrivée prévue dans cinq minutes, lança Kane, avec un sourire à Jenna. C'est bien de se débarrasser de la poussière du pare-chocs de temps en temps.

Alors que le SUV ralentissait avant de prendre le virage vers le parking du Triple Z, Jenna fit de nouveau face à Jo.

— On va jouer la carte de la discrétion en espérant pouvoir s'approcher suffisamment d'eux pour repérer d'éventuelles blessures récentes.

— Ils ne se douteront de rien avec moi, déclara Jo, en détachant sa ceinture de sécurité dès que le véhicule se gara. Je sais à quoi ils ressemblent, j'y vais en premier.

Jenna secoua la tête.

— Je ne pense pas que ce soit une bonne idée. Comme Kane l'a dit, ce n'est pas sans danger.

— Je vais tenter ma chance, insista Jo, en sortant avant de leur jeter un coup d'œil par la portière. Laissez-moi une longueur d'avance.

Elle se retourna et traversa le parking en trottinant. Kane sortit et observa Jenna par-dessus le capot.

— Prête ? Est-ce que ça va aller pour elle ?

Jenna acquiesça : elle n'était pas franchement inquiète pour Jo.

— Oui, ne t'en fais pas, elle a reçu le même entraînement que nous. Je pense qu'elle peut se débrouiller toute seule.

— Si elle continue à s'entraîner régulièrement, souligna Kane, en se dirigeant vers le bar. Quelques années se sont écoulées depuis Quantico.

À peine la porte franchie, Jenna fut assaillie par l'odeur de la bière et de la sueur. Elle cligna des yeux pour s'habituer à la pénombre et aperçut Jo, assise au bar, devant une bière.

— Eh bien, que vois-je ? gloussa Jenna. Elle s'est assise juste à côté d'eux.

Le shérif se dirigea vers l'autre bout du comptoir et attendit que le barman s'approche d'eux.

— C'est du café frais que je sens ?

— Oui, répondit le barman, en lui lançant un regard intrigué. Vous avez fait tout ce chemin pour boire une tasse de mon café ?

Jenna croisa son regard.

— Non, on descend tout juste des montagnes et j'en ai vraiment besoin. Mettez-m'en deux avec de la crème et du sucre.

Elle s'assit au bar.

— La neige arrive, commenta Kane, en prenant place à côté d'elle, un sourire aux lèvres tandis que le barman remplissait deux tasses. Il y a déjà de la neige près de la nouvelle station de ski.

— C'est pareil chaque année, lâcha le barman, en haussant les épaules. Même si l'année dernière, c'était la plus froide dans mes souvenirs.

Tandis que Kane faisait la causette à l'homme, le regard de Jenna glissa vers Jo. Elle avait entamé une conversation avec Kyler Hall et Cliff Young. Le café était correct et tout se passait bien, jusqu'à ce que Cliff Young pose une main sur le genou de Jo.

— Hé, lâchez-moi, madame, ou je vous donne un coup de poing dans la figure.

Young était blanc comme un linge.

— Je ne le ferais pas à votre place.

Jo avait attrapé les doigts de l'homme et les avait repliés vers l'arrière, les yeux brillants de colère.

Jenna descendit du tabouret et se dirigea vers le lieu de la dispute.

— D'accord, qu'est-ce qui se passe ici ?

— Rien, shérif, répondit Jo, en lâchant la main de Young. Cet homme m'a attrapé la cuisse, c'est tout. Je n'aime pas que les hommes me touchent.

Elle déposa quelques billets sur le comptoir et, sans un regard en arrière, fit demi-tour vers la sortie.

Jenna la suivit du regard, puis se tourna vers le barman.

— On en a fini ici.

— Je règle le café.

Kane sortit son portefeuille et jeta un coup d'œil vers la porte.

— Bien sûr.

Jenna se dirigea lentement vers la porte et, une fois dehors, remarqua Jo appuyée contre le mur.

— Tout va bien ?

— Parfaitement. Hall buvait avec sa main gauche. Les deux hommes ont des égratignures et vous n'avez pas besoin d'autorisation pour l'ADN de Cliff Young, sourit Jo, en brandissant un doigt. J'en ai accidentellement attrapé avec mon ongle.

— Joli, souffla Kane qui s'était approché sans un bruit. Je vais chercher un kit de test.

Jenna n'avait pas fait deux pas vers le SUV de Kane que Hall et Young passaient la porte. Les deux hommes les ignorèrent et se dirigèrent vers leur pick-up. Tout en marchant, Hall retira une cigarette de sa bouche et la jeta par terre. Ils restèrent tous les trois immobiles tandis que les deux hommes s'éloignaient.

— C'est mon jour de chance, s'exclama Jenna, en courant

vers la cigarette encore fumante et en sortant une paire de gants de sa poche. Un échantillon de salive et deux témoins pour prouver leur origine. Prends ça, Sam Cross.

Après s'être assurée que les échantillons étaient en sécurité, Jenna remonta en voiture.

— Bon, on va déposer ça à Wolfe, puis on repasse au bureau, sourit-elle à son adjoint. Jamais deux sans trois.

45

L'avantage de démarrer le travail à l'aube, c'était de finir tôt et, la plupart du temps, de pouvoir rentrer en ville avant 17 heures. À cette extrémité de la ville, des routes secondaires desservaient une enfilade de petites boutiques. La demande croissante pour plus de commerces de détail avait transformé de nombreuses maisons en magasins du jour au lendemain. Le salon de beauté, installé dans une imposante maison en briques, était autrefois le domicile du directeur de la banque locale ; aujourd'hui, il dégageait des odeurs de produits chimiques par nuages entiers. En fait, il avait repéré cet endroit grâce à son odeur. Depuis quelque temps, il observait les allées et venues d'Ann Turner, l'une des coiffeuses. Elle avait apparemment la réputation d'être une manipulatrice. Les femmes de la ville disaient que cette fille menue, mignonne et pétillante souriait à tous les hommes qui la regardaient. Elle était dangereuse, du genre à ne pas hésiter à briser un mariage heureux pour quelques nuits de plaisir. Elle utilisait ses charmes féminins comme une sirène et attirait les hommes mariés vers leur perte. Il gloussa, imaginant ses mains se refermer sur son cou doux et lisse.

Comme la plupart des gens, Ann suivait la même routine quotidienne pour se rendre au travail et en revenir. Un peu après 17 heures, la plupart des coiffeuses débauchaient et Ann sortait les sacs jusqu'à la benne à ordures de l'allée arrière, puis se dirigeait vers sa voiture. Elle se garait toujours à la même place, derrière la banque, dans le parking voisin. La propriétaire du salon de beauté fermait à clé, montait dans son véhicule garé devant et disparaissait.

Dès que le véhicule du propriétaire s'éloigna, il enfila ses gants, s'assura que son sweat-shirt à capuche était bien rabattu sur son visage et se mit à flâner sur le trottoir. La route menant à Main Street était calme et une brume tournoyante glissait sur la chaussée noire, le masquant jusqu'aux genoux. Tout de noir vêtu, il pouvait se déplacer dans la lumière déclinante et se fondre dans l'ombre. C'était comme s'il était devenu la brume, se faufilant dans les interstices et se volatilisant comme un fantôme. Aucune voiture ne le dépassa, et un rapide coup d'œil autour de lui confirma que personne ne l'avait vu tourner dans la ruelle. Il se fondit dans la pénombre et un calme glacial chassa toute trace d'excitation associée à la perspective d'une mise à mort. Dans cet état, il était capable d'attendre ici, respirant à peine, pendant des heures s'il le fallait. Il n'eut pas à attendre longtemps dans l'air vicié par les détritus avant qu'elle ne descende les marches, un sac à main sur un bras et jonglant avec trois énormes sacs-poubelle noirs. Lorsqu'elle les mit de côté, il remarqua sa veste en cuir rose, sa jupe courte et ses bas noirs qui disparaissaient dans des bottes de cow-boy roses. *Habillée pour que je la tue.* Il attendit qu'elle ouvre la benne, et alors qu'elle se hissait sur la pointe des pieds pour y balancer les sacs, il arriva dans son dos.

— Bonsoir, Ann.

— Oh, vous m'avez fait peur, s'exclama Ann, les yeux écarquillés de surprise. On se connaît ?

Elle se tourna vers lui, enthousiaste. Il ne répondit pas, mais la saisit par la gorge et la souleva pour que leurs regards se croisent. Observer leurs réactions, c'était une partie du plaisir.

Elle sembla stupéfaite, puis effrayée et ses yeux s'emplirent de panique. Elle tenta bien de desserrer son étreinte, mais il la maîtrisait. Elle ne pouvait pas s'échapper. Sa bouche s'ouvrit et se referma comme un poisson jeté sur la rive, mais aucun son n'en sortit.

Il était toujours étonné de constater le temps nécessaire pour étrangler quelqu'un. Ce n'était pas une mort rapide, mais au contraire très intime.

Il sentait la vie quitter leur corps. Heureusement, l'élément de surprise privait généralement les gens de leur premier instinct de survie. La plupart des femmes s'attaquaient à ses mains dans une piètre tentative pour se défaire de son emprise. C'était un geste futile. Si elles lui tordaient le petit doigt vers l'arrière, il relâcherait peut-être sa prise, mais il ne comprenait pas pourquoi elles ne s'attaquaient jamais à ses yeux ou n'essayaient pas au moins de lui donner un coup de genou entre les jambes. Au moins, Ruby avait essayé de l'atteindre avec ses ongles avant qu'il ne la maîtrise.

Il serra plus fort et sourit lorsque les vaisseaux sanguins explosèrent comme autant de petites étoiles rouges dans les yeux de la jeune femme, et que la vie la quitta enfin dans un écoulement d'urine. Il la laissa tomber, dégoûté, et se dirigea vers le robinet pour éliminer toute trace de ses bottes. En s'éloignant, il jeta un coup d'œil derrière lui, mais il ne vit dans la ruelle qu'un tas d'ordures. Il l'avait déjà oubliée.

46

Enfin, Jenna avait l'impression de faire des progrès dans cette affaire. Elle passa dans son bureau et trouva Carter assis en face de sa place, penché sur son ordinateur portable.

— Comment ça s'est passé ? Vous avez réussi à obtenir le mandat de perquisition pour les comptes bancaires de Mme Robinson ?

— Oh oui, lui sourit Carter. Obtenu et remis à la banque.

Jenna lui rendit son sourire.

— On attend juste Rowley et on pourra mettre tout le monde au courant.

— Je suis là, lança Rowley, en entrant dans son bureau, suivi par Kane et Jo.

Soudain animée d'un nouvel élan d'enthousiasme, Jenna se laissa tomber dans son fauteuil.

— D'accord, que le spectacle commence !

Elle résuma les conclusions de Wolfe et ce qui s'était passé au Triple Z Bar.

— On aura besoin des déclarations de Kane et de Jo pour vérifier l'origine des échantillons d'ADN. Wolfe s'en occupe en ce moment même.

— J'ai quelque chose d'intéressant dans l'affaire Lucas Robinson, intervint Carter, en se levant pour atteindre l'imprimante, où il rassembla des documents avant de les distribuer. Mme Robinson a effectué deux retraits importants en liquide environ deux semaines avant la mort de son mari. Si elle ne peut pas justifier ces dépenses, il est possible qu'elle ait payé un tueur à gages.

Stupéfaite, Jenna étudia le relevé. Le compte était au nom de Carol Robinson et les retraits l'avaient presque vidé.

— Je suppose que son mari était assuré et qu'elle aurait eu quelque chose à gagner à sa mort.

— Oui, confirma Carter, visiblement ravi. Cinq millions.

Kane siffla.

— Ça, c'est un mobile, et en plus elle savait qu'il avait une liaison, ajouta-t-il, en regardant Jenna. Comment peut-on trouver un tueur à gages à Black Rock Falls ?

— Vous saviez qu'elle travaillait dans l'informatique avant de se marier ? demanda Carter, en étendant ses jambes devant lui. Elle l'a probablement trouvé sur le *dark web*. Elle a déjà dû effacer toutes les traces sur son ordinateur, donc on ne trouvera rien.

— Ça aurait été utile si le gamin qu'ils m'ont envoyé pour gérer l'informatique avait décidé de se pointer, râla Jo, en secouant la tête. Il aurait peut-être pu traquer le tueur à gages.

— J'en doute, estima Kane avec un haussement d'épaules. Wolfe est notre meilleur élément dans ce domaine, et il a déjà réussi à trouver quelques traces de sites web, mais si Carol Robinson a une solide formation en programmation, elle aura fait disparaître tous les indices.

— Mais quand on mettra la main sur l'assassin de son mari, on pourra peut-être tracer les flux d'argent. Si elle l'a payé en liquide et qu'il est toujours en ville, il aura caché l'argent quelque part, reprit Carter, en se tournant vers le shérif. Qu'en pensez-vous, Jenna ?

— Oui, un contrat est tout à fait possible, et on va clairement chercher à trouver l'origine de l'argent perçu, confirma Jenna, en relisant ses notes. Rowley, avez-vous réussi à déterminer où se trouvaient Kyler Hall et Cliff Young au moment des meurtres ?

— Seulement des ouï-dire et de vagues souvenirs, offrit Rowley, en croisant son regard. Leurs voisins se rappellent avoir vu leur pick-up dehors comme d'habitude pratiquement tous les soirs. Le seul matin où l'un des voisins a remarqué son absence, c'est celui des meurtres de la forêt de Stanton. Mais ils ont déjà admis être partis tôt ce jour-là. Personne n'est disposé à leur donner un alibi pour l'une ou l'autre des heures de décès.

Il se pencha en avant sur son siège et Jenna grimaça en lisant l'heure au mur.

— Oh, Tom Dickson devait nettoyer votre garage aujourd'-hui, et je vous ai retenu. Vous feriez mieux de filer.

— Pas de souci, lui sourit Rowley. Je suis passé tout à l'heure et je l'ai libéré. C'est un travailleur très fiable. Mon garage n'a jamais été aussi impeccable.

Jenna se leva et se dirigea vers le tableau blanc pour le mettre à jour.

— Ah, super, tant mieux, répondit Jenna, avant de se tourner vers Walters. Comment ça s'est passé avec Mme Robinson ?

— Je n'ai pas encore pu la voir, expliqua Walters, en passant la main dans ses cheveux gris de plus en plus dégarnis. Je suis allé parler à Weems au salon funéraire. Il m'a dit que Mme Robinson l'avait appelé et lui avait demandé d'incinérer le corps de son mari dès son arrivée. Weems m'a montré tous les documents qu'il avait apportés à l'hôpital pour qu'elle les signe. Il m'a aussi indiqué que Parker Louis et Timothy Addams seront enterrés la semaine prochaine.

— D'accord, merci.

Le téléphone fixe sonna et Jenna leva la main pour faire taire les bavardages dans la pièce.

— Shérif Alton.

C'était l'anthropologue judiciaire, Jill Bates. Sa voix enjouée résonna quand Jenna la mit sur haut-parleur.

— Jill, je suis ravie d'avoir de vos nouvelles. Avez-vous trouvé quelque chose ?

— *Oui, d'après les dossiers dentaires, les restes trouvés dans la forêt de Stanton appartiennent à Luitl Kelly. J'ai terminé mon examen et je vais transmettre le dossier à Wolfe. J'ai intensifié les fouilles pour retrouver son fils Scott. Il ne doit pas être loin, mais jusqu'à présent, on n'a rien trouvé d'autre qu'une chaussure d'enfant,* expliqua-t-elle, avant de prendre une grande inspiration. *Il me semble que le déroulement des faits que Brad Kelly m'a raconté est exact. Le squelette que nous avons déterré est complet. Le traumatisme crânien est cohérent avec ses souvenirs. Autre chose à noter : cette femme a subi des traumatismes répétés pendant plusieurs années. J'ai trouvé des preuves de fractures, à différents stades de guérison.*

Jenna fut saisie de colère et de remords à l'égard de la mère de Brad.

— D'après tous les témoignages, elle essayait de quitter son mari. Ça n'aurait jamais dû arriver. Je n'imagine même pas ce que ça a dû être de vivre avec un tel monstre.

— *C'est plus courant que vous ne le pensez, hélas,* répondit Jill, avant de s'éclaircir la voix. *Au moins, il est mort maintenant et ne fait plus de mal à personne.*

Jenna pensa à Brad Kelly. Il avait vu et probablement subi de terribles sévices dans son enfance.

L'adage « Tel père, tel fils » lui trottait dans la tête comme une mauvaise chanson. Elle espérait de tout cœur qu'ils avaient fait une erreur et que Brad Kelly n'était pas devenu pire que son père. Elle soupira et regarda les visages de ses collègues dans la pièce ; tous semblaient très préoccupés.

— Très bien, Jill, merci de votre appel. Tenez-moi au courant si votre équipe trouve les restes de Scott Kelly. Ça rassurera certainement son frère.

— *Bien sûr, au revoir.*

Le silence retomba au bout de la ligne. Jenna raccrocha le combiné et chassa la frange de son front.

— Bon, on est à un stade de l'enquête où il n'y a rien d'autre à faire qu'attendre. Toutes les preuves collectées sont au mieux circonstancielles. On doit maintenant attendre les résultats des tests ADN. Avec un peu de chance, Wolfe les aura bientôt. Il est 18 heures passées, rentrez chez vous, et comme c'est dimanche demain, restez tranquilles et je vous appelle si j'ai des nouvelles. Je m'occupe des appels au 911. Je veux que tout le monde se repose pour être en forme quand on en aura besoin.

Elle attendit que ses adjoints se retirent, mais Jo et Carter restèrent assis. Elle avait envie de rentrer chez elle, de se prélasser dans le jacuzzi et d'oublier la tuerie pendant une heure ou deux, mais elle avait des invités.

— Je propose qu'on retourne au ranch puis qu'on sorte dîner. Je suis trop fatiguée pour cuisiner ce soir.

— Où peut-on trouver un bon steak ? demanda Carter, en retirant son cure-dent d'entre ses lèvres et en le jetant dans la poubelle sous le bureau de Jenna.

— Il y a un restaurant de steak en ville, plutôt terre et mer, suggéra Kane, en se levant, les yeux tournés vers Jenna et Jo. Ça vous va ?

— Je suis d'accord et j'ai droit de signer de grosses notes de frais, sourit Jo. C'est l'un des avantages d'être responsable du bureau local.

Jenna lui rendit son sourire.

— Parfait, je réserve une table dès qu'on rentre.

Elle se leva à son tour et se dirigea vers les patères derrière la porte pour attraper son manteau.

Alors qu'ils se dirigeaient vers la porte d'entrée, Carter lui sourit.

— Vous n'êtes vraiment pas ce à quoi je m'attendais, remarqua-t-il, en enfournant un autre cure-dent. J'ai rencontré beaucoup de shérifs dans ma vie et aucun d'entre eux n'était capable de diriger une série d'enquêtes compliquées comme vous. Comment vous faites pour gérer autant de meurtres ?

Jenna fit un signe de la main à Maggie à la réception.

— Rentrez chez vous, il est tard. On se voit lundi, lui lança-t-elle, avant de se tourner vers Carter. Ce n'est pas uniquement moi, Carter, c'est l'équipe.

Alors qu'ils sortaient dans la soirée froide et fraîche, Jenna huma la brise chargée de l'odeur des pins et les effluves des montagnes. Un mouvement attira son attention et Brad Kelly sembla surgir de nulle part, ses yeux tigrés flamboyants rivés sur elle. Prise au dépourvu, elle recula instinctivement d'un pas. Kane et Carter réagirent sans doute instantanément, car la seconde d'après, elle ne voyait plus que les larges épaules de Kane. Elle jeta un coup d'œil à sa droite et vit Carter repousser Jo derrière les portes blindées du bureau. Elle tapota Kane dans le dos.

— Pour l'amour du ciel, Kane, il n'est pas armé.

Lorsque Kane se décala légèrement, Jenna le contourna et fixa le visage furieux de Brad.

— Franchement, Brad, ce n'est pas une bonne idée de me sauter dessus alors qu'il y a un tueur en série en ville.

Elle leva les yeux vers Kane, mais il était toujours en mode combattant et refusait de détourner le regard de la menace perceptible. Elle préféra donc se concentrer sur Brad Kelly.

— Vous vouliez me parler ?

— Jill Bates a confirmé qu'il s'agissait bien de ma mère et elle l'a mise dans un cercueil pour l'envoyer ailleurs, cracha Brad, sur le point d'exploser de rage. Où est-ce qu'ils l'emmènent ?

Il s'approcha de Jenna, comme un animal sauvage pris au piège.

Jenna baissa la voix et dit en un murmure :

— Je suis désolée que vous n'ayez pas été informé. Jill m'a appelée il y a quelques minutes : elle confie l'affaire à Wolfe. Les restes de votre mère vont être emmenés à la morgue. Wolfe va vérifier les conclusions et vous remettra ensuite le corps.

— Je ne veux pas qu'elle retourne aux pompes funèbres, répondit Brad, en secouant la tête. Mon peuple va s'occuper d'elle maintenant.

— Vous pouvez être sûr que Wolfe la traitera avec tout le respect qu'il accorde aux victimes qui arrivent dans sa morgue, tenta de le rassurer Jenna.

La tension émotionnelle était tellement palpable autour de Brad. Le tueur pourrait-il se tenir juste devant elle ? En le voyant ainsi, c'était envisageable.

— Tout le respect, hein ? répéta Brad, incrédule. Vous faites comme si ça vous importait. Mais tout le monde s'en fout. J'avais dit à mes profs que mon père s'en prenait à ma mère, mais ils n'ont rien fait. Quand ma mère et mon frère ont disparu, est-ce que quelqu'un s'en est inquiété ? Pas un seul officier de police n'est venu à la réserve pour nous chercher. Le shérif a permis à mon père de s'en tirer en toute impunité alors qu'il les avait tués.

Jenna le dévisagea et voulut lui donner des explications.

— Je...

— Épargnez-moi votre baratin, madame.

Brad fit demi-tour, se dirigea avec empressement vers son véhicule, y grimpa et démarra à toute vitesse dans Main Street.

— Oh, mon Dieu, commenta Jo, en sortant du bureau, avant de se placer à côté d'elle. Je vais dormir avec la lumière allumée ce soir.

Encore secouée, Jenna s'installa en voiture à côté de Kane.

— C'est un homme très en colère.

— Oui, il a ses raisons, je suppose.

Kane démarra et fit marche arrière jusqu'à la route.

Le téléphone de Jenna sonna, elle soupira et vérifia l'identité de l'appelant.

— C'est Wolfe... Bonsoir, Shane.

— *J'ai les résultats des tests ADN, dit-il aussitôt, apparemment déconcerté. Je les ai effectués deux fois pour être sûr, d'où le retard. L'ADN que j'ai trouvé sous les ongles de Ruby Evans correspond à celui de Brad Kelly.*

47

Jenna resta un instant sans voix, les yeux rivés sur Kane. Il s'était élancé, gyrophares et sirènes hurlant, à la poursuite de Brad Kelly. Elle reprit son souffle.

— Il était juste là, devant nous. Vous êtes sûr ?

— *Oui, ça correspond. Je n'ai aucun doute,* confirma Wolfe, avant de pousser un long soupir. *À moins qu'il n'ait une bonne explication pour que Ruby l'ait griffé, c'est lui notre tueur.*

Jenna déglutit péniblement.

— D'accord, Shane, merci. On le rattrape et on l'arrête.

Elle raccrocha, mais son téléphone sonna de nouveau immédiatement. C'était Jo.

— Jo, on a une correspondance ADN positive pour Brad Kelly, on est à sa poursuite.

— *C'est ce que j'ai deviné quand vous avez filé à toute vitesse. On est juste derrière vous,* répondit Jo, la respiration laborieuse. *Il n'y a aucun doute ?*

Jenna secoua la tête, puis se demanda pourquoi elle avait réagi ainsi, puisque Jo ne la voyait pas.

— Non, aucun : Wolfe a fait les tests deux fois.

Devant elle, la brume tourbillonnait dans les faisceaux des

phares, lui cachant la vue, mais elle distinguait encore les feux arrière du vieux modèle de fourgon de Brad.

— Il se dirige vers la morgue. Il pense sans doute pouvoir récupérer les restes de sa mère.

Le pare-brise arrière s'illumina de bleu et rouge tandis que Carter arrivait à toute allure derrière eux.

— On se retrouve là-bas.

Elle raccrocha et s'agrippa au siège tandis que Kane tournait au coin de la rue au volant de la bête.

À sa grande surprise, Kelly se gara sur le trottoir opposé au bureau du shérif, comme pour les laisser passer. Elle remarqua son regard étonné lorsque Kane le dépassa et freina brusquement en travers de la route devant lui. Derrière eux, Carter avait bloqué toute possibilité de retraite. Elle suivit Kane hors du véhicule alors qu'il avançait vers Brad, et elle se colla à lui comme de la glu, tout en dégainant son arme.

— Mettez vos mains en évidence !

Lorsque Kelly plaça ses mains sur le volant, Jenna fit un signe de tête à Kane. Elle attendit qu'il ouvre la portière et fasse sortir Kelly. En quelques secondes, il l'avait plaqué contre capot et l'avait menotté.

— Brad Kelly, vous êtes en état d'arrestation pour le meurtre de Ruby Evans.

Elle lui récita aussitôt ses droits.

— Moi ? lança Brad, en secouant la tête, presque résigné. Je savais que vous essaieriez de m'accuser de son meurtre. Vous avez trouvé un moyen de truquer les résultats du test ADN, hein ?

— Emmenez-le au poste.

Jenna jeta à Carter les clés du bureau du shérif et se tourna vers Jo.

— Je vais contacter le procureur. Je veux que Kelly dorme dans la prison du comté ce soir.

Elle passa l'appel sans attendre.

— Mon médecin légiste ne fait pas d'erreurs, et il a fait les tests deux fois pour s'en assurer. Le suspect a une égratignure au menton, la victime a son ADN sous les ongles. À part une rencontre Chez Tante Betty, Kelly nie l'avoir revue par la suite. Il est bien trop dangereux pour rester dans une de mes cellules. Il a assassiné huit personnes, expliqua-t-elle, en secouant la tête, les yeux braqués sur Jo. Oui, on a des agents du FBI sur l'affaire. Tenez, je vous passe Jo Blake.

Elle lui tendit le téléphone.

— Bonsoir, commença Jo, concentrée. Je suis analyste comportementale au bureau du FBI de Snakeskin Gully.

Oui, c'est nouveau... Je vous conseille de dire au comté d'envoyer un hélicoptère et quatre gardes : cet homme est capable de tout. Il doit être dans un environnement sécurisé. Je vous suggère de faire au plus vite... souligna-t-elle, avant d'écouter son interlocuteur. D'ici une heure ? Bien.

Elle raccrocha et rendit le portable à Jenna.

— On dirait bien qu'on va pouvoir dîner vers 21 heures.

— Le steakhouse est ouvert jusqu'à minuit le samedi. Je vais réserver une table.

Jenna les appela tout en entrant dans le bureau du shérif. Elle retrouva Kane au téléphone avec le juge du coin.

— Vous y croyez ? Il est encore à son bureau, sourit Kane. Il nous attend pour signer le mandat d'arrêt.

— Le prisonnier est en cellule, annonça Carter, en avançant vers elle à grandes enjambées. Je vais rédiger le mandat d'arrêt et les mandats de perquisition pour les faire passer au juge.

Abasourdie par tant d'efficacité, Jenna ne put réprimer un sourire.

— Merci, je suis tellement soulagée qu'on ait réussi à l'appréhender sans heurts. Il a demandé un avocat ?

— Oui, confirma Kane. Je vais appeler Sam Cross.

Jenna fronça les sourcils.

— Attends qu'on ait le mandat d'arrêt entre les mains.

Je ne veux pas qu'il déniche une faille qui permette à Kelly de s'en sortir.

L'instant d'après, la porte s'ouvrit et Rowley entra, toujours en uniforme, suivi de près par Atohi.

Jenna secoua la tête.

— Je vous ai renvoyé à la maison pour vous reposer.

— On était chez Tante Betty, expliqua Rowley, son regard glissant entre elle et Kane. Que s'est-il passé ?

Jenna n'avait vraiment pas envie de dire à Atohi qu'elle venait d'accuser son cousin et ami de meurtre, mais elle n'avait pas le choix.

— Je suis désolée, Atohi, mais nous avons arrêté Brad pour le meurtre de Ruby Evans. Avant que vous ne disiez quoi que ce soit, son ADN correspond à la peau trouvée sous les ongles de la jeune femme. Il a une égratignure au visage et aucun alibi pour les meurtres, soupira-t-elle. On va appeler Sam Cross pour le représenter et il le fera bénévolement. Je soumettrai les preuves dont nous disposons à ce jour et laisserai la justice décider.

— Je n'y crois pas, répondit Atohi, sans pouvoir dissimiler sa stupéfaction. Il est en colère peut-être, mais Brad n'est pas un tueur.

Jenna lui serra le bras.

— Nous allons devoir fouiller ses affaires. L'avez-vous vu avec de grosses sommes d'argent ?

— Il avait de l'argent, parce qu'il travaillait, confirma Atohi, abasourdi, les yeux rivés sur Jenna. Il en a donné à ma mère. Il a aussi pris des dispositions pour sa mère et les a payées, je crois. Vous pouvez fouiller sa chambre, mais tout ce qu'il possède se trouve dans un sac à dos dans son camion.

Il fit un signe de la main vers le véhicule garé à proximité.

— Je peux le voir ?

Jenna secoua la tête.

— Je suis désolée, c'est interdit

— Alors, dites-lui que je m'occuperai de sa mère.

Atohi se retourna et ressortit, les épaules affaissées.

— Je reviens vite, lança Carter, en se dirigeant vers la porte, avant de se tourner vers Kane. Si vous retournez au ranch pour vous changer pour le dîner, vous pouvez me rapporter une chemise propre ? Je prendrai une douche ici pendant qu'on attendra l'hélico et on ne loupera pas notre réservation pour le dîner. Rowley me tiendra compagnie.

Il sortit en courant, une liasse de papiers à la main.

— Bien sûr, souffla Kane, en le suivant du regard.

— Ça vous convient de rester ici jusqu'à ce qu'ils viennent chercher Kelly ? demanda Jenna à Rowley.

— Ça me va. Ma chérie rend visite à sa grand-mère ce week-end, alors je n'ai rien de mieux à faire. Qu'est-ce qui se passe ensuite ?

— On appellera Sam Cross dès que Carter reviendra avec les mandats, reprit-elle, en s'appuyant contre le comptoir, soudain épuisée. J'ai formellement accusé Kelly du meurtre de Ruby Evans. Kane est en train de rédiger la paperasse et le procureur s'arrange pour que Kelly aille à la prison du comté jusqu'à son audience. Il est en train d'organiser la mise à disposition d'un hélicoptère. J'espère juste que Cross ne persuadera pas le juge de le libérer sous caution.

— Ça n'arrivera de toute façon pas avant au moins lundi, plus probablement mardi, intervint Kane, en tendant à Jenna les documents à signer. Il va falloir se dépêcher si on veut rentrer à la maison pour nourrir les chevaux et les chiens. On devrait réussir à rentrer pour 21 heures.

Il se frotta le ventre et se tourna vers Rowley.

— Assurez-vous que Kelly ait un repas. Faites livrer un plat de chez Tante Betty, demanda-t-il, avant de sourire à Jenna. Innocent jusqu'à preuve du contraire et devoir de diligence, ça, c'est fait.

— Revoilà Carter, s'exclama Jo, en jetant un coup d'œil à

travers la porte vitrée. C'était rapide. Il conduit vraiment comme un fou.

— Ce n'est qu'à deux rues d'ici, répondit Jenna en souriant, tout en refermant sa veste. Et tant qu'il pilote bien l'hélicoptère, tout ira bien... Rowley, appelez-moi si vous avez le moindre souci, on sera au steakhouse à partir de 21 heures.

— Bien sûr, confirma Rowley en lui prenant le trousseau de clés.

À peine Carter s'était-il précipité à l'intérieur avec les mandats que Jenna reprenait.

— Rowley, appelez Sam Cross puis Wolfe sans tarder et demandez-lui ce qu'il veut faire à propos de la fouille du fourgon de Kelly, lui ordonna-t-elle avant de se mordiller la lèvre. On cherche de l'argent liquide pour le relier au meurtre de Lucas Robinson, mais il voudra aussi chercher des preuves de la présence de Ruby dans l'habitacle. Il fera probablement remorquer le véhicule jusqu'à son bureau dans la matinée...

Son regard se perdit quelques secondes dans le vide tandis qu'elle réfléchissait.

— Vous feriez mieux de publier un communiqué de presse. Dites simplement qu'on vient d'arrêter un suspect pour les meurtres du ranch du vieux Mitcham. C'est tout, pas d'autres informations.

— D'accord, laissez-moi m'occuper de tout et allez manger, lui sourit Rowley.

Jenna regarda Kane et Jo.

— Allons-y.

48

Tout le restaurant semblait bourdonner autour de Jenna alors qu'elle terminait son repas. Le tueur était sous les verrous, elle pouvait enfin se détendre. La soirée avait été excellente, et en voyant Kane et Carter en conversation animée sur toutes sortes de sujets, de la chasse aux moteurs, elle se rendit compte à quel point ses amis devaient lui manquer. Le café arriva et elle bavarda avec Jo. C'était comme si elle la connaissait depuis toujours et c'était bon d'avoir quelqu'un avec les mêmes centres d'intérêt avec qui discuter. L'agent du FBI lui manquerait quand elle retournerait à Snakeskin Gully.

— Comment allait Jaime ce soir ?

— Elle s'en sort mieux que moi, lui sourit Jo. J'étais si inquiète et pourtant elle adore la maison, elle s'est déjà fait des amis à l'école et elle parle d'avoir un chiot.

— C'est génial, répondit Jenna, en jetant un coup d'œil à Carter. Quelqu'un vous attend à la maison, Ty ?

— Non, il n'y a que Zorro et moi, expliqua Carter, avec un haussement d'épaules. Il n'y a jamais eu de place pour une femme dans ma vie jusqu'à présent. J'aime m'engager à cent pour cent, et mes déplacements et absences continuelles rendent les relations compliquées.

Jenna acquiesça, mais elle avait remarqué les regards admiratifs que les femmes lui lançaient.

— Je suis sûre qu'il y a quelqu'un pour vous quelque part.

— Je ne suis pas pressé, je suis un peu marié à mon travail pour l'instant, rétorqua Carter, avec un sourire éclatant avant de se tourner vers Kane. Vous connaissez ça, hein ?

— Absolument, confirma Kane, en se calant au fond de sa chaise avec un sourire. Je n'ai pris qu'une seule fois des vacances depuis mon arrivée. Les meurtres nous occupent beaucoup.

— Alors, ne finissons pas la soirée ici ! décida Carter, en repoussant sa tasse de café de côté. J'ai entendu dire qu'il y avait des salles de billard et de cartes au Cattleman's Hotel. Kane, ça fait combien de temps que vous n'avez pas passé une soirée entre mecs ?

Jenna sourit à Kane.

— Oh, vas-y, Dave, tu sais que tu mérites bien une soirée. Jo et moi, on se débrouillera très bien toutes seules, ajouta-t-elle, avec un regard complice.

— Ce genre de soirée finit tard, remarqua Kane, en secouant la tête. Je n'aime pas vous laisser seules au ranch.

Jenna prit son téléphone et le brandit devant ses yeux.

— J'ai un téléphone et une pièce sécurisée. On est toutes les deux armées, le ranch est comme Fort Knox et on a Duke et Zorro, récapitula-t-elle, avec un coup d'œil vers Jo. Tout ira bien. Allez-y, on sera à la maison, probablement en train de faire trempette dans le jacuzzi.

Elle agita une main vers les hommes pour les inviter à y aller.

— Vous avez un jacuzzi ? s'écria Jo. J'en suis !

Jenna regarda Kane et Carter passer la porte. Elle glissa les clés de la voiture de patrouille que Carter avait laissées sur la table dans son sac à main et retourna à son café.

— Oh, j'aurais dû demander à Kane sa clé. Les chiens sont dans son pavillon, j'aurais pu les ramener chez moi.

— Ils sont probablement endormis à l'heure qu'il est, nuança Jo, en prenant une gorgée de son verre, un soupir aux lèvres. Il se fait tard et je suis épuisée. Vous êtes prête à rentrer ?

Elle tendit sa carte de crédit au serveur et attendit qu'il la passe et la lui rende.

Le téléphone de Jenna se mit à sonner et elle grimaça en reconnaissant la sonnerie des appels du 911.

— Bon sang, c'est une urgence.

— Vous voulez que j'appelle Kane ? proposa Jo, la main sur son portable.

— Pas tout de suite, répondit Jenna, en décrochant. 911. Quelle est votre urgence ?

— Oh, *dépêchez-vous s'il vous plaît, il y a une femme à l'arrière du salon de beauté, je crois qu'elle est morte. En tout cas, elle a vraiment l'air morte.*

C'était une voix d'homme. Jenna prit un stylo dans son sac à main et écrivit sur une serviette en papier.

— D'accord, donnez-moi votre nom et votre numéro de téléphone, s'il vous plaît ?

— *Errol Stack. Je promenais mon chien le long d'Alpine et il l'a trouvée. C'est comme si elle regardait dans le vide, et il y a des fourmis partout.*

Il lui donna ensuite son numéro.

— Très bien, monsieur Stack, c'est le shérif Alton. Je suis en ville, je serai là dans cinq minutes. Attendez devant sous la lumière d'un réverbère, ne touchez à rien. Restez en ligne. Je vous reprends tout de suite.

Elle jeta un coup d'œil à Jo et coupa le son de l'appel.

— Appelez Wolfe. M. Stack a trouvé un corps à l'arrière du salon de beauté sur Alpine. Je ne vais pas gâcher la soirée de Kane. On va s'en occuper toutes seules.

— Pas de souci, répondit Jo.

Elle passa l'appel puis confirma que Wolfe était en route.

Heureuse d'avoir mis son holster, Jenna se leva.

— Super. Le salon de beauté n'est pas loin, lança-t-elle, en se hâtant dans la brume jusqu'à sa voiture de patrouille. Le temps rend la ville vraiment effrayante cette année. Cette brume s'épaissit de jour en jour.

— Il ne fait aucun doute que les enfants vont adorer ça lorsqu'ils iront chercher des bonbons, remarqua Jo, en s'installant sur le siège passager. J'espère que cette affaire sera réglée dans les prochains jours. J'aimerais être à la maison avec Jaime pour Halloween.

Jenna démarra et mit le téléphone sur haut-parleur.

— Tout va bien, monsieur Stack ?

— *Oui, j'attends devant, sous le lampadaire. Je suis armé et je tirerai si quelqu'un me saute dessus.*

Jenna jeta un coup d'œil à Jo.

— D'accord, dit-elle, en allumant ses phares clignotants, vous devriez bientôt voir ma voiture de patrouille. Je descends Main Street et je tournerai sur Alpine dans deux minutes.

La brume s'était encore épaissie et quand elle prit le virage vers la petite route, elle aperçut M. Stack, un homme âgé accompagné d'un terrier de Boston noir vêtu d'un manteau rouge vif. Elle passa devant lui, fit demi-tour, puis gara son véhicule sur le trottoir. Avant qu'elle n'ait eu le temps de sortir, Jo lui toucha le bras. Jenna raccrocha et se tourna vers elle.

— Un souci ?

— Si vous avez l'intention de sortir avant l'arrivée de Wolfe, je tiens à ce que le véhicule reste entre moi et M. Stack afin de vous couvrir.

Jo sortit son arme et se glissa hors de la voiture de patrouille, en balayant les alentours du regard.

Le brouillard rampait sur le trottoir jusqu'à l'homme et son chien. La lueur orange du réverbère et le squelette suspendu à la barre transversale donnaient à la scène une allure sinistre. Une brise froide effleura la joue de Jenna au sortir de la voiture de patrouille, alors qu'elle dégainait son arme. Hormis la lumière diffuse au-dessus de l'homme et de son petit compagnon, et les éclairs bleus et rouges intermittents de ses phares clignotants, tout le périmètre, des magasins à la banque, s'était comme évanoui dans l'obscurité. Elle garda la portière ouverte entre elle et le témoin.

— Monsieur Stack, veuillez sortir votre arme et la poser sur le sol.

— Pourquoi ? s'étonna Stack en faisant un pas vers elle. C'est moi qui vous ai appelée. J'ai trouvé le corps.

Jenna pointa son pistolet sur lui, pile au milieu du torse.

— Oui, mais si vous êtes armé, il faut que vous posiez votre arme au sol et que vous vous en éloigniez. C'est une procédure normale, monsieur Stack. Veuillez coopérer.

— Oh, je vois, répondit Stack, en glissant une main dans son manteau.

— Utilisez deux doigts, retirez votre arme doucement et gentiment.

Jenna retint sa respiration et serra son arme tandis qu'il s'exécutait et posait délicatement la sienne par terre avant de reculer.

Jenna rangea son Glock dans son étui et se dirigea vers lui.

— Je dois vous fouiller, monsieur Stack.

— Oh, très bien, ronchonna Stack, en se retournant et en posant les mains à plat sur la façade du salon de beauté. Si jamais je découvre un autre corps, je passe mon chemin.

— RAS ! cria Jenna à Jo, qui avait braqué son arme sur l'homme. D'accord, monsieur Stack. Où est le corps ?

— Là-bas, répondit Stack, en tendant le doigt vers une ruelle. Près des bennes à ordures derrière le salon de beauté. Quand on est passés devant, mon chien s'est mis à aboyer et s'est enfui. Je suis allé le chercher. J'ai cru qu'il chassait des rats et j'ai failli avoir une crise cardiaque quand j'ai trouvé la femme.

Un frisson parcourut Jenna tandis qu'elle scrutait l'obscurité, comme un mauvais pressentiment. Elle n'avait aucune envie de tomber dans un piège.

— Comment l'avez-vous vue ? Vous n'avez pas de lampe de poche.

— J'ai utilisé la lampe de poche de mon téléphone, expliqua Stack en l'allumant et en l'agitant. Voyez ?

À ce moment-là, le bruit d'un véhicule descendant la rue attira l'attention de Jenna. Elle poussa un soupir de soulagement lorsque Wolfe s'arrêta à côté.

— Attendez ici, monsieur Stack.

Elle ramassa son arme toujours au sol, la déchargea et en vérifia la chambre avant de la glisser dans sa poche.

Elle sortit son téléphone et alluma la puissante lampe LED. Le faisceau perça l'obscurité et révéla une paire de jambes qui dépassait derrière un sac-poubelle bien rempli. Tandis que Wolfe la rejoignait, balayant la scène des yeux, elle lui indiqua la ruelle.

— Elle est au fond.

— C'est ce que je vois, répondit le médecin légiste, en s'avançant vers la victime, sa lampe à la main. Webber arrive. Couvrez-moi.

Il s'enfonça dans l'obscurité, et Jenna fit signe à Jo d'approcher.

— Voyons un peu ce qu'on a ici.

Elles suivirent Wolfe, braquant leurs lampes de poche et leurs armes dans toutes les directions. La ruelle bordait l'arrière du salon de beauté, et un rapide ratissage de la zone lui indiqua qu'ils étaient seuls. Jenna se tourna alors vers Wolfe.

— La voie est libre.

— Jo, donnez-moi de la lumière.

Wolfe posa son sac par terre, en sortit des gants et lui en tendit une paire.

— Bien sûr, obtempéra Jo, en éclairant le corps avec son téléphone. Bon sang, elle est jeune, 18 ans environ ?

Jenna observa la silhouette, les bras et les jambes désarticulés comme une poupée de chiffon jetée par un enfant, et s'arrêta sur l'expression horrifiée du visage de la victime. Soudain, elle la reconnut et se pencha plus près.

— Je la connais. C'est Ann Turner. Elle a eu une liaison avec Lucas Robinson. Je l'ai interrogée récemment. Quand est-ce que le meurtre a eu lieu ? Le salon ferme à 17 heures.

— Je dirais qu'elle est morte depuis environ quatre heures, jugea Wolfe en tendant à Jenna une paire de gants. Je vais prendre quelques photos de la scène, puis vous pourrez vérifier son sac à main pour trouver une pièce d'identité.

Pendant que Wolfe prenait les photos, Jenna fouilla la zone en utilisant une technique de quadrillage que Kane lui avait apprise. Le sol était humide, mais aucune trace de pas ne partait du robinet fixé au mur. Des mégots de cigarettes jonchaient le sol en bas des marches. Compte tenu du rouge à lèvres présent sur la plupart d'entre eux, elle conclut que les salariées du salon devaient prendre leur pause et fumer ici. La fouille de ce coin de la ruelle resta vaine et elle retourna auprès de Wolfe et de Jo.

— Aucune preuve. Il y a une pile de mégots de cigarettes en bas des escaliers, vous voulez que je les ramasse ?

— Non, déclina Wolfe en examinant les yeux d'Ann. Je doute que notre tueur l'ait attendue en enchaînant les cigarettes. Les criminels ne sont généralement pas aussi stupides.

Il retourna le corps et en fit un premier examen superficiel.

— Elle n'a aucune marque sur elle. Elle a quelque chose sous les ongles, donc je vais mettre cela en sachet, mais ça ne semble pas être de la chair. Ça ressemble à une asphyxie par strangulation. Il n'y a pas eu de lutte. D'après les sacs-poubelle et son sac à main par terre, le tueur l'a surprise, probablement pendant qu'elle ouvrait la benne à ordures.

Jenna fixa le corps.

— C'est une autre exécution... Les hommes qui étranglent les femmes le font par désir de pouvoir. C'est très fréquent dans les cas de violence conjugale. On s'en sert aussi pour soumettre une femme en vue d'un viol. Dans les deux cas, il s'agit d'un moyen d'exercer son pouvoir sur les femmes, expliqua-t-elle, avant de se pincer les lèvres. Mais je ne vois pas du tout cette dynamique ici. Il ne l'a pas touchée. Ses vêtements semblent parfaitement intacts. C'est comme s'il s'était approché et l'avait tuée avec autant de discrétion que possible. Pas de sang. Un homme de taille et de poids moyens aurait pu l'étrangler à bonne distance et éviter de toucher ses vêtements, mais je chercherais quand même des traces sur elle.

— Elle était coiffeuse, rétorqua Wolfe avec une moue dubitative. Je distingue déjà une tonne de cheveux sur sa jupe. La probabilité de prouver que l'un d'entre eux appartient à son tueur est faible. S'il s'agit d'un coup prémédité, il n'a laissé aucune preuve derrière lui... Brad Kelly a eu le temps de le faire avant que vous ne l'arrêtiez.

Il leva les yeux vers le shérif, et au même instant, des bruits de pas pressés résonnèrent. Jenna sortit son arme, le cœur battant à tout rompre, et vit Webber approcher.

— Oh, bien, c'est vous.

— Allez chercher mon van et reculez dans l'allée. J'en ai fini ici. Je vais la ramener à la morgue, lança Wolfe, en ramassant le sac à main pour le confier à Jenna avec un soupir. Il va falloir contacter sa famille. Je vais faire une enquête préliminaire ce soir et je reviendrai sur cette affaire lundi. Je suis très occupé en ce moment.

Jenna acquiesça.

— Bien sûr.

Elle ouvrit le sac à main et y trouva un peu d'argent, des clés de voiture et son permis de conduire. Elle éclaira le contenu avec sa lampe de poche.

— Ann habite sur Stoney. Je vais prendre le témoignage de Stack et on ira parler à sa famille.

— Où est Kane ? s'enquit Wolfe, en sortant une housse mortuaire de sa mallette et en lui jetant un regard curieux.

— Au Cattleman's Hotel avec Carter, répondit Jenna, en remettant les affaires de la victime dans le sac à main avant de le glisser dans un sachet scellé. Je dois parfois le laisser souffler, ça peut attendre demain matin. J'ai tout sous contrôle.

— Ah, je vois, déclara Wolfe, en attendant l'arrivée de son van. On va prendre le relais à partir d'ici. Si vous avez besoin de moi, je serai encore éveillé pendant un certain temps.

Jenna retira ses gants d'un coup sec et les jeta dans la benne à ordures.

— Merci, lui lança-t-elle, avant de se tourner vers Jo. Vous avez déjà annoncé beaucoup de décès à des proches ?

— Non, admit Jo, en se faufilant à sa suite entre le van et le mur de la ruelle. On m'appelle généralement après que cette corvée a été accomplie. Ça doit être une des pires facettes du boulot, j'imagine.

Jenna grimaça et se dirigea vers sa voiture pour prendre un formulaire de déclaration de témoin.

— Oh oui, complètement.

49

Il était près de minuit et le retour au ranch parut un peu irréel à Jenna. Les maisons devant lesquelles elles passaient avaient toutes embrassé la tradition d'Halloween, se préparant à un spectaculaire festival de rue le vendredi suivant. Sous la pleine lune, une myriade d'étoiles scintillait dans un ciel sans nuages, mais lorsque la lumière de la lune touchait la brume blanche et dansante qui balayait l'asphalte, elle semblait donner vie à un cortège de silhouettes fantomatiques. Les phares de la voiture, qui éclairaient les décorations macabres bordant chaque clôture, lui firent revivre la peur du noir qu'elle avait éprouvée dans l'enfance. Voilà bien longtemps qu'elle n'avait pas parcouru cette route sans Kane à ses côtés. Sa force tranquille et son humour noir lui manquaient ; il semblait toujours deviner son appréhension et réussir à la faire rire.

— Quelque chose vous préoccupe ? osa Jo, en se tournant sur son siège pour lui faire face. La visite chez les proches de la victime a été une expérience éprouvante. C'est difficile de laisser le travail derrière soi parfois, n'est-ce pas ?

Jenna s'engagea dans son allée et attendit que le portail s'ouvre et que les projecteurs éclairent la zone.

— Ce n'est pas l'affaire de ce soir, même si la mort d'Ann me préoccupe. Si on avait eu les résultats de l'analyse ADN plus tôt, on aurait pu la sauver, expliqua-t-elle, en lui jetant un regard en coin avant de soupirer. C'est tellement étrange de rentrer à la maison sans Kane... Il me rendait folle avec sa surprotection et maintenant il me manque un peu.

— Je vois ce que vous voulez dire, s'esclaffa Jo. J'ai travaillé avec de nombreux soldats de la Navy et des Marines au cours de ma carrière. On peut en faire des agents, mais ils resteront toujours des militaires. Ça se voit que Kane a servi dans l'armée rien qu'à sa façon d'agir. Ils sont tous respectueux, et c'est aussi normal pour eux de mettre leur corps en danger pour protéger les autres que de respirer. Regardez ce qui s'est passé aujourd'-hui ! Je viens de rencontrer Ty et il m'a mise hors de danger en quelques secondes. J'ai remarqué que Kane s'est posté devant vous, prêt à prendre une balle si nécessaire. Ce n'est en rien macho, c'est ce qu'ils sont entraînés à faire. Vous savez, au début, j'ai trouvé Ty arrogant, mais maintenant que j'apprends à le connaître, c'est un gars plutôt cool.

Jenna s'arrêta devant le porche et descendit de la voiture de patrouille, le dos endolori par cette bien longue journée. Des aboiements et le long hurlement de Duke résonnèrent dans la cour.

— Les chiens veulent sortir.

— Peut-être qu'ils ont besoin d'aller faire leurs besoins ? proposa Jo, en fixant le pavillon de Kane, dans l'ombre, avec un petit haussement d'épaules.

— Non, répondit Jenna, en avançant vers les marches du perron. Il y a un enclos extérieur à l'arrière, ils peuvent utiliser la porte pour chiens pour sortir et il y a toujours de quoi manger à l'intérieur. Je suis contente qu'on ait pu nourrir les chevaux avant de partir. Ce serait un cauchemar de s'en occuper aussi tard.

Avant qu'elle n'ait eu le temps d'ouvrir la porte, un éclair noir traversa le porche.

— Mais qu'est-ce que... ?

— Je ne savais pas que vous aviez un chat ! s'exclama Jo, en se penchant pour prendre dans ses bras le petit félin ronronnant. Oh, c'est une femelle, elle est adorable. Ses yeux sont de la même couleur que les citrouilles.

Stupéfaite de revoir le chat, Jenna secoua la tête.

— Ce n'est pas la mienne, elle a surgi il y a peu. Je pensais qu'elle appartenait au ranch du vieux Mitcham. Elle est arrivée le jour de la tuerie, couverte de sang. On ne serait même pas allés vérifier l'endroit si elle n'avait pas filé dans cette direction. Quand on y repense, quand même... si elle n'était pas passée, le tueur serait toujours en liberté, en train d'assassiner des gens.

— On dirait qu'elle a décidé d'emménager ici, lança Jo, en la fixant, les yeux brillants. Parfois, ce sont les animaux qui choisissent leur maître. On peut la laisser entrer ?

Jenna réfléchit une minute.

— Pourquoi pas, mais je n'ai rien de prévu pour les chats ici. Elle aura besoin d'une litière ou un truc du genre, non ?

— Elle dira sûrement quand elle voudra sortir. Elle a l'air très intelligente, jugea Jo, en caressant la tête de la chatte. Je me demande comment elle s'appelle ?

— Citrouille, je suppose, gloussa Jenna.

Elle ouvrit la porte d'entrée et désactiva l'alarme.

— Je vais lui trouver quelque chose à manger. Je dois avoir une boîte de thon quelque part.

Elle passa à la cuisine et servit rapidement le félin avant de se tourner vers Jo.

— C'était plutôt facile. Maintenant, comme on n'est pas obligées d'aller au bureau demain matin, je vais aller faire trempette dans le jacuzzi. J'ai des maillots de bain qui peuvent vous aller si vous voulez vous joindre à moi, sourit-elle. C'est un grand jacuzzi. Je pense qu'on pourrait y faire rentrer dix soldats de la marine ou plus, et qu'il restera encore de la place.

— J'adorerais, s'enthousiasma Jo, en la suivant dans sa chambre. Ce sera probablement la dernière nuit que je passe ici. Je n'imagine pas une seconde que le juge rejette l'affaire. Vous avez mis hors d'état de nuire un homme très dangereux.

— Nous avons mis hors d'état de nuire un homme très dangereux, la corrigea-t-elle. C'est le travail de toute une équipe. Et je ne pense pas non plus que Kelly s'en sorte compte tenu des preuves ADN.

Jenna fouilla dans ses tiroirs, à la recherche de quelque chose de convenable pour Jo.

Elle lui tendit un maillot de bain et Jo se dépêcha de se changer dans sa chambre. Jenna passa son maillot et observa par la fenêtre les ombres noires qui enveloppaient le pavillon de son adjoint. Sa présence lui manquait. *Je commence à compter sur Kane.* Elle contempla son reflet dans le miroir de l'armoire et secoua la tête. *Je suis un shérif dur à cuire, hein ?*

Elle attrapa une pile de serviettes dans le placard du couloir et rejoignit Jo sur le pas de sa porte.

— Le jacuzzi est dans la salle de sport. Enfin, dans une pièce à côté de la salle de sport.

Elle la guida à travers la maison et ouvrit une porte menant à une rampe d'accès au sous-sol aménagé. À sa grande surprise, la chatte les suivit de près, sa queue dressée se balançant de gauche à droite.

— Ah, c'est donc ici que vous allez à l'aube, lui sourit Jo. Je me demandais où Kane et vous aviez disparu. Je pensais que vous étiez allés nourrir les chevaux dans la grange.

— Oui, on fait ça aussi. Le sport nous permet de rester en excellente forme. Dans cette ville, on ne sait hélas jamais quand on aura besoin de se défendre.

Jenna traversa la salle de sport, ouvrit une porte et alluma les lumières de la pièce en bois qui accueillait un immense jacuzzi et un hammam, dernier ajout récent de Kane pendant son temps libre.

— C'est Kane qui a fait le plus gros du travail ici. On est sur un sous-sol total, donc on a beaucoup d'espace. La salle de sport a été construite il y a quelques années, mais il a ajouté des bancs de musculation et quelques autres appareils de torture, expliqua-t-elle, en posant les serviettes à proximité et en allumant le bain à remous. C'est un luxe d'avoir de l'eau chaude en permanence, mais les panneaux solaires réduisent les frais de fonctionnement au minimum.

La chatte sauta sur le banc et se mit à se nettoyer les pattes. Jenna sourit.

— Citrouille s'est bien acclimatée. Est-ce que l'eau est assez chaude ?

— C'est incroyable, se délecta Jo, en se glissant dans l'eau. Il va falloir que je m'en achète un... Le seul point positif quand on divorce d'un avocat réputé, c'est l'accord financier. Le mien devrait être finalisé d'ici quelques semaines.

Même si Jo avait l'air d'aller bien, Jenna perçut le ressentiment dans sa voix. Elle ne savait pas trop si Jo avait envie de parler de son passé.

— Je crois que l'adultère, c'est la pire épreuve à pardonner ou à surmonter. Je n'imagine pas une seconde comment vous vous en êtes sortie. Ça a dû être un sacré choc ?

— Et encore, « sacré choc » est un euphémisme, renchérit Jo, en enfonçant ses doigts dans l'eau. Je suis rentrée à la maison après un déplacement de deux jours pour une affaire et j'ai découvert que ma patronne avait emménagé chez moi.

Son regard se perdit dans le vide tandis qu'elle laissait remonter les souvenirs.

— Il avait envoyé Jaime chez ma mère et avait préparé nos affaires. C'était comme si on n'était plus rien pour lui, raconta-t-elle, en secouant la tête. Je ne pourrai jamais lui pardonner ça,

Jenna. Me traiter comme ça, c'est une chose, mais Jaime ne le mérite pas.

Devant sa souffrance manifeste, Jenna soupira.

— Est-ce que ça va aller ?

— Moi ? Oui, je suis une coriace, rétorqua Jo comme si elle se ressaisissait. Il se trouve que j'aime mon travail et maintenant j'ai de nouveaux amis. J'ai hâte de diriger le nouveau bureau local, et le shérif de Snakeskin Gully est un beau gosse.

Elle lui adressa un grand sourire. Jenna éclata de rire et entendit la chatte grogner. Sa fourrure se hérissait sur tout son corps et sa queue ressemblait à celle d'un raton laveur. Le félin restait figé et fixait la porte.

— Qu'est-ce qu'elle a, cette chatte ?

L'instant d'après, la pièce fut plongée dans l'obscurité.

— Ne vous inquiétez pas. S'il y a un problème d'électricité, le générateur va bientôt prendre le relais.

Elles patientèrent ainsi, mais rien ne se passa.

— Ça, c'est inhabituel.

— C'est peut-être un fusible ou truc comme ça ? résonna fortement la voix de Jo, dans la pièce silencieuse.

La chatte continuait à grogner tout bas, et feulait de temps à autre.

Jenna regarda dans sa direction, mais il faisait nuit noire dans la pièce.

— Est-ce que les chats sentent le danger ?

— Oui, et ils ont une ouïe incroyable. Peut-être qu'elle nous mettait en garde, lança Jo.

Jenna s'extirpa de la baignoire et tâtonna à la recherche du banc.

— Je crois qu'on ferait mieux de le vérifier. Bon sang, je suis plus fatiguée que je ne le pensais, j'ai laissé mon téléphone à côté du lit. Je ne fais jamais ça, du moins pas quand je suis d'astreinte sur les appels au 911. Vous avez le vôtre ?

— Non, répondit Jo, calmement. J'ai fait pareil.

Un clapotis résonna et elle entendit les pas de Jo autour du jacuzzi.

— J'ai trouvé les serviettes, tenez, prenez-en une.

Putain de merde, il fait sombre ici.

Jenna attrapa une serviette et l'enroula autour d'elle.

— On est au sous-sol. Enroulez-vous dans une serviette et on va remonter. Je vais m'habiller et aller voir ce qui cloche. Ma lampe de poche est sur mon ceinturon dans ma chambre. Posez votre main sur mon épaule, on doit passer par la salle de sport pour sortir.

— Chut, une seconde, la coupa Jo, en lui empoignant le bras. Vous avez entendu ?

Au-dessus de leurs têtes, les lattes du plancher grincèrent comme si quelqu'un marchait dans le couloir et entrait dans l'une des chambres. Le cœur battant la chamade, Jenna se sécha du mieux qu'elle put et baissa la voix jusqu'à chuchoter.

— Il devrait être impossible d'entrer ici. On a une sécurité de niveau militaire et un générateur de secours, mais s'il y a eu une intrusion, ce n'est pas une menace ordinaire. Il va falloir nous battre.

— Le tueur est sous les verrous, ça ne peut donc pas être lui, réfléchit Jo, en resserrant ses doigts. Qui d'autre prendrait le risque d'entrer ici ? Vous êtes armée d'habitude. C'est probablement Kane.

Elle se rapprocha de Jenna.

— Non, ce n'est pas Kane, répondit Jenna, en levant les yeux vers le plafond, sans rien voir de plus que l'obscurité. Il m'appellerait et ne rôderait pas comme ça, et il n'a pas l'habitude d'entrer dans ma chambre au milieu de la nuit.

Le ventre de Jenna fit des doubles nœuds. Avait-elle omis un détail ? Est-ce que le tueur avait un complice ? L'idée lui donna la chair de poule. Elle s'était déjà trouvée dans la ligne de mire d'un psychopathe, mais elle n'avait rien fait, rien dit pour provoquer une attaque ces derniers temps. Elle essaya de chasser ses inquiétudes et de se réfugier dans sa zone de calme professionnel, mais le grincement constant à l'étage lui tapait sur les nerfs. Quelqu'un les avait piégées au sous-sol, sans téléphone ni arme, et même la bague de localisation à sécurité intégrée qu'elle portait en renfort était posée sur sa table de nuit.

— Quelqu'un a franchi le périmètre de sécurité en coupant l'électricité, dit Jo, d'une voix si basse qu'elle en était à peine audible. Le plan B, c'est le générateur, donc celui qui est là sait que vous en avez un et l'a éteint aussi. Est-ce qu'il y a quoi que ce soit ici qu'on puisse utiliser comme arme ?

Jenna visualisa la salle de sport.

— Oui, des haltères. Ceux que j'utilise pèsent trois kilos, ils devraient faire l'affaire. Ils sont sur le banc de la salle de sport. Mais ils ne seront pas d'une grande utilité si l'intrus a un pistolet.

— Je me demande s'il sait que je loge ici ? Sinon, ça pourrait nous donner un avantage, reprit Jo avec sang-froid. Comment voulez-vous procéder ?

— On sort d'ici, on trouve nos Glock et on appelle des renforts.

Elles se dirigèrent vers la porte de la salle de sport en file indienne, Jo agrippant l'épaule de Jenna. Celle-ci ouvrit la porte sans un bruit et tendit l'oreille. Au-dessus, quelqu'un fouillait la maison, se déplaçant lentement d'une pièce à l'autre. Le léger craquement des lames de parquet lui donna l'impression qu'il n'y avait qu'un seul intrus. Elle réussit à se faufiler dans la salle remplie d'équipements et, en se guidant dans le noir, une main sur le mur, avança jusqu'au banc, passa les doigts sur le tissu rembourré, trouva ce qu'elle cherchait et tendit un haltère à Jo derrière elle. Elle s'adossa au mur.

— Je pense qu'il s'agit d'un seul homme. Il doit avoir une lampe de poche, donc on pourra le voir. Attendons qu'il se dirige vers la cuisine ou le salon. On devrait pouvoir atteindre les chambres sans qu'il nous voie, décida Jenna, avant de pivoter pour attraper le bras de Jo. Il faut qu'on se sépare, ou aucune de nous n'atteindra son arme. Votre chambre est la plus proche. Vous passez en premier et vous vous faufilez à l'intérieur, puis je me dirige vers la mienne. S'il se montre, je lui fonce dessus, alors ne vous retournez pas, récupérez juste votre arme.

— Compris.

Les poils de Jenna se hérissèrent lorsqu'un rayon de lumière apparut sous la porte. Le sol en bois de la rampe se mit à craquer. Il lui sembla que sa voix restait coincée dans sa gorge.

— Quelqu'un approche.

L'obscurité se referma sur Jenna en une muraille étouffante. Les doigts tremblants de froid, elle chercha la porte, et lorsque sa main effleura la clé qui dépassait de la serrure, elle la tourna. Les rouages bien huilés s'actionnèrent sans un bruit. Lorsqu'elle était arrivée à Black Rock Falls, convaincue que le cartel finirait par la retrouver, elle avait installé des serrures et sécurisé toutes les portes de la maison. Sa paranoïa avait fini par payer. Elle s'appuya contre le mur, le cœur battant à tout rompre. La personne qui avait déjoué sa sécurité se trouvait juste là, de l'autre côté.

La poignée tressauta et quelque chose percuta la porte. Elle s'agrippa à Jo et elles attendirent. À deux ou trois reprises, l'intrus tenta de pénétrer à l'intérieur, puis elle entendit des pas qui remontaient la rampe. Elle se tourna vers Jo, en gardant une voix basse.

— Il se faufile comme un cambrioleur. Mais il s'est donné beaucoup de mal juste pour abandonner après avoir trouvé le sous-sol fermé à clé. Beaucoup de gens ferment leur cave à clé. Je parie que celui qui est dehors croit que nous sommes tous sortis avec la voiture de Kane. Je laisse souvent ma voiture de patrouille devant la maison.

— Peut-être, mais il a bien dû voir nos armes et nos téléphones quand il a fouillé la maison, répliqua Jo, sur un ton toujours posé, sa main agrippée au bras de Jenna. Qui sort sans son téléphone ? Si ça se trouve, il est juste derrière la porte en haut de la rampe et il attend de nous cueillir.

Jenna réfléchit un instant ; à elles deux, elles devraient être capables de faire face à un intrus même à moitié nues et tremblantes.

— Je ne l'ai pas entendu fermer l'autre porte. Il l'a probablement laissée ouverte.

Les craquements reprirent de plus belle. L'intrus s'éloignait vers le salon.

— Peut-être qu'il s'en va. C'est maintenant ou jamais... on y va ?

— Je suis juste derrière vous, confirma Jo, en lui serrant l'épaule. Allez-y.

Jenna tourna la clé et ouvrit délicatement la porte. Elle attendit de longues secondes avant de jeter un coup d'œil dans le couloir. La rampe d'accès était plongée dans l'obscurité, mais une faible lumière filtrait par la porte ouverte tout au bout. La pleine lune était haute dans le ciel et lui offrirait suffisamment de lumière pour voir dans cet environnement familier. Elle gravit la rampe rapidement. Arrivée en haut, elle jeta un coup d'œil des deux côtés, puis invita Jo à emprunter le couloir jusqu'à sa chambre. Alors qu'elle lui emboîtait le pas, le froid mordit sa chair nue. Elle claquait des dents. L'intrus avait laissé la porte d'entrée ouverte. Jenna s'arrêta devant la porte de Jo pour surveiller ses arrières. Une arme suffirait, deux, ce serait encore mieux. Aucun bruit de pas, aucune ombre ne se profilait, mais avant qu'elle ne puisse se faufiler dans le couloir jusqu'à sa chambre, Jo réapparut dans l'embrasure de la porte. Dans la pénombre, Jenna devina qu'elle secouait la tête.

— Il a mon arme et mon téléphone, souffla-t-elle, ses mots à peine audibles.

Jenna dévisagea Jo. Ses bras et ses jambes nus étaient clairement visibles dans l'obscurité. Elles allaient avoir besoin de vêtements rapidement ; mouillées et en maillot de bain, elles ne tiendraient pas longtemps sous le vent glacial qui sifflait dans la maison.

Elles se mirent en mouvement ensemble et atteignirent la chambre de Jenna quelques instants plus tard. La chatte passa en courant et sauta sur le lit, sa silhouette se découpant sur l'édredon clair. Le clair de lune pénétra dans la pièce et, sur le seuil, Jenna constata que son téléphone, sa ceinture de sécurité et son arme de secours avaient disparu de la table de nuit. Une fois à l'intérieur, elle ferma la porte et se dirigea directement vers le téléphone fixe à côté du lit : la ligne était coupée.

Elle passa aussitôt en mode combat, fouilla la pièce, passant les mains sur les quelques objets encore posés sur la table de nuit. Lorsque ses doigts touchèrent la bague connectée, elle faillit pousser un cri de joie. Elle appuya sur la pierre et la passa à son doigt. Dans quelques secondes, Kane regarderait son téléphone. Elle sortit des pulls et des jeans de ses tiroirs. Elle lança des vêtements à Jo, et pendant qu'elles s'habillaient, elle se pencha sur l'anneau.

— Intrus, nous ne sommes pas armées, pas de téléphone, pas de courant. Il y a quelqu'un dans la maison.

Elle répéta son message trois fois en espérant que Kane l'entende.

— J'ai besoin de toi ici et maintenant.

Elle enfila une paire de chaussures, pour donner des coups de pied plus forts, et se tourna vers Jo.

— Kane et Carter vont mettre du temps à arriver. On va devoir le neutraliser toutes les deux.

— Oui, bien sûr, je ne vais pas rester là à attendre qu'il nous tombe dessus, confirma Jo, en se plaçant à ses côtés. Il est à l'intérieur et nous sommes toutes les deux entraînées pour ce genre de situation, même si la stratégie n'est pas mon fort.

Jenna acquiesça et prit les commandes.

— On a deux possibilités. Découvrir son emplacement. L'une de nous fait diversion et l'autre attaque par-derrière, expliqua Jenna, en soulevant l'haltère. Si vous ne le sentez pas, on s'échappe par la fenêtre et on tente de traverser la cour en courant jusqu'à la pièce sécurisée dans la grange.

— Et on se fait tirer dessus s'il est là à nous attendre, rétorqua Jo, en secouant la tête. Non, il faut l'abattre.

— D'accord, confirma Jenna avant d'ouvrir doucement la porte et de tendre l'oreille. Il est dans la cuisine.

Elle se dirigea vers la fenêtre et la fit coulisser. Un souffle d'air glacial la frappa de plein fouet et elle laissa tomber l'haltère.

— Une fois que je serai sortie, comptez jusqu'à cinquante et distrayez-le pour que je puisse le prendre par surprise. Ensuite, mettez-vous à l'abri. Je vais passer par la porte d'entrée.

— D'accord, dit Jo en tenant fermement son haltère. Allez-y.

Bien consciente qu'elle laissait derrière elle Jo, une mère de famille qui élevait une jeune enfant, Jenna se hissa rapidement par la fenêtre et se suspendit du bout des doigts avant de se laisser tomber au sol. Pliée en deux pour éviter d'être repérée par les fenêtres, elle fit rapidement le tour de la maison. Les chiens aboyaient et hurlaient, mais le bruit couvrait ses pas tandis qu'elle grimpait les marches du perron. La porte d'entrée était grande ouverte et elle jeta un coup d'œil à l'intérieur par la fenêtre latérale. Une lampe de poche balayait les murs et le sol en direction du couloir. L'intrus lui tournait le dos. Son cœur était près d'exploser dans sa poitrine et l'adrénaline l'inondait tellement qu'elle claquait des dents. Elle serra plus fort l'haltère dans sa main droite, se faufila par la porte et se cacha derrière le canapé.

Elle savait que dans le faisceau d'une lampe de poche, son haleine transparaîtrait et la trahirait, alors elle se couvrit la bouche du col de sa chemise. Le parquet craqua et les pas se rapprochèrent. Elle sentit son ventre se contracter. Il avait fait demi-tour et revenait vers elle. Dans cette position, elle serait une cible facile, et aucun entraînement au combat ne suffirait face à une arme de poing. Comme s'il la sentait proche, il s'immobilisa au milieu de la pièce. Le faisceau de lumière se déplaçait d'un côté à l'autre, si près qu'il frôla le bord du canapé. Tandis qu'il éloignait sa lampe, elle rampa jusqu'au fauteuil le plus proche. De là, elle voyait le couloir.

Un bruit, comme si Jo avait fait tomber une chaussure, retentit dans sa chambre. L'intrus passa dans le couloir. Jenna distingua sa silhouette : il était grand, vêtu de couleurs sombres et portait une cagoule. Lorsqu'il se dirigea vers la porte de la chambre, elle pria pour que Jo se soit mise à l'abri. Aussitôt après, la chatte jaillit de la pièce, et dérapa sur le sol ciré. Il fonça directement vers la porte et disparut dans la nuit.

— Maudit chat.

Il se dirigea vers la porte de la chambre, et le parquet craquait sous ses pas. Tendue et prête à se battre, Jenna s'accroupit et attendit. Son cœur battait la chamade lorsque l'homme éclaira la pièce où se trouvait Jo.

— Sors de là que je puisse te voir, résonna sa voix puissante dans le silence. Bouge ou meurs là où tu te planques.

— D'accord, répondit Jo, en apparaissant dans l'embrasure, sa voix toujours calme et maîtrisée. Que voulez-vous ?

— C'est moi qui pose les questions, répliqua-t-il, en agitant sa lampe de poche. Sors de là.

Jenna réprima l'envie impérieuse de charger l'intrus et se déplaça toujours accroupie pour trouver une meilleure place. Lorsque Jo s'avança dans le couloir, éclairé par la lampe torche de l'intrus, Jenna comprit son intention : elle voulait forcer l'homme à lui faire face pour donner à Jenna le temps de l'attaquer par-derrière, mais elle se mettait en danger.

Elle aurait peut-être une seconde pour attaquer ou distraire l'homme. Jenna appuya à nouveau sur son anneau. La connexion s'établit avec le téléphone de Kane et il allait donc tout entendre, l'enregistrement de la conversation se ferait automatiquement.

— Agent Blake, on se rencontre enfin. Exactement celle que je cherchais, déclara-t-il, en brandissant l'arme dans sa main gauche en direction de sa tête. Où est le shérif ?

— Au Cattleman's Hotel avec Kane et Carter. Il n'y a que vous et moi. Est-ce que je vous connais ? demanda Jo, en levant le menton et en clignant des yeux dans la lumière. Enlevez cette lumière de mes yeux si vous voulez que je vous parle.

— Oh, elle est du genre exigeant. Hmm... je m'en doutais, reprit-il, en baissant très légèrement le faisceau. On ne s'est jamais rencontrés, mais tu as admiré mon travail. Tu as aimé mes meurtres d'Halloween ?

Il éclata de rire.

— Oh, je vois bien que t'essaies déjà de me psychanalyser. Ne te prends pas la tête, des gens bien plus compétents que toi ont déjà essayé. Je suis dans le panier des cas trop compliqués, et tu ne vivras pas assez longtemps pour écrire un article sur moi.

— À qui ai-je l'honneur ? s'enquit Jo, la voix assurée, sans trembler, les yeux rivés sur le canon. Je suis sûre que vous vous cachez derrière de nombreux visages. Puis-je parler à celui qui n'est pas un tueur en série ?

— Tueur en série ? répéta-t-il, en secouant lentement la tête. Je ne fais pas de massacres. Tu vois, m'accuser de tous les maux a été ta première erreur.

— Alors, pourquoi êtes-vous venu à Black Rock Falls ? relança Jo, sans bouger d'un pouce. Pour tuer Lucas Robinson ?

C'était une exécution très professionnelle, un peu comme à Baltimore.

— Oui, je l'ai tué, concéda l'homme, en faisant un geste de la main comme s'il englobait la ville. Je l'admets, revenir à Black Rock Falls a libéré la bête en moi. Les souvenirs que j'ai de ma vie ici me rongent de l'intérieur. Quand j'ai reçu un message de la femme de Robinson, je lui ai demandé pourquoi elle voulait le voir mort. Elle m'a dit qu'il avait des liaisons et qu'il la battait. Je me suis dit que c'était deux excellentes raisons de le tuer. Quand elle a demandé que je m'occupe aussi de sa petite amie, je l'ai fait, mais à un certain prix. Mon petit plaisir, ça a été de le tuer chez eux. Elle ne se doutait pas que j'avais l'intention de lui faire sauter la cervelle juste à côté d'elle. Je suis resté devant la porte d'entrée et je l'ai regardée. Elle est devenue folle. Il a vraiment fallu que je me contienne pour ne pas lui faire exploser la tête aussi.

Il ricana un peu, mais sans humour.

— Je suis payé pour débarrasser les gens de certains problèmes, c'est comme ça que je survis.

— Et les deux hommes dans la forêt de Stanton ? renchérit Jo, sans ciller. Qui vous a payé pour les tuer ?

— Ces petits malins voulaient me tuer, *moi*. Ils ont essayé de me faire sortir de la route, raconta-t-il, en haussant les épaules avec nonchalance. Ils m'ont énervé, alors je les ai tués. Tu as besoin de plus d'informations ? Tu veux savoir ce que j'ai ressenti en les butant ?

— Je ne perdrais pas mon temps à vous psychanalyser. Vous n'êtes pas du tout intéressant.

Jo avait l'air de s'ennuyer et croisa les bras. Elle voulait le faire changer de personnalité.

– Laissez-moi parler à l'homme qui aime son travail. Je veux savoir pourquoi il tue tout le monde et laisse une plume noire. Si ce n'est pas vous, qui est-ce ?

Jenna se glissa à quelques mètres de l'homme. Elle le voyait nettement dans le clair de lune. Son doigt n'était pas sur la gâchette, mais au-dessus, et elle devait décider en une fraction de seconde quand lui sauter dessus avant qu'il ne tire sur Jo. Elle foncerait dès qu'elle en aurait l'occasion. C'est alors qu'elle entendit un son qui lui hérissa les cheveux sur la tête. C'était la voix d'un enfant. L'arme retomba sur le côté.

— Ne l'appelez pas, madame. Il fait des choses terribles et dit que c'est pour venger notre mère. Il ne nous écoute pas. Je lui ai dit qu'elle ne voudrait pas qu'il devienne comme papa, sanglota-t-il. La plume, c'est maman. C'est son nom. Il les tue pour elle.

Le tueur venait juste de montrer une faiblesse, et sans hésitation, Jenna s'élança sur lui, haltère levé. Elle l'abattit sur sa tête et ils s'effondrèrent par terre dans un empilement de membres emmêlés. Elle leva les yeux et vit Jo courir se mettre à l'abri dans la chambre, et le pistolet et la lampe de poche glissèrent sur le parquet poli jusqu'à elle.

— Le pistolet, attrapez le pistolet !

— Je ne le trouve pas, cria Jo en tâtonnant sur le sol. On a besoin de lui vivant, Jenna.

Jenna la suivit du regard.

— Oui, j'ai quelques questions. D'abord, pourquoi diable est-il ici ?

Elle roula sur elle-même pour se remettre en position assise, convaincue qu'il était à terre pour de bon. À son grand étonnement, les yeux de l'homme s'ouvrirent et il gémit. Il se releva et se tourna vers elle. Avec un rugissement, Jenna balança de nouveau l'haltère qui l'atteignit aux rotules. L'homme hurla, s'éloigna et se laissa tomber lourdement sur le torse.

— Salope ! Je vais m'occuper de toi après.

Il se traîna vers la porte de la chambre. Rien n'allait donc l'arrêter ?

Jenna se mit à genoux et visa l'arrière de sa tête, mais

comme s'il avait deviné son geste, il se redressa et le coup lui effleura à peine l'épaule.

— Tu me mets en colère, shérif. Je ne suis pas venu ici pour me battre avec toi.

Il se redressa et se tourna vers elle avec un sourire maculé de sang.

Jenna poussa un soupir de soulagement lorsque Jo apparut sur le seuil de la porte, le pistolet pointé sur lui.

— Laissez tomber, c'est fini.

— Ce sera fini quand je le dirai, la contredit-il, et son sourire confiant donna un frisson de crainte à Jenna. Je suis venu ici pour elle.

Il jeta un coup d'œil à Jo, comme s'il n'avait pas conscience de l'arme qu'elle braquait sur lui.

— Je n'aime pas les mensonges que tu racontes sur moi et ce n'est pas bon pour ma réputation, expliqua-t-il, en secouant la tête, envoyant valser des gouttes de sang, avant de recommencer à ramper vers Jo. Je dois te donner une leçon.

Une immense main s'approcha de la cheville de Jo.

— Touchez-moi et je vous éclate la cervelle sur le mur, articula Jo, en visant sa tête.

— Vas-y, je suis celui que personne ne peut tuer.

Il cracha du sang et la fixa à travers les trous de sa cagoule, ses lèvres couvertes de sang presque noires au clair de lune.

Lorsqu'il se mit soudain à rire, Jenna réévalua la situation. Son arme était-elle chargée ? Il semblait trop sûr de lui et maître de lui-même. C'était un homme dangereux et très fort. Elle le poussa violemment dans le dos.

— Restez à terre.

— Ne me dis pas ce que je dois faire.

Il roula sur le côté et saisit le devant de la chemise de Jenna.

Elle le frappa au visage avec l'haltère et recula aussitôt. Choquée de voir l'intrus se redresser, elle sauta sur ses pieds et lui fit face. Elle devait le mettre à terre tout en le gardant en vie.

Alors que Jo faisait un pas en avant, Jenna vit le canon du Glock à la lumière de la lune.

— Ne tirez pas.

Sans hésiter, Jenna lui donna un coup de pied dans les jambes et il tomba brutalement, rebondissant contre le parquet.

— Ne bougez pas.

— Vous allez mourir toutes les deux, continua-t-il, en tournant la tête vers Jenna. Tu vas payer pour ça.

Jenna lui sauta sur le dos, le chevauchant et lui plaquant le visage contre le sol. Il se débattait sous son poids, frappait ses jambes pour tenter de la déloger. Il avait une force incroyable, et la personnalité qui prenait le dessus était folle furieuse. Alors qu'il poussait sur ses bras pour se redresser, elle lui balança l'haltère à l'arrière de la tête. Il s'écrasa si violemment par terre que le tableau accroché au mur vacilla.

Enfin convaincue qu'il était hors-jeu, elle leva les yeux vers Jo.

— Prenez la lampe de poche. J'ai une paire de menottes souples dans ma table de nuit. Tiroir du haut à droite.

Elle tira ses bras dans son dos et, quelques secondes plus tard, Jo lui glissait les menottes flexibles dans la main.

Le temps qu'elles l'attachent, il avait repris conscience et une autre personnalité avait émergé. Celle-ci menaçait de les éventrer. Jenna était assise par terre, dos au mur, et haletait.

— Vous auriez dû me tuer quand vous en aviez l'occasion, lança l'homme, en clignant des yeux, gêné par le faisceau lumineux. Tu ne seras plus jamais en sécurité, shérif... et toi, là, t'es déjà morte.

— La ferme.

Jenna lui jeta un regard noir, se leva et se posta à côté de Jo.

— Ce type connaît trop de détails, il est forcément impliqué dans les meurtres du Caméléon, réfléchit tout haut Jo, en se tournant vers elle, l'arme toujours braquée sur lui. Kelly devait être son complice.

— C'est bien ce qui me semble aussi. L'ADN ne ment pas. Kelly a dû être associé au moins à l'assassinat de Ruby, soupira Jenna. Ce pistolet est chargé ?

Elle veilla à rester bien hors de portée de l'intrus, l'haltère bien en main, tandis que Jo vérifiait le chargeur.

— Oui, il est chargé.

Jo visa la tête de l'homme.

Jenna approcha le visage de sa bague connectée.

— Kane, l'intrus est sécurisé, tout va bien.

Elle appuya à nouveau sur l'anneau, arrêtant la transmission audio, et fixa l'homme.

— Qui êtes-vous ?

Elle se pencha prudemment vers l'avant et lui arracha sa cagoule, et lorsque Jo illumina son visage, Jenna le fixa avec incrédulité.

— Comment c'est possible !

Elle resta bouche bée devant les yeux tigrés et sauvages de Brad Kelly.

51

À l'instant où Kane reçut le message de Jenna, il fonça vers sa voiture. Il avait les tripes retournées en écoutant la voix du psychopathe et le combat de Jenna et Jo pour leur survie.

— Qu'est-ce qui se passe ? cria Carter, en le rejoignant au pas de course tout en enfilant sa veste.

Kane pressa son téléphone contre son oreille pour ne rien rater.

— Quelqu'un s'est introduit dans le ranch.

— Jo et Jenna sont largement capables de neutraliser un intrus, rit Carter. Je doute que quiconque puisse avoir le dessus sur elles.

Kane se dirigea à grandes enjambées vers son SUV.

— Un détraqué a coupé l'électricité et pris leurs armes.

— Quoi ? s'inquiéta Carter, en le dévisageant. Allons-y, mec. Comment ça se fait que vous ne soyez pas déjà en train d'aboyer des conseils ?

Kane semblait un peu désarçonné.

— Il a aussi récupéré leurs téléphones. L'audio passe par le mouchard de Jenna. On en a tous, ce sont des dispositifs de communication à sens unique qui déclenchent un enregistrement sur mon portable.

Au moment où Jenna lui donnait l'alerte, Kane s'installa au volant et tendit le téléphone à Carter. Le Cattleman's Hotel se trouvait à la périphérie de la ville et à vingt minutes du ranch de Jenna. Si l'intrus parvenait à s'échapper, Kane risquait de trouver les deux femmes massacrées à son arrivée. Il quitta à toute allure le parking en laissant des traces de pneus sur la chaussée.

— Qui ça peut-être ? lança Carter, en bouclant sa ceinture de sécurité. Vous avez des ennemis ?

Kane accéléra, pied au plancher tandis qu'ils longeaient la forêt de Stanton, ses phares perçant à peine l'épais brouillard tourbillonnant.

— Il y en a trop, impossible de compter. Mais on a un plus gros problème : s'il a coupé le courant, le générateur de secours aurait dû se mettre en route en quelques secondes. Il est très fiable et je le vérifie tous les dimanches sans exception.

— Avec une telle configuration, personne ne pourrait entrer dans le ranch pour couper le courant, réagit Carter. Si c'était moi, je tirerais sur le transformateur au bout de la route. Jenna est la seule maison habitée du coin. Elle m'a dit que le déneigeur était parti récemment pour la Floride. Personne d'autre n'aurait signalé la panne.

Kane alluma les lumières clignotantes et fila vers le centre de la ville. Hormis les fantômes et les spectres d'Halloween perdus dans une mer de brouillard blanc, pas une âme ne rôdait dans Main Street, et tant mieux, car il traversa la ville à 150 km/h et atteignit la route du ranch en un temps record. Ils ralentirent, et Kane se pencha légèrement par la vitre pour pointer sa lampe torche sur le transformateur endommagé avant de repartir à toute allure.

— Vous avez raison, mais ça n'explique pas pourquoi le générateur n'a pas pris le relais.

— Et ce vieux type qui travaillait là le jour de notre arrivée ? Tom ? lança Carter, en s'accrochant tandis que le SUV dérapait dans un virage. Il aurait très bien pu le mettre hors d'état de fonctionner. Vous avez dit qu'il était à court d'argent. Il a peut-être décidé de vous cambrioler.

Il semblait inconcevable à Kane qu'un homme que Jenna avait aidé tente de la tuer à la première occasion. Il haussa les épaules et guida la bête sur la route sombre.

— Il n'avait rien d'un psychopathe et il n'a rien à reprocher à Jenna. Il avait besoin de travail et Jenna lui en a filé, répondit-il, avec un coup d'œil à Carter. À moins qu'il n'en ait après Jo.

— Comment connaîtrait-il Jo ? C'est la première fois qu'elle vient ici, argua Carter, en se frottant le menton. Enfin bon, on va le savoir assez vite.

Son téléphone se mit à sonner.

— C'est Jo ! s'écria-t-il, en mettant l'appel sur haut-parleur. Vous allez bien ?

— *Oui, il s'en est fallu de peu, mais toutes ces séances d'entraînement matinales ont été fort utiles à Jenna*, expliqua Jo, un peu perplexe. *Comment Sam Cross a réussi à faire sortir Kelly de prison ?*

— Il a fait quoi ? s'étonna Carter, en faisant la moue. Je n'y comprends rien. Personne ne nous a informés. Pour autant que je sache, un hélico l'a récupéré et l'a transporté à la prison du comté.

— *Oui, c'est ce qu'a dit Rowley*, retentit la voix de Jenna. *Alors comment se fait il qu'il soit menotté dans mon couloir ?*

Kane se rangea à côté de la voiture de Jenna et se précipita à l'intérieur de la maison. Les lumières étaient allumées : Jenna avait redémarré le générateur. Il regarda le prisonnier avec incrédulité, puis releva les yeux vers Jenna.

— Carter a confirmé que la prison du comté détenait bien Brad Kelly. Si lui est là-bas, alors qui est-ce ?

— Il refuse de parler, mais d'après leur ressemblance troublante, il doit s'agir du frère disparu de Brad, Scott. De toute évidence, Scott Kelly n'est pas mort dans la forêt. L'équipe de recherche n'a pas trouvé la moindre trace de ses restes, ça collerait donc, expliqua Jenna, en le regardant. Je lui ai récité ses droits. On va devoir l'emmener au bureau et l'enfermer pour la nuit. J'ai demandé à des adjoints de Blackwater de le surveiller. On retourne en ville dès qu'ils seront en route. Je ne peux pas l'envoyer à la prison du comté sans un mandat d'arrêt, et ça va poser un problème puisqu'il rechigne à donner son nom.

— Comment vous appelez-vous ? tenta Carter, en s'accroupissant face au prisonnier.

— Choisissez, répliqua l'homme, en plissant les yeux, et sa voix se fit soudain traînante. Ce matin, j'étais Tom Dickson, de Saddle Creek. Désolé pour le générateur, shérif, mais je n'ai eu qu'à appuyer sur l'interrupteur.

— Vous n'êtes pas Tom, souffla Jenna, en le dévisageant. Tom a au moins trente ans de plus, les yeux marron, les cheveux gris et pas mal de rides.

— Oh oui, pauvre vieux Tom, gloussa-t-il. Il n'a jamais d'argent sur lui. Peut-être qu'il utilise ce déguisement pour se rapprocher de ses victimes. Vous n'avez jamais entendu parler des lentilles de contact et des perruques, shérif ? Pour les rides, il suffit de les vaporiser et de les décoller ensuite. Quand j'ai ajouté la claudication et le vieux manteau déniché dans une benne à ordures, vous avez tous eu pitié de moi, hein ?

Il sourit, fier de lui.

— Avez-vous un lien de parenté avec Brad Kelly ? reprit Carter.

— Ah, tous les gars de la réserve se ressemblent pour vous, c'est ça ? ricana l'homme. De toute façon, Brad est mort.

Kane s'adossa au mur.

— Qu'est-ce qui vous fait croire que Brad Kelly est mort ? Je lui ai parlé il n'y a pas quatre heures.

— Menteur, s'agita soudain le prisonnier. J'aimerais te voir mourir vraiment lentement, l'adjoint.

— Pourquoi ça vous dérange de parler de Brad ? s'avança Jo. Puis-je parler à quelqu'un qui le sait ?

— Laissez-moi me lever et je vous laisserai parler à qui vous voulez, lança l'homme, d'une voix devenue douce et cajoleuse. Je ne ferai de mal à personne. Promis.

Kane aurait voulu l'observer toute la nuit. Il n'avait jamais imaginé pouvoir se trouver aussi près d'un psychopathe souffrant d'un trouble dissociatif de l'identité. Il aperçut Carter en train de naviguer sur son téléphone, puis se dirigea vers la cuisine. Il laissa Jo essayer de faire entendre raison à ce fou et le suivit.

— Qu'est-ce que vous cherchez ?

— Je rebondis sur l'intuition de Jenna et je consulte des registres de naissance, lui sourit l'agent. On connaît la date de naissance de Brad Kelly, alors j'ai lancé une recherche sur les membres de sa famille nés à la même époque. Il a l'air d'avoir le même âge.

Kane acquiesça.

— Il a les mêmes yeux très singuliers que Brad. Ils doivent être de la même famille.

— Eh bien, merde alors, souffla Carter, en levant les yeux vers lui, un sourire entourant son cure-dent. Je crois qu'on peut arrêter les recherches pour retrouver les restes de Scott Kelly. Son père ne l'a pas assassiné après tout. Scott et Brad Kelly sont de vrais jumeaux. Ils se sont tous les deux échappés après que leur père a assassiné leur mère. Il leva le menton vers le couloir où se trouvait encore le prisonnier.

— Les jumeaux identiques ont un ADN identique. Scott est complètement fou et a admis avoir tué Lucas Robinson et Ann Turner. Il correspond au profil et, contrairement à Brad, il présente un trouble dissociatif de l'identité. Il a admis avoir utilisé différents accoutrements pour s'approcher des gens. Ça cadre avec les meurtres de Baltimore : le même mode opératoire, mais apparemment commis par des personnes différentes. Si on fouille son domicile, je suis sûr qu'on tombera sur une tonne de déguisements professionnels, comme des lentilles de contact ou des perruques. Si ce type travaillait seul, alors on a inculpé le mauvais jumeau et Scott Kelly est le Tueur Caméléon. Il sera difficile de prouver que Brad n'est pas impliqué, à moins que ce type n'ait aussi des griffures sur lui.

— Ce n'est plus de notre ressort maintenant, jugea Jenna, en se passant les deux mains dans les cheveux. C'est au procureur de démêler tout ça. Nous, notre boulot, c'est d'attraper les méchants.

ÉPILOGUE
LE VENDREDI SUIVANT

Le soir d'Halloween, il faisait déjà nuit lorsque Jenna termina de rédiger ses rapports. Elle avait dit au revoir à Jo et Carter la veille au matin. Ils lui manquaient déjà. C'était formidable d'avoir eu Jo à ses côtés, et elle avait hâte de retravailler avec elle bientôt.

Kane entra dans son bureau, tout de noir vêtu, les mains chargées de gobelets de café et d'un sac de plats à emporter de Chez Tante Betty. Elle ferma son ordinateur portable et leva les yeux vers lui.

— C'est fini, l'affaire est close.

— Jamais dans mes rêves les plus fous je n'aurais pensé à des jumeaux identiques, avoua Kane, en posant les sacs sur le bureau et en se laissant tomber sur une chaise en face d'elle. Enfin, pas si identiques que ça... L'un d'eux était juste en colère et son autre moitié s'est avérée être un psychopathe meurtrier.

Jenna mit de côté son agenda.

— Je ne suis pas surprise. Brad a réussi à entrer dans la réserve et ils l'ont élevé dans une famille, mais Scott a vécu une vie infernale. Quelles étaient les chances qu'un des frères parvienne à se mettre à l'abri et que l'autre tombe sur un pédo phile dans la forêt ? se demanda-t-elle, tout haut en tirant un des plats vers elle. Je n'arrive toujours pas à comprendre pourquoi Scott a développé autant de personnalités.

— Après avoir été enfermé dans une petite pièce pendant des années, son esprit a créé différentes personnalités pour faire face à la situation, expliqua Kane, en déballant une part de tarte, les yeux rivés sur Jenna. Son premier meurtre a été celui de son bourreau et ce geste lui a rendu la liberté... et ça a ouvert la porte à son déchaînement meurtrier. Il semble que chacune de ses personnalités les plus dures y ait participé. Je n'en reviens pas du nombre ahurissant de déguisements qu'on a découvert chez lui. Il était passé maître dans l'art de se travestir. Pas étonnant que le FBI n'ait jamais trouvé quelqu'un qui corresponde à sa description. Si j'avais Tom Dickson en face de moi à cet instant, sachant qu'il était Scott, je n'y aurai vu que du feu. Oh, il était doué. Je croyais sincèrement que c'était un vieil homme malchanceux. Il ne ressemblait pas du tout à Scott. Je veux dire, avec les lentilles marron foncé, une claudication, des cheveux gris... il avait même des rides !

— Oui, et il sentait mauvais aussi. Je pense qu'en dissimulant ses yeux tigrés si particuliers avec des lentilles marron, il est devenu passe-partout, et les rides en spray auraient trompé n'importe qui. Il parlait même différemment et tout le monde pensait avoir affaire à un homme plus âgé. Pas étonnant que Jo l'ait surnommé le Tueur Caméléon. Il pouvait se transformer en n'importe qui au gré de ses personnalités, et personne ne le reconnaissait. Et dire qu'il a bossé si près de nos proches... se rappela Jenna, en sirotant son café. Pourquoi est-ce qu'il n'a pas essayé de te tuer toi, ou moi... ou même Rowley ?

— C'était un jeu pour lui et comme il nous a bien trompés, on ne l'a jamais considéré comme suspect. C'était une manœuvre intelligente, estima Kane, en se frottant le menton. Tom était une personnalité qu'il utilisait comme prête-nom pour passer inaperçu. Je suppose qu'il a dû avoir une altercation avec les travailleurs du ranch du vieux Mitcham sous le nom de Tom, puis Scott a pris le relais et a décidé de les tuer.

— Oui, je me suis dit la même chose, approuva Jenna. Puis il est redevenu Tom et il est venu travailler pour nous comme si de rien n'était le lendemain matin. Il a probablement brûlé ses vêtements tachés de sang et désactivé le générateur, puis il a filé dans son camion jusqu'à la colline surplombant le ranch du vieux Mitcham pour nous tirer dessus. Il n'a pas même pas eu besoin de franchir les limites de mon terrain pour le faire.

Elle fit tourner le gobelet entre ses mains et dévisagea Kane.

— On dirait qu'il se vante de ses crimes. Jo a pu lui soutirer des tonnes d'informations. L'histoire du meurtre de son bourreau a été vérifiée : un chasseur a retrouvé les ossements de son ravisseur il y a longtemps, ainsi que la cage dans le sous-sol, où l'homme le détenait. C'était une affaire non résolue depuis des années.

— Je sais, confirma Kane, en s'essuyant les mains sur une serviette et en portant son café à ses lèvres. Quand j'ai vu comment Jo a réussi à faire ressortir ses différentes personnalités pour qu'elles donnent leur version des faits... c'était incroyable. Écouter sa confession des meurtres qu'il a commis ici était intense, mais quand il a ajouté une série de meurtres à Baltimore et d'autres meurtres qu'elle avait été incapable d'élucider pendant des années, c'était époustouflant. L'enregistrement qu'elle a fait de l'interrogatoire de Kelly sera utilisé pour former les analystes comportementaux pendant longtemps. J'ai beaucoup appris grâce à elle.

Il leva les yeux vers Jenna par-dessus sa tasse tandis qu'elle hochait la tête.

— Ils vont me manquer, mais c'est chouette de savoir qu'ils sont près de nous en cas de besoin.

— C'est vrai, dit Kane, en croisant son regard. Examiner les indices avec d'autres enquêteurs sera un plus, et ils ne sont pas du genre à jouer la carte du FBI pour nous piquer nos dossiers.

— La plume était un indice qu'on ne comprenait pas... et ne pas saisir le sens de cet indice, ça a ralenti toute l'enquête, soupira Jenna. J'aurais aimé qu'Atohi nous en dise plus.

— Oui, s'il nous avait dit que Luitl se considérait comme membre de la tribu des Corbeaux à cause de son père et que son nom signifiait « plume », ça nous aurait aidés, souffla Kane. On dirait que dans l'esprit de Scott, chaque fois qu'il a tué, c'était pour venger sa mère. Atohi n'est pas d'accord. Il pense que Scott a manqué de respect à son nom en laissant une plume tremper dans le sang des victimes. Au moins, Brad est rentré chez lui et a pu enterrer sa pauvre mère auprès des siens.

— C'est tellement triste. Ils pensaient tous les deux que l'autre jumeau était mort, poursuivit Jenna, en se calant au fond de sa chaise. Je suis contente que le procureur ait innocenté Brad. Sans l'égratignure sur le poignet de Scott, ça aurait été difficile. Quelle chance que Wolfe ait procédé à une nouvelle analyse et trouvé des résidus de savon dans l'échantillon de tissu prélevé sous les ongles de Ruby... et qu'il ait réussi à le faire correspondre au savon trouvé dans la salle de bains de Scott !

— Que Dieu bénisse Wolfe, confirma Kane, en levant son café comme pour trinquer en l'honneur du médecin légiste.

— Amen ! s'exclama Jenna en entrechoquant son gobelet avec le sien. Je pense que le plus grand choc pour moi, ça a été la libération sous caution de Carol Robinson. Sam Cross a joué la carte de la femme battue pour faire tomber les accusations... Au moins maintenant on sait pourquoi elle était si choquée sur la scène de crime.

Elle secoua la tête à ce souvenir.

— Oui, elle a payé le tueur à gages, mais n'avait aucune idée du lieu ou du moment de l'exécution. Elle a même cru que le tueur à gages était un cambrioleur... se rappela Kane, en se grattant la joue. Elle reste une meurtrière, même si elle n'a pas appuyé sur la gâchette. Elle sera condamnée à perpétuité.

Jenna regarda Kane, en pleine réflexion.

— En fait, quand on examine les affaires, on s'aperçoit qu'elles sont liées à des violences conjugales. L'effet boule de neige a commencé avec le mari violent de Luitl Kelly il y a vingt ans et s'est terminé avec Carol Robinson.

— C'est vraiment une dynamique qui doit cesser, répliqua Kane, les yeux brillants de colère. Peut-être qu'on devrait en toucher deux mots au maire et organiser une campagne de sensibilisation en hommage à Luitl Kelly. On pourrait lever des fonds pour créer plus de refuges pour les femmes en danger.

— Oui, bonne idée, on va s'y atteler, maintenant qu'on a du temps devant nous. On va l'appeler « Her Broken Wings[1] ». Je suis sûre que la ville nous soutiendra... décida Jenna, avant de tendre le doigt vers le chien. Et on sait enfin pourquoi Duke agissait bizarrement. J'avais mis ça sur le compte du chat, mais il a probablement senti que lorsque Scott était déguisé en Tom Dickson, un tueur se trouvait à proximité.

— Il faut vraiment que j'apprenne à parler le langage des chiens, renchérit Kane, en se penchant pour gratter Duke derrière les oreilles. Il doit penser que je me ramollis.

— Non, il pense juste que tu es humain, lui sourit Jenna. Oh, j'ai une bonne nouvelle pour toi : tu te souviens de Mme Grainger ? Son fils a braqué la pharmacie pour lui dénicher des médicaments ?

— Oui, cette affaire est difficile à oublier, confirma Kane, soudain préoccupé. Elle va bien ?

Jenna acquiesça.

— Mieux que bien. Depuis qu'elle est suivie par le docteur Brown, un nouveau spécialiste s'occupe de son dossier et elle suit un traitement. Son fils a appelé et a dit qu'elle avait fait de gros progrès.

— C'est une excellente nouvelle, se réjouit Kane, avant de s'éclaircir la voix. Notre charge de travail étant plus calme,

---

1. Ses ailes brisées.

penses-tu qu'on pourrait prendre des vacances avant que les affaires reprennent ? J'ai vraiment besoin d'une pause, comme tout le monde.

Il avait dû lire dans ses pensées. Jenna avait songé à accorder des vacances à toute son équipe.

— J'espère bien pouvoir prendre quelques jours pour essayer la station de ski avant Noël, et tu m'as promis un week-end.

— Bien sûr, s'esclaffa Kane. T'as un petit côté maso, hein.

— Moi ? Pourquoi ? s'écria Jenna, en fixant son grand sourire. Allez, c'est quoi ton vilain secret, là ?

— Aucun secret, mais je suis un sacré bon skieur, rit Kane.

Jenna jeta son gobelet dans la poubelle et rit également.

— Mais moi aussi, figure-toi !

— Oh, on va s'amuser, les pistes sont bien raides. J'ai hâte de tester les premières neiges.

Kane froissa son sachet en papier et le glissa dans son gobelet vide.

— Quand on partira, il faudra que je prenne des dispositions pour Citrouille. Autant on peut emmener Duke avec nous, autant elle aura besoin que quelqu'un s'occupe d'elle, expliqua Jenna, les yeux perdus dans le vide. Peut-être qu'Emily pourrait la prendre pour quelques jours. Je sais qu'elle aime les chats.

— Alors, elle reste avec toi ? s'étonna Kane. *Dixit* la femme qui n'aime pas les animaux de compagnie.

— J'aime beaucoup les animaux, et Duke l'aime aussi, gloussa Jenna. Elle reste, elle m'a sauvé la vie en m'avertissant que quelqu'un était dans la maison.

On frappa à la porte et Anna, la fille cadette de Shane Wolfe, passa la tête dans l'entrebâillement. Jenna la reconnut à peine dans son costume d'Halloween, mais lui adressa un grand sourire.

— Coucou Anna, tu m'as fait peur.

— Vraiment ? pouffa la fillette. Papa a dit que c'était l'heure de faire la tournée des bonbons. Tu es génial, Dave.

— Merci, lui répondit Kane, en se levant, avant de remonter le capuchon de sa longue cape noire et d'attraper la faux appuyée contre le mur. Toi aussi, tu es vraiment super bien déguisée. Dis à ton père qu'on arrive.

— D'accord !

Anna s'enfuit aussitôt dans le couloir. Jenna se leva, ajusta son costume de démon et fit le tour du bureau.

Elle observa Duke, vêtu d'une cape et d'un masque de super-héros, et gloussa.

— Prêt, Duke ?

Le chien aboya, lui fit son plus beau sourire canin et remua la queue.

À l'accueil, les enfants de Wolfe bavardaient avec enthousiasme en se dirigeant vers la porte. Kane et Jenna les suivirent dans la nuit froide et brumeuse et se tinrent en haut des marches, les yeux rivés sur les gens qui déambulaient joyeusement sur Main Street. Elle jeta un coup d'œil à Kane. Dans son costume de la Faucheuse, il avait l'air immense et effrayant. Elle frissonna et il se tourna pour lui sourire.

— Qu'est-ce qui te fait sourire, Dave ?

— Viens par ici, mon petit démon, rit Kane, en lui prenant la main. Si on doit descendre Main Street dans un tel accoutrement, faisons-le la tête haute.

UNE LETTRE DE D.K. HOOD

Chers lecteurs,

Je suis ravie que vous ayez choisi mon roman et que vous m'ayez accompagnée dans l'univers passionnant de Jenna et Kane.

Si vous souhaitez être tenu au courant de mes dernières parutions, il vous suffit de vous inscrire en cliquant sur le lien ci-dessous. Vous pourrez vous désinscrire à tout moment et vos coordonnées ne seront pas partagées.

france.bookouture.com/subscribe/

Si vous avez aimé cette histoire, je vous serais très reconnaissante de laisser un commentaire et de recommander mon livre à vos amis ou à vos proches. J'aime beaucoup recevoir des réactions de lecteurs, car lorsque j'écris, c'est comme si vous étiez là, avec moi, à suivre les aventures de mes personnages.

L'écriture d'un roman est une entreprise très solitaire, et j'aimerais beaucoup avoir de vos nouvelles. N'hésitez donc pas à me contacter *via* ma page Facebook ou directement sur mon site Internet.

Merci beaucoup pour votre soutien.

D.K. Hood

RESTER EN CONTACT AVEC
D.K. HOOD

www.dkhood.com
dkhood-author.blogspot.com.au

 facebook.com/dkhoodauthor

REMERCIEMENTS

Où serais-je sans cette incroyable équipe de Bookouture, qui m'offre soutien et compréhension au milieu de ce monde un peu fou de l'édition ?

Merci beaucoup de m'avoir accueillie au sein de votre famille.